La LOCURA más ardiente

DANIELLE LORI

La LOCURA más ardiente

CROSS BOOKS

Obra editada en colaboración con Editorial Planeta – España

Título original: *The Maddest Obsession*

Bajo el sello editorial CROSSBOOKS M.R.
Avenida Presidente Masarik núm. 111,
Piso 2, Polanco V Sección, Miguel Hidalgo
C.P. 11560, Ciudad de México
www.planetadelibros.com.mx

Primera edición impresa en España: mayo de 2024
ISBN: 978-84-08-28752-0

Primera edición en formato epub en México: julio de 2024
ISBN: 978-607-39-1670-7

Primera edición impresa en México: julio de 2024
ISBN: 978-607-39-1532-8

Impreso en los talleres de Impregráfica Digital, S.A. de C.V.
Av. Coyoacán 100-D, Valle Norte, Benito Juárez
Ciudad de México, C.P. 03103
Impreso en México – *Printed in Mexico*

Para mi hermano Corey. Siempre quisiste hacer algo extraordinario y así fue. Llegaste primero al cielo. Nunca dejaré de quererte.

Lista de reproducción

Jealous – Labrinth
when the party's over – Billie Eilish
White Rabbit – Jefferson Airplane
Piano Man – Billy Joel
Iris – The Goo Goo Dolls
To Build a Home – The Cinematic Orchestra
The Good Side – Troye Sivan
Nevermind – Dennis Lloyd
What It's Like – Everlast
Hi-Lo (Hollow) – Bishop Briggs
bury a friend – Billie Eilish
Sorry – Halsey

PRIMERA PARTE
El pasado

Capítulo 1

Christian
Nueva York
Septiembre de 2015

—Cuéntame algo sobre ti.

El tictac del reloj llenaba el espacio entre nosotros. Con colores cálidos y múltiples asientos, se suponía que la habitación debía ser cómoda. Qué mal que la atmósfera no lo sabía; el aire era pesado, como si todas las mentiras allí contadas se hubieran quedado atrapadas para la eternidad.

Entrecerré los ojos al recordar el guiño que Kyle Sheet me había dedicado el día anterior. Él había pasado por lo mismo, aunque enfrentándose a una acusación diferente, y de alguna manera había logrado librarse a base de mentiras a pesar de tener *hentai* en su computadora del trabajo. Yo era una mentira viviente, pero la idea de estar metido en el mismo saco que ese imbécil, me enfurecía. Combinaba trajes con tenis, por el amor de Dios.

Pensativo, me acaricié la mandíbula y admití la verdad.

—Tengo una personalidad adictiva.

La doctora Sasha Taylor no pudo evitar que una chispa de sorpresa se encendiera en sus ojos y, para disimular esa reacción humana, dirigió la atención hacia mi expediente, que se encontraba en su regazo. El pantalón de traje de la rubia no tenía ni una arruga. Había ido a Yale y venía de una familia adinerada. La mujer de treinta y un años tenía todo lo que buscaba: inteligencia, belleza y elegancia.

—¿Alcohol? —preguntó.

Negué con la cabeza.

—¿Drogas?

«Habría sido más fácil».

—¿Mujeres?

«Mujer».

Otra negación, pero esta vez sonreí.

Dirigió los ojos hacia mis labios, tragó saliva y apartó la mirada.

—Volveremos a esto enseguida. —Hizo una pausa—. ¿Entiendes por qué estás aquí?

Le dirigí una mirada vacía.

Vaciló un instante.

—Sí, claro que lo entiendes. El incidente..., ¿tiene algo que ver con tu... personalidad adictiva?

Miré fijamente sus tacones de color rojo vivo y de pronto me odié a mí mismo por no tener una adicción más leve, como el *hentai.* Elegiría eso por encima del otro desastre todos los días.

«Es de dominio público, Allister. Hazlo aunque no quieras, es lo único que te puedo decir»

Las palabras que me arruinaron.

No era un buen hombre y trabajaba para otros aún peores. Sin embargo, había aprendido a una edad demasiado temprana que el mundo no era blanco o negro. A veces, uno está tan sucio que es imposible volver a la luz, y otras, simplemente, se siente bien en la oscuridad. Aunque esto último no se aplica a mí; yo nunca pondría en peligro lo que he construido. He trabajado demasiado duro como para echar todo a perder por una mujer. Especialmente una que viste como si Britney Spears y Kurt Cobain hubieran tenido una hija.

—No —mentí.

Si era totalmente sincero, Sasha Taylor me internaría en un centro psiquiátrico en menos de una hora o, más bien, el FBI la haría desaparecer y nunca más se sabría de ella.

—Algunos creen que ocurrió por una mujer —dijo tímidamente.

Arqueé una ceja.

—¿Tú eres algunos, Sasha?

—No.

—¿Por qué no?

—Pareces demasiado... sensato como para comportarte de esa manera por una mujer.

Frío. Quería decir frío.

Y tenía razón, al menos la mayor parte del tiempo. Pero no era el caso de la situación que me había llevado hasta ahí. Tenía una relación estrecha con el frío, en el más literal de los sentidos; en ese momento, sin embargo, me sentía muy alejado de él. Una llama me ardía en el pecho y quemaba los bordes de lo que me quedaba de alma.

Sasha cambió de postura en su asiento y se cruzó de piernas.

—Volviendo a la personalidad adictiva... ¿Te rindes a menudo a tus deseos?

Solo la idea de poder hacerlo me supo a gloria, se me aceleró el corazón, sentí que ardía y me puse tenso. Odiaba a esa mujer por hacer de mi vida un infierno durante años, pero, carajo, moría por tocarla, por cogérmela hasta que borrara de su memoria al resto de hombres y estuviera la mitad de obsesionada que yo, hasta que le fuera imposible volver a olvidar mi nombre.

Me acaricié los dientes con la lengua y eliminé ese pensamiento, aunque la tensión que me invadía no desapareció.

—Nunca.

—¿Por qué no?

La miré fijamente a los ojos.

—Porque entonces me ganaría.

—¿Y no te gusta perder?

Terminó la frase casi sin aliento.

Casi podía oír los latidos de su corazón mientras nos mirábamos en silencio.

Se colocó un mechón de pelo detrás de la oreja y ojeó sus papeles mientras susurraba:

—No, claro que no.

Como el tictac silencioso de una bomba que está a punto de explotar, el reloj se hizo notar. Sasha lo miró y dijo:

—Una pregunta más antes de que se acabe el tiempo de la sesión. ¿Qué haces para lidiar con esta «personalidad adictiva»?

«Fácil».

—Orden.

—¿Prefieres el orden? —preguntó—. ¿En qué circunstancias?

—En todas.

Un rubor sutil empezó a treparle por el cuello y se aclaró la garganta.

—¿Y cuando el desorden llega a tu vida?

Una imagen de cabello abundante, a veces oscuro, a veces rubio, piel suave y oscura, pies descalzos y todo prohibido apareció ante mis ojos.

El maldito fuego en mi pecho ardía cada vez más y me dejaba sin aliento. A pesar de que el dolor solía golpearme como el subidón de una droga, cuando Gianna Russo o, mejor dicho, Marino, estaba de por medio, la sensación se parecía más al bajón. Nauseabundo. Asquerosamente amargo.

Respondí apretando ligeramente los dientes.

—Lo soluciono.

Ya de pie, me abroché la chamarra y me dirigí a la puerta.

—¿Y si no se puede solucionar? —insistió mientras se levantaba de un salto agarrando mi expediente.

Me detuve con una mano en el picaporte de la puerta y miré mi muñeca y la liga de pelo escondida bajo el puño de mi camisa.

Un sentimiento sarcástico se apoderó de mi pecho.

—Entonces, Sasha, me obsesiono.

Capítulo 2

Gianna
21 años
Diciembre de 2012

Había encontrado la felicidad en un billete enrollado y polvo blanco.

A veces me sentía eufórica, una euforia que hacía al corazón latir, bombear la sangre, me sentía en la cima del mundo. Como el sexo, pero sin la sensación de vacío.

A veces solo era un medio para un fin. Una línea y todas las inseguridades, todos los golpes, se desvanecerían. Una línea y sería libre.

Otras veces era una corriente de aire frío y el rechinido de una puerta de metal mientras se cerraba de un portazo ante mí.

El eco resonaba entre las paredes de la celda y en mis oídos como bolas de billar. Tragué saliva mientras el cerrojo volvía a su lugar.

Dando un paso hacia delante, me agarré a los barrotes.

—¿Tengo una llamada?

La agente latina de veintitantos años colocó las manos sobre el cinturón en el que llevaba el arma y, con el ceño fruncido, me miró de arriba abajo.

—No has tenido suerte, princesa. Si tengo que mirar esa monstruosidad de vestido un minuto más, tendré dolor de cabeza durante lo que me queda de turno —dijo examinando mi McQueen de encaje rojo.

Intenté morderme la lengua, pero no lo conseguí.

—Puedes echar la culpa al vestido si quieres, pero ambas sabemos que será por culpa del chongo de solterona que llevas en la cabeza, *cogliona.*

Entrecerró los ojos y se acercó a mí.

—¿Cómo me acabas de llamar?

—¡Ey! —interrumpió otra agente poniendo una mano en el hombro de su compañera—. Vámonos, Martínez.

La de veintitantos intensificó la mirada antes de irse detrás de su compañera.

Me di la vuelta para ponerme a caminar de un lado a otro, pero me detuve cuando vi que no estaba sola. Una prostituta pelirroja con algunos años de más estaba sentada en un rincón y me miraba a través de sus pestañas cubiertas de capas y capas de rímel. La base de maquillaje que llevaba era unos cuantos tonos más oscura que su piel y sus medias de red estaban llenas de agujeros.

—No te han quitado los zapatos.

Miré mis Jimmy Choo rojos.

—Son muy bonitos —dijo mientras se arrancaba el barniz de uñas.

Dirigí la mirada hacia sus pies descalzos y suspiré antes de dejarme caer en el banco que había a su lado.

No me habían quitado los zapatos porque no iba a permanecer ahí durante mucho tiempo. Estaba segura de que en cuestión de minutos aparecería un jefazo con un traje mal ajustado y me llevaría a una habitación con un sillón y una máquina de café, una habitación en la que pudiera estar cómoda para abrirme y soltar todos los secretos de la Cosa Nostra.

Una desgracia.

Inútil.

Indeseable.

Me mordía el labio inferior mientras la ansiedad se apoderaba de mi pecho.

—¿Cuánto te costaron? —preguntó mi compañera de celda a la vez que la puerta del pasillo se abría y se volvía a cerrar.

El ruido hizo que se me pusiera la piel de gallina.

Lo oí antes de verlo.

E inmediatamente supe que era el agente del FBI que habían mandado para mí.

Su voz era profesional e indiferente, aunque un timbre huidizo entrelazaba las palabras: un toque ardiente, como si tuviera un pecado profundo y oscuro enterrado en el fondo de su alma.

Su siguiente palabra, «Gianna», me acarició la nuca como el roce de unas alas de acero contra una piel sensible. Me deshice de esa sensación con un movimiento de la mano y me retiré el pelo del hombro hacia atrás.

—Tal vez demasiado —respondí finalmente casi sin aliento.

La prostituta asintió como si me hubiera entendido a la perfección.

Estaba segura de que, detrás del maquillaje, la drogadicción que opacaba el brillo de sus ojos y los años de servir a los mejores hombres de Nueva York, era preciosa.

Mi alma gemela, si es que tenemos una.

La voz del agente volvió a mis oídos, esta vez más de cerca, mientras hablaba con Martínez. No pude oír lo que estaban diciendo por culpa del ruido en las demás celdas, pero me percaté de que su tono de voz se había suavizado y sus raíces hispanas habían salido a relucir a través de una pronunciación de lo más sensual.

Puse los ojos en blanco. Un romance de oficina.

«Qué lindo».

Sin embargo, sabía que él no estaba mordiendo el anzuelo. Podía sentir su desinterés en la piel, oía el tono frío de su voz.

Un escalofrío me recorrió.

Por el amor de Dios, no era más que un agente federal. Había estado tratando con jefes de la mafia desde mi nacimiento.

Me eché hacia atrás con una indiferencia que no sentía y me enrosqué un largo mechón de pelo oscuro en el dedo.

La habitación se hizo más pequeña, las paredes se cerraron como ya lo habían hecho demasiadas veces.

Inspiré lentamente. Solté el aire.

Giré la cabeza y miré fuera de la celda.

Martínez estaba en el pasillo mirando fijamente la espalda del agente que se dirigía hacia mí, una mirada de pura adoración no correspondida.

Supuse que todos tenemos algo en común.

Barrotes de acero rodeaban su imagen al pasar por cada celda, tenía la mirada perdida. Caminaba sin ganas. Los hombros caídos, los brazos relajados a los lados, su postura destilaba confianza y devastación, como si los ladrillos y el mortero y los corazones femeninos pudieran convertirse en cenizas a su orden.

Su mirada se desvió hacia arriba y atrapó la mía, era seria y sin emoción, como si no me estuviera viendo.

El corazón se me heló en el pecho.

Nuestro intercambio solo duró un segundo, pero su mirada se prolongó a cámara lenta y logró robarme una bocanada de aire de los pulmones. Crucé una pierna sobre la otra para mostrar una generosa cantidad de muslo. Como una cobija caliente, una sensación de seguridad me envolvió. Mientras miraran mi cuerpo, nunca verían lo que había detrás de mis ojos.

Sin embargo, el primer lugar donde miró al llegar a la celda fue directamente a mis ojos. Desalmada. Invasiva. Azul. Su mirada me quemaba, como si estuviera delante de un congelador abierto en un día de verano, el aire frío y caliente entrelazándose como chorros de vapor a mi alrededor.

Al verlo de pie frente a la puerta enrejada, con una presencia peligrosa que podía sentir en la piel a varios metros de distancia, estaba segura de que era él quien estaba encerrado. No tenía sentido que fuera al revés.

Una tenue luz en el pasillo parpadeaba sobre su cabeza.

Llevaba el pelo oscuro rapado a los lados, con un degradado hecho por una mano experta. Hombros anchos y nítidas líneas negras, llevaba un traje que moldeaba su cuerpo tonificado. Control. Precisión. Lo exudaba, como las rayas de colores de una serpiente venenosa.

Pero su rostro era lo que primero llamaba la atención. Simétrico y perfectamente proporcionado, ni siquiera su gélida expresión de piedra podía estropearlo. La segunda mirada mostraba el tipo de cuerpo por el que las mujeres gemían y la tercera revelaba intelecto en cada movimiento que hacía, como si todos los demás fuéramos piezas de ajedrez y él estuviera reflexionando sobre cómo jugar con cada uno de nosotros.

El corazón me dio un vuelco cuando la cerradura de la celda se abrió y desvié la atención de él a la pared de concreto frente a mí.

—Russo.

«No».

«No puede ser».

Si me iba con él, terminaría en manos de una red de tráfico de personas y nunca se volvería a saber de mí. Agente federal o no, con esos ojos y presencia, ese hombre había visto y hecho cosas que un jefe de la mafia normal no podría imaginar.

Permanecí en silencio.

Yo iba a sentarme ahí y esperar al agente del traje mal ajustado.

Su mirada se desvió hacia la prostituta.

—Me llamo Cherry —dijo sonriendo—. Pero puedes llamarme como quieras.

Algunas mujeres no sabían lo que les convenía.

Pasó el pulgar alrededor de su reloj, una, dos, tres veces.

—Lo tendré en cuenta —respondió secamente.

Se me erizó la piel al recibir todo el peso de su mirada. Sus ojos recorrieron mi cuerpo dejando un rastro de hielo y fuego a su paso antes de entrecerrarse con desaprobación. Y así, sin más, la aprensión por la forma en que me había mirado a los ojos como si fuera un ser humano, no un cuerpo, se desvaneció, y ahora era solo un hombre.

Uno que me juzgaba, que quería algo de mí...

—Levántate.

Y me decía lo que tenía que hacer.

La frustración palpitaba, perezosa y vacilante, en mi pecho.

Quise esperar tres segundos antes de obedecer, pero tras los dos primeros tuve la repentina y clara sensación de que no llegaría a tres.

Obedecí, me puse de pie y me detuve frente a la puerta cerrada. Me quedé a su sombra, e incluso eso me resultó frío al tacto.

Odiaba a los hombres altos, la forma en que me miraban siempre desde arriba, siempre cerniéndose sobre mí como una nube tapando el sol. Los hombres grandes han gobernado desde el principio de los tiempos y, en ese momento, mientras me agarraba a las barras de metal y miraba esos ojos azules, nunca había sentido una verdad tan fuerte.

La impaciencia me devolvió la mirada.

—¿No te sabes tu nombre o simplemente se te olvidó?

Su voz refinada y ligeramente áspera me recorrió la espalda.

Levanté un hombro y, como si tuviera algún sentido, dije:

—No llevas un traje mal ajustado.

—No puedo decir lo mismo de ti —respondió.

«¿Cómo se atreve?».

Entrecerré los ojos.

—Este vestido es un McQueen y me queda perfecto.

Abrió la puerta con una expresión que dejaba ver que no le pagaban lo suficiente como para seguir esa conversación y una corriente de aire frío rozó mi piel desnuda.

—Camina —me ordenó.

Esa orden de una sola palabra me puso los nervios de punta, pero yo misma me lo había buscado. El corazón me retumbaba en los oídos a medida que salía de la celda y empezaba a andar por el pasillo mientras él detenía la puerta.

Me llegaban gritos de todas partes.

Mi piel era suave al tacto, pero veintiún años la habían endurecido bajo la superficie. Sus palabras, insultos y chiflidos rebotaban en el abismo, donde los golpes iban a morir.

La adrenalina inundó mi torrente sanguíneo. Luces molestas. Oxígeno viciado. El rechinido de los zapatos de un agente.

Al llegar a una bifurcación al final del pasillo, aminoré el paso. Estaba tan distraída con mi problema y ese hombre detrás de mí que, cuando dijo «derecha», me fui a la izquierda.

—Tu otra derecha.

No pude evitar percatarme del tono molesto en su voz, como si yo fuera una imbécil por la que no vale la pena perder el tiempo.

Se me enrojecieron las mejillas por la frustración y, como era habitual, las palabras se me escaparon de la boca:

—Estaría bien saber adónde voy, *stronzo*.

—No sabía que necesitabas tiempo para procesar una simple dirección —respondió con ese timbre profundo y oscuro—. Llámame idiota otra vez, Russo, y te prometo que no te gustará.

Sentí que sus palabras me mordían la espalda y, en ese momento, odié al hombre por saber italiano.

Entré en el vestíbulo, la puerta principal estaba a la vista. Ansiaba estar al otro lado, pero, sinceramente, prefería quedarme ahí que ir a algún lugar con él.

Se suponía que un agente federal con el traje mal ajustado debía intentar sonsacarme amablemente los secretos de la Cosa Nostra. En el peor de los casos, colocaría una mano demasiado alta en mi muslo, pero nunca heriría físicamente a una mujer. Tragué saliva, y mis ojos siguieron al hombre que me había tocado en su lugar mientras se dirigía hacia el mostrador. Grande e inflexible. Frío y, muy probablemente, insensible a cualquier astucia femenina.

¿Qué tácticas utilizaba para interrogar? ¿Asfixia por sumersión? ¿Electrocución? ¿Eso existía?

La aprensión se retorció en mi estómago.

Placa, tras placa, tras placa se desdibujaban en destellos de oro y plata ante mis ojos y me estaba sintiendo mal.

Me adentré en la habitación y me detuve junto al agente.

—¿Por qué no estoy esposada? —pregunté al ver que dos agentes escoltaban a un preso con esposas por la puerta principal.

Golpeó el mostrador con un dedo al ritmo de tres tap-tap-tap y me miró de reojo con un rastro de irónica diversión en la mirada.

—¿Quieres estarlo?

Sus palabras estaban impregnadas de profunda insinuación e intimidad y de repente supe dos cosas: era un imbécil y había esposado a una mujer en la cama.

Su inesperada respuesta me aceleró el ritmo cardíaco y, para disimularlo, fingí aburrimiento.

—Gracias por la oferta, pero estoy casada.

—Ya veo esa piedra que llevas en el dedo.

Miré mi anillo mecánicamente y, por alguna estúpida razón, me ofendió el hecho de que no le preocupara que su prisionera estuviera suelta. Yo podría ser perfectamente una amenaza para él y para la sociedad.

—Podría huir, ¿sabes? —dije, sin intención de hacer tal cosa.

—Inténtalo.

Era un reto y una advertencia.

Un escalofrío me recorrió la columna vertebral.

—¿Te sentirías bien contigo mismo? ¿Atrapando a una chica que mide la mitad que tú?

—Sí.

No había ni una pizca de duda en su respuesta.

—Ves, ese es el problema con ustedes los federales. Les encanta ir alardeando por su autoridad.

—De —corrigió secamente.

—¿Qué?

—Se dice alardear de.

Me crucé de brazos y observé el ajetreado vestíbulo. Entrecerré los ojos. Juro que todas las mujeres que pasaban disminuían la velocidad para observarlo. Una agente de mediana edad que podría ser su madre lo miraba fijamente mientras le tendía un portapapeles desde el otro lado del mostrador.

Firmó los papeles y se los devolvió a la agente que no parpadeaba. Seguro que las mujeres hacían maravillas por su ego cada día.

Una oleada de inquietud me oprimió el pecho cuando alguien dejó mi abrigo de piel sintética y mi bolso sobre el mostrador.

«La electrocución como método de tortura tiene que haber pasado de moda».

—Ponte el abrigo —ordenó.

Hice una pausa para apretar los dientes porque ya tenía un brazo en la manga.

Tomó mi bolsa de lentejuelas del mostrador y observó las plumas de pavo real de imitación como si fueran portadoras de malaria. Yo misma había hecho esa bolsa y era preciosa. Se la arrebaté de las manos, me la colgué y me dirigí a la puerta principal.

Me detuve bruscamente, me di la vuelta y me escabullí hasta el mostrador mientras me quitaba los tacones.

—¿Puedes asegurarte de que mi compañera de celda, que se llama Cherry, reciba esto?

La agente me miró con un rostro inexpresivo.

Le devolví la mirada.

Miró por encima del mostrador mis pies descalzos y mis uñas pintadas de blanco y luego se enderezó haciendo que su uniforme almidonado crujiera.

—Lleva nevando desde hace una hora.

Parpadeé.

—¿Quieres darle a una prostituta adicta a los opiáceos unos Jimmy Choo? —preguntó tras inclinar el zapato para mirar dentro.

—Sí, por favor —dije animada.

Puso los ojos en blanco.

—Por supuesto.

—¡Genial! —exclamé—. ¡Gracias!

Al darme la vuelta, mis ojos se encontraron con una mirada fría que con toda probabilidad podría helar a una mujer. El agente asintió secamente hacia la salida. Suspiré.

—De acuerdo, agente, pero solo porque me lo ha pedido con amabilidad.

—Agente federal —me corrigió.

—¿Agente federal qué? —pregunté mientras empujaba la puerta.

La nieve cubría el estacionamiento y brillaba bajo las luminarias de cuatro reflectores. El aire de diciembre me agarró las piernas desnudas con dedos amargos, el frío luchaba por atraerme.

Él observaba la escena por encima de mi cabeza y entrecerró los ojos cuando vio mis pies descalzos.

—Allister.

—¿Cuál es su coche, agente federal Allister?

—Mercedes plateado en la banqueta.

Me armé de valor y le dije:

—¿Crees que podrías abrirlo?

Antes de que pudiera responder, yo estaba corriendo hacia su coche con el frío mordiéndome los pies y su mirada seria quemando un agujero en mi espalda.

No lo abrió.

Salté de un pie a otro mientras intentaba abrir la puerta del pasajero y él caminó hacia mí sin la menor prisa.

—Abre la puerta —dije a la vez que mi aliento formaba una nube de vaho en el aire.

—Suelta la manija.

«Ups».

La puerta se abrió, me dejé caer en el asiento y comencé a frotar los pies en la alfombra para entrar en calor.

Su coche olía a cuero y a él. Estaba segura de que llevaba una colonia hecha a medida para ir a juego con el traje, pero valía lo que costaba. Era un olor muy agradable que incluso hizo que mi mente se sintiera un poco confusa hasta que parpadeé para deshacerme de la sensación.

Se sentó en el asiento del conductor y cerró la puerta. Ignoré la forma en que su presencia amenazaba con tragarme entera.

Salimos de la comisaría en silencio, un silencio tenso, pero casi cómodo.

Busqué en la bolsa y encontré un chicle. El crujido del envoltorio llenó el coche. No apartó los ojos de la carretera, pero sacudió la cabeza sutilmente dando a entender lo ridícula que pensaba que era.

Otro más que pensaba eso.

Me metí el chicle en la boca y analicé el interior inmaculado del coche. Ni un solo recibo. Bebida. Mota de polvo. O acababa de matar a un hombre y estaba tratando de cubrir sus huellas o el agente tenía algunas tendencias de TOC.

Siempre he sido un poco curiosa.

Arrugué el envoltorio con la mano y lo dejé caer en su portavasos. La mirada que me lanzó fue mortal.

Parecía que era lo segundo.

Dejé caer el envoltorio en los recovecos de mi bolsa.

Cruzando las piernas, hice una bomba.

La exploté.

El silencio se hizo tan ensordecedor que prendí el radio, pero, una vez más, la mirada que me dirigió me hizo cambiar de opinión. Suspiré y me volví a reclinar en mi asiento.

—Dime cuánto tiempo llevas casada.

Mis ojos se entrecerraron fijos en el parabrisas frente a mí. Ese hombre ni siquiera hacía preguntas, solo te decía que le contaras lo que quería saber. Sin embargo, el silencio daba demasiado espacio para pensar y respondí:

—Un año.

—Una edad temprana para casarse.

Me miré las cutículas.

—Sí, supongo.

—Eres de Nueva York, entonces.

—Ojalá —murmuré.

—¿No te gusta tu hogar?

—Lo que no me gusta es que intentes darme conversación para sonsacarme cosas. No tengo nada que decirte, así que mejor llévame de regreso a la cárcel.

Su brazo rozó el mío desde donde descansaba en la consola central y me aparté para huir del contacto cruzando las piernas hacia el otro lado. ¿Era yo o su coche era pequeño? La calefacción estaba baja, pero me ardía la piel. Me quité el abrigo y lo aventé en el asiento trasero.

Me miró de reojo.

—¿Nerviosa?

—Los agentes federales no me ponen nerviosa, Allister. Me provocan sarpullidos.

Ignoré el tacto de su mirada mientras recorría los rizos sueltos de mi pelo, pasando por el encaje rojo sobre mi estómago que revelaba un *piercing* de diamante en el ombligo, hasta llegar a mis pies descalzos.

—Si te vistieras un poco menos como una puta, el policía que te detuvo no te habría registrado.

Me quité el chicle del dedo con los dientes y le sonreí.

—Si tuvieras un poco menos atuendo de imbécil obsesivo, podrías tener sexo de vez en cuando.

La comisura de sus labios se levantó.

—Me alegra oír que hay esperanza para mí.

Puse los ojos en blanco y giré la cabeza para mirar por la ventana.

—Esta noche debe de haber sido una ocasión especial —soltó.

—No.

—¿No? ¿Sueles llevar tanta coca encima en un día normal?

Levanté un hombro.

—Puede.

—¿Cómo la pagas?

—Con dinero.

Hice una bomba.

La exploté.

Un músculo de su mandíbula se tensó y una pequeña sensación de satisfacción me invadió.

—¿Por eso te casaste con tu marido? —Su mirada se encontró con la mía—. ¿Por dinero?

La ira se apoderó de mi pecho y me negué a responder. Pero después de su siguiente pregunta, no pude contenerla:

—¿Eres al menos una cazafortunas fiel?

«¿Cazafortunas?».

—¡Como si hubiera podido elegir! ¡*Vaffanculo a chi t'è morto*!

La mirada que me dirigió era abrasadora, oscura y ardiente.

Apreté los labios.

«Maldita sea».

Apenas había empezado una conversación y ya me había hecho admitir que no tuve precisamente elección a la hora de casarme con Antonio.

—¿Tu madre nunca te lavó la boca con jabón?

No contesté. Le diría que mi *mamma* era la mejor y él fácilmente deduciría que mi *papà* prefería encerrarme tres días en una habitación que molestarse en tener que escucharme.

—Estúpida decisión, ir a toda velocidad con drogas encima.

Me reí. Quería ignorarlo, pero no pude evitar contestar. Ser ignorado era como hacerse un corte en el pecho y odiaba la idea de hacer sentir así a otra persona. Curioso, ya que acababa de decirle a ese hombre que se cogiera a sus antepasados muertos. Los italianos eran creativos con sus insultos.

—Iba cinco kilómetros por hora por encima del límite de velocidad.

Dio unos golpecitos con el dedo sobre el volante.

—¿Quién te enseñó a conducir? ¿No le gusta a la Cosa Nostra que sus mujeres sean tontas y dóciles?

—Obviamente no, mi marido me enseñó.

No iba a admitir que Antonio me dio más rienda suelta de la que cualquier otro hombre en la Cosa Nostra le habría dado a su esposa. Antonio me había dado muchas cosas. Y quizá por eso era difícil odiarlo por lo que me había quitado.

—¿Y cómo va a reaccionar cuando te dejen irte a casa?

—¿Cómo va a reaccionar tu *mamma* cuando llegues a casa después de tu hora?

—Responde a la pregunta.

Apreté los dientes e intenté ignorar la rabia que se estaba gestando en mi interior bajando el parasol y arreglándome el pelo en el espejo.

—¿Me estás preguntando si mi marido me pega? No, no me pega.

No siempre lo hacía, así que, técnicamente, era la verdad.

Su mirada me quemó en la mejilla.

—Mientes muy mal.

—Y tú me estás molestando, Allister.

Cerré de golpe el parasol.

La atmósfera se volvió pesada y claustrofóbica, su presencia, su gran cuerpo y sus tranquilos movimientos me estaban asfixiando.

—¿Te quiere?

Lo preguntó con indiferencia, como si me estuviera preguntando por mi color favorito. Sin embargo, la pregunta me golpeó como un puñetazo en el estómago. Me quedé mirando al frente mientras la parte posterior de mi garganta ardía a rabiar. Había encontrado un punto débil y ahora iba a hurgar en él hasta que sangrara. El odio me sabía ácido en la boca.

«Preferiría una electrocución antes que esto».

De repente odiaba a ese hombre por meterse en mi cabeza con sus estúpidas preguntas y por destapar partes de mí que no dejaba que nadie más viera.

Hice una bomba.

La exploté.

En ese momento ya no pudo más.

Me arrancó la bomba explotada de la boca y la tiró por la ventanilla.

Lo miré fijamente mientras luchaba por no lamer el inquietante calor de su tacto en mis labios.

—Eso es contaminar.

Su mirada denotaba indiferencia.

Al agente Allister no le importaba el medioambiente.

No me sorprendía.

Volvió a poner la mano en el volante y de repente me pregunté qué tan fuertes serían sus tendencias de TOC, si al llegar a casa se limpiaría mi saliva de los dedos con cloro o no. Sin embargo, me aburrí rápidamente de pensar en el agente y giré la cabeza para mirar por la ventanilla el resplandor anaranjado de las luminarias que pasaban y los copos de nieve que caían como pequeñas sombras en la noche.

—¿Cuántas veces?

Era una pregunta vaga, pero, por su tono, supe que habíamos cerrado el círculo y que estaba hablando de que mi marido me pegaba.

—Todas las noches —dije con insinuación—. Me hace gritar tan fuerte que despierto a los vecinos.

—¿Sí? ¿Te gusta cogerte a un hombre mucho mayor que tú?

Una profunda irritación brotó dentro de mí. Me acerqué al radio, lo encendí y respondí con frialdad:

—Seguro que tiene más aguante que tú.

Ni siquiera se dignó a responder. Solo oí un segundo de una tertulia mañanera antes de que apagara el radio. ¿Qué clase de monstruo elegiría eso en lugar de música?

No estuvimos mucho tiempo sentados en silencio antes de que él lo llenara.

—Tu hijastro es mayor que tú —comentó—. Debe de ser extraño.

—La verdad es que no.

—Imagino que tienes más cosas en común con él que con su padre.

—Imaginas mal —respondí aburrida de esa conversación y aburrida de ese hombre.

Estaba siendo el peor de los castigos. Nunca volvería a tocar la cocaína.

—Viviste bajo el mismo techo que él durante un año. Tienen más o menos la misma edad. Si no tienen mucho en común mentalmente, al menos seguro que sí físicamente.

Me reí. «¿Nico y yo? Ni en un millón de años».

Por desgracia, en ese momento, no sabía que solo iba a hacer falta uno.

—¿Se estudia mi expediente por las noches, agente?

No respondió.

Empecé a sentir un cosquilleo en la parte posterior de mi mente a medida que las calles se volvían cada vez más familiares. Una sensación de frío se instaló en mi estómago y cuando giramos hacia mi calle, un sentimiento intenso y marcado me consumió.

Ira. Profunda y odiosa. Me hizo creer que era un honorable agente federal cuando, en realidad, no era más que otro hombre en el bolsillo de mi marido.

Se detuvo en la banqueta frente a mi casa y estacionó el coche.

El resentimiento me invadió, mezclándose con el olor a cuero y a colonia. Estuve segura de que él podía sentirlo cuando volteó la cabeza para mirarme. Su mirada era tan seca como la ginebra, aunque se encendió una luz en su interior como si alguien hubiera tirado un cerillo encendido en el vaso. Azul. La mirada me agarró por la nuca y me arrastró bajo el agua.

Inhalé lentamente. Solté el aire.

Una repentina sensación de haber conocido a este hombre antes me abrumó. Aunque el pensamiento pronto se desvaneció. Me habría sido imposible olvidar su rostro por mucho que quisiera olvidar su presencia.

—Te has metido en mi vida privada —gruñí mientras tomaba mi abrigo del asiento trasero.

—Me has hecho perder el tiempo, por lo tanto, es mi derecho.

La incredulidad me invadió. Ningún otro hombre de mi marido me habría hecho las preguntas que él me había hecho y luego se habría atrevido a llamarlo su derecho.

Una capa de veneno cubría cada palabra que dulcemente pronunciaba como caramelo.

—Dígame, agente Allister, ¿cuándo se dio cuenta de que no era humano?

El sutil brillo de la diversión encendió sus ojos.

—El día en que nací, mi amor.

Luego desapareció en un instante.

—A menos que prefieras volver a la cárcel, saca el trasero de mi coche.

Apreté los dientes, pero abrí la puerta y salí. La gélida brisa me alborotó el pelo largo y oscuro. Un manto de nieve cubría la calle y me recibió haciendo arder mis pies descalzos. Me giré y lo miré con el mayor desdén que pude reunir.

—Vete al infierno, Allister.

—Ya he estado, Russo, y no me impresionó.

Una afirmación rotunda, pero le creí.

Sus ojos eran de lo que las pesadillas estaban hechas, hielo y fuego, y estaban llenos de secretos que nadie quería saber. Solo podía disimular que no era normal gracias a su cara demasiado bonita, si no, estaría encerrado en algún lugar y el mundo lo vería por lo que realmente era.

Sucio.

Sus últimas palabras fueron breves y apáticas:

—Si te vuelven a atrapar con coca encima, no te salvaré. Dejaré que te pudras en una celda.

No mentía.

La siguiente vez, no me salvó.

Capítulo 3

Gianna
22 años
Octubre de 2013

Oscuridad. Entintada y estancada, goteando en mi subconsciente.

A menudo, era un modo de escapar de la realidad, un consuelo en la locura. Pero, esta vez, me susurraba diciéndome que no despertara ahora, que no despertara nunca. Desafortunadamente, había un ruido estridente en la distancia aún más fuerte. Se me abrieron los ojos, pero volví a cerrarlos cuando el dolor me atravesó como una puñalada en la cabeza.

Ring. Ring.

Se me escapó un gemido y me di la vuelta. Mi mano se topó con un pecho desnudo. Algo se movió, una pieza del rompecabezas encajó.

Ring. Ring.

Extendiendo los dedos, pasé la mano por su pecho.

Demasiado caliente. Demasiado suave. Algo no estaba bien.

Ring. Ri...

—¿Qué carajo quieres? —gruñó una voz masculina.

Se me helaron la sangre, las venas y el corazón y, de repente, el mundo se desmoronó a mi alrededor.

Abrí los ojos de golpe, ignoré el dolor de cabeza por uno más fuerte que me florecía en el pecho.

Lo vi en instantáneas. Mi vestido en el suelo. Una rendija de luz a través de las persianas. Piel desnuda. Mía. Suya.

Me cubrí más con las sábanas mientras las náuseas me revolvían el estómago.

Terminó la llamada, arrojó el celular sobre el buró y cerró los ojos. Tras un momento de densa tensión impregnando el aire, volvió a abrirlos y me miró directamente. Nos observamos el uno al otro mientras un silencio invasivo me lamía la piel.

—Dios... —murmuró Nico antes de volver a cerrar los ojos.

Me incliné sobre la cama y vomité todo lo que tenía en el estómago. El ácido me quemó la garganta y me limpié la boca con el dorso de la mano.

Desgraciada.

Mezquina.

Despreciable.

Puta.

No pasó.

«Mentira», susurró la oscuridad.

Sentí por todo mi cuerpo las huellas de sus manos, sus dientes y sus labios arrastrándose por mi piel y clavándose en mi alma con garras hechas de desamor y metal.

Al abrir los ojos, vi un condón usado en el suelo.

Me zumbaron los oídos, se me cerraron los pulmones, no podía respirar. Me aferré a las sábanas con el pánico desgarrándome el pecho.

—Gianna...

—Se lo di todo —sollocé y las lágrimas me resbalaron por las mejillas.

—Carajo —murmuró él antes de levantarse y ponerse los calzoncillos ajustados.

Fue a recoger mi vestido, pero volvió a dejarlo en el suelo cuando vio que había vomitado sobre él.

—Era virgen cuando me casé con él. Le era fiel.

—Lo sé.

Las imágenes del día anterior volvieron a mí a modo de venganza. Nuestra habitación. Mi marido. Ella. Alguien a quien consideraba familia. Siempre había sabido que había otras mujeres..., pero ¿por qué ella? La traición me había abierto una profunda y ardiente herida. Las lágrimas me llegaron a los labios y noté el sabor salado en la lengua.

—No era suficiente —susurré. «Nunca soy suficiente».

—Nada es suficiente para mi padre, Gianna —me dijo él—. Lo sabes.

Se me formó un nudo en la garganta cuando vi a Nico tomando una camiseta del cajón del tocador porque, a veces, podía ver a Antonio en sus gestos.

Estaba enamorada de mi marido, un hombre que no me amaba. Tal vez podía culpar al agente Allister por meterme esa idea en la cabeza un año antes, pero, en cierto modo, el dolor me había llevado hasta ahí. Hasta el hijo de mi marido.

Un ataque de pánico asomó la cabeza robándome el aire directamente de los pulmones.

—¿Cómo pasó esto?

—¿En serio? ¿Necesitas que te lo explique?

—No es ningún chiste, As.

—No me estoy riendo, Gianna.

Dejó la camiseta en mi regazo, se agachó junto a mi charco de vómito y me señaló la boca.

—¿Eso te lo hizo mi *papà*?

Me lamí el corte del labio inferior.

—Le aventé un jarrón a la cabeza y lo llamé cerdo asqueroso.

As hizo un ruidito divertido.

—Por supuesto que lo hiciste.

El agente Allister tenía razón. Un golpe se había convertido en varios y, por algún motivo, detestaba a ese hombre como si hubiera sido el causante de todo. Hacía un año que no lo veía, pero el odio que sentía por él seguía muy vivo.

—No vas a contárselo —dijo Nico.

No contesté.

—Si se lo dices, hará de tu vida un infierno.

Se me escapó una carcajada amarga. Mi mejor amiga estaba cogiéndose a mi marido. ¿Qué podía ser peor?

Me agarró de la barbilla y me obligó a mirarlo.

—Los dos sabemos que tú te llevarás la peor parte de su ira, no yo.

—La decisión me corresponde a mí.

Dejó caer la mano, suspiró y se levantó.

—Está bien, pero que conste que te lo advertí. Y no sentiré lástima por ti.

Tomé su camiseta y me la pasé por la cabeza mientras él buscaba algo en su buró.

—¿Por qué, As? —susurré.

«¿Cómo has podido dejar que sucediera esto?».

Sabía por qué lo había hecho yo. Estaba hecha una mierda. Todo lo que hice estuvo mal. Pero ¿Nico? Él siempre mantenía la cabeza fría. Mantenía el control de todos sus movimientos.

—Estaba borracho, Gianna. Traía una buena peda. Y, para serte sincero, sigo borracho.

Se encendió un cigarro y brilló con ese resplandor rojo cereza enfurecido. Cuando abrió las persianas y la ventana y la luz entró en la habitación, otra pieza del rompecabezas encajó. Manchas rojas le cubrían las manos y le subían por los brazos. Sangre. No sabía qué era ser un miembro de la mafia, pero había convivido con ellos el tiempo suficiente para saber que no era fácil. Que, a veces, los estragos los afectaban a todos de golpe.

—Te pareces a tu *papà*.

Las palabras se me escaparon, suaves y al mismo tiempo tan duras en la soleada habitación. Los pecados de la noche nunca tenían buen aspecto de día.

Exhaló una nube de humo y sus ojos brillaron con un destello de ironía.

—Dios —negó con la cabeza—. ¿Por eso viniste anoche?

Luces estroboscópicas. Azulejos de baño sucios. Cocaína. Una gota de sudor por mi espalda. Una pastilla blanca de una bolsita de plástico. Nada.

—No lo sé —susurré.

—Bueno, fuera lo que fuera, espero que hayas sacado algo bueno, Gianna, porque vamos a ir los dos al infierno.

Apagó el cigarro en el marco de la ventana y salió de la habitación.

Cerré los ojos e intenté completar el rompecabezas, encajar las otras piezas de la noche. Pero solo encontré negrura, una negrura que me susurraba que me durmiera y no despertara nunca.

Cuando llegué a casa esa mañana había una caja de chocolates con un moño rojo sobre nuestra cama a modo de disculpa. En la cama en la que mi marido se había cogido a mi mejor amiga por detrás.

Me senté sobre las sábanas y me los comí todos.

Pasaron los días en un borrón de colores y sensaciones mientras un secreto me carcomía por dentro. Estaba todo patas arriba, como si observara el mundo desde un carrusel con la cabeza y el pelo colgando de la plataforma de acero.

Eran días malos. Fríos. Solitarios. Intoxicados.

Antonio solo apareció una vez. Se acostó tarde y se durmió al instante. Yo me quedé mirando el techo hasta que el sol entró a través de las persianas, la cama se hundió y su presencia desapareció con la misma facilidad con la que había llegado.

Poco después, el sueño se apoderó de mí.

Se encendió una luz brillante y me azotó una ráfaga de aire cuando me arrebataron el edredón. Solté un gemido a modo de protesta, pero se quedó ahogado en el agua fría que me cayó en la cara.

—*¡Levántate!* —gritó una mujer en español.

Farfullé mientras me seguía cayendo agua encima y me senté enseguida. Me limpié los ojos y, al abrirlos, vi a Magdalena a un lado de la cama con un gran recipiente en una mano.

—¿Estás loca? —jadeé.

Dejó caer el recipiente y se pasó una mano por el sencillo uniforme blanco.

—*Sí. Pero no tan loca como tú.*

Noté un dolor palpitante detrás de los ojos. Estaba empapada y agitada y las palabras me salieron con más rudeza de la que pretendía:

—Ya sabes que no hablo español, Magdalena.

—*Porque eres demasiado tonta.*

Esa frase la conocía solo porque Magdalena se pensaba que era una gran respuesta para todo.

Con un gemido, me dejé caer de nuevo sobre las sábanas mojadas.

—No sé quién pensó que sería buena idea contratarte. Eres irrespetuosa y, francamente, una mala sirvienta.

La mujer de sesenta años levantó la nariz.

—No soy una sirvienta, soy el ama de llaves.

Yo estaba bastante segura de que era lo mismo, pero no me apetecía discutir con ella.

—Pues vete con tus llaves a otra parte y déjame sola.

Se acomodó un mechón de pelo gris en su sitio y se miró las uñas.

—Esta noche tienes una fiesta, *querida.*

—No —protesté—. Nada de fiestas.

—*Sí...*

—No voy a ninguna fiesta, Magdalena. No tengo nada que ponerme —añadí. Al menos, nada con lo que no se me vea hasta el alma.

—Nada respetable —puntualizó ella mirándome con esos ojos oscuros como el chocolate—. Es para el cáncer. *Una cena benéfica.*

Se me hundió el estómago.

—¿A beneficio del cáncer?

—*Sí.* Antonio ha llamado y ha ordenado que estés preparada a las ocho.

¿Ordenado?

En circunstancias diferentes, como una cena a beneficio de las tortugas marinas (mi segunda organización benéfica favorita), lo mandaría a la mierda. Pero lo cierto era que detestaba el cáncer y mi marido tenía muchísimo dinero.

—Está bien, iré. Pero solo para firmar un gran cheque.

Me levanté y le di una patada a la caja de chocolates vacía al pasar. Desapareció debajo de la cama con el resto de mis demonios.

—*Bueno.* Has estado muy floja toda la semana, *señora.* No es nada atractivo.

Me dirigí al vestidor y aparté la ropa que colgaba de los ganchos.

—Gracias, Magdalena, pero aquí no hay nadie a quien quiera atraer —respondí.

Se puso a buscar en el cajón de mi ropa interior.

—¿Porque Antonio se acuesta con Sydney? —Me mostró un tanga de encaje colgando del dedo—. ¿Qué color quieres, *querida*? El rojo está muy bien.

Se me encogió el corazón.

—Veo que quien te enseñó a limpiar también te enseñó sensibilidad. El *nude*, por favor —agregué.

—Yo no limpio.

—Exacto —murmuré pasando junto a ella con un top negro corto holgado y una falda de cintura alta a juego que me había hecho con una vieja camiseta de Nirvana. Con botas altas hasta el muslo, quedaría perfecto.

Dejé el conjunto sobre la cama y me dirigí al baño.

Magdalena me siguió.

—Sabía que no era buena amiga desde el principio. Lo vi en sus ojos. Los ojos siempre lo revelan todo. Te lo dije, pero no me hiciste caso.

Me esforcé por no poner los ojos en blanco. Magdalena adoraba a Sydney y siempre me decía que debía comportarme como ella, que tal vez si lo hiciera, mi marido me amaría. Mi ama de llaves era una mentirosa habitual y estaba un poco loca, pero aun así era la más normal de la casa.

Ojalá me hubiera advertido de verdad. Tal vez en ese caso no me habría dolido tanto.

Se me formó un nudo en la garganta y la traición me ardió detrás de los ojos.

Me agarré al borde del lavabo con las uñas amarillas destacando sobre el desorden que había por toda la superficie.

Billetes de dólar, el reflejo de una 9 mm, colorete rosa, una bolsita de plástico y una capa de polvo blanco.

Me quedé mirando mi reflejo en el espejo.

Cabello rubio ceniza, lacio, mojado y piel oliva. Me encontré con la mirada de mi reflejo, mi alma me miraba directamente.

Los ojos siempre lo revelan todo.

Magdalena abrió la llave de la regadera.

—Apestas a depresión, *querida.* Lávate y luego te peinaré.

Me metí en la regadera.

Y me lavé.

Con las botas resonando sobre el suelo de mármol, me abrí paso entre las bandejas plateadas llenas de copas de champán que brillaban bajo las románticas luces. Había una pequeña orquesta tocando en un rincón del salón de baile, una melodía sencilla y suave que permitía escuchar una conversación monótona por encima.

Tenía el corazón entumecido, pero la inquietud floreció en el fondo. Había ignorado la orden de Antonio de reunirme con él en el club para poder llegar juntos a la cena y había venido sola.

No quería verlo. No quería sentir nada.

Y esos dos siempre venían juntos.

Estaba a punto de llegar a la mesa de donaciones cuando mi plan para entrar y salir antes de que llegara mi marido se fue al traste.

—Gianna, tan guapa como siempre.

Cerré los ojos durante unos instantes. Me di la vuelta con una sonrisa coqueta en los labios.

—Ay, tú también estás muy lindo, Vincent.

El joven de veintinueve años propietario del elegante hotel se rio.

—Lindo. Lo que siempre he aspirado a ser.

Consciente de que no iba a salir de ahí pronto, tomé una copa de champán de una bandeja que pasaba.

—Bueno, te sale de maravilla —contesté recorriendo con la mirada un grupo de conocidos de Vincent que se congregó tras él.

Se pasó una mano por la corbata y entornó los ojos con diversión.

—Te hemos tendido una emboscada por un motivo y no es para hablar de lo lindo que estoy.

Hice un puchero fingiendo confusión.

—¿Estás probando una nueva conversación?

Vincent y todo el grupo se rieron. Tomé un sorbo de champán.

Algo me hizo cosquillas en la mente y desvié la mirada a las puertas dobles del salón de baile. Mi copa se detuvo junto a mis labios.

Hombros anchos. Traje negro. Líneas suaves.

Azul.

Algo crujió y se prendió en mi pecho como un petardo sobre el pavimento caliente.

El agente Allister estaba en la puerta con una rubia a su lado. La mujer se aferraba a su codo y él me sostuvo la mirada.

Los ojos siempre lo revelan todo.

En ese momento lo envidiaba.

Sus ojos eran como un océano debajo del hielo donde solo podían vivir las criaturas más oscuras, mientras que los míos eran una llanura totalmente abierta.

Lo vio todo.

Cada moretón.

Cada cicatriz.

Cada bofetada.

No deseaba que nadie me tuviera lástima, pero lo que me había vuelto loca había sido su indiferencia. Había olvidado cómo sonaba su voz, pero, de algún modo, podía oír lo que me diría en ese momento.

«Aguanta, mi amor. No sabes nada del dolor».

Su desprecio me latía en el pecho, ardiente y pesado.

Sabía que era irracional, pero culpaba a ese hombre por meterme en la cabeza la idea de acostarme con Nico.

Lo culpaba porque había sido fácil.

Lo culpaba porque él era lo bastante frío para que no le doliera.

Observó al grupo de hombres que me rodeaba. Apartó la mirada, pero vi ese breve pensamiento en sus ojos antes de que se adentrara entre la multitud con la rubia. Pensaba que estaba coqueteando, provocando. Pensaba que estaba siendo infiel.

Y ahora ni siquiera podía negarlo.

El odio me apresó los pulmones y me robó el aliento.

—Estaba contándoles cómo nos conocimos —comentó Vincent—. ¿Te acuerdas?

Volví la atención al grupo, algo caliente salió de mi pecho y pasó hasta el tallo de la copa. Forzando una sonrisa, respondí:

—Claro que sí. Apostaste contra mi caballo y perdiste, naturalmente.

—Sí, eso hice. —Bajó la mirada al suelo y se aclaró la garganta con una sonrisa—. Pero hablo de cuando me sacaron y te pedí que huyeras conmigo a Tahití. Y dijiste que no porque ya habías estado y lo siguiente de tu lista era Bora Bora.

Me mordí la mejilla para ocultar una sonrisa.

—Estaba intentando ahorrarte la vergüenza, pero parece que esta noche quieres martirizarte.

—Eso parece. —Se rio—. Morticia vuelve a estar preparada y corriendo y apuesto a que esta semana se clasifica.

—Ay, Vincent —comenté, decepcionada—. Te encanta tirar el dinero, ¿verdad?

Se fue acumulando gente hasta que no pude ver por encima de ellos, todos hablando de apuestas y estadísticas sobre los caballos.

—Gianna, ¿vas a venir al Fall Meet este fin de semana?

—Gianna, ¿vas a apostar por Blackie?

—Gianna, ¿irás a la fiesta de después?

Me llevó media hora escapar de la conversación y, en ese momento, ya me había tomado dos copas de champán y necesitaba aliviarme. Usé el baño y volví a la mesa de donaciones esperando poder extender el cheque e irme rápidamente.

Cuando vi a Allister de espaldas ante una mesa hablando con una de las personalidades a cargo del evento, me detuve en seco. Las dudas se asentaron en mi estómago y di un paso en la dirección opuesta. Pero no. No podía ser. Odiaba a ese hombre, aunque lo que más detestaba era que su presencia me intimidara.

Como si quisiera demostrarme algo a mí misma, me acerqué a la mesa y me detuve lo bastante cerca de él como para rozar su saco con el brazo. Me miró de arriba abajo antes de volver la mirada a la mujer de mediana edad con la que estaba hablando como si yo fuera parte del decorado.

—Bueno —dijo la mujer rubia con las mejillas ruborizadas—. Mi hija no hace más que hablar bien de ti y me alegro mucho de que hayas podido venir. Sé que eres un hombre muy ocupado, la criminalidad no deja de crecer en esta ciudad cada año.

—Es todo un placer, señora.

Allister curvó los labios, aunque no miró en mi dirección. Las palabras que me había dicho un año antes volvieron a mí con su voz. Refinada, ligeramente áspera y con un ligero toque de diversión, como si siempre supiera algo que los demás desconocen.

La mujer de la alta sociedad me miró durante un segundo antes de ignorarme y volver al agente federal. Pero entonces, como si acabara de procesar lo que había visto, volvió a mí.

Me miró fijamente sin parpadear.

—Lo siento..., ¿puedo ayudarte?

Me saqué del brasier el cheque que había firmado y se lo entregué. Lo tomó de un borde con cautela hasta que lo desdobló y miró la cantidad.

—Vaya —exclamó—. Una suma increíblemente generosa. Muchas gracias. —Anotó algo en una hoja y me dio un portapapeles—. Necesito que llenes este formulario, por favor. —Como me quedé mirándolo, insistió—: Información del donante y recibo de impuestos. —Bajó la voz—: Puedes deducirte la donación en tus impuestos.

—Ah, yo no pago impuestos.

Parpadeó.

Allister cogió el portapapeles.

—Lo llenará.

—Muy bien, genial. —La mujer dio un paso a un lado y se marchó.

—Dime, ¿tú piensas antes de hablar? ¿O te limitas a escupir palabras?

—Bueno —contesté frunciendo el ceño—, aquella vez no pensé, es cierto. Pero ¿cómo voy a saber algo de impuestos? Antonio dice que él no tiene que pagarlos.

—Todo el mundo tiene que pagar impuestos. Es la ley.

—Ah, ¿esa por la que velas tanto?

Empujó el portapapeles hacia mí.

—Llena el informe y calla antes de que tenga que arrestarte por evasión de impuestos.

—Me parece bastante contraproducente teniendo en cuenta que tendrías que soltarme en cuanto mi marido se enterara.

Se le tensó un músculo de la mandíbula.

—Es tu salvador, ¿no?

Me tensé al oír el tono oscuro de su voz, un tono que me hizo sentir como si supiera más de mi historia de lo que debería.

—Es mi marido —contesté como si eso lo aclarara todo cuando, en realidad, no decía nada.

Tomé el portapapeles. Sin embargo, él lo sostuvo con fuerza durante un segundo y me miró fijamente antes de soltarlo al fin. Se giró para observar el salón de baile y se llevó el vaso lleno de un líquido transparente a los labios. Teniendo en cuenta lo aguafiestas que era, probablemente fuese agua.

—Parece que te perdiste de camino a un concierto de *grunge*.

—Por suerte, no es así —repliqué llenando el formulario—. Me habría enojado mucho si me lo hubiera perdido.

—¿Qué te hiciste en el pelo?

—¿Qué? —Esbocé una mueca triste con los labios—. ¿No te gusta? Me lo hice por ti. Oí que te gustaban las rubias.

—¿Has estado pensando en mí? —inquirió.

—Cada hora de cada día. Siempre estás ahí, como un hongo o un insecto que no deja de dar vueltas por mi cabeza.

La comisura de sus labios se inclinó hacia arriba.

Dejé el portapapeles, apoyé la cadera en la mesa, descansé la pluma en la barbilla y miré el salón de baile a mi alrededor.

—Por cierto, ¿dónde está tu rubia?

Seguí su mirada hasta la mujer en cuestión, quien estaba hablando con otra en mitad de la sala. Llevaba un vestido de cóctel blanco clásico y un chongo apretado. Su postura era perfecta, pero su sonrisa parecía tensa. Seguro que nunca se soltaba el pelo.

—Parece... divertida.

Cuando vi su encantadora sonrisa por el rabillo del ojo, algo caliente y titubeante cobró vida en mis entrañas. La sensación me dejó enseguida un mal sabor de boca.

Me aparté de la mesa.

—Está bien, bueno, que tengas una noche decente. Diría genial, pero estoy probando algo nuevo, no digo lo que no pienso de verdad.

—¿Seguro que no quieres donar tus zapatos antes de irte?

Mirando mis botas altas hasta el muslo, choqué los tacones como Dorothy. Desafortunadamente, eso no me hizo volver a casa.

—Lo haría, pero creo que la madre de tu novia las tiraría.

Levanté la mirada y vi que se fijaba en los pocos centímetros de piel desnuda que me quedaban encima de las botas. Fue una mirada clínica, evaluadora y nada lasciva. Aun así, el roce de su mirada ardió como un cubito de hielo deshaciéndose sobre la piel desnuda bajo el sol del verano.

—No es mi novia —dijo tomando un largo trago de lo que ahora estaba convencida de que era agua.

—Diría que pobre chica, pero... —Mis ojos brillaron con esa chispa de «estoy probando algo nuevo» cuando pasé junto a él.

Sus siguientes palabras, impregnadas de algo tan dulce como amargo, hicieron que me detuviera en seco:

—¿Problemas en el paraíso?

Agarré con más fuerza la pluma que todavía sostenía.

Tragué saliva y me froté el dedo anular sin anillos con el pulgar.

Mi matrimonio era una farsa y nunca podría escapar de él, el divorcio no existía en la Cosa Nostra, pero no me quedaría encadenada por un diamante en el dedo, un símbolo de amor, cuando no existía tal cosa. Al menos, a mí no me llegaba.

Me volví hacia él esperando ver una expresión triunfal, pero, cuando nuestras miradas se cruzaron, se me paró el corazón antes de ponerse a latir de un modo antinatural.

Había algo oscuro y auténtico detrás de su mirada y no me di cuenta hasta más tarde de que me estaba dejando verlo. El goteo constante de la sangre. Los ruidos metálicos y el fuego que lo habían forjado.

Estaba hasta el cuello de sangre.

Me pregunté si, incluso entonces, bajo esa falsa imagen de caballero, ese traje negro y esa camisa blanca, estaría cubierto de ella.

—¿Qué has sacrificado para estar hoy aquí? —El pensamiento se me escapó entre los labios, lanzado por una fuerza invisible—. ¿Tu alma? —Me acerqué a él quedándome a pocos centímetros hasta que su presencia rozó mi piel desnuda. Pasando la punta de la pluma por la palma de su mano, susurré—: ¿Cuánta sangre hay en estas manos?

Se pasó la lengua por los dientes y desvió la mirada a un lado antes de fijarla en mí.

Insondable. Azul. El corazón me latía con fuerza porque sabía que si me quedaba mirándola demasiado tiempo me quedaría atrapada bajo el hielo.

—Algún día te pasará factura —suspiré inclinando la cabeza.

Entornó la mirada con disgusto y la bajó a la pluma que sostenía entre los dientes. Solo me hizo falta un segundo para conectar los puntos. Gérmenes, probablemente.

Lamí el extremo de la pluma como si fuera una paleta, la guardé en el bolsillo delantero de su chamarra y le di una palmadita en el pecho.

—Que tengas una noche asquerosa, Allister.

Al dar un paso para marcharme, me di cuenta de lo sedienta que me había dejado su mirada. Di un paso atrás, le quité el vaso de la mano y me bebí el contenido.

Me atraganté.

Vodka.

El ardor de la garganta me bajó hasta el pecho mientras me dirigía a la salida. En cuanto abrí la puerta y me rodeó el frío aire de octubre, me encontré cara a cara con un par de ojos conocidos.

—¿Vas a algún sitio?

Me tensé e intenté rodearlo, pero mi esposo me atrapó la mano y me detuvo.

—Suéltame —espeté entre dientes.

Antonio me jaló y me rodeó la cintura con el brazo como si fuéramos la pareja más normal del mundo. Como si no hubiera una separación de veinticinco años entre nosotros, como si me hubiera cortejado en lugar de haber firmado un contrato por mí y, lo más importante, como si no me hubiera engañado y hubiera intentado disculparse con una puta caja de chocolates.

Me resistí, pero él me retuvo con más fuerza.

—No hagas un numerito, Gianna... —advirtió.

Antonio era como su hijo, solo que envuelto en dolor y entregado con cierto sentido de la justicia, incluso cuando la cruz que le rodeaba el cuello le abrió un agujero en la piel. Tras dos años de matrimonio, no creía que pudiera sentir compasión y sabía que así era como había ascendido hasta llegar a ser uno de los hombres más temidos de Estados Unidos.

En cuanto a por qué era reverenciado..., bueno, Antonio era cálido, era como el sol. Todos deseaban su atención porque, cuando te la daba, era absoluta, como si fueras lo único que importaba en el mundo. Independientemente del dolor que me había causado, de los muros que había levantado y que todavía mantenía, no era rival para él.

Ahora tenía que descubrir cómo renunciar al sol.

—No me gusta estar esperándote.

—A mí no me gusta que te cojas a mis amigas.

—Esa boquita —me regañó dirigiéndose de nuevo hacia el hotel.

A veces me sentía como si tuviera un grito atrapado en la garganta, uno que llevaba los últimos veintidós años intentando liberarse. Tenía una voz, un cuerpo, el pelo rojo feroz y un corazón de acero. Me aterraba que pudiera escapar, que su eco hiciera arder el mundo hasta sus cimientos y me dejara sola, rodeada de humo y ceniza. Ahogué esa sensación y una capa de sudor me cubrió la piel.

Atravesamos las puertas del salón de baile y, cuando miré dentro, mis ojos se toparon con los de Allister.

El intercambio fue una nube de calor, el ardor del alcohol y un destello negro cuando su mirada se posó en la mano firme de Antonio sobre mi brazo. Y entonces desapareció, reemplazado por un tapiz dorado al dirigirnos a la terraza.

Salimos y tomé aire. Era una noche fría y oscura, pero, en lugar de frotarme los brazos para calentarme, dejé que la brisa helada me mordiera la piel. Tal vez fuera masoquista, o tal vez el dolor fuera una de las únicas cosas que me hacía sentir viva.

La terraza estaba vacía, excepto por dos invitados fumándose un cigarro.

—¿Nos permiten un momento?

A pesar de la entonación que había usado mi marido, no era una pregunta.

Los dos hombres compartieron una mirada dubitativa, pero en un par de segundos dejaron caer los cigarros y volvieron a atravesar las puertas dobles para entrar en el salón. La luz se extendió por el suelo de la terraza antes de que se cerraran de nuevo las puertas y la oscuridad nos consumiera una vez más.

Un recuerdo distante se abrió paso en el presente.

—¿Cómo puedes querer a un hombre tan aterrador? —me había preguntado mi ex mejor amiga Sydney cuando estábamos sentadas en el sillón del despacho de mi marido mientras él hablaba por teléfono.

Solo tuve que pensar la respuesta unos instantes.

—Me escucha.

Supuse que a ella también la escuchaba.

—¿Te importaría explicarme qué es esto?

Me volví hacia Antonio y vi que sostenía una pequeña cajita redonda. Noté los latidos del corazón en la garganta. Uno de mis muros estaba a punto de derrumbarse.

—¿Qué es esto, Gianna? —espetó.

—Pastillas anticonceptivas.

—¿Para qué las tomas?

—Para no concebir.

La ira ardió en los ojos de Antonio como dos llamas en mitad de la oscuridad. Éramos católicos devotos y los anticonceptivos estaban mal vistos por la Iglesia. Pero sabía que lo que más le molestaba era que quería otro bebé, otro hijo para gobernar su imperio.

—¿Desde cuándo?

Lo miré directamente a los ojos.

—Desde el día que nos casamos.

«Desde la noche que pisaste mi corazón».

La bofetada fue inmediata. Me giró la cabeza a un lado y me arrebató el aire de los pulmones. El sabor metálico de la sangre me llenó la boca.

—Las cosas que me obligas a hacer, Gianna... —gruñó—. ¿Crees que quiero pegarte?

El viento se llevó mi amarga carcajada.

Lo más triste de todo es que yo solo sabía que no debía ser así por la tele.

Tiró las pastillas por el barandal.

—No más anticonceptivos, ¿me oyes?

Negué con la cabeza.

—No más. O juro que te apuñalo. No más dinero, no más viajes secretos a Chicago..., sí, sé que has estado ahí.

Se me congeló el corazón y se me partió en pedazos.

—Sabes que tu *papà* te prohibió visitar a tu *mamma*. —Transmitió suavidad con la voz—. No se lo he dicho porque sé lo mucho que significa para ti.

«Está enferma». No podía decirlo en voz alta porque sabía que me temblaría la voz.

—Tengo que verla.

—Lo sé. —Dio un paso hacia mí y percibí el olor ahumado de su colonia—. Lo sé todo sobre ti, Gianna. Dónde vas, qué haces, con quién hablas. —Me pasó una mano por el pelo y luché contra el impulso de apartársela porque solo serviría para que me tirara de los mechones—. Eres mía. Y yo cuido lo que es mío.

—Si te preocuparas por mí, Antonio, me quitarías tus sucias manos de encima y me concederías el divorcio.

—¿Crees que tomaría a otra esposa? Te quería a ti... —Acercó sus labios a mi oreja—. Así que te tomé y, carajo, pienso quedarme contigo. —Intenté apartar la cara, pero me tenía sujeta con fuerza—. Te doy rienda suelta, Gianna, pero ponme a prueba y te encerraré de inmediato. ¿Lo entiendes?

—Si crees que voy a acostarme contigo, estás muy equivocado.

—Te tranquilizarás. —Me pasó un pulgar por la mejilla—. Y, cuando lo hagas, te darás cuenta de que tú también quieres hijos, *cara.* —Me agarró la barbilla en una áspera caricia—. Y no creas que no me he dado cuenta de que no llevas el anillo. Volverás a ponértelo cuando llegues a casa o te despertarás mañana con el anillo pegado al dedo.

El brillo del salón de baile delineó su traje gris cuando atravesó las puertas.

Me temblaban las manos.

Las puertas se cerraron y volvieron sus palabras a ahogarme con las sombras.

«No más viajes secretos a Chicago».

«No más viajes secretos a Chicago».

«No más viajes secretos a Chicago».

El temblor me subió por los brazos y me invadió las venas y los vasos sanguíneos. Me estremecí. Se me tensaron los pulmones y empezaron a cerrarse más con cada respiración.

Flotaban puntos negros ante mi visión.

Me agarré del barandal de la terraza, la piedra era como hielo debajo de mis dedos.

Dentro. Fuera. Dentro. Fuera.

La luz iluminó la terraza alertándome de que alguien había salido.

Cerré los ojos con fuerza y se me escaparon las lágrimas por las pestañas inferiores. Gianna, Gianna, Gianna. Me tensé y me quedé esperando. Esperando que el mundo reconociera lo dañada que estaba por dentro, que me abriera en canal y viera todo lo que mi *papà* me había hecho desde el principio. Una parte diferente de mí, silenciosa pero fuerte, quería gritar, chillar, dejar que ella gobernara con un corazón de acero y el cabello pelirrojo.

—¿Sabes cuál es mi favorita?

Me agarré al barandal con más fuerza.

Dentro. Fuera.

—Andrómeda. —Allister se acercó más—. Una constelación de otoño a cuarenta y cuatro años luz.

Sus pasos eran suaves e indiferentes, pero tenía la voz seca, como si le pareciera que mi ataque de pánico era algo totalmente aburrido.

Su actitud me provocó una pequeña oleada de molestia, pero cambió cuando se me contrajeron los pulmones y no lograba relajarlos. No pude evitar que se me escapara un grito ahogado.

—Mira hacia arriba.

Era una orden con un matiz brusco.

Como no tenía ganas de pelear, obedecí e incliné la cabeza. Las lágrimas me nublaron la vista. Las estrellas se arremolinaban y brillaban como diamantes. Me alegró que no lo fueran, puesto que los humanos habrían encontrado un modo de arrancarlas del cielo.

—Andrómeda es la estrella tenue y borrosa de la derecha. Búscala.

Intenté encontrarla con la mirada. A menudo, no era fácil ver las estrellas, se escondían detrás de la niebla y el resplandor de las luces de la ciudad, pero, a veces, en noches de suerte como esa, la contaminación se despejaba y eran visibles. Encontré la estrella y me centré en ella.

—¿Conoces su historia? —preguntó. Su voz estaba muy cerca de mí.

Un viento helado me acarició las mejillas e inhalé lentamente.

—Respóndeme.

—No —admití con los dientes apretados.

—Andrómeda se jactaba de ser una de las diosas más hermosas. —Se acercó más a mí, tanto que me rozó el brazo desnudo con la chamarra. Tenía las manos en los bolsillos y la mirada en el cielo—. Fue sacrificada por su belleza, la ataron a una roca junto al mar.

Me la imaginé a ella, una diosa peligrosa con un corazón de acero encadenada a una roca. La pregunta surgió de lo más profundo de mi ser:

—¿Sobrevivió?

Su mirada cayó hasta mí. Recorrió el rastro de mis lágrimas y la sangre de mis labios. Su expresión se oscureció, tensó la mandíbula y apartó la mirada.

—Sí.

Volví a encontrar la estrella.

Andrómeda.

—Pregúntame qué significa su nombre.

Otra orden brusca a la que sentí el impulso de negarme, de decirle que dejara de mangonearme. Sin embargo, quería saberlo. De repente, necesitaba saberlo. Pero él ya se estaba encaminando a la salida.

—Espera —murmuré volviéndome hacia él—. ¿Qué significa su nombre?

Abrió la puerta y una luz plateada bañó la terraza. Traje negro. Hombros anchos. Líneas rectas. Giró la cabeza lo suficiente para encontrarse con mi mirada. Azul.

—Significa «soberana de los hombres».

Una brisa helada estuvo a punto de tragarse sus palabras antes de que llegaran hasta mí y me azotaran el pelo y las mejillas.

Y a continuación se fue.

Me agarré del barandal y miré el cielo.

Mi respiración se había estabilizado.

El nudo que tenía en el pecho se había aflojado.

El temblor de mis venas se había convertido en el zumbido cálido de una línea eléctrica.

Y entonces lo hice por todas las que no habían podido.

Lo hice por todos los moretones.

Por todas las cicatrices.

Por todas las bofetadas.

Sobre todo, lo hice porque quería.

Grité.

Los días se convirtieron en noches.

Los meses siguientes transcurrieron consumidos en un remolino de fiestas, vacaciones, carreras y retiros de fin de semana en el *spa*. El alcohol y las drogas se conseguían con tanta facilidad como la fruta fresca y los croissants servidos en bandejas que había cada mañana en la mesa del comedor de doce personas.

Era joven.

Consentida.

Insatisfecha.

Absorbía cualquier cosa que me acelerara el corazón. Que me hiciera olvidar. Que me hiciera sentir viva.

A veces, llegaba en forma de polvo importado de Colombia.

Otras veces..., azul.

—Vivir la vida del lujo.

Esa voz se deslizaba lentamente por mi sangre y me calentaba de dentro hacia fuera.

Me había dejado caer en un camastro cerca de la alberca con un vestido dorado reluciente, el pelo recogido en un chongo desordenado y un tirante del vestido deslizándose por el hombro. Era una noche de marzo inusualmente cálida y estaba aprovechándola.

Le di un mordisco a la fresa cuando mi mirada se encontró con la de Allister.

—¿Celoso?

—Más bien apático.

El resplandor de las luces de la alberca proyectaba tonos plateados, azules y sombreados sobre él. Llevaba un traje azul marino y corbata. Un Rolex brillante y mancuernillas. Estaba delante de las puertas de la terraza de mi casa con un vaso en la mano. Me escaneó con esa cálida mirada suya, desde mi pelo hasta el tazón de fresas y la copa de tequila que tenía en la mesita de al lado, pasando por mis tacones de terciopelo rojo.

—No me digas que te estabas aburriendo con las historias de mi marido.

Antonio tenía una habilidad especial para mantener con sus palabras a la gente en su sitio, pero yo no podía obligarme a escuchar la misma historia una y otra vez.

—Parece que tampoco han logrado mantener tu interés. Aunque tal vez sea porque ya sabías que ahora venía la parte de cogerse a su esposa virgen de veinte años.

Me estremecí. Antonio debía estar más enfadado conmigo de lo que pensaba.

Esperaba que lo hiciera parecer más emocionante de lo que había sido en realidad. No hubo nada romántico en mi primera vez. Fue algo frío y mecánico que abrió un agujero en mi pecho que había intentado llenar ganándome el amor de mi marido. Había sido todo un chiste.

—¿No entra en la descripción de tu trabajo fingir interés por todo lo que él diga?

Su mirada parpadeó con algo parecido a una diversión seca, pero él no respondió. Dio un paso hacia la terraza con los hombros en tensión. No pude evitar pensar que estaba sopesando sus opciones y que parecía preferir tolerar mi presencia antes que volver dentro.

—¿Sus groserías han herido tus sensibilidades? —pregunté.

—No exactamente.

Sus ojos se dirigieron hacia mí llenos a rebosar de una furia helada. Se convirtió en algo más cálido cuando deslizó la mirada por mi cuello y mi hombro desnudo.

Reprimí un estremecimiento.

—¿Vengará mi honor, agente?

—No estoy seguro de que tenga sentido cuando te queda tan poco.

Hice una mueca triste.

—Justo cuando empezaba a pensar que te importaba.

—Puedes esperar sentada, querida.

—¿Fresas?

Cuando miró la fruta que sostenía en la mano como si fuera algo ofensivo, suspiré. Mordí la punta y me lamí el jugo de los labios. Él siguió el gesto con la mirada, más caliente y pesada que los movimientos de mi lengua.

—¿Por qué odias tanto a mi marido?

—Sí..., ¿por qué?

Me quedé helada al oír la voz de Antonio.

Allister se mostró absolutamente impasible ante el hecho de que mi marido me hubiera oído y ni siquiera se dio la vuelta para concederle la atención a su jefe ni se dignó a responder a la pregunta. A Antonio nunca le importaba que hablara con hombres, pero no estaba segura de cómo se tomaría que estuviera a solas con uno de sus empleados.

—¿De qué están hablando ustedes dos?

—De mitología —contesté con aburrimiento—. Griega.

—Ah, mi favorita.

Allister tomó un trago y se quedó observando la alberca. Parecía tan apático como él mismo había afirmado estar antes, pero había algo debajo de su desinterés. Parecía demasiado indolente. Había una sombra oscura debajo del hielo.

—Tendría que haberme imaginado que te encontraría aquí, flojoneando junto a la alberca.

—Sí, bueno, una solo puede tolerar oír la misma historia cinco veces. Sin embargo, he oído que esta noche la has cambiado un poco.

Antonio se rio, se acercó a mi camastro y me pasó una mano por la nuca.

—No te enojes, *cara.* Ha sido una historia de buen gusto, te lo prometo. —Posó la mirada en Allister y la diversión se endureció hasta ser de acero afilado—. Ni que les hubiera contado que sangraste sobre mi verga.

Me estremecí.

La tensión era agobiante y apenas me dejaba respirar. Impregnaba el aire como la humedad de finales de verano, llenándome los pulmones y tocándome la piel.

Vacié la copa de tequila y apreté la mandíbula. El alcohol quemó la humillación de mi garganta. Mi marido estaba enojado conmigo por muchos motivos, pero lo que quiera que fuera esto, no me hacía ningún bien. Los dos hombres ni siquiera se miraban, pero nadie pasaría por alto el veneno que emanaba de ellos.

—Tus amigas te extrañan. —La mano de Antonio sobre mi cuello apretó lo suficiente para que entendiera la advertencia—. No tardes mucho.

Desapareció en el interior.

La malicia flotaba en el aire y se negaba a desaparecer. Mis ojos se deslizaron hacia Allister. Apático, pero con algo que daba mucho miedo por debajo.

Se me escapó una risa silenciosa e incómoda.

—Parece que tú tampoco le caes bien a mi marido. —Tragué saliva—. ¿No te da miedo que encuentre a otro agente federal corrupto con el que trabajar?

Su mirada me reveló que no le daba ningún miedo. Nunca había visto a nadie actuar con tanta impasibilidad ante mi marido, mucho menos a uno de sus empleados. Parecía que Allister no compraba lo que vendía Antonio como hacían todos los demás.

Era... refrescante. Y lo primero que me gustaba de verdad de ese hombre.

La tensión seguía siendo densa en el aire y acabaría mareada si no la despejaba.

—¿Esta noche no tienes ninguna cita?

—No.

—¿Qué pasó con...? —Repasé mentalmente la lista de rubias con las que había desfilado y recordé el nombre de la última—. ¿Portia?

—Monotonía.

—Pero eran perfectos el uno para el otro. —Suspiré como si estuviera realmente decepcionada—. Los dos guapos, serenos, insensibles... ¿Y si era la buena y la descartaste sin darle una oportunidad real?

Su mirada, que siempre parecía poco impresionada por cualquier cosa que saliera de mis labios, me rozó.

—No sabía que te interesaran tanto mis relaciones.

Me levanté y me quité los pasadores del pelo mientras me acercaba a él. La larga melena me cayó por la espalda. Su cuerpo se tensó cuando notó el ruido de mis tacones aproximarse, pero no me miró hasta que me paré delante.

—¿Alguna vez has pensado que puede que tú seas el problema? —Le quité el vaso de la mano y tomé un sorbo. El vodka que estaba bebiendo él siempre sabía mejor que cualquier otro.

—Supongo que vas a explicármelo.

Recuperó el vaso. Siempre le daba la vuelta para beber por el lado que no habían tocado mis labios, pero, esa noche, bebió justo donde había quedado la marca de mi pintalabios rosa y eso me provocó una extraña oleada de calor en el estómago.

Tragué saliva.

—A las mujeres les gusta tener algo de pasión y espontaneidad en su vida. Tú, agente, necesitas soltarte.

—¿Debería cogerme a otras mujeres en su cama? Eso suena bastante espontáneo, ¿no te parece?

Dios, tenía que saber lo de Sydney.

Suspiré.

Deseaba agrietar ese hielo que llevaba por armadura.

Me acerqué a él y, pasándole un dedo por la mandíbula, dije con dulzura:

—Tienes una cara muy bonita. ¿Consigues todo lo que quieres con ella?

—Casi.

Había algo tan significativo en esa única palabra que me quedé sin aliento. Dejé caer el dedo de su rostro con un ligero arañazo de mi afilada uña.

—Una mirada tuya y las mujeres caen rendidas a tus pies.

Estaba cada vez más molesto conmigo.

—Y, aun así, tú sigues de pie.

Me reí con ligereza.

—No me interesan los hombres, ni siquiera los que son tan guapos como tú.

—¿Porque estás casada?

—Porque estoy harta.

Entornó los ojos.

—Estás borracha.

Lo miré con un brillo travieso mientras me deslizaba el fino tirante del vestido por el hombro.

—Y tú no lo estás nunca. ¿No vives nunca al límite, agente? ¿No te permites tener lo que quieres?

El aire palpitó como si tuviera latido propio mientras me bajaba la tela brillante por las caderas y dejaba que el vestido cayera a mis pies.

Clic.

No apartó la mirada de mi rostro, aunque las ganas estaban ahí, moviéndose como una brisa en la dirección equivocada.

Me quedé a centímetros de él con ropa interior roja a juego y con mi marido y todos los invitados de la fiesta al otro lado de las puertas dobles.

Su respuesta fue simple y exactamente lo que esperaba del puritano agente federal. Aun así, el calor logró acariciarme la espalda mientras me dirigía a la alberca.

—No.

Miré por encima del hombro.

—Entonces, ¿cómo puedes sentirte vivo?

Una sonrisa se dibujó en mis labios cuando me sumergí en el agua porque su mirada había recorrido las curvas de mi cuerpo y era lo más opuesto al frío que había sentido nunca.

Capítulo 4

Christian
Septiembre de 2015

Tap, tap, tap.

La doctora Sasha Taylor observaba el movimiento de mi dedo sobre el descansabrazos con los ojos entrecerrados y los labios arrugados. Era la expresión que hacía cuando reflexionaba.

Tap..., tap..., tap.

Su mirada se cruzó con la mía y, cuando una sonrisa tímida se empezó a dibujar en mis labios, tragó saliva y miró los documentos que tenía sobre el regazo para encontrar algo de determinación.

—Háblame sobre la vida en tu hogar —dijo finalmente levantando la mirada—. Iowa.

—Ay, Sasha —dije entre risas—, los dos sabemos que no es de eso de lo que quieres hablar.

Toqueteó el dije que llevaba puesto y levantó una ceja.

—Pregunta —dije impaciente.

Un destello de determinación apareció en su mirada y soltó el dije.

—Ok. Hablemos de tu relación con el número tres.

—No te tomaba por alguien a quien le gustan los chismes en el trabajo.

—Yo no chismeo, solo observo. Hay que aprovechar cualquier forma de conseguir información para un caso.

—De acuerdo. —Me acomodé en mi asiento, apoyé un codo en el descansabrazos y me acaricié el labio inferior—. Dime en qué crees que consiste esa relación y te diré si es verdadero o falso.

La sorpresa se dibujó en su rostro, pero inhaló profundamente y no se lo pensó ni un segundo más.

—Solo te acuestas con la misma mujer tres veces.

—Verdadero.

—¿Por qué?

Había una larga lista de razones, pero solo una me motivaba a actuar en cualquier ocasión:

—Me siento bien así.

Cuatro veces hacían parecer que la relación podía llegar a alguna parte. Cuatro eran como una aventura descuidada con preguntas y sentimientos implicados. Cuatro me molestaban.

Aceptó mi respuesta y continuó con su interrogatorio.

—Algunas acciones, que no son perjudiciales para tu horario general, como ajustarte la ropa, tal vez peinarte o los kilómetros que corres en el gimnasio, las haces de tres en tres.

—Hasta cierto punto.

—¿Qué pasa cuando paras en dos?

Le sostuve la mirada.

Tap..., tap.

Contuvo la respiración esperando el tercer golpecito, que nunca llegó.

—¿Te estás obsesionando con el tercero ahora mismo?

—No.

Sí.

—¿Consideras que tienes TOC?

—Leve, autodiagnosticado —respondí mirando el reloj.

El celular me vibró en el bolsillo, la impaciencia me carcomía por dentro. Tenía cosas que hacer. Me habían suspendido en el FBI, pero, dentro de mis posibilidades, me había buscado otro trabajo. Si no me mantenía ocupado temía acabar ardiendo bajo el fuego de mi propia ira.

Había conseguido escapar del infierno, lo había visto, probado, sentido, y lo único que me había dado ganas de seguir había sido la sed de venganza y todo lo que tendría al otro lado. Había planeado mi futuro, desde el tipo de mujer con la que me iba a casar hasta el tipo de madera que iba a usar en mi casa. En ninguno de esos sueños tenía planeada a Gianna Marino.

Debería sentirme aliviado ahora que estaba casada y fuera de mi alcance otra vez, pero, carajo, a veces sentía que olvidarla sería una hazaña imposible.

—¿Y los síntomas de contaminación? —añadió desviando la mirada como si hubiera algo importante en mi expediente de lo que acababa de darse cuenta.

—¿Más chismorreo, Sasha?

No me sorprendió. Cuando alguien me conocía, no me olvidaba. Excepto una mujer. Mi cara había sido una maldición de niño, pero ahora me aprovechaba de ella. Para intimidar, para manipular, para conseguir lo que quería. Poder. Información. Mujeres. Qué endiabladamente irónico que lo único que quería en ese momento, no pudiera tenerlo.

Levantó la vista algo aturdida.

—No das besos en la boca.

—Verdadero.

—¿Por qué no?

—Es asqueroso e innecesario.

Sus ojos parpadearon en desacuerdo. Ya había cavado más profundo en mi mente de lo que esa evaluación debería haberlo hecho. Su interés era simple curiosidad, la razón por la que cualquiera decide convertirse en psicólogo: para abrir la mente de un ser humano como un huevo, para ver lo que nos hace vibrar. Lo que ella no sabía era que yo no vibraba. Yo era un terremoto.

—No pareces tener la misma opinión respecto a... otras partes de la anatomía de la mujer.

Me reí.

No tendría ningún problema con ninguna parte de la anatomía de cierta mujer. A decir verdad, dejaría que me escupiera en la boca.

—Entonces, si estás dispuesto a...

—¿Comer vaginas?

Se sonrojó.

—Esto ha ido más allá de lo que debería —murmuró agarrando con torpeza su bolígrafo.

—¿Estás anotando todo esto, Sasha? —Me ajusté el puño de la camisa.

—¿Por qué besos no? —Sus movimientos inquietos se habían detenido, su curiosidad no estaba dispuesta a dejarlo ir.

Pensaba que había encontrado algo, una pieza del rompecabezas del que estaba hecho. A decir verdad, probablemente estaba cerca. Si tiraba de ese hilo lo suficientemente fuerte, podría liberar otro.

—Lápiz labial —dije—. Lo odio.

Especialmente el rojo.

Una mancha en forma de corazón en mi mejilla. La huella roja en el borde de una copa sucia o un cigarro encendido tirado en el pavimento agrietado. Las vueltas de ese pequeño tubo negro. Lo odiaba todo, maldición.

—Entonces, ¿la razón no está relacionada con pensamientos de contaminación? —insistió.

—No.

En gran parte era cierto. Cuando estaba agitado o estresado, mi problema con la limpieza se agravaba, pero por lo demás, simplemente me gustaba estar aseado. Me gustaba un espacio limpio, ropa limpia, y no llevarme mierdas sucias, como una pluma compartida usada, a la boca. No despertarme con bichos en el cuerpo. No tener que lavarme la suciedad del cuerpo en una fuente.

—Estamos al final de la sesión, pero tengo una pregunta más. ¿Cuál es tu primer recuerdo del número tres?

Toc, toc, toc.

Los golpes resonaron en mi mente, tres fuertes golpes que habría podido oír aunque me hubiera tapado los oídos con las manos.

—Siempre llamaban tres veces —dije.

—¿Quiénes?

—Los hombres que me crearon.

Capítulo 5

Gianna
23 años
Julio de 2014

—¡Feliz cumpleaños!

El grito de cien voces diferentes me golpeó en cuanto abrí la puerta de la discoteca. Una lluvia de confeti brilló bajo la luz tenue y me acarició la piel desnuda al caerme sobre los hombros.

Había globos flotando en el aire que distorsionaban la imagen de una foto mía lanzando un beso a la cámara que ocupaba toda la pared del fondo. *Birthday* de los Beatles inundó la sala.

Valentina empezó a correr con sus tacones de aguja y me envolvió en un abrazo.

—¡Felicidades!

—¿No crees que te has pasado un poco, Val?

—¿Es por la foto? —Frunció el ceño y se separó de mí—. ¿Crees que es demasiado grande?

Le di un beso en la mejilla entre risas.

—Es perfecta.

Entré en la discoteca maniobrando entre abrazos y agradecimientos a la gente por sus felicitaciones hasta que me dolieron las mejillas. Mi mundo se tambaleó cuando alguien me tomó por la cintura y me empezó a dar vueltas. Luego que dejé de girar, pude ver claramente la mirada cercana de Luca mientras mis pies flotaban en el aire.

—Me debes dinero, Gianna.

Fruncí el ceño.

—¿Es así como felicitas a la gente por su cumpleaños?

—Solo a las mujeres que intentan escaparse de sus deudas.

—Vamos, por favor. —Le quité una pelusa inexistente del hombro—. Perderás la próxima apuesta. Solo nos estoy ahorrando tiempo con un intercambio, eso es todo.

Se le escapó un suspiro seco de diversión y me puso de nuevo en el suelo.

—Creo que eres la peor tramposa de entre todos nosotros y ni siquiera eres una Russo de sangre.

Tomó asiento en la barra.

—Oh, mira —dije pasando entre Luca y Nico, que se sentó a su lado—. Soy tan popular que el gran Nicolas Russo me honra con su presencia en mi fiesta de cumpleaños.

Nico me dedicó una media sonrisa mientras bebía un vaso de whisky.

—Tengo una reunión esta noche.

—Ah —respondí al comprender que sería abajo, en la sala de reuniones—. ¿Crees que podrías al menos fingir que estás aquí por mí?

—Tienes a mucha gente aquí por ti.

Hice una mueca mirando alrededor de la abarrotada discoteca.

—Cierto.

No habíamos hablado de aquella noche de un año atrás. Ni una sola vez desde la mañana siguiente. Si no hablábamos de ello, era como si, no hubiera ocurrido. Sin embargo, el secreto se había comido una gran parte de mi alma. El arrepentimiento era una bestia hambrienta que se alimentaba cada día.

Las miradas de Nico y Luca se dirigieron a la puerta. Se pararon al mismo tiempo y me giré para ver a un hombre que no reconocí; traje negro, pelo oscuro y el brillo de la Cosa Nostra en sus ojos.

—¿Quién es? —pregunté.

—No es asunto tuyo —respondió Nico.

No apartó los ojos del jefe de la mafia mientras me tomaba por detrás de la cabeza y me acercaba contra su pecho en un áspero y corto abrazo.

—Feliz cumpleaños —dijo, y añadió—: Intenta no pasarte esta noche, ¿está bien?

—Claro, papá.

Me apartó juguetonamente por la cara y luego ambos Russo se dirigieron hacia el hombre que no era asunto mío.

Valentina chocó conmigo mientras pedía una enorme cantidad de bebidas en la barra y, poco después, me encontré perdida en el fondo de un trago, viajes al baño y un subidón embriagador y desinhibido en la sangre.

Morado, amarillo, azul. Los paneles bajo mis pies parpadeaban, brillando sobre mis piernas desnudas y mi vestido blanco. *I Kissed a Girl*, de Katy Perry, sonaba por las bocinas mientras los cuerpos en la pista de baile se movían con las extremidades bailando, las caderas meciéndose, los labios tocándose.

Morado. Una gota de sudor en mi espalda. Amarillo. El deslizamiento de otra piel contra la mía. Me pasé las manos por el cuello, hice un esfuerzo y miré hacia arriba.

Azul.

Mi respiración disminuyó, al igual que mis movimientos.

Le sostuve la mirada mientras permanecía junto a Nico en la barra. Allister respondió a algo que As había dicho, pero mantuvo los ojos en mí.

Mis caderas balanceándose, mis manos deslizándose entre el pelo... se movían a un ritmo distinto al de la música. Más lento. Más sexi. Como una caricia de sábanas de seda contra la piel desnuda. Sosteniéndole la mirada, canté un verso de la canción. Las palabras brotaron de mi boca pintada de rojo como exhalaciones sensuales entre los labios entreabiertos.

Sus ojos se oscurecieron.

Solo había estado jugando con él, pero, en algún momento, mi cuerpo se había confundido. La sangre de mis venas se calentó. Mis pezones se tensaron. El sudor brillaba como gotas de aceite en mi piel haciéndome cosquillas a medida que se deslizaba entre mis senos.

Su mirada se desvió hacia mi foto en la pared detrás de mí antes de encontrarse con mis ojos.

Sonreí, levanté una mano y le lancé un dulce beso.

Media hora después, con las piernas temblorosas, salí a tropezones de la pista de baile y me dirigí hacia el piso de arriba para calmar el punzante latido de la música en mi cabeza.

Abrí la puerta de la habitación vip y me quedé quieta con la mano en el picaporte. Un federal corrupto estaba de pie dándome la espalda con la mirada fija en la ventana que brillaba iluminada por las luces de la ciudad. Estaba hablando por teléfono y la cadencia suave y lenta de su voz llegó hasta mí. Algo sobre un contrato y una mala situación. Sonaba intrigante. Entré en la estancia, cerré la puerta y me apoyé en ella. La espalda de Allister se tensó sutilmente con el suave clic, pero no se percató de mi presencia.

Había dejado crecer la parte superior de su corte de pelo degradado con los años desde que lo había conocido. Ahora era lo suficientemente largo como para pasar los dedos a través de él, como para agarrar un mechón. La idea me hizo sentir excitada y extraña, y me deshice rápido de esa sensación.

Colgó y se dio la vuelta.

Nos miramos fijamente y una tensión densa, casi sofocante, llenó el aire. Dos noches en una terraza habían sido las únicas otras veces que habíamos estado solos. Ahora, con una puerta cerrada, un techo y cuatro paredes rodeándonos, parecía que no había suficiente oxígeno para los dos en ese pequeño espacio.

—¿Ya te aburriste de tu fiesta?

Habíamos jugado a varios juegos durante el último año en las pocas ocasiones en las que nos habíamos encontrado. Uno de mis favoritos requería que ignoráramos por completo la presencia del otro, incluso si un conocido decidía presentarnos. Otro juego consistía en que yo fingía estar locamente enamorada de él. Ese era el que menos le gustaba y, como molestar a Allister sabría más dulce que mi pastel de cumpleaños, fue al que decidí jugar.

Me quité los tacones.

—Tal vez he venido aquí para estar con un hombre.

Algo oscuro se movió a través de sus ojos, pero, tan pronto como se apoyó contra el cristal, desapareció.

—Esperemos que esta vez no forme parte de tu familia.

El estómago me dio un vuelco y sentí un temblor en el pecho. *Lo sabía*. Sabía lo mío con Nico. Había visto al federal con As unas cuantas veces en los últimos años, pero no pensaba que fueran lo suficientemente cercanos como para compartir secretos. ¿Cuánto le había contado Nico? Sentía que iba a vomitar.

Tragué saliva e intenté que no me temblara la voz:

—Tú y yo no somos familia, agente.

Alzó las cejas.

—Así que veniste a estar conmigo.

De repente, sentí que una sensación de malestar me ahogaba y ya no podía fingir que estaba bien. Olvidé los tacones, me di la vuelta y agarré el picaporte de la puerta. Sin embargo, antes de que pudiera abrirla del todo, su mano apareció por encima de mi cabeza y la cerró de un portazo. El eco hizo que me estremeciera.

Sus hombros bloqueaban la luz. Su presencia, pesada y palpable, me recorrió la espina dorsal.

—Tú empezaste este juego —dijo con el sonido áspero de la ira—. Termínalo.

No podía pensar con él detrás acorralándome contra la puerta. Siempre permanecíamos cerca, lo suficiente para vigilar la habitación e insultar la apariencia e inteligencia del otro con facilidad. Pero esto era diferente. Una ira real y volátil brotaba de él y me aterrorizaba.

Sin rodeos y tan seca como el pan duro, le dije:

—Lo que siento por ti, bueno, me ha puesto en un estrecho aprieto.

—Pequeño aprieto —me corrigió en voz baja.

No dije nada porque estaba temblando por dentro. Por su cercanía, su ira inexplicable y el hecho de que estaba atrapada y no conseguiría salir a menos que él decidiera dejarme ir. La sola idea de que pudiera tocarme provocaba un cosquilleo expectante en cada terminación nerviosa de mi espalda.

Apartó la mano de la puerta y se alejó.

Inspiré lentamente. Exhalé.

Me giré y lo vi dirigirse al minibar y coger un vaso de líquido transparente que reposaba sobre la barra de madera.

—Ve a entretener a tus invitados, Gianna.

Una descarga de irritación me atravesó. Odiaba que me dijera lo que tenía que hacer. Como si fuera mi amo y señor y yo aún no fuera consciente de ello.

—Eso es lo que estoy tratando de hacer, pero supongo que algunos invitados son simplemente idiotas.

Apoyó las manos en la barra y me dirigió una mirada oscura. No estaba ahí por mi fiesta, sino por no sé qué reunión que se estaba celebrando en la planta de abajo. Y su expresión me lo estaba dejando muy claro. Pero no me importaba la semántica.

—¿Dónde está mi regalo? —pregunté acercándome a él, descalza.

—¿Qué? ¿La habitación de al lado repleta de regalos no es suficiente para ti?

—Oh, no. ¿Te enojaste porque tengo amigos y tú no?

—Necesitas saber que todo el mundo te adora, ¿no es así?

—Sí —dije con una expresión seria—. Así que, ¿dónde está mi regalo?

Di unos golpecitos sobre su reloj mientras él entornaba los ojos.

—¿Estás seguro de que tu reloj no es demasiado? Es un Rolex.

Como solo me dedicó una seca mirada, suspiré:

—De acuerdo, si insistes.

Empecé a desabrocharle el reloj solo para ver si me paraba, si me agarraba por la muñeca y me decía que dejara de ser pesada como sabía que cualquier otro hombre haría. Él nunca me había tocado. Ni una vez. Ni siquiera cuando había jugado con su corbata, tomado sus gafas o lo había pisado «accidentalmente» después de que me hubiera dicho que al menos ahora el pelo rubio me iba a conjunto con lo que tenía dentro de la cabeza. Para ser sincera, me había hecho creer que era demasiado poco como para siquiera entrar en contacto conmigo. Por alguna razón que no podía explicar, me molestaba. Y tal vez por eso lo tocaba aún más.

Con las manos todavía apoyadas en la barra, solo me miró mientras le desabrochaba el reloj. Mi respiración se volvió densa en los pulmones. Simplemente le estaba quitando el reloj, sin embargo, de alguna manera, me sentía como si le estuviera desabrochando el cinturón.

El Rolex se deslizó hasta la mitad de mi antebrazo cuando me lo puse, pero aun así lo agité como si tuviera un nuevo anillo de diamantes.

—Gracias —dije con entusiasmo—. Me encanta.

Nos miramos el uno al otro y algo espeso y pesado fluyó por la habitación. Volvió a inclinar el vaso y bebió un gran sorbo. Habría dicho que era agua, pero sabía que era vodka. El hombre podía beber y, sin embargo, parecía incapaz de emborracharse.

Incliné la cabeza.

—¿De dónde eres?

—De Iowa.

Se me escapó una carcajada.

—Y yo soy la reina de Inglaterra.

Me quité su reloj, lo puse sobre la barra y lo hice girar con el dedo.

—Vale. Ya sé lo que quiero por mi cumpleaños.

—Estoy ansioso por saberlo.

—No lo estás. Pero no pasa nada. No todos podemos tener sentimientos y esas cosas.

Volvió a ponerse el reloj y me distraje con el movimiento. Allister tenía el tipo de manos que hacían que una mujer se preguntara cómo quedarían pegadas a su piel.

—Quiero un secreto —dije, y añadí—: Uno tuyo, por supuesto.

—¿Y qué se supone que gano yo con esto?

—La satisfacción de hacerme feliz. —Le dediqué una dulce sonrisa.

Su mirada se dirigió a mis labios. Luego miró a otra parte, pero, antes de hacerlo, vi en sus ojos un destello de algo innegablemente maligno. Mis latidos se aceleraron.

Volvió a apoyar las manos en la barra.

—Dime primero qué te regaló tu marido.

Su voz sonaba despreocupada, aunque sentía una tensión emanando de él que me contagió una energía nerviosa.

Levanté un hombro.

—Seguro que algo de joyería, como cada año. No lo sé, no lo he visto aún hoy.

—¿Por qué no?

—Es un hombre ocupado.

—¿Demasiado ocupado para su mujer en el día de su cumpleaños?

Reconocí su tono indiferente pero vicioso y a dónde quería llegar. La frustración me raspaba bajo la piel.

—Detente —le dije.

—¿Qué estaba haciendo Antonio hoy? ¿O tal vez debería decir *a quién*?

La ira me arañó la garganta y la parte de atrás de los ojos. Antonio ya no consumía mis pensamientos. Ya no pensaba en él con esa joven ilusión y admiración. El amor, si es que alguna vez hubo algo más que encaprichamiento, se había vuelto amargo. Sin embargo, la traición todavía picaba y Allister estaba abriendo esa herida para que sangrara.

Me ahogué en mi furia.

—Te odio.

—Pienso en ti.

Esas tres palabras ásperas llenaron el aire entre nosotros, asentándose en el suelo con una quietud que me sacudió hasta la médula. Mi sangre se enfrió a medida que el silencio aparecía para tocarme con dedos fríos.

Me quedé mirando con los ojos muy abiertos.

Él observó mi expresión con una amarga diversión atravesando su mirada.

—Ahí tienes tu secreto.

Tras terminarse la copa, la dejó caer sobre la barra antes de dirigirse hacia la puerta. Se detuvo con una mano en el picaporte y volteó hacia mí.

—¿Quieres saber por qué no te toco?

Sacudí la cabeza.

—Porque si lo hiciera, no podría parar. No hasta que hubiera apagado ese precioso fuego en tu mirada.

Sus ojos me atravesaron.

—No te vuelvas a encerrar en una habitación conmigo, Gianna.

Se fue, pero esa advertencia se quedó conmigo.

Mi corazón latía a toda prisa mientras bajaba las escaleras y golpeaba la pesada puerta. Cuando se abrió, Tara apareció al otro lado. Su brillante sonrisa se transformó en un ceño fruncido al ver que era yo.

—Sabes que a Antonio no le gusta que haya mujeres aquí abajo.

Ella se ganaba la vida abriendo una puerta; sin embargo, se creía que era el equivalente a la mano derecha del presidente. No sabía por qué, pero todas las mujeres que habían estado a cargo de esa puerta habían sido unas perras amargadas.

—Tienes un segundo para apartarte de mi camino antes de que haga que te pongan a sacar la basura.

Entrecerró los ojos.

—No te atreverías.

—Ponme a prueba.

La ira subió por sus mejillas. No obstante, como si acabara de recordar algo importante, una chispa de picardía se encendió en sus ojos y abrió la puerta de par en par.

Era evidente que algo me esperaba, pero no pude encontrar la energía para preocuparme. Estaba demasiado agotada por culpa de las palabras de Allister y furiosa porque As le había dicho lo que había pasado entre nosotros.

Pasé junto a ella y bajé la corta escalera de acero.

El humo de los puros flotaba en el aire y se mezclaba con la tenue luz anaranjada. Las mesas de juego estaban sin movimiento y los reservados que rodeaban la sala, vacíos. Algunos hombres merodeaban junto a la puerta de la sala de reuniones y desde el interior se filtró a mis oídos una acalorada conversación. Me dirigí hacia el despacho de Antonio para esperar a que terminara la reunión.

Cuando pasé por delante de la sala de reuniones, Lorenzo salió del grupo de hombres y me cerró el paso.

—¿Qué haces aquí abajo?

—Estoy tratando de escuchar a escondidas todos sus planes secretos para apoderarse del mundo.

Se metió las manos en los bolsillos con una sonrisa dibujada en los labios. Lorenzo era el más simpático de los Russo, si es que se podía usar esa palabra para describir a cualquiera de ellos. Las salpicaduras de sangre y el aspecto de la Cosa Nostra por lo general revocaban cualquier sentido de *simpático* de su descripción. Pero, de algún modo, Lorenzo aún lo conservaba. Podía ser el más simpático, pero había oído que era el más pervertido también.

—Tienes una fiesta arriba —dijo—. ¿Por qué no te unes a ella?

—Tengo que asesinar a As primero, luego iré.

—As está ocupado.

—Esperaré hasta que esté libre.

Necesitaba un segundo para ordenar mis pensamientos de todos modos. «No hasta que hubiera apagado ese precioso fuego en tu mirada». Un escalofrío helado salió de la base de mi espina dorsal. ¿Qué significaba eso exactamente?

Distraída, intenté rodear a Lorenzo, pero me bloqueó el paso de nuevo.

—Ve arriba, Gianna.

Me vino a la mente la mirada traviesa de Tara. Con un tono cantarín en la voz, pregunté:

—¿Qué hay en el despacho de mi marido que no debo ver?

—Nada.

—Oh, Lo, sé que no puedes evitarlo, pero ¿alguien te ha dicho que eres transparente? —Puse los ojos en blanco y lo empujé.

John estaba de pie junto a la puerta de la oficina con una mano agarrándose la otra muñeca delante de él. No era italiano y, por lo tanto, nunca podría ser un jefe de la mafia, pero era un hombre de confianza de mi marido desde que lo había conocido y probablemente siempre lo sería.

—¿Nuevo corte de pelo? —le pregunté mirando su calva. Era un chiste entre nosotros.

Una sonrisita se dibujó en sus labios.

—Usé un poco de gel de Lorenzo.

Pude sentir a Lorenzo poniendo los ojos en blanco detrás de mí.

—Me gusta. —Le guiñé un ojo.

Agarré el picaporte de la puerta, pero la voz de John me detuvo antes de que pudiera abrirla.

—Gianna.

Lo miré y me encontré con una expresión seria. Llegados a ese punto, ya sabía lo que me iba a encontrar detrás de la puerta, pero estaba harta de haber estado huyendo de ello durante todo el año. Mis pensamientos se reflejaron en mis ojos y John asintió con comprensión.

Abrí la puerta y entré en la habitación.

Ella estaba sentada en el sillón con las piernas cruzadas y un libro en el regazo. Cuando levantó la mirada y me vio, soltó la pluma que tenía en la mano y se quedó petrificada.

—Hola, Sydney.

Tragó saliva.

—Gianna.

—No te preocupes por mí —dije sentándome a su lado y tomando el control de la tele—. Estoy esperando a As. Solo tengo que matarlo, luego me iré.

Asintió como si me entendiera perfectamente.

Cambié los canales hasta que me encontré con mi telenovela favorita y la dejé puesta. Luego me acomodé subiendo las piernas junto a mí.

La incomodidad de Sydney emanaba de ella como un perfume empalagoso. Llevaba su bata azul y me di cuenta de que debía haber venido directamente desde el hospital. Trabajaba como flebotomista para pagarse la carrera de enfermería. Me sorprendió que siguiera insistiendo en trabajar, sabía que Antonio no dudaría en pagarle la universidad.

—Gianna —titubeó con una gran emoción en la voz—. No sé qué decirte para pedirte perdón por todo.

La traición me estrujó el corazón con una fuerza brutal.

Era lo mismo que había dicho en cientos de correos electrónicos, notas de voz, mensajes y un par de visitas personales a las que yo había puesto fin rápidamente. Si dices algo demasiadas veces deja de tener significado.

—Si pudiera volver atrás y cambiar cómo sucedieron las cosas...

—No, no, no —murmuré sacudiendo la cabeza hacia la televisión—. No te acuestes con Chad. ¡Se cogió a Ciara a tus espaldas la semana pasada!

La atención de Sydney se dirigió a la televisión antes de que la frustración calentara sus mejillas.

—Te conozco, Gianna, y sé que no eres tan indiferente, no conmigo.

Un nudo de amargura se me formó en la garganta.

—Sí que me conoces. Sabes más sobre mí de lo que nunca he compartido con nadie. Y por eso no puedo perdonarte, Sydney.

Había ido a algunas clases en la universidad tras casarme y mudarme a Nueva York. «Te ayudará a acostumbrarte a la ciudad», había dicho Antonio. Yo admiraba su generosidad, la libertad que me concedía, algo que nunca antes había experimentado. Allí conocí a Sydney. Recordé las horas que pasamos juntas en la litera de su dormitorio mirando el techo y hablando de la vida.

Fue la primera amistad verdadera que tuve. Y cuando terminó, no era la primera vez que me arrancaban el corazón. Había sentido el pecho vacío desde los cinco años y, a veces, donde deberían estar las emociones, solo había un hueco. Algunos lo llamaban depresión. Yo lo llamaba vida.

—Ya sabes cómo es él —dijo en voz baja.

Lo sabía. Lo sabía tan bien que sentía lástima por ella, pero eso no sirvió para eliminar la imagen de él y ella juntos. O el conocimiento de que se habían estado viendo durante un año, sin tener en cuenta en absoluto cómo me haría sentir.

—No quería que pasara nada. Me siento muy mal por todo.

—Este tema es extremadamente aburrido —suspiré—. Ya sé, hablemos de cómo es mi marido en la cama.

Ella hizo un ruido de frustración.

—Deja de hacer esto. Deja de fingir que no te importa.

—¿Quieres que sea sincera con mis emociones? Bien. —Las palabras salieron de mis labios sin ningún sentimiento—: Te odio. Te odio por lo que hiciste. Te odio por seguir haciéndolo. Y te odio por actuar como si yo fuera la que está equivocada. Estás muerta para mí, Sydney. ¿Es eso lo bastante sincero para ti?

«Estás muerta para mí».

«Estás muerta para mí».

«Estás muerta para mí».

Resonó en la habitación en un bucle eterno, como un disco rayado.

Su rostro perdió todo el color y su voz era tan baja que sonó casi inaudible.

—Siento mucho lo que te hice.

—Yo también —susurré resignada.

El silencio nos consumió a las dos. Se hizo pasar por una entidad calmada y pacífica, pero no podía ocultar un matiz volátil. Nos sentamos en ese incómodo silencio cargado de traición. Era su castigo. Era mi existencia. Siguió haciendo sus deberes con mano temblorosa y yo seguí viendo mi serie mientras intentaba no arrepentirme de las palabras que había dicho. Pero lo hice. Ya me atormentaban y ella ni siquiera estaba muerta todavía.

Quince minutos después, Antonio irrumpió en la habitación con As pisándole los talones. Estaban discutiendo sobre algo, pero en cuanto se percataron de nuestra presencia, ambos se quedaron de piedra. Supuse que una esposa y una amante sentadas una al lado de la otra era una visión desconcertante. Me propuse hacer la situación más confusa.

Sonreí.

—¿No vas a desearle a tu mujer un feliz cumpleaños?

—Dios —murmuró As—. No tenemos tiempo para esto ahora.

Le lancé una mirada asesina.

—¿Sabes para qué no tengo tiempo yo? Para ti.

Fue una respuesta inmadura que no pensé bien, ya que sí tenía algo de tiempo libre teniendo en cuenta que no tenía trabajo ni una sola responsabilidad. Ese pensamiento se reflejó claramente en la expresión seca de As.

Padre e hijo estaban uno al lado del otro. Juntos eran más fuertes que una pared de ladrillo. Una invencible fuerza de la naturaleza. O alguien a quien tal vez rezar.

La mirada de mi marido se movía entre Sydney y yo de una manera retorcida y asquerosa, pensé que le gustaba vernos juntas.

No lo había tocado desde octubre, desde que le dije que no lo haría. Pero se estaba volviendo más persuasivo a medida que pasaban los días y yo estaba empezando a necesitar contacto humano. Manos y labios sobre mi piel; perderme en un brillo de sudor y lujuria. El deseo se hacía más fuerte cada día y sabía que Antonio solo estaba esperando hasta que se volviera insoportable. Es verdad que me pegaba a veces, pero nunca había intentado violarme. Supongo que era un pecado que le daría vergüenza confesar. O, más probablemente, pensaba que mi resistencia era un juego que estaba a punto de perder y que iba a sentir una inmensa satisfacción cuando ganara.

Por suerte, la forma en que nos miraba a Sydney y a mí empezó a provocarme náuseas. Me puse en pie y me alisé el vestido.

—¿Hay alguna razón para que no estés celebrando con la gente de arriba que vino por ti? —preguntó Antonio.

—Sí, la verdad es que la hay. Para disparar a As. Ya que no estoy armada, te dejaré hacer los honores.

Puso los ojos en blanco y se dirigió a su escritorio.

—Apacigua a mi mujer, hijo. Es su cumpleaños.

Me volví hacia Nico, con el triunfo brillando en mis ojos como un hermano que acaba de ganar una pelea. Aunque fue una comparación un poco incómoda, teniendo en cuenta que habíamos tenido sexo.

Nico negó con la cabeza, se dirigió a la puerta y la abrió.

—Tienes un maldito segundo para decir lo que necesites. Y no me vas a disparar.

—Ya veremos —murmuré pasando junto a él mientras salía por la puerta.

Mis pies descalzos tocaron el frío concreto del pasillo justo cuando el primer estallido atravesó el aire. Una corriente de aire me golpeó la cara, un zumbido resonó en mis oídos. John cayó al suelo con un golpe seco.

Me quedé mirando la mancha roja que se deslizaba por la pared frente a mí.

Se me escapó la respiración de golpe cuando alguien me estampó contra la pared y me cubrió con su cuerpo.

Pum.

Pum.

—Carajo —gruñó Nico golpeando la pared junto a mi cabeza.

Se dio la vuelta y presionó la espalda contra la parte delantera de mi cuerpo. El ruido de tres disparos cercanos retumbó en el aire. Retumbaron en mis oídos y vibraron en mis huesos.

Algo húmedo y cálido me empapó el vestido. Lo toqué y me acerqué los dedos a la cara. Una capa roja me cubría la mano como pintura.

Mucha sangre.

—As —suspiré—. Dios mío, As.

Me temblaban las manos.

Alguien me tomó por la cintura y me metió en el despacho de mi marido.

—No salgas de esta habitación bajo ninguna circunstancia —dijo Antonio.

La oscuridad de su alma se había filtrado en sus ojos hasta llenarlos de negro. Azotó la puerta y yo retrocedí un paso buscando el equilibrio.

—¡Dios mío, Gianna! —Sydney se apresuró hacia mí—. ¿Dónde estás herida?

Me pasó las manos por los brazos y el torso mientras yo miraba fijamente a la puerta. Cuando no encontró ni un rasguño, respiró.

—¿De quién es la sangre?

—De As.

—Oh, Dios mío.

Un pum sonó desde fuera de la puerta, uno tras otro, y luego se hizo el silencio. Tanto silencio que los latidos de mi corazón palpitaban en mis oídos.

Sydney miró hacia la puerta.

—No —le advertí.

La agitación se reflejó en su mirada.

—Puedo ayudar.

—No. —La urgencia inundaba mi voz—. Ya oiste a Antonio.

Sus ojos se llenaron de lágrimas, una escapó de sus pestañas inferiores.

—Tengo un mal presentimiento, Gianna...

—Lo quieres.

—Sí —dijo llorando—. No quiero vivir sin él.

Dio un paso hacia la puerta, pero la agarré de la muñeca. No dejaría que se sacrificara por amor. No podía. El amor no valía la pena. El amor dolía. La apreté más cuando intentó apartarme la mano. Pero entonces, las luces se apagaron y la oscuridad descendió sobre nosotras con dedos largos, cazadores, fríos.

Se me escapó un sonido ahogado de queja y volví a tener ocho años. «¿Nunca te callas, niña? Desgraciada. Despreciable. Odiosa».

«Puta».

Se me contrajeron los pulmones.

Su muñeca se deslizó de mi mano y desapareció en la oscuridad.

«Estás muerta para mí».

—No —sollocé a la vez que caía sobre mis rodillas y luchaba por respirar.

Sydney cumplió su deseo.

No tuvo que vivir sin él.

El día de mi cumpleaños número veintitrés, me convertí en viuda.

Capítulo 6

Gianna
24 años
Agosto de 2015

—¿Lo notas? ¿El latido de tu corazón?

Negué con la cabeza y los largos mechones rizados se me pegaron en la cara llena de lágrimas.

*—Aquí. —*Mamma *me tomó la mano y me la colocó en el pecho sobre el vestido de iglesia rosa claro—. ¿Y ahora?*

Algo palpitó debajo de mi mano, leve pero rápido, como el aleteo de un pájaro asustado. Asentí.

—Es la música —susurró como si me estuviera revelando un gran secreto.

El asombro se reflejó en mi mirada, pero pronto el miedo acechó en los rincones de mi mente.

—Pero papà *odia la música.*

—Algunos hombres, Gianna..., no pueden oír su propia música, mucho menos la de los demás.

La tristeza se apoderó de mi pecho.

Los ojos de mamma *se endurecieron, al igual que los míos.*

—Báilala cuando y como quieras —me dijo presionando la mano sobre mi corazón.

—¿Siempre que quiera?

—Sí, stellina. *—Me dio un beso en la frente calentando el corazón de mi yo de cinco años—. Siempre que quieras.*

—Me da miedo la oscuridad.

El susurro invadió mis recuerdos, apareció mi voz baja y sin tono.

«Estás muerta para mí».

«Estás muerta para mí».

«Estás muerta para mí».

Las palabras salieron de la oscuridad para tragarme entera.

Me desperté sobresaltada con las sábanas pegadas a la piel sudorosa. Calmando la respiración, miré el techo de mi departamento. El sueño me había llevado de vuelta a la noche de mi vigesimotercer cumpleaños.

Estaba sentada en la parte trasera de una ambulancia, las puertas se abrieron a ambos lados. Hacía calor y humedad, aunque a mí se me heló la sangre.

Una sábana cubría el cuerpo, pero no podía ocultar la larga melena rubia que colgaba de la camilla mientras cargaban a Sydney en la ambulancia.

Alguien se paró frente a mí y le dirigí una mirada inexpresiva. Cuando me encontraron estaba sentada en el suelo frío del despacho de Antonio. Allister no dijo ni una palabra cuando me recogió. Me permitió llorar en su hombro mientras me sacaba fuera. Antes de volver a entrar, se quitó el saco del traje y me lo puso sobre los hombros. Olía a hombre. Una fragancia intensa, áspera y masculina. Intenté ahogarme en ese olor en lugar de en el entumecimiento.

—¿Quieres ir a casa? —preguntó.

«¿Casa?».

Siempre había sido la casa de Antonio más que la mía. Desde el engaño de Sydney, me quedaba en alguno de sus departamentos siempre que podía para escapar de sus atenciones cuando estaba en casa. Me pregunté si Sydney sabía que Antonio no le era fiel, que intentaba seducirme mientras afirmaba amarla a ella. Sydney había muerto por él, por amor. Esa palabra me dejó un regusto amargo en la boca.

De repente, la idea de volver a casa me pareció espantosa.

Negué con la cabeza.

—¿A dónde?

—A casa de As —susurré.

Se le tensó un músculo en la mandíbula y algo amargo le atravesó la mirada.

—As no irá a casa por un tiempo.

A pesar de sus protestas, una ambulancia se lo había llevado al hospital. Había perdido mucha sangre por las dos heridas de bala que había recibido, una en el costado y otra en el brazo. Había interceptado esas balas por mí y pensaba cuidarlo hasta que se recuperara, le gustara o no.

—Lo sé —murmuré.

Allister se pasó la lengua por los dientes como si estuviera agitado, pero se movió para hablar con uno de los agentes cercanos.

Lo seguí hasta su coche y me di cuenta de que era la primera vez que lo veía sin el saco del traje. La camisa blanca de manga larga le moldeaba los anchos hombros y los brazos. No me había dado cuenta de lo fornido que era hasta ese momento. Tal vez estuviera perdiendo la cabeza, pero observé su silueta todo el camino hasta el coche mientras lo seguía, descalza.

Me condujo hasta casa de Nico en el Bronx en silencio y luego me siguió hasta la puerta trasera. Me sabía el código de la alarma de As. No porque él me lo hubiera confiado, sino porque lo había observado ponerlo una vez en secreto.

Allister entró detrás de mí y cerró la puerta.

—No hace falta que te quedes —le indiqué—. Estoy bien.

—Estás en *shock* —respondió.

Miró a su alrededor con los hombros tensos. No quería dejarme aquí, me pareció que incluso detestaba esa idea. La pregunta era: ¿por qué?

—¿Por qué estás aquí? —pregunté dejando su saco sobre una silla—. ¿Te doy lástima?

—No. —Lo pronunció con rudeza y el brillo de sus ojos afirmaba que no sentía ninguna lástima.

Dios, no tenía corazón.

—Estoy bien —insistí.

—No vuelvas a mentirme, Gianna.

Estaba demasiado adormilada para que me molestara su tonito de amo y señor. De hecho, me sentía como si estuviera colgando de un hilo en lo alto del cielo, aunque en ese momento no me importaría que se rompiera.

—¿Tienes hambre? —me preguntó.

—No.

Subí las escaleras, dejé caer el vestido manchado de sangre y me di un baño. Cuando volví a bajar veinte minutos después con el pelo mojado y vestida solo con una camiseta blanca de As, Allister seguía ahí, apoyado en la barra y hablando por teléfono. Su mirada incontenible me encontró y recorrió mi cuerpo con una mezcla de calidez y agitación. Un suave temblor apareció debajo de mi piel y empezó a zumbar con más fuerza, como si se me acercara una abeja preparada para picarme.

—Ven —dijo después de colgar.

Cuando llegué hasta él, me dio una pastilla blanca y un vaso de agua.

—Tómatelo.

Ni siquiera le pregunté qué era, me lo tomé con un trago de agua y fui a dejar el vaso en la barra.

—Todo, Gianna.

Arrugué los ojos, pero me bebí el resto, tal y como me había dicho.

—Hay más en el armario para los próximos días. —Capté cierta dureza en su voz—. No hagas ninguna estupidez.

Pensaba que iba a intentar sufrir una sobredosis. Había experimentado situaciones mucho peores que las de esta noche y nunca había considerado el suicido. Aunque tampoco me importaba lo suficiente como para intentar convencerlo.

Cuando pasé por su lado, me tomó de la camiseta. Lo miré. No sabía qué hacía ahí, por qué estaba ayudándome. Sin embargo, de repente me sentí agradecida. No quería estar sola.

El roce de sus ojos me recorrió la cara como una caricia. No estaba segura de qué buscaba, pero su cercanía, el calor de su cuerpo, estaba penetrando mi entumecimiento y calentándome de dentro hacia fuera. Mi mirada se suavizó y se me separaron los labios mientras las llamas me lamían la piel.

El apretón sobre mi camiseta se volvió más fuerte y me acerqué un paso más. Estaba demasiado cerca y tuve que ponerle una mano en el estómago para evitar caer sobre él. Se le tensaron los abdominales debajo de mi mano, pero su expresión permaneció inalterable.

—A pesar de lo que creas, Gianna, soy un hombre adulto. Vístete de manera apropiada si vas a estar frente a mí la próxima vez.

Sus palabras rompieron el cálido hechizo en el que había caído. Quería que le respondiera, que le dijera algo para que supiera que no había caído en el abismo, el sonido afilado de su voz prácticamente me lo había exigido. Era una preocupación falsa, estaba segura.

Apartándome de él, me dirigí a la sala de estar. Me acosté y encendí la tele para ver la repetición de una telenovela. Me quedé mirándola sin pensar mientras escuchaba el profundo timbre de su voz de fondo hablando por teléfono.

Me quedé dormida en algún momento y soñé con un suave roce en mi rostro y dos palabras roncas en el oído.

Tras hacer un viaje a los recuerdos del pasado, me quedé en la cama hasta mediodía. El silencio que llenaba el departamento era tan fuerte que me dolían los oídos. Me gustaba mi libertad, pero detestaba vivir sola. Odiaba estar sola. Me recordaba a mi *papà,* a los portazos y las luces apagadas.

Vincent me dio un beso en la mejilla.

—Eres lo más bonito que he visto nunca —me susurró al oído.

Me reí intentando con todas mis fuerzas que no se me escapara una expresión de incomodidad.

—Es evidente que no has visto una puesta de sol en el Caribe.

—Sí la vi y no tiene comparación. ¿Te acompaño?

Asentí.

Vincent me puso una mano en la parte baja de la espalda y me acompañó a la discoteca.

Era la gran reinauguración tras el tiroteo del año pasado. No había habido muchos daños y solo seis bajas: Antonio, su hermano, Sydney, John y dos Zanetti. Sin embargo, Nico se había centrado en la venganza y no había vuelto a abrir la discoteca al público hasta ahora.

Vincent llevó la mano a mi cadera en un gesto posesivo. No sabía con anticipación que estaría ahí esa noche, pero parecía que últimamente estaba en todos los sitios a los que iba. No quería rechazarlo, aunque sabía que iba a tener que hacerlo pronto. Era bondadoso, amable y guapo, justo mi tipo, pero yo no era la mujer adecuada para él. No era la mujer adecuada para ningún hombre.

No necesitaba amor en mi vida.

Pero extrañaba el sexo.

Estaba tan desesperada que su cálido aliento junto a mi oreja encendió una chispa entre mis piernas. Habían pasado seis meses desde que puse la boca sobre la de otra persona, desde que sentí el peso de un hombre cubriendo el mío, desde que me perdí en caricias y sensaciones. La última vez había sido con un estríper al que conocí en una cantina de Cancún. Solo le hizo falta pasarme el pulgar por detrás de la oreja para que me entregara a él. No me hizo sentir bien emocionalmente, pero, físicamente, fue justo lo que necesitaba. Caliente, sudoroso y desesperado. Necesitaba el contacto humano como necesitaba el aire y en ese momento vivía con una ínfima cantidad de oxígeno.

Vincent me guio hasta un grupo de nuestros amigos en un reservado redondo que había en un rincón privado. Los saludamos y nos saludamos de beso en las mejillas.

Me detuve al ver al hombre que estaba apoyado en el reservado.

—Lo siento, creo que no he tenido el placer.

Unos rasgos afilados y unos ojos azules se encontraron con los míos.

—Diría que el placer es todo mío.

Qué encantador.

El desconocido era unos centímetros más alto que yo, llevaba un traje de diseño de color carbón y una corbata de moño. Parecía un caballero, hablaba como tal..., pero había algo en él que no lograba identificar. El apretón posesivo de Vincent en la cadera me molestó.

—Voy por algo de beber.

Me aparté de Vincent antes de que pudiera protestar y ofrecerse a ir él a pedir. Lo habría hecho. Pensé que me bajaría la luna si se lo pidiera. Sabía quién era mi exmarido, sabía en qué vida me había criado, pero, como un auténtico caballero, nunca lo mencionaba. Si pensaba que podría sobrevivir en mi mundo, estaba muy equivocado. Lo devoraría y lo escupiría antes de que pudiera siquiera saludar.

Me detuve en la barra y me di cuenta de que Encantador me había seguido.

—¿Cómo te llamas?

Incliné la cabeza y encontré su mirada en el espejo que había detrás de la barra.

—¿Te gustaría saberlo?

—Pues sí.

—¿Por qué?

—Porque me gustaría saber cómo se llama la mujer a la que voy a cogerme esta noche.

Se me curvaron las comisuras de los labios. Me gustaba la gente directa, pero... había algo en Encantador que me molestaba.

—Qué confiado —musité aceptando la bebida del camarero.

Una fuerza invisible atrajo mi mirada. Tendría que haber sabido que era él. Siempre era él. Allister se dirigió a una mesa en la que había otros dos hombres con traje negro hablando. Pero, como si sintiera mi presencia al igual que yo sentía la suya, se giró hacia mí y captó mi mirada.

Me di cuenta de que me había equivocado con Encantador. Sus ojos azules eran más bien apagados y nublados.

No eran lo bastante penetrantes y profundos como para ahogarte en ellos.

Genial, iba a dejar que ese federal asquerosamente guapo me arruinara todo un color de ojos.

Allister desvió la atención al hombre que estaba a mi lado. Entornó los ojos y parpadeó con odio antes de apartar la mirada.

Se me frenó el corazón ante su extraña reacción, pero ahogué rápidamente el sentimiento. No me gustaba pensar en el federal. Cada vez que lo hacía, me ponía nerviosa y me quedaba una sensación de vacío e incertidumbre en el pecho.

Lo había visto varias veces desde que me había llevado a casa de As el año anterior. Nuestra relación había retomado la misma dinámica de siempre, sin embargo, era como si no se hubiera ocupado de mí aquella noche. Estaba diferente, irradiaba una tensión que me rozaba la piel cada vez que estaba cerca. Sus respuestas se habían vuelto más secas, su tono, más áspero, y a menudo se largaba y me dejaba sola como si mi mera presencia lo enervara. Me molestaba.

—Bueno..., ¿vas a decirme tu nombre?

—Adivínalo —le dije finalmente a Encantador volviendo la atención hacia él.

—Mmm... —Se le iluminó la mirada con el desafío—. Es elegante y precioso, como tú.

Puse los ojos en blanco ante su halago, pero le hice pasar diez minutos intentando adivinarlo hasta que me terminé la copa y sentí necesidad de ir al tocador.

En cuanto pasé por delante del baño de los hombres, se abrió la puerta y me encontré cara a cara con Allister. Curiosamente, se me paró el corazón y me robó algo de oxígeno de los pulmones.

—Hola, agente.

No dijo ni una palabra mientras me atravesaba la piel con la mirada.

—Está bien, —añadí—. Que tengas una noche fantástica.

Intenté pasar por su lado, pero se colocó delante de mí para bloquearme el camino. Había pasado mucho tiempo desde la última vez que habíamos jugado y la anticipación me vibró en las venas.

—¿Qué estás haciendo con Knox?

Habló en voz baja y suave; pude sentirla en los dedos de los pies.

—¿Quién es Knox? —pregunté con el ceño fruncido.

—El hombre con el que has estado coqueteando los últimos quince minutos —espetó.

—Bueno, pues acabas de responder a tu propia pregunta, ¿verdad, agente? Coquetear.

Mi sonrisa vaciló cuando él dio un repentino paso hacia adelante y provocó que mi espalda chocara con la pared. Se me escapó una bocanada de aire. Colocó los brazos a mis lados, atrapándome. Lo tenía tan cerca que me vibraba todo el cuerpo bajo la superficie.

—Seguro que el FBI no aprueba este tipo de conducta —murmuré.

Estaba distraído, tenía la mirada puesta a un lado de mi cabeza, donde un mechón de pelo le rozaba la mano. Lo apretó entre los dedos y esa pequeña presión en el cuero cabelludo hizo que se me tensara la entrepierna.

El aire echaba chispas en el estrecho espacio que quedaba entre nosotros y me sentía tan insegura que volví a abrir la boca:

—O tal vez acosar a mujeres sea la misión de hoy...

—Cállate.

Lo fulminé con la mirada.

Mi cabello se deslizó entre sus dedos y centró la mirada en mi rostro. Algo oscuro y perezoso jugueteó en sus ojos.

—Vas a decirle a Knox que no te ha gustado conocerlo y vas a volver con tus amigos.

Me reí comprendiendo a qué estaba jugando. Era el juego en el que fingíamos que él era mi guardián y era el más molesto de todos a los que habíamos jugado.

—Por tentadora que me parezca tu petición, voy a tener que rechazarla.

La intensidad de su mirada era como observar directamente el sol y ya no podía soportarlo. Bajé los ojos a su corbata. Estaba perfecta, como siempre y, a pesar de que normalmente se la habría ajustado de todos modos, esta vez no la toqué. La tensión que irradiaba su presencia hizo que un temblor me atravesara el cuerpo.

—No sabes nada sobre él, Gianna.

—No hace falta saber nada de alguien para acostarse con esa persona.

Ni siquiera planeaba tener sexo con el hombre de los ojos apagados, pero Allister provocó que esas palabras me salieran directamente de la boca.

Un pequeño gruñido sonó en el fondo de su garganta y lo miré fijamente, helada. Alguien se estaba tomando el juego demasiado en serio.

Deslizó la palma de la mano por la pared y habló con voz calmada e inapelable:

—No vas a irte a casa con él.

Vi cómo se pasaba la mano por la longitud de la corbata y comprendí que mi libido estaba totalmente fuera de control en ese momento porque me imaginé esa mano sobre mí, en mi pelo, en mi cuello, tapándome la boca. El calor latía entre mis piernas.

—Me iré con él si quiero —logré decir finalmente.

—Inténtalo.

—No eres nadie para decirme qué hacer.

—Acabo de hacerlo.

Por eso odiaba ese juego. Se me escapó un gruñido de frustración y me escapé por debajo de su brazo para ir al baño de mujeres.

—Ya me oiste, Gianna.

Sí, lo había oído.

Pero eso no significaba que fuera a hacerle caso.

Siempre había intentado no hacer nada por despecho porque todas las veces me llevaba a una espiral de arrepentimiento. Sin embargo, el estúpido juego de Allister me llevó directamente a la versión infernal del País de las Maravillas.

Me lavé las manos después de usar el baño y me detuve al final del pasillo.

Noté un mal sabor de boca.

La iluminación era tenue, pero las luces estroboscópicas delineaban sus siluetas como si fueran la pareja más perfecta de la sala.

Una morena tenía la mano apoyada en el pecho de Allister y se puso de puntitas para decirle algo al oído. No era una imagen extraña, a menudo tenía un montón de mujeres encima, pero era raro que le hiciera caso, a menos que fuera una de sus citas de la alta sociedad. Lo que me provocó un extraño nudo en el estómago fue que él le pusiera una mano en su cadera de manera natural, como si lo hubiera hecho antes.

La estaba tocando.

¿Por qué no iba a hacerlo? La mujer era elegante, serena, todo lo que yo no era. A mí no me tocaría, aunque estuviera colgando de un acantilado y yo fuera la única que pudiera salvarlo.

No pude contenerme, un rencor eléctrico se apoderó de mí y no me soltó.

Allister no iba a ganar este juego.

No obstante, al final ganó. Lo ganó todo.

Me dirigí a Encantador, lo agarré por la corbata y tiré de él hacia la puerta. Él sonrió y me siguió.

Giré la cabeza en dirección a Allister. La morena seguía susurrándole algo al oído, y él todavía tenía la mano en su cadera. Sin embargo, me estaba mirando a mí. Tragué saliva cuando vi que su mirada se dirigía a Encantador y un ligero destello atravesó el azul antes de desaparecer en las profundidades. Sin corazón. Esa mirada estaba llena de promesas de represalias. Y luego pasó de mí y dirigió toda su atención a la morena como si yo no pudiera ser tan estúpida como para no hacerle caso.

La ira estalló en mi pecho. No iba a dejar que me asustara hasta hacerme perder. Además, ¿qué podía hacer? Solo era un lacayo de la familia y ni siquiera se atrevía a tocarme.

—No voy a acostarme contigo —le dije a Encantador—. Solo quiero usarte para poner celoso a mi ex.

La verdad habría sido algo más difícil de explicar.

—Como quieras, nena.

Su respuesta tonta me puso de nervios. En ese momento, pude ver cómo desaparecía todo el encanto de ese hombre.

Mi departamento estaba a un par de cuadras de la discoteca y eché a andar esperando que Encantador simplemente se alejara. Por desgracia, me siguió como un cachorrito pasillo.

Me detuve delante de las puertas del pasillo.

—Bueno, ha sido un placer conocerte. Gracias por la ayuda.

Me giré para abrir la puerta, pero me agarró de la muñeca.

—Espera un poco. Creo que al menos me debes una copa. —Sonrió—. O una o dos rayas. Me gustaría ver con qué mierdas tratan los Russo.

Una raya de coca era como una copa de champán en mi mundo. A menos que estuviéramos en una cena familiar, entonces nadie sabía qué era eso. Pero no pude evitar poner los ojos en blanco. Habría sabido cómo me llamaba si fuera cercano a mi familia.

Pero le había arruinado la noche y, evidentemente, le interesaba más poner las manos sobre las drogas de mi familia que sobre mí, así que abrí la puerta y lo dejé pasar.

—Gianna —me saludó el conserje. El irlandés de setenta años me llamaba señora Russo hasta que le ordené que dejara de hacerlo.

—Hola, Niall —respondí—. Este es Encantador. —Le di una palmadita en el pecho al hombre que me acompañaba.

Niall lo evaluó con la mirada.

—Encantador —murmuró, pero no fui capaz de distinguir si lo estaba saludando o burlándose de él. Me encantaba Niall.

—No es muy respetuoso, ¿no? —preguntó Encantador con cierto disgusto en la voz.

Encantador era un completo fracasado.

—Es irlandés —respondí como si eso lo explicara todo.

Entramos al departamento y dejé la puerta ligeramente abierta para que no se le ocurriera quedarse. Me metí en el dormitorio y tomé una bolsita del vestidor. Cuando volví a la sala, me lo encontré tocando mis cosas.

—Toma —le dije lanzándole la bolsa con tres gramos—. Por las molestias.

Prácticamente se frotó las manos.

—A ver si es tan buena como he oído.

—Lo es.

Gruñí internamente cuando arrojó un poco de polvo sobre la barra.

Bajo las luces brillantes de la cocina, se veía claramente que su traje estaba muy gastado y los zapatos raspados. No tenía dinero y estaba desesperado por conseguir cocaína. Uf, ¿por qué había dejado entrar a ese idiota en mi casa?

Cuando levantó la cabeza, le brillaban los ojos.

—Te lo dije —comenté quitándome los zapatos—. Llévatela y vete. A las cinco repiten mi programa favorito.

—¿Dónde está el resto?

—Eso es lo que te has ganado, no hagas un numerito.

Entornó los ojos, pero no me preocupé demasiado. Si me tocaba, mañana lo encontrarían despellejado vivo en un callejón a las seis de la mañana.

Y él lo sabía.

—Está bien.

Intentó inhalar hasta la última partícula del polvo de la encimera e hice una mueca al ver el desagradable espectáculo.

Por la rendija de la puerta, vi a alguien caminando por el pasillo. Traje negro. Hombros anchos. Líneas rectas. Se me heló el corazón antes de congelarse. Bajó la mirada mientras colocaba un silenciador en el cañón de la pistola.

Se me formó un nudo en la garganta y el pánico me corrió por las venas.

Levantó la mirada. Sus ojos eran tan fríos que podían envolverme en escarcha.

—No —murmuré.

Pero fue demasiado tarde.

Abrió la puerta de golpe y su mirada perezosa y despiadada encontró a Encantador. Un chasquido ahogado resonó en mis oídos. La sangre salpicó la barra y los armarios. El polvo blanco flotó por el aire mientras Encantador caía al suelo con los ojos azules nublados abiertos y un agujero de bala en la frente.

La bilis me subió por la garganta y me incliné cubriéndome la boca.

Miré hacia la puerta y vi la oscura mirada indiferente de Allister mientras quitaba el silenciador y se lo guardaba en el bolsillo.

Su apatía me llenó de una ira tan intensa que lo veía todo rojo.

—*¡Figlio di puttana!* —espeté.

Cuando se giró hacia la puerta, un pánico frío me estalló en el pecho.

—¡Espera! —supliqué—. ¡No me dejes con esto, por favor! ¡Allister!

Ni siquiera miró atrás.

—As..., está muerto. —Me temblaba la mano en la que sujetaba el móvil desechable que se suponía que tenía que usar en este tipo de situaciones—. Está muerto de verdad.

—¿Quién?

—Encantador —murmuré mirando de reojo el cuerpo que había en el suelo. Lo que decía no tenía sentido, pero la sangre estaba a punto de empapar la alfombra.

—¿Dónde estás?

—En mi departamento.

—Dios —farfulló—. ¿Qué carajo has hecho?

Empecé a andar de un lado a otro de la estancia.

—¡Yo no he hecho nada! ¡Allister le ha disparado y se ha largado!

Se hizo una pausa larga.

—Por el amor de Dios.

—Hay sangre por toda la cocina —gemí. Oí a Nico hablar con alguien y, mientras lo hacía, la sangre llegó a la alfombra *vintage*—. Voy a matarlo —admití calmadamente.

—Vas a darle las gracias y a cerrar la puta boca.

—Antes preferiría tirarme por el balcón.

—Si arruinas mi relación con Allister, Gianna...

Fruncí el ceño.

—¿A qué te refieres? Creía que era uno de tus hombres.

Se rio.

—Él es su propio hombre. A mi padre le llevó mucho tiempo convencerlo para que trabajara con nosotros y, si la cagaste, voy a estrangularte.

Ah. En ese caso, no era de extrañar que Allister me mirara siempre como si fuera tonta cuando le hablaba como si él fuera la ayuda. Tragué saliva.

—Solo soy una simple chica. ¿Qué podría haber hecho para arruinar tu relación con el federal corrupto?

Gruñó.

—Solo eres una «simple» chica cuando te conviene. No vayas a ninguna parte, ¿entendido?

—Pero tiene los ojos abiertos...

—A ninguna parte, Gianna.

—Está bien.

Colgué y lancé el celular al sillón.

Veinte minutos después, Lorenzo y Luca entraron en mi casa. Lorenzo chifló y le dio una patada en la pierna a Encantador.

—Ok, está muerto.

Me estremecí.

—¿Podrías no darle patadas a un muerto?

Luca se agachó junto al hombre.

—Gianna, ¿quieres contarme por qué estaba este imbécil en tu casa?

«Estaba intentando ganar a un juego... y he perdido estrepitosamente».

—No —suspiré.

Lorenzo se frotó en las encías parte de la cocaína que había quedado en la barra de la cocina.

—Conozco a este tipo —dijo—. Creo que se llama Knox. Un baboso. Nuestros sicarios lo han visitado un par de veces por deudas de juego.

Todavía debe dinero.

—Pues ahora no creo que lo cobren nunca —murmuré metiéndome en mi habitación.

Me di un baño, me sequé el pelo y me lo recogí. Me puse unos pantalones cortos y una blusa con los hombros descubiertos con la que enseñaba unos centímetros de abdomen. Cuando volví a salir, el cuerpo ya no estaba, pero seguía habiendo sangre por todas las superficies de mi cocina. La ira se apoderó de mi garganta y apretó con fuerza.

Lorenzo y Luca entraron por la puerta riéndose de algún chiste.

—¿Dónde vive Allister? —pregunté incapaz de ocultar el veneno de mi voz.

Luca resopló.

—¿Qué crees que vas a hacerle?

Lorenzo negó con la cabeza.

—No es alguien con quien puedas meterte, Gianna.

—¿Dónde... vive... Allister?

Luca se encogió de hombros.

—A veces las jovencitas necesitan recibir una o dos lecciones.

Apreté los dientes ante su respuesta, pero olvidé la venganza en cuanto soltó el nombre de un edificio.

—Llama a un par de hombres. Yo no pienso limpiar esta mierda. —La voz de Luca se interrumpió cuando cerré de un portazo detrás de mí.

La rabia me hirvió en las venas todo el camino en coche hasta casa de Allister.

El rascacielos era más de lo que cualquier agente especial podría permitirse. Sus líneas esbeltas y cristales oscuros llegaban hasta el cielo.

Como Allister no me esperaba, me tocó envolver a la mujer de recepción con toda la dulzura que poseía. La convencí de que era la novia de Allister, de que manteníamos una relación a distancia y de que sospechaba que estaba engañándome. Una lágrima me resbaló por la mejilla.

Shaniqua suspiró con compasión.

—Ay, querida, sube y, si tú no le das una paliza, se la daré yo.

Allister vivía en uno de los tres departamentos que había en el piso cuarenta y tres.

Me temblaba la mano de ira al golpear la puerta. Después de tocar tres veces sin obtener respuesta, volví a levantar la mano, pero la puerta se abrió antes de que pudiera tocarla.

Sin mirarlo siquiera, pasé por delante de él y entré en su casa. No sabía qué iba a hacer, pero prefería no hacerlo delante de la cámara de videovigilancia del pasillo.

No capté ningún detalle del espacio porque solo podía ver el rojo empapando mi alfombra *vintage*. Me tensé cuando se cerró la puerta con un ligero golpe y, al voltearme, lo vi apoyado en ella. Tenía los brazos cruzados y la camisa blanca le marcaba los bíceps. El espacio estaba iluminado por una única luz que había sobre la isla de la cocina y las sombras le acariciaban un lado del rostro. La oscuridad lo adoraba, estaba convencida de que se llevaban bien.

No pude evitar pensar que era el hombre que todos los demás aspiraban a ser. Era el prototipo perfecto y todos los demás habían fallado en los pequeños detalles.

Mientras me observaba con ojos oscuros y entornados, fui consciente de que estaba en su dominio. Su enorme silueta bloqueaba la puerta y el oxígeno de la vivienda ardía como si fuera combustible.

Bajó la mirada casi de mala gana para recorrer la longitud de mis piernas desnudas desde el dobladillo de mis pantalones cortos hasta las uñas de los pies que llevaba pintadas con diamantina. Volvió a subir su atención y, mientras una gota de sudor me bajaba por la espalda, rozó el *piercing* de diamante de mi ombligo, pasó por mis senos y mi cuello y llegó a mis ojos.

Se me aceleró el corazón con un latido nervioso. No lo entendía, ni a él ni a mi reacción, y eso hizo que me hirviera la sangre de ira y frustración.

Me moví hacia a él y, justo cuando mi mano estaba a punto de entrar en contacto con su cara, me agarró de la muñeca, me dio la vuelta y me estampó la espalda contra la puerta. Esta se tambaleó por el golpe y se me escapó una bocanada de aire.

La ira me calentó las mejillas e intenté oponer resistencia, liberarme de él, pero me sostuvo tranquilamente las muñecas con fuerza contra el pecho de manera que no podía escapar. Mis esfuerzos no sirvieron de nada y acabé quedándome quieta mientras mi respiración agitada llenaba la habitación. Y, como no podía hacer nada más, gruñí:

—Te odio.

La hostilidad era densa, aunque casi pude oír el cerillo que se prendió cuando algo cobró vida.

—Te lo advertí, Gianna... —Habló en voz baja y suave, pero marcada por el modo en el que apretaba los dientes. Sabía que se refería a la advertencia de no quedarme a solas con él.

—No me das miedo —murmuré.

Presionó mis muñecas contra la puerta a ambos lados de mi cuerpo y las deslizó lentamente sobre mi cabeza. Jadeé mientras una sensación lánguida me jalaba de los músculos. Su apretón era como el fuego, aunque su presencia era intimidante y fría al tacto. Un escalofrío me recorrió cuando colocó los labios junto a mi oreja.

—Nunca has sido muy inteligente.

Sus manos eran como esposas reteniéndome las muñecas sobre la cabeza mientras pasaba la mirada de mis ojos a mis labios y mis senos, que se movían con cada inhalación y exhalación. Era muy consciente de cada respiración, de las bocanadas de aire lentas y melódicas. La confusión luchó contra la calidez que se abría paso bajo la cintura de mis pantalones.

Nuestras miradas se encontraron. Azul. Sábanas de seda heladas bajo el cielo nocturno. Aunque había algo más. Un destello de algo brillante y lleno de vida. Como el reflejo en los ojos de una persona neurótica. Locura. Obsesión.

Un temblor me sacudió cuando presionó el rostro contra mi cuello. Inhaló. Emitió un sonido de satisfacción en las profundidades de su garganta. Ese sonido tan intenso retumbó entre mis piernas e, instintivamente, incliné la cabeza para mostrarle más mi cuello. Mi cola de caballo pasó sobre mi hombro desnudo para caer al otro lado.

Apretó la tensión sobre mis muñecas y cerré los ojos por la presión.

Entonces, así era que él me tocara...

Adictivo.

Me sujetó las dos muñecas con una mano mientras deslizaba la otra por mi garganta. Se acercó más y colocó la frente sobre la mía. Hasta que nos quedamos pegados. Hasta que los senos me ardieron bajo el calor de su pecho. Se encendieron chispas debajo de mi piel que estallaban cada vez que él se movía y me rozaba los pezones.

El corazón le latía con fuerza y no era por el esfuerzo. No estaba oponiendo resistencia. No sabía qué era eso, pero mi cabeza no era capaz de analizarlo. Nunca me había sentido tan viva.

Se apartó tan repentinamente de mí que todo mi cuerpo gritó a modo de protesta. Una corriente de aire me acarició la piel, pero no podía enfriar el fuego que me ardía en la sangre. Había tanto silencio que podía oír los latidos de mi corazón y el tictac de un reloj distante.

Sus ojos estaban más oscuros de lo que los había visto nunca, como si el negro de sus pupilas sangrara sobre el azul. Parpadeó como si estuviera intentando despejarse.

Lo comprendí de golpe.

Ese hombre se había puesto caliente por mí, había notado la prueba presionada sobre mi cuerpo un momento antes, pero ahora sabía que lo detestaba. Se pasó la lengua por los dientes, se giró y se apartó de mí. Irradiaba tensión por cada poro.

Yo no me parecía a ninguna de las mujeres con las que lo había visto. Las prefería más elegantes, serenas y dóciles. Yo era lo opuesto. Me deseaba y lo odiaba.

Era su propio jueguito.

Si me tocaba, perdería.

De repente, supe que no deseaba nada más en este mundo que jugar a ese juego.

Se fue a la cocina. Era una estancia fresca y sofisticada, al igual que su dueño, con armarios blancos y superficies de color bronce. Agarró una botella de vodka de uno de los armarios y, en mi humilde opinión, se sirvió demasiada cantidad en un vaso.

La ira de antes se había desvanecido bajo el calor de sus manos sobre mi cuerpo y, aunque quería recuperarla, también quería jugar un poco más con él.

Empujé la puerta.

—Sí, claro. Me apetece mucho una copa, gracias.

Tensó ligeramente los hombros antes de volver a su expresión de indiferencia.

—No recuerdo habértela ofrecido.

—Lo sé —contesté quitándome las sandalias y poniéndome cómoda—. Lo que ha sido de muy mala educación, por cierto, pero soy lo bastante amable como para perdonarte.

Se dio la vuelta para apoyarse en la barra.

—Es un alivio saberlo. Y ahora, vete.

Me acerqué mientras él seguía con la mirada cada paso que daba. Eso hizo que el fuego de mi sangre echara chispas de electricidad.

Pasé el dedo por la suave barra de mármol mientras la rodeaba.

—¿De dónde eres, agente?

—De Iowa.

Me subí a la isla de la cocina para mirarlo de frente y se me dibujó una sonrisita en los labios.

—Otra vez esto no. Iowa nunca ha visto tu preciosa cara.

Él me miró fijamente. Se mordió el labio inferior. Tomó un trago.

Me recliné y me apoyé en las manos.

—Un hombre muy reservado —comenté—. ¿No te han dicho nunca que compartir es vivir?

—Si ese es tu nuevo lema, me dirás si has dejado que ese idiota de Vincent te tocara.

Mi sonrisa flaqueó ante la animosidad de su voz.

«¿Qué haría si le dijera que sí?». Recordando la sangre que seguramente todavía mancharía los armarios de mi cocina, decidí no satisfacer su curiosidad.

—Claro —contesté—. Te lo diré y luego tú podrás decirme a cuántas mujeres te has cogido. Será como jugar verdad o reto... sin los retos, lamentablemente. —Fingí una mueca de tristeza.

No le hizo ninguna gracia.

Intenté imaginármelo con otra mujer, qué aspecto tendría. No era capaz de visualizarlo enrollándose en un sillón. Esa era mi parte favorita: besos, frotamientos, mordiscos. Calentarse tanto que no hubiera vuelta atrás.

Mis siguientes palabras fueron suaves y sensuales. Deseaba poder decir que era todo por el juego, pero la mera idea de presionar mi boca contra la de este hombre hacía que me atravesara un escalofrío.

—¿Das besos, agente?

Como era de esperar, no contestó. Se limitó a mirarme con esa expresión entrecerrada que transmitía que no era digna de que me dijera ni una sola palabra.

El corazón me latía a un ritmo extraño.

Nunca me habían gustado los hombres grandes..., pero, por Dios, quería saborear a este.

Entornó los ojos cuando me deslicé de la isla y me aproximé a él. Me acerqué tanto que podía notar su calor, le arrebaté el vaso y tomé un trago.

De repente, quería saber cómo cogía este hombre, si su TOC también se reflejaría en la cama o si eso lo volvía aún más sucio.

Pisé sus zapatos y me puse de puntitas. Con un trago de vodka en la lengua, mis labios se quedaron flotando cerca de los suyos. Lo suficientemente cerca como para besarlos. Como para morder y lamer. Mis senos rozaron su pecho y el calor se disparó en mi interior. Cuando separó los labios, dejé que el alcohol pasara de mi boca a la suya. La lujuria estalló dentro de mí con tanta violencia que me mareé. Subí las manos por sus abdominales, enrosqué los dedos sobre su pecho como si pudiera abrirme paso a través de su camisa. Estaba tan duro y caliente y olía tan bien que podría perderme en él.

Deslicé la mano por su cuello y, agarrándole el pelo, introduje el resto del alcohol en su boca con la lengua.

Caliente. Mojado. Excitante. Me dio un vuelco el estómago dejándome sin aire. Sabía, sin lugar a duda, que compartir un trago de vodka con este agente federal corrupto era lo más emocionante que había hecho nunca.

Me revolotearon mariposas en llamas por las venas mientras él deslizaba la lengua sobre la mía. Con un sonido ronco salido de las profundidades de su pecho, succionó el alcohol que me quedaba. Luego me mordió el labio con tanta fuerza que me tambaleé y retrocedí un paso.

Me hormigueaban los labios.

Notaba el pulso en los oídos.

No podía respirar.

—Estás jugando con fuego, querida. —Su voz era como terciopelo negro preparado para congelar.

Disfrutaba en secreto de que me llamara «querida». Era extraño, pero, cada vez que lo hacía, percibía una cadencia dura que no lograba ubicar. Siempre me recorría la columna vertebral del mismo modo: con electricidad.

Tenía la mirada tan fría que me proporcionaba escalofríos y, de un modo descuidado y aterrador que no había visto nunca en el federal tan correcto, dejó caer el vaso al suelo. Se hizo añicos contra la loseta y me hizo temblar.

Vi los pedazos de vidrio y murmuré:

—Te va a costar limpiar esto.

—No podrías sobrevivir a mí, Gianna. —Era toda una declaración de hechos—. Nada demasiado frágil lo hace nunca.

Observando el fragmento que había quedado tan cerca de mi pie que reflejaba mi barniz de uñas de diamantina, el vaso roto cobró otro significado.

Era *yo* después de que este hombre hubiera acabado conmigo.

El ataque de pánico que él había presenciado dos años atrás cobró fuerza entre nosotros y, desafortunadamente, no sería el último que vería.

Me daba vueltas la cabeza y solté lo primero que me vino a la mente.

—Has matado a Encantador.

No parpadeó al oír el apodo.

—No es el primero.

—¿Y tampoco será el último? —espeté—. ¿Y qué hay de mí, agente? ¿Me matarías a mí también?

Contuve el aliento mientras daba un paso adelante y me agarraba ligeramente el cuello.

—Me facilitaría mucho la vida —espetó acariciándome el pulso con el pulgar antes de presionar levemente. Que me pusiera la mano encima, áspera, cubierta de la sangre de todos sus enemigos y, probablemente, de inocentes, no debería afectarme como lo hacía. Pero ardía y yo necesitaba más. Mucho más.

Sin embargo, se apartó.

Volteé para seguirlo con la mirada mientras él rodeaba la isla.

—Sé que tal vez ya te sientas fatal por ello, pero este año te perdiste mi cumpleaños.

—Fatal —confirmó él con la voz seca.

—¿Ves? Lo sabía. Pero no pasa nada porque puedes compensármelo ahora.

—Ah. —Una sonrisita apareció en sus labios—. Quieres tu regalo.

Uno físico, sí. Quería que me quitara la ropa. Quería arrodillarme y hacer que este hombre se sintiera bien. Quería sus manos sobre mí, su cabeza entre las piernas. Y, si sobrevivía a todo eso, lo quería dentro de mí. Sabía que sería el mejor sexo que experimentaría nunca.

Mis ojos debieron revelar mis pensamientos porque su mirada se oscureció.

—No soy uno de tus admiradores. No voy a ponerte la verga delante y a quedarme anhelándote esperando el día que decidas elegirme. Si te cojo, Gianna, nadie más lo hará nunca.

Se me encogió el estómago y estuve a punto de ahogarme con mi siguiente respiración.

—Si no sacas el trasero de este departamento mientras aún puedas... —su voz se convirtió en un oscuro ronquido—, no habrá marcha atrás.

Un escalofrío me recorrió la espalda.

¿Se ataría a una relación conmigo solo porque nos hubiéramos acostado? ¿Por qué? Estaba segura de que no aplicaba esa norma con otras mujeres porque, de lo contrario, ellas habrían aceptado encantadas. Tal vez solo intentara asustarme, pero fuera como fuera, esta vez no iba a subestimarlo, no ahora que sabía que era su propio hombre y que podía sostener mi futuro en la palma de la mano si así lo deseaba.

No quería que otro hombre controlara mi vida, y menos aún uno que odiaba sentirse atraído por mí.

Un fragmento de vidrio me hizo un corte en el pie y me estremecí, pero llegué tranquilamente a la puerta.

—Ha sido fascinante, aunque, si te soy sincera, demasiado intenso para una primera cita. Voy a tener que pensar mejor a quién me llevo a casa a partir de ahora.

Su mirada se desvió a mis pies.

—Estás sangrando.

Me reí con cierto enfado.

—No me hables de sangre, Allister. Vas a comprarme una alfombra nueva.

—Detente.

Lo ignoré.

—Por cierto, he tenido que convencer a Shaniqua de que era tu novia y de que creía que eras un idiota infiel. Espero que no te moleste.

Antes de que pudiera darme cuenta, lo tenía encima. Me agarró por la cintura desde atrás y me levantó. Me sentía como si fuera una muñeca Pollyanna que pudiera llevar de aquí para allá.

—Bájame, Allister. No me acuesto con federales.

—Si decidiera que te deseo, acostarnos no es la palabra que elegiría.

Me dejó en el tocador del baño y, por algún motivo, me atravesó una oleada de nervios.

—¿Por qué no me deseas? —pregunté—. ¿Es porque tu buen aspecto palidecería junto al mío?

Me miró con aire perezoso y aburrido mientras alargaba el brazo por detrás de mí y abría un armario. Su brazo ardía cuando rozó el mío. El calor de su cuerpo me abrumaba. Y esa esencia intensa y masculina hacía que me diera vueltas la cabeza. Notaba las extremidades ligeras y pesadas al mismo tiempo y la piel me vibraba como un cable de alta tensión.

Casi sin aliento, vi que dejaba a mi lado una botella de agua oxigenada, una bolita de algodón y un curita.

Me levantó el pie y empezó a limpiarme suavemente el corte. Tragué saliva y me quedé paralizada. No recordaba la última vez que alguien había hecho algo así por mí. No desde *mamma.* ¿Cómo podía un hombre ser tan frío y tan cálido al mismo tiempo?

Se me aceleró el corazón.

Anhelaba el contacto humano. Inesperadamente, lo anhelaba a él.

Siempre había sido impulsiva, no pensaba mucho las cosas. Vivía el momento, las emociones y los sentimientos y, en ese instante, haría cualquier cosa por tener sus manos sobre mí.

Con las manos temblorosas, me quité la blusa y la dejé caer junto a sus pies. Se quedó tan quieto que incluso el aire se paralizó, pero se tomó su tiempo para ponerme el curita antes de levantar la mirada. Insaciable. Hipnotizador. Y más caliente que el fuego. Me quité el brasier mientras él me miraba y lo dejé caer al suelo.

Notaba los senos tensos y pesados y solo la satisfacción de verlo observando mi cuerpo ya era abrumadora. Me salió la voz en un susurro:

—No has respondido a mi pregunta, agente.

«¿Das besos?». Las palabras silenciosas flotaban en el aire entre nosotros.

Se metió entre mis piernas y sus ojos fijos en mis senos me provocaron tanto calor que me subió por el cuerpo. Trazó círculos con el pulgar sobre el botón de mis pantalones y se me endurecieron los pezones.

—¿A quién voy a besar?

El corazón me latía tan rápido que apenas podía respirar. Pasó el botón por el ojal.

—A una de tus mujeres —susurré.

Me apoyé con las manos para levantar las caderas mientras él me bajaba los pantalones y la tanga por las piernas. Los arrojó a un lado y clavó la mirada entre mis muslos abiertos. Sus ojos se oscurecieron y se pasó una mano por la boca.

No es que fuera una mujer muy modesta, pero nunca había pensado que estaría desnuda con las piernas abiertas de par en par ante este hombre al que odiaba en su baño. Me recorrió un escalofrío y él me deslizó un dedo por el brazo.

—¿Tú qué piensas? —preguntó.

«No da besos». Y, por algún motivo, no supe si eso debía alegrarme o decepcionarme. Lo que sí que sabía era que quería estampar los labios contra los de ese hombre durante horas hasta que dejara de ser consciente de dónde acababa yo y dónde empezaba él.

Su pulgar trazó mi cuerpo desnudo. Se me tensó el estómago. Me ardía la sangre. Nunca me había mirado así, con ese deseo tan dulce e incontenible en la mirada como si nunca hubiera visto a una mujer. Como si yo lo fuera todo.

Me aterraba.

Jadeé cuando me agarró el pelo, me jaló la cabeza hacia atrás, puso los labios en mi cuello y emitió un rugido áspero y salvaje de ira como si se hubiera visto obligado a rendirse en un combate muy duro.

—Juega con fuego, querida, y te quemarás —espetó.

Me levantó y le rodeé la cintura con las piernas. Me llevó por el pasillo sujetándome con fuerza como si fuera algo muy valioso o como si no supiera cómo herirme primero.

Me dejó caer sobre la cama. Mis senos rebotaron por el impacto y el peso de su mirada me los acarició. Deslizó una mano sobre mi barriga, agarró uno y lo apretó. Me acarició el pezón con el pulgar.

Exhalé cuando el placer se abrió camino en mi interior.

—Tendría que haber sabido que serías así de perfecta —susurró.

Se me calentó el corazón, pero la sensación cambió cuando me giró poniéndome boca abajo. Me acarició el trasero con las manos, agarrando una nalga con cada una.

—Espera... —murmure—. ¿Podemos empezar del cero? ¿Antes de que dijeras todas esas cosas raras? —Un escalofrío me subió por la columna vertebral mientras me mordisqueaba el trasero.

—Empezar de cero —me corrigió antes de besarme la parte interna del muslo y succionar ligeramente.

—Sí, eso... —gemí clavando los dedos entre las sábanas mientras el húmedo calor de su lengua se abría paso entre mis piernas—. Oh, Dios...

Soltó un gemido y volvió a darme la vuelta. Cubrió mi cuerpo con el suyo, acomodando su erección entre mis piernas. Puso una mano a cada lado de mi cuerpo, se inclinó y me dio un mordisquito en el seno antes de succionar el pezón. El calor estalló en mi interior derritiéndome las venas. Me agarré a sus bíceps, aunque solo podía abarcar un cuarto de su diámetro con las manos. Antonio era alto y fuerte, pero no estaba tan musculado. Me asaltó una oleada de nerviosismo. Prefería a los hombres de tamaño normal porque eran más de mi nivel, no me daba miedo que pudieran partirme la tráquea con un apretón.

Puede que estuviera perdiendo la cabeza.

Pero entonces cambió de pecho. Me pellizcó un pezón y, mientras, lamía el otro.

Ah, está bien.

—Quítate la camiseta —le supliqué.

Quería sentirlo, sentir los músculos que había debajo de su piel, el calor de su cuerpo, el pesado latido de su corazón contra el mío.

Me tensé con anticipación cuando levantó la cabeza porque creía que iba a besarme, pero solo acercó los labios a mi oreja.

—Te avisaré cuando empiece a aceptar órdenes de jovencitas italianas.

Fue una afirmación dura y arrogante, pero su voz estaba tan impregnada de lujuria que me volvió loca. Moví las caderas frotándome contra su erección mientras él me dejaba una línea húmeda de besos en la clavícula.

Gemí, le clavé las uñas en los brazos intentando meterme en su piel.

Se dejó caer entre mis piernas y no titubeó antes de bajar la cabeza y lamer desde la entrada hasta el clítoris. El gruñido de satisfacción que se le escapó vibró a través de mí y tuve que esforzarme por no rendirme al orgasmo inminente. Pasó una mano áspera por debajo de mi pierna y me colocó el muslo sobre su hombro. La suave caricia de su mano sobre mi piel era casi tierna y mi corazón se saltó un latido.

Le pasé los dedos por el pelo, pero me apartó la mano, así que me agarré al edredón en su lugar soltando palabras ininteligibles en inglés e italiano mientas él metía la lengua dentro de mí. Se me pusieron los ojos en blanco, se me arqueó la espalda. Una gota de sudor resbaló entre mis senos. Me trabajaba como si lo hubiera hecho antes, sabía exactamente cuánto dar antes de retirarse.

Sin ser consciente, volví a pasarle la mano por el pelo, agarré un mechón y moví las caderas al mismo tiempo intentando mantener su atención justo donde la necesitaba. Me permitió controlar el movimiento solo durante un segundo. Me mordió el clítoris y grité intentando apartarme y zafarme de su control. El dolor me latía en ese punto.

Entornó los ojos y buscó los míos.

—Acepta lo que te doy.

Lo fulminé con la mirada y me costó guardarme la contestación para mí misma.

—Adelante, dilo —advirtió.

Sí lo dije porque, en primer lugar, él me había incitado y, en segundo, me moría porque me castigara:

—Eres un imbécil.

Me lo esperaba, pero aun así tuve que contener un grito ahogado cuando me dio una palmada entre las piernas. Una oscura satisfacción subió desde donde la había ocultado, con ese cabello rojo fuego incluido.

—¿Algo más?

El desafío se encendió en mi interior, pero me mordí la lengua y negué con la cabeza.

—Bien —murmuró con una mirada perezosa antes de lamerme el clítoris.

Seguía palpitando de dolor, pero el calor húmedo de su boca era electrizante y me incendiaba todo el cuerpo. La presión crecía y crecía mientras él seguía atrasando mi liberación todo lo que podía. Grité retorciéndome contra su sujeción inamovible.

Quería pasar las manos por todo su cuerpo, pero sabía que, si tocaba su precioso pelo, pararía. Así que apoyé la mano sobre la suya en mi muslo entrelazando nuestros dedos y, con una lujuria pura y demente, tiré de mi pelo con la otra.

Las chispas ardieron más y más y, de repente, la presión explotó. Me vine tan fuerte que me zumbaron las orejas haciendo que lo oyera todo como si estuviera debajo del agua. Cerré los ojos e intenté calmar la respiración. Una sensación lánguida tiró de mis músculos, nunca había sentido tanta paz sobre mí. Dijo algo, pero yo no oí ni una palabra.

Parpadeé y, cuando abrí los ojos, vi los suyos sobre mí. Su respiración era irregular y tenía la mirada rebosante de algo oscuro y suave que no estaba segura de querer entender.

Era muy diferente a cualquier hombre que pudiera elegir yo entre una multitud, pero tal vez ese fuera el motivo por el que lo encontraba tan atractivo. Me aterrorizaba un poco y a mí siempre me había gustado vivir al límite.

Me acerqué a mis rodillas, me arrodillé delante de él, apoyé las manos en su pecho y presioné los labios en su cuello. Me mareé al notar ese sabor. Lo besé desde la oreja hasta la clavícula y él inhaló pesadamente. Intenté deshacerle el nudo de la corbata, pero me detuvo agarrándome la muñeca. Me la sostuvo mientras yo iba bajando, pasando la cara por su estómago, besando sus abdominales a través de la camiseta. Me puso una mano en el pelo, entrelazándola entre mis mechones.

El sonido de un móvil atravesó el aire. Él se tensó y yo supe por intuición que, si se levantaba, se habría acabado. No estaba preparada. *Ring, ring, ring.* Mirándolo fijamente, lamí su erección a través de los pantalones. Dejó escapar un sonido áspero de frustración. Cuando llegué a su cinturón, volvió a agarrarme la muñeca.

Gemí a modo de protesta mientras se apartaba de mí y se acercaba a la chamarra que colgaba en el respaldo de una silla delante de una gran ventana que iba del suelo al techo. Me acosté boca abajo y lo observé responder la llamada.

—Allister.

Sus ojos no se apartaron de mí mientras hablaba por el celular.

Me pareció oír a un hombre al otro lado y creo que no hablaba en ningún idioma que yo entendiera.

—¿Cuándo lo viste por última vez? —Allister se quedó callado unos instantes antes de que se encendiera una chispa de frustración en su mirada—. Mañana estaré ahí.

Colgó.

El silencio se apoderó de la habitación.

Se había acabado.

La decepción... y algo más pesado me abrumaron.

Pero entonces se acuclilló delante de mí, me pasó una mano por la mejilla y me besó. El asombro y el calor estallaron en mi pecho. Gemí, pasé los brazos alrededor de sus hombros y me subí a él sentándome en sus muslos. Sabía muy bien, era adictivo. Saboreé cada lametazo y cada presión de labios. Me besó sin reservas, como si tuviera derecho a hacerlo, como si fuera *suya*.

Fue un beso diferente a todos los que había experimentado. Mas dulce..., más trascendental, y eso no me gustó. Busqué su cinturón, pero me detuvo apretándome la muñeca.

—Allister —supliqué.

—Mi lengua estuvo dentro de ti —dijo, molesto—. Puedes empezar a llamarme por mi nombre de pila.

Abrí la boca. La cerré.

Su mirada se oscureció al observar mi expresión.

—Olvidaste mi nombre.

Como no lo negué, sacudió la cabeza y me dejó caer de espaldas en la cama. «Por Dios, ¿cómo se llamaba?». Estaba borracha cuando se lo había preguntado hacía un tiempo y desde entonces solo me había referido a él como Allister o como agente.

—Tengo que irme un rato —anunció poniéndose el saco del traje—. Puedes quedarte aquí esta noche o puedo llevarte a casa.

—¿Cómo te llamas? —le pregunté.

—Haz la tarea antes de meterte en la cama de alguien, Gianna.

Entorné la mirada.

—¿Sabes cómo se llaman todas las mujeres con las que te acuestas?

—Sí.

Suspiré y, de repente, me sentí muy desnuda. Y cansada. No quería irme a casa, esa noche no. Magdalena solo venía unas pocas veces a la semana y allí me sentía muy sola.

—Me gustaría quedarme aquí —murmuré.

Se paró delante de mí.

—Hablaremos de esto cuando vuelva.

—¿De esto?

—De nosotros.

Ah. Una oleada de sentimientos me sobrepasó, así que decidí evitarlos todos.

—¿Tienes una buena selección de cereales?

Me pasó el pulgar por la mejilla.

—No te olvidarás de mí.

Era una orden, pero dejó entrever una pequeña cantidad de vulnerabilidad. Me calentó el pecho. Tenía el pelo hecho un desastre, la liga había resbalado hasta la mitad de la coleta. Me la quitó y se la guardó en el bolsillo.

—¿Cómo podría alguien olvidar tu rostro? —murmuré.

Por algún motivo, le pareció gracioso. Una sonrisa apareció en sus labios y fue tan sexi que me levanté y le di un beso. Emitió un gruñido de desaprobación, pero me permitió tener ese beso. Suave, húmedo y dulce.

Me puso una tarjeta de visita en la mano.

—Llama a este número si necesitas algo.

—Claro, agente.

Me dio una ligera palmada en el trasero y salió de la habitación.

Después hice la tarea. Se llamaba Christian.

Pero no me importaba.

Pasarían tres años antes de que volviera a verlo.

Iba por la Séptima Avenida intentando sostener el celular, el café, el tapete de yoga y la bolsa.

—Quiero decir, ¿qué tipo de hombre te da sexo oral y luego ni siquiera vuelve a llamarte para recibir lo mismo?

Esas fueron las primeras palabras que salieron de la boca de Valentina mientras yo hacía malabarismos para mantener el celular en la oreja.

—¿Por qué te lo conté? —pregunté.

—Porque soy experta en hombres y querías que diseccionara el cerebro de tu apuesto agente federal.

Cierto.

—¿Y?

—No puedo creer que vaya a decirte esto, pero, nena, está loco por ti.

Reflexioné sobre sus palabras. No podía decir que me parecieran incorrectas, me había besado, pero ¿por qué no se había dignado siquiera a llamarme en dos semanas? Cierta vulnerabilidad me había seguido desde aquella noche. Me había visto desnuda, había hecho que me desmoronara bajo sus manos. Le había suplicado más. Y no había obtenido nada de él. No se había quitado ni esa estúpida corbata. Tal vez todo fuera parte de su juego. O tal vez ya se hubiera aburrido de mí. La frustración me encendió las mejillas.

—Solamente tenía cereal con pasas —mascullé.

—¿Qué?

—Nada. —Tomé un sorbo de café y agregué—: Me dio su número.

—¿De verdad? ¿Y por qué no le has llamado?

—Porque no quiero llamarle. Solo quiero saber por qué no me ha llamado él. —«Es totalmente lógico».

Valentina se rio.

—Amiga, tu agente está buenísimo, no le diría que no si quisiera bajarse, pero es turbio. Muy muy turbio.

—Créeme, lo sé. Mató al príncipe Encantador.

—¿Qué? Bueno, no importa. No quiero saberlo. Ricardo me dijo que nadie sabía de dónde era, que simplemente había aparecido un día en el bajo mundo con contactos desde la Eme hasta la Bratvá.

Esquivé a un ciclista en el último momento.

—Sí, sí, ya, es un tipo superimportante con contactos superimportantes... —farfullé poniendo los ojos en blanco.

—Parece ser que se le dan bien las computadoras, es una especie de genio o algo así. Como Einstein, pero sin conciencia. Supongo que por eso lo contrató el FBI. No se puede confiar en nadie que trabaje para el Gobierno, Gianna. Probablemente dejaría embarazada de gemelos a otra mujer en cuanto tuvieran algo oficial.

—Tienes una imaginación extraordinaria.

—Gracias.

Un bip me indicó que tenía otra llamada y, cuando vi que era de Chicago, me atravesó una oleada de anticipación.

—Tengo que colgar, Valentina, hablamos después.

—Adiós.

Respondí a la otra llamada.

—¿Hola?

—Gianna.

La tristeza de su voz me heló las venas.

Me detuve en mitad de la acera con el corazón en la garganta.

—Tara... ¿Cómo está?

Se produjo una larga pausa y lo supe.

Supe que mi *mamma* había muerto.

—No... —Me quedé quieta, pero el suelo se movió amenazando con abrirse y tragarme entera. Noté la garganta espesa y mis palabras fueron casi inaudibles—. Se supone que tengo que ir a verla mañana.

De repente, el boleto de avión a Chicago que tenía en la bolsa parecía pesar diez kilos.

—Gianna..., lo siento muchísimo, pero se ha ido. Se mantuvo fuerte mucho tiempo...

Se me resbaló el café entre los dedos y se derramó en el suelo. El sol me calentaba la piel, pero por dentro era todo hielo. Me zumbaban los oídos y el dolor envolvió el bullicio de la ciudad de Nueva York.

—Iré a verla mañana —dije sin pensar.

—Te quería mucho. —La voz de la enfermera reveló lágrimas y una ligera sonrisa—. Lo eras todo para ella.

Un vestido rosa para ir a la iglesia. Su sonrisa. Una mano sobre mi pecho. «Báilala cuando y como quieras».

Un dolor puro y enfadado se escapó de su jaula en mi interior y me agarró por la garganta.

—¿Por qué? —sollocé. ¿Por qué ella? ¿Por qué el mundo era tan injusto? ¿Tan amargo? ¿Por qué el amor hería más que el dolor?

—Que sobreviviera a un cáncer tan agresivo durante tanto tiempo fue un milagro, Gianna. Fuiste bendecida con más tiempo con ella.

La única bendición era Tara. Era el motivo por el que podía ver a *mamma* en el asilo en el que había vivido los dos últimos años. *Papà* me prohibió visitarla. Me habría prohibido respirar si pudiera.

Las lágrimas me ardieron en los ojos, en el corazón, en el alma.

—Gracias, Tara, por todo lo que hiciste por ella... Por mí.

—Bueno, no podría vivir tranquila si hubiera mantenido a una madre separada de su hija.

Miré adelante fijamente y el mundo me pareció muy grande y pesado, su peso era demasiado para sostenerlo.

Alguien chocó contra mi hombro y se me cayó el celular.

Se rompió la pantalla contra la banqueta.

No recuerdo cómo llegué a casa, pero un rato más tarde estaba en la terraza mientras caía lluvia del cielo. Fría. Solitaria. *Drogada.* Lloré, los sollozos me sacudían los hombros. Lloré veinticuatro años de dolor. Lloré hasta que me dolió el estómago y no pude soportarlo más.

Esto es lo último que recordaba cuando me desperté en el duro suelo de una celda.

Con cargos de posesión de drogas y de conducción bajo su influencia.

El entumecimiento se extendió por mis venas y se asentó en mi corazón. Me quedé sentada rodeándome las rodillas con los brazos, mirando fijamente hacia delante. De algún modo, sabía que Allister no iba a venir, pero tampoco quería que lo hiciera. No quería que nadie me salvara. Tal vez ese fuera el sitio en el que tenía que estar. Sin embargo, me escoltaron fuera de la comisaría media hora después y me llevaron directamente a la discoteca de As.

Él me fulminó con la mirada, negó con la cabeza y volvió a centrarse en los documentos que tenía sobre el escritorio.

—¿Entiendes todo lo que se necesita para sacarte de la puta cárcel? Ya tengo bastantes mierdas encima sin tener que cuidar de ti.

Entendía el significado de lo que había dicho, sin embargo, no sentí nada. Tenía un saco de traje de alguien sobre los hombros. Pesaba y, durante un instante, creí que era la culpa.

—Te dejaría ahí si no supiera que te abrirías como un huevo ante el primer interrogatorio. Necesitas un puto psicólogo, Gianna —espetó pasándose una mano por el pelo—. Todo lo que has sufrido... Tu *papà* me enferma. Quería acabar con él cuando tenía diez años.

Nuestros padres habían sido amigos. Conocía a Nico desde que yo tenía cinco años y él seis. Tal vez fuera la historia romántica perfecta: Nico había visto la mayoría de mis partes más retorcidas. Pero yo nunca podría amar a Nico. Él no me había salvado.

—Sé lo que vas a decir, pero tengo que preguntarlo: ¿te gustaría volver a casa a Chicago?

Negué con la cabeza.

—Pues se ha acabado tu vida de soltera. —Me miró a los ojos—. Elige a uno de mis hombres, Gianna, o lo haré yo por ti.

Una semana después, me convertí en la señora de Richard Marino.

Capítulo 7

Christian
Septiembre de 2015

—¿Alguna vez has querido algo, Sasha, algo en lo que no puedes dejar de pensar, da igual cuánto te esfuerces?

Su dulce aroma a vainilla, la sensación que sus manos dejan en mí durante días, su ropa ridícula, esa risa ronca que enciende mi cuerpo.

—Luego consigues probarlo... —y te provoca escalofríos— y olvidas por qué en principio no lo querías.

Sasha abrió la boca, la cerró.

—Quieres algo que no puedes tener.

Las palabras salieron de su boca con un tono de reflexión e incredulidad, como si no pudiera creer que no podía conseguir lo que quisiera.

Yo tampoco.

Me enderecé para ocultar la agitación que sentía.

—Quería algo que podía tener.

—Un uso interesante del tiempo pasado. Tal vez no lo quieres porque siempre has sabido que nunca podrías conseguirlo.

Dejé escapar un suspiro sardónico, odiaba que la maldita Sasha tuviera razón.

Siempre había colocado a Gianna en un estante inalcanzable y no porque estuviera recién casada con Antonio y me fuera completamente ajena cuando la conocí, sino porque había algo genuino y astuto en ella. Me había visto por lo que realmente era. Sucio. Contaminado. Había visto todo lo que había intentado borrar de mi infancia. Y había luchado con fuerza para escapar de mi pasado. Me negaba a que me arrastrara de vuelta.

Debería estar aliviado de que estuviera fuera de mi alcance de nuevo, pero, con el recuerdo reciente de su cuerpo sobre mi cama, por fin mirándome con esos ojos dulces y sumisos, no sentía ningún tipo de alivio. Sentía que me habían robado algo que me pertenecía, carajo.

—Así que lo probaste... y asumo que te volviste a dar cuenta de que era inalcanzable en la sala de informática la semana pasada.

Me acaricié la barbilla.

Solucionar mis asuntos al otro lado del Atlántico me había costado más de lo que había imaginado, pero un mes no debería ser suficiente como para volver y encontrarme a Gianna casada. Escuchar a As darme la noticia por teléfono como si nada fue como recibir un puñetazo en el estómago. Me quedé sin aliento, la sangre me empezó a hervir. Perdí el control. Destruí cada maldita computadora de esa sala.

Sabía que si tocaba a Gianna sería mi fin. Sabía que me gustaría demasiado como para dar marcha atrás. Pero, carajo, no era un santo. Estaba medio desnuda con los senos en mi cara y llevaba tanto tiempo soñando con ellas que necesitaba probarlas. Al hacerlo sentí que me pertenecían, que eran mías.

Y ahora, tras esa revelación, era de otro hombre. Podía eliminar ese problema en cuestión de horas. A veces tenía tantas ganas que las manos me temblaban. Pero ella no estaba en el mismo punto que yo. No me había llamado cuando se había encontrado en apuros. Apuesto a que ni siquiera se le había pasado por la cabeza. Llevaba años grabada a fuego en mi mente, sabía más sobre ella de lo que jamás debería haber sabido y ella ni siquiera pensaba en mí.

De repente, deseé estar en Moscú en ese momento para matar a mi hermano. O mejor aún, nunca haber dejado a Gianna desnuda en mi cama para salvarle el trasero de los chechenos que habían conseguido mantenerlo como rehén durante un mes. Pero sabía que nunca podría darle la espalda a Ronan. Era el único que entendía lo que me había creado. Normal, tenía a la misma hija de puta como madre.

Sasha me observó y ladeó la cabeza.

—Los hombres de los que hablaste durante la última sesión, ¿todavía forman parte de tu vida?

—No.

—¿Por qué no?

«Porque los maté».

—¿Tus abuelos siguen en tu vida, Sasha?

—No, están muertos.

Dejé que sus palabras llenaran el silencio.

Tragó saliva.

—He visto que has solicitado ser trasladado a Seattle. Es una buena jugada.

Solo esperaba que un estado entero de por medio fuera suficiente.

—De hecho, recibí esta mañana un correo de nuestro director, que aprobó tu traslado, siempre que yo te dé el visto bueno, claro.

Muy pasivo-agresiva.

El FBI me necesitaba más de lo que yo los necesitaba a ellos. No muchos podían soportar sus listas de personas con las que acabar y sus formas preferentes de interrogatorio, por no mencionar el hecho de arreglar los desastres de algunos políticos sádicos. Podía conseguir cualquier trabajo que quisiera, pero el FBI tenía la estructura y tapadera que siempre había necesitado. Y pensar que podría haberlo perdido por culpa de una mujer...

—Creo que ambos sabemos que no es necesario que yo te dé el visto bueno. Para ser sincera, no sé por qué te han hecho pasar por este circo.

—¿Estás decepcionada?

Se colocó un mechón de pelo detrás de la oreja con un brillo emocionado en la mirada.

—No. Llevo mucho tiempo queriendo meterme en tu cabeza.

Me reí con un tono oscuro.

—Tienes suerte de que te deje salir.

Me puse de pie, me alisé los puños de la camisa y me dirigí hacia la puerta.

—Hay una palabra para lo que describiste, Christian.

Me quedé quieto con la mano en el picaporte.

—Obsesión.

La comisura de mis labios se levantó mientras salía de la habitación y cerraba la puerta tras de mí.

SEGUNDA PARTE
El presente

Capítulo 8

Gianna
El presente

—Yo..., bueno, lo que estoy intentando decir es... ¿quieres casarte conmigo?

Miré fijamente al hombre arrodillado frente a mí. En pantalones cortos, sin camisa. Con un enorme anillo de diamantes en una caja de terciopelo negro. Si me lo ponía y caía por la borda, me iría directo al fondo del océano.

Acostada en un camastro, con el yate meciéndose suavemente entre las olas, me cubrí los ojos para tapar el sol.

—Vincent, creía que era ilegal estar casada con dos hombres a la vez. ¿Me estás diciendo que he estado viviendo una mentira todo este tiempo?

Vincent suspiró.

—Todo el mundo sabe que tu matrimonio es una farsa. No hay ninguna relación entre Richard y tú. Ni siquiera llevas anillo.

El diamante que sostenía brillaba al sol, cegándome. Me senté y me pregunté por qué siempre me pasaban cosas así.

—Aunque pudiera casarme contigo, Vincent..., no lo haría porque te volvería loco en una semana.

—Loco.

Valentina asintió desde el camastro de al lado y sorbió su mojito con un popote.

—Soy terriblemente desordenada —continué—. Incluso mi ama de llaves es desordenada. Así de desordenada es mi vida.

—Gianna, no me importa nada de eso. Es que... estoy enamorado de ti.

Valentina se atragantó. Luego tosió y se golpeó el pecho.

Qué irónico que, en nuestro mundo, un hombre proponiendo matrimonio sea menos sorprendente que una declaración de amor.

Acaricié la cadena de oro que cruzaba mi torso desnudo mientras mi mirada recorría el yate. Los ojos de todo el mundo estaban clavados en nosotros. La lástima me llenó el pecho. El amor era una mierda. No se lo desearía a nadie. Bueno, excepto a Hitler. Y definitivamente a Lord Voldemort. Me puse de pie.

—Ven a tomar una copa conmigo, ¿quieres, Vincent?

Suspiró y levantó la cabeza hacia el cielo. Sabía que lo iba a rechazar amablemente, pero al final cerró la caja del anillo con un triste chasquido y se puso de pie. Bajé a cubierta y me dirigí al pequeño bar con la intención de prepararme algo bien fuerte.

—¿Por qué me quieres? —pregunté mientras servía Patrón en un vaso.

Se frotó la nuca.

—Eres... tan... preciosa, Gianna. Cada vez que veo a otra mujer, no puedo evitar compararla contigo.

¿Eso era todo lo que hacía falta para amar a alguien?

Tomé el jugo de naranja, pero en el último momento cambié de opinión y en su lugar añadí más tequila al vaso.

—Quiero cuidarte, Gianna..., llegar a conocerte mejor que nadie.

Eso sí que era dulce.

Sin embargo, ese hombre huiría a toda prisa en el momento en que se enterara de mis traumas de la infancia. A Vincent le encantaba la versión de mí que veía: alegre, fresca y sociable. No sabría qué hacer con el desastre que había debajo, ese que trataba de ocultar a base de ataques de pánico.

—Vincent, sabes que no puedo casarme contigo.

Me di la vuelta y fue entonces cuando me besó. Mi vaso de tequila se derramó y me cayó sobre la mano. Me agarró la cara con unas manos calientes y suaves y presionó sus labios contra los míos. Con suavidad. Despacio. Como si pudiera romperme si no tenía cuidado.

Muérdeme. Tírame del pelo. Empújame contra la pared.

El tacto de sus labios era dulce y suave y aburrido. Un suspiro de decepción sonó en mi cabeza. Se alejó casi sin aliento, como si hubiera vivido una experiencia completamente distinta de la mía.

Era el primer beso que me daban desde un sucio e innombrable agente federal. Y mientras una parte de mí se moría por más, de cualquiera que pudiera saciar la necesidad dentro de mí, la otra no podía ser más pasional.

—Ha sido... Guau —suspiró.

Me tragué lo que quedaba de licor. Quemó el sabor de su bálsamo labial de cereza.

—Guau, ¿verdad? —preguntó.

—¿Qué? —murmuré—. Oh, sí..., guau.

Me agarró la mano pegajosa y empapada de tequila.

—Danos una oportunidad, Gianna. Te llevaré a sitios, te enseñaré el mundo. No hay nada que no te daría.

Podía imaginar que la mayoría de las mujeres estarían extremadamente felices de estar en mi posición en ese momento. Pero ¿yo? Solo estaba molesta. El calor me picaba bajo la piel.

—No lo entiendes, Vincent, ¿verdad? No puedo divorciarme de mi marido y huir contigo.

Aparté la mano y me di cuenta de que había dicho eso en un rápido italiano. La pesadez se apoderó de mis hombros. Respiré hondo y volví a intentarlo en inglés.

—El divorcio no es una opción para mí, Vincent.

Tragó saliva y se frotó la frente de manera pensativa.

—De acuerdo. No necesitamos el título entonces. Solo... quédate conmigo.

Dios, deseaba ser menos de acero. Deseaba que no me hubieran robado todo el amor que podía dar en los primeros veintitantos años de mi vida. Deseaba ser normal. Porque ahí estaba ese hombre perfecto profesando su amor por mí y mi corazón ni se inmutaba.

—Mi vida no es tan liberadora como debes imaginar, Vincent. No puedo ponerle los cuernos a mi marido. No puedo garantizar tu seguridad si se descubriera. —Suspiré y añadí—: A decir verdad, la mía tampoco.

Estaba bastante segura de que la paciencia de As conmigo pendía de un hilo.

Vincent parecía asqueado.

—¿Tu propia familia te haría daño?

Se me escapó una risita y me sorprendió que no fuera amarga. Supuse que controlaba mis demonios mejor de lo que pensaba.

—Tal vez no físicamente, pero podrían hacer que las cosas se pusieran muy desagradables para mí.

Enviarme a casa a Chicago, por ejemplo...

Me pasó una mano por el pelo y me agarró ligeramente la nuca. El contacto físico se había vuelto tan extraño a lo largo de los años que se me puso la piel de gallina.

—Podemos mantenerlo en secreto.

—Esto no es Romeo y Julieta —dije en voz baja mientras le apartaba la mano de mi pelo—. Pero si insistes, Vincent, podríamos acabar como ellos.

Lo rodeé y volví a la cubierta.

Las palabras de mi madre llenaron mi cabeza de melancolía y el olor de su perfume floral.

«Un día serás una pequeña rompecorazones».

Qué destino tan terrible.

Forcejeé para abrir la puerta de mi departamento, dejando caer mi bolsa en el proceso, y luego encendí la luz. El foco de la sala estalló y luego se apagó, la habitación se quedó bañada en oscuridad.

—Oh, no, no, no —murmuré mientras mis ojos se desviaban hacia el apagador de la cocina.

Estaba a solo tres metros, pero la distancia comenzó a estirarse hasta que pareció un kilómetro. Mi corazón tropezaba con cada latido y me limpié las manos húmedas en el vestido playero que llevaba. «Puedes hacerlo», me dije a mí misma para tranquilizarme. «La oscuridad es solo ausencia de luz. No puede hacerte daño».

Di un paso adelante y me quedé helada de miedo cuando la oscuridad se transformó en una casa de espejos que reflejaba todas las pesadillas que había vivido. Se me tensaron los pulmones y di un paso atrás.

Me deslicé por la pared junto a la puerta en el pasillo e intenté detener el temblor de mis manos. Saqué el teléfono de la bolsa y llamé a Lorenzo. Contestó el buzón de voz. Maldije y elegí el siguiente contacto de la lista.

—¿Qué? —respondió Luca.

Tragué saliva.

—Se fundió un foco.

Se quedó callado un instante.

—Creía que ya habías superado esa mierda.

—No, solo estaba drogada.

—Pues hazte una raya y ahórrame las molestias.

—Mi terapeuta dice que las drogas no solucionan los problemas, únicamente los prolongan.

Ya solo me metía coca cuando la soledad se volvía más oscura que la culpa por drogarme.

—¿Eso dice? ¿Qué le estás contando, Gianna?

—Solo todos los detalles más asquerosos de tu vida.

Gruñó.

—Debe de estar muy entretenido.

—O asqueado —respondí.

Emitió un sonido de diversión y colgó.

Me llevé las piernas al pecho, apoyé la cabeza contra la pared y una vez más esperé a que un hombre me salvara de un problema que otro había creado.

Luca salió del elevador veinte minutos después con su esbelta figura y su traje gris. No lo miré y le dije con toda naturalidad:

—Hay dos mil veintidós ladrillos en esa pared.

Le hizo gracia.

—Si yo no me preguntara exactamente lo mismo, diría que vives una vida triste, Gianna.

—Ja, ja.

Mientras cambiaba el foco, encendí todas las luces del departamento por simple tranquilidad.

—¿Quieres una cerveza? —pregunté.

—No.

Tomé una para mí y me dejé caer en el sillón. Cuando fui a dar el primer trago, me la arrancó de las manos. Suspiré.

—¿En serio?

Luca dio un trago a la botella y se sentó a mi lado. Era un hombre grande y no le importaba el espacio que ocupaba. En lugar de sentirme como una sardina en lata, estiré las piernas y las apoyé sobre las suyas.

—Tenemos que hablar.

Apoyó un brazo sobre mis muslos y sus ojos recorrieron la sala.

—¿Sobre qué?

—Bueno, en primer lugar, tu matrimonio, o la falta de este, con Richard. Y tu creciente relación con Vincent Monroe.

Suspiré, sabía que estaba en un buen lío.

—Me encantaría hablar de esto contigo, pero, madre mía, tengo hambre. ¿Tienes hambre?

Intenté levantarme de un salto, pero me agarró de uno de los muslos y me hizo tirarme de nuevo sobre el sillón para no caer al suelo en una postura rara.

—La gente está hablando, Gianna.

Le robé mi cerveza.

—¿Qué más da que la gente hable?

—As se va a casar y tenemos que dar una buena imagen a los Abelli.

—Claro, pobre Adriana —dije con una expresión de falsa tristeza mientras daba un sorbo.

—Asistirás al almuerzo de este domingo con Richard.

—Sí, señor.

Puse los ojos en blanco.

—Y este asunto con Vincent tiene que enfriarse. Rápido. —Su mirada se volvió dura—. O yo lo enfriaré por ti.

—Te prometo que no hay fuego en lo que respecta a Vincent.

Una parte de mí deseaba que lo hubiera para ser arrastrada a un intenso romance, uno en el que ambos preferiríamos morir antes que estar el uno sin el otro. Una parte de mí lo anhelaba, mientras que la otra no creía en cuentos de hadas.

—Donde está Gianna, hay fuego —murmuró Luca mientras apartaba mis piernas de él y se ponía en pie.

—Gracias, Luca.

Gruñó en señal de respuesta y cerró la puerta tras de sí.

Como casi todas las noches, me dirigí a la cocina. La receta era de mi *mamma*. Todas lo eran. Algunas de ellas las había olvidado o no tuve la oportunidad de aprenderlas y a menudo fantaseaba con ir a Chicago en un resplandor de gloria solo para recuperar sus viejos libros de recetas. Mi imaginación era un lugar triste.

El olor a carbonara llenó el apartamento mientras me sentaba a la mesa con mi plato.

El tranquilo tictac del reloj adormeció mi mente. Una sirena sonó a lo lejos en alguna calle concurrida. El aire acondicionado se encendió.

Giré la pasta sobre el tenedor y le di un bocado.

Por desgracia, la soledad no desaparecía con la luz.

Capítulo 9

Gianna

La música de elevador que sonaba discreta de fondo bien podría haber sido *screamo* mientras paseaba por los pasillos de la farmacia. Suspiré y me froté la sien. Los disparos siempre me provocaban migraña.

Me atrevería a decir que la comida había ido tan bien como el Titanic. O tal vez eso era ser un poco dramática; al fin y al cabo, solo había habido una víctima. Sin embargo, podía ver una historia de amor prohibida en un futuro próximo entre As y la hermana equivocada. Pondría la mano en el fuego por que rompería el contrato con Adriana para poder tener a Elena, literalmente. Había hecho mi apuesta con Luca y Lorenzo en el viaje de vuelta a casa.

Tomé una caja de ibuprofeno del estante y la puse en la cesta. Estaba mirando los barnices de uñas cuando empezó el caos.

—¡Todo el mundo al suelo, ahora! —Dos hombres con pasamontañas negros irrumpieron en la tienda golpeando la puerta contra la pared—. ¡Dije que al suelo!

El más alto disparó al techo.

—Por el amor de Dios —murmuré.

Una de sus miradas se posó en mí. Mis ojos se abrieron de par en par y me tiré al suelo.

Un bebé gemía. Alguien lloraba. Otro rezaba el Ave María.

Los enmascarados, que eran muy desconsiderados con los demás, debo añadir, se dirigieron hacia el mostrador de recetas.

—Danos lo que queremos y no le haremos daño a nadie.

Yo estaba intentando abrir el frasco de analgésicos. Tiré demasiado fuerte, la caja se rompió y las pastillas se esparcieron por el suelo. Una mujer rubia que agarraba su bolsa al otro lado del pasillo me miró incrédula. Luché por no poner los ojos en blanco. Como si nunca hubiera tenido una migraña en un momento inoportuno. Me metí dos pastillas en la boca.

—¡No nos mientas! Tienes más.

—No tengo más, señor.

Tomé un frasquito de barniz de uñas de mi cesta y lo agité. La mirada incrédula de la mujer se me clavó en la piel mientras me pintaba la uña del pulgar con esmalte rojo. Arrugué la nariz. Demasiado navideño.

Las voces de los hombres se volvieron frenéticas mientras las sirenas sonaban a lo lejos. Se oyeron unos pasos, el ruido de la puerta y desaparecieron.

Me levanté, me sacudí la suciedad del vestido verde oliva y me dirigí al mostrador con la caja de pastillas medio vacía.

—¿Hola? —dije frente a la caja registradora solitaria.

Toqué la campanilla que había sobre el mostrador. Dos ojos muy abiertos aparecieron detrás de la caja registradora.

—Ah, hola. —Sonreí a la joven cajera—. ¿Puedo llevarme esto, por favor? Preferiblemente antes de que la policía aparezca y me tenga que quedar aquí atrapada quién sabe cuánto tiempo.

Por desgracia, ese fue el momento en que toda la policía de Nueva York irrumpió en la tienda.

Suspiré. «Será mejor que me compre una crema para el sarpullido ya que estoy aquí».

Estaba sentada en la parte trasera de una ambulancia hojeando un folleto que me habían dado sobre un grupo de apoyo para ayudar con el trauma, cuando llegaron los federales.

Uno se acercó a mí, pero no levanté la vista de mi folleto. Si tenía que volver a pasar por todo el rollo de las preguntas, abandonaba la vida.

—Centro clínico Ames. —Una voz grave leyó el folleto—. ¿Por qué siento que ahí estarías como en casa?

El corazón me dio un vuelco y se me cortó la respiración. El sol era pesado y caliente, pero no era la razón por la que se me había encendido de repente la piel desde el interior. Él tenía toda mi atención, pero aún no lo miraba. Simplemente porque no creía que pudiera soportar el *shock* de oírlo y verlo al mismo tiempo.

Pasé una página.

—No estoy segura, agente. ¿Ya has estado?

Dirigí la mirada hacia él y mis ojos, conocedores de su trastorno obsesivo-compulsivo, sus manos manchadas de sangre y su dedo de gatillo fácil, se iluminaron.

Hombros anchos.

Líneas rectas.

Azul.

—Veo que aún no te han domado. —Su tono calmado envolvió mi garganta, haciéndola latir a un ritmo frenético.

Verlo fue como un puñetazo de fuego en el estómago. Una especie de reacción visceral, animal, ante el mero atractivo del hombre. El recuerdo de la última noche que lo había visto, de sus manos sobre mí, volvió a mi mente y una sensación de calor apareció entre mis piernas. Había sido el último hombre que me había tocado y mi cuerpo no lo había olvidado. En realidad, había pensado demasiado en él a altas horas de la noche, en el áspero deslizamiento de su palma contra mi mejilla, la presión de sus labios contra los míos, el calor de su cuerpo. Era fácilmente mi fantasía favorita, mientras que yo estaba segura de que había estado haciéndoselo a todas las rubias de la alta sociedad dondequiera que hubiera estado durante los últimos tres años.

La frustración se apoderó de mí. Luego un sentimiento aún peor floreció en mi pecho, un tallo espinoso sin la rosa; un sentimiento que reprimía cada vez que pensaba en él: rechazo.

—Soy indomable.

—Ambos sabemos que eso no es cierto.

Lo miré fijamente. ¿Quería sacar el tema... ahora? En lo que a mí respecta, nunca había sucedido. Pensar en ello a la luz del día me hizo sentir vulnerable y expuesta.

Dejé el folleto a un lado, crucé las piernas y me recosté sobre mis manos.

—Déjame adivinar, te tomaste un descanso de tres años del FBI para perseguir tu sueño de ser modelo de ropa interior.

Dio vueltas al reloj que llevaba en la muñeca: una, dos, tres. Se metió las manos en los bolsillos y su mirada me acarició la piel con tanta intensidad que apenas podía respirar. Parecía pensativo, pero había algo debajo..., como la chispa incipiente de un incendio.

Reprimí una extraña oleada de nervios.

—¿No? —le pregunté—. Chantajeaste a alguna chica desafortunada para que se casara contigo, compraste una casa en las afueras y tuviste dos hijos.

Era una negativa obvia. La siguiente conjetura se me escapó antes de que pudiera responder:

—Visitaste la Antártida y te diste cuenta de que era tu hogar. —Estaba muy orgullosa de mí misma por esa y se notaba.

—¿Ya acabaste?

Fruncí los labios.

—Sí.

—Bien. Sheets está allí y se dirigirá hacia aquí para interrogarte sobre tu relación con As en cualquier momento. Puedes venir conmigo o lidiar con él durante las próximas horas.

Miré al agente especial en cuestión. Era un hombre atractivo, pero mi atención no podía centrarse en otra cosa que no fuera el hecho de que llevaba Asics con su traje azul marino.

—El menor de dos males, ¿no? —murmuré deslizándome al suelo y quedándome de pie delante de él—. Detrás de ti, agente federal.

—Una decisión cuestionable —dijo con un tono sombrío en la voz.

Me estremecí.

—Sí, bueno, todos tenemos nuestros defectos.

—Algunos más que otros.

Su comentario me molestó. Levanté la mirada hasta la suya con una mueca de lástima dibujada en los labios.

—Tienes toda la razón. Muchos hombres luchan contra la disfunción eréctil. No es nada de lo que avergonzarse.

Le di una palmadita en el pecho y comencé a caminar hacia su coche ignorando la sensación de ardor en la mano.

—Sigues pensando en por qué no te cogí, ¿eh?

Me detuve y cerré los ojos mientras la ira me desgarraba.

—Lo único en lo que pienso es en lo bien que está Nueva York sin ti. —Seguí caminando hacia su coche.

—¿Cómo has sobrevivido tantos años con un sentido de la orientación tan terrible? Nunca lo entenderé.

Me detuve, suspiré y me di la vuelta para seguirlo por la banqueta.

—¿No lo sabes? Un hombre me lleva de la mano allá donde voy.

—Lo sé... Vincent Monroe. Sin embargo, podríamos debatir sobre el uso de la palabra hombre.

Puse los ojos en blanco.

—No sabes nada sobre él.

—Sé que está esperando el día que tu marido se muera para ponerte un anillo en el dedo.

—Lo único que sabes es lo que As o Luca te han contado. Eso solo son rumores y, francamente, no es asunto tuyo.

Allister había vuelto hacía cinco minutos y creía que ya tenía mi historia resuelta. Odiaba cómo hacía que mi vida pareciera tan transparente..., tan trivial.

Me esforzaba por seguir sus largas zancadas y al mismo tiempo esquivar cada bache de Nueva York con mis botas hasta los muslos. Acabé caminando un paso por detrás de él, totalmente inmersa en su sombra. Qué apropiado teniendo en cuenta la naturaleza de nuestra relación.

—Te has cambiado el pelo —me dijo en voz baja.

Me toqué distraída los mechones oscuros, que eran de mi color natural. Siempre se daba cuenta cuando me hacía algo en el pelo. Odiaba que me hiciera sentir especial.

—Sí. Intenté superarte con un cambio de imagen. Tres años es demasiado tiempo esperando una llamada.

—Ah, me preguntaba cómo te iba.

—Tampoco me lo volveré a pintar por ti. Ser rubia es agotador. Me divertía demasiado.

—Eso he oído.

Me puse tensa. Tenía la sensación de que estaba hablando de la última vez que me habían arrestado poco después de su desaparición tres años atrás. No había nada que pudiera decir para explicarme; entonces recordé que no tenía que importarme lo que pensara de mí.

—Parece que has oído hablar mucho sobre mí —reflexioné.

—Estoy informado de todas las catástrofes en la zona de Nueva York.

—Es bueno saber que estoy a la altura de los huracanes y los atentados terroristas. —Pisé una cáscara de plátano—. ¿Qué desafortunada circunstancia te trajo de vuelta de...?

—Seattle.

—¿De Seattle, entonces?

—Negocios.

—Un hombre de pocas respuestas —murmuré.

—Pocas palabras —me corrigió.

Sus ojos encontraron los míos cuando llegamos a su coche y solo una mirada hizo que me diera un vuelco el corazón. Hacía mucho tiempo que no lo veía. Pero un cosquilleo en la nuca me hizo creer que no era la primera vez que él me veía en tres años. Aunque, si había estado en Nueva York, en cualquier lugar de mi colonia, no podría haber pasado desapercibido. No con esta red de electricidad entre nosotros que siempre echaba chispas cuando él estaba cerca. Lo que me preocupaba era que en el otro extremo de la red a menudo yacía un depredador al acecho para devorar a su presa.

Pasé saliva y me deslicé en mi asiento.

Un aire tenso llenó el espacio y me dejó sin aliento. Una sensación de que iba a tocarme... o a hacerme daño. Tenía tanta confianza en aquel hombre como fuerza para vencerlo, es decir, un número negativo. Una energía nerviosa corría por mis venas.

«Debería haber probado mi suerte con Sheets».

—Entonces..., ¿cuánto tiempo vas a estar en la ciudad? —pregunté.

—¿Por qué? ¿Contando los días?

—Me conoce muy bien, agente. Parecemos un matrimonio. —Empecé a aplicarme un poco de brillo de labios solo porque necesitaba hacer algo con las manos.

—¿No crees que para casarte con alguien necesitas al menos saberte su nombre? —dijo secamente.

—Siempre has sido muy estricto con las normas, ¿verdad, Christian?

La mirada que me dirigió me recordó al calor de sus ojos cuando me senté con las piernas abiertas en el tocador de su baño. Miré hacia otro lado e intenté calmar el ritmo acelerado de mi corazón.

Me llevó a casa. Nunca preguntó mi dirección, pero no me sorprendió. Allister parecía saber todo lo que no debería.

—¿Y el anillo? —preguntó mirando mi dedo vacío—. Y yo que creía que iba a ser un matrimonio duradero.

Se estaba burlando de mí.

No estaría casada si no hubiera desaparecido mientras yo seguía desnuda en su cama. Lo sabía en el fondo de mí. Las cosas habrían sido diferentes si se hubiera quedado. Pero no lo hizo. No le importaba lo suficiente. Y con los años, había empezado a odiarlo por ello. No me quería, lo había dejado muy claro, y aun así tenía que atormentarme con mi relación, por muy inexistente y vergonzosa que fuera.

Mi marido, Richard, me triplicaba la edad. Era el hombre más mayor que había encontrado disponible para casarse, así que, naturalmente, lo había elegido a él. Demasiado viejo para pegarme, y, por duro que sonara, más cerca de estirar la pata que cualquiera de los otros.

—Tengo una idea, ¿por qué no nos ahorras a los dos las molestias y dejas de pretender que te importa?

—Alguien tiene que hacerlo. No puedo decir que me sorprenda, sin embargo, que tu marido resulte ser uno de los hombres más ricos de As. Debe hacer el matrimonio más fácil de digerir.

Se me escapó una risa amarga y giré la cabeza para mirar por la ventanilla.

—Vete a la mierda, Allister.

Capítulo 10

Gianna

—Insinuó que era una puta cazafortunas —le dije a Val quitándome una rodaja de pepino del ojo y dándole un mordisco—. ¿Esto del pepino sirve de algo?

—Sí, pero solo si logras no comértelo —espetó Val secamente tomando un tazón de rodajas frescas y pasándomelo—. Y, en serio, tremendo imbécil. Como si tú quisieras casarte con un vejestorio.

—Lo sé. —Suspiré y me metí una rodaja de pepino en la boca.

—¿Te imaginas qué habría pasado si hubieras elegido a otro de los hombres de As? Andarías por ahí embarazada de tu tercer hijo.

Se estremeció. Hasta el momento, Val se había escapado de ese destino con su marido Ricardo solo porque tenía problemas de infertilidad. O, al menos, eso decía ella.

—Tal vez tendría que haber... elegido a otro.

Las palabras se me escaparon de manera involuntaria, perturbándome tanto a mí como a Valentina. Estaba casada solo de nombre, pero aun así me retenían unas fuertes cadenas y se me negaba tener una familia propia. A veces, empezaba a pensar que deseaba algo más en la vida.

—¿Qué? —Parecía incrédula—. No lo dices en serio.

—No, claro que no —dije rápidamente. ¿O sí...?—. Solo estoy cansada, eso es todo. Magdalena me ha despertado temprano pasando la aspiradora y quejándose del polvo.

Valentina se rio.

—¿Magdalena? ¿Pasando la aspiradora?

—Parece ser que tiene una cita esta noche y no puede prepararle la cena en su departamento porque la vaga de su hija está en casa. Son sus palabras, no las mías.

—Dios, ¿es raro que desee espiar esa cita?

—No. —Me reí.

—Si le dejas usar tu casa, ¿dónde te quedarás tú?

—Probablemente duerma en el ático esta noche después de la fiesta.

Vivía allí el último año de mi matrimonio con Antonio, cuando intentaba evitarlo a toda costa. Ahora era de As, pero seguía siendo como una segunda casa para mí.

Val gimió.

—Sinceramente, estoy cansada de todas estas reuniones con los Abelli. Las mujeres no tenemos que acostumbrarnos a su presencia antes de la boda. Propongo meter a todos nuestros hombres y los suyos en una habitación y ver qué pasa.

Me reí.

—Exacto. Probablemente, lo único que mantiene la paz somos las mujeres.

—Cierto —suspiró—. Las mujeres somos diosas.

Con las piernas cruzadas sobre el camastro, levanté la mirada al cielo despejado. Andrómeda.

—Bueno..., ¿cómo está estos días?

Me comí otra rodaja de pepino.

—¿Quién?

—Christian, por supuesto.

Me pasó por la mente su imagen delante de mí de hace una semana y media con las manos en los bolsillos y su mirada vaga sobre mí. Un calor incómodo se me esparció por el cuerpo.

—Bien —gruñí.

Soltó una carcajada.

—Así que bien, ¿eh?

Mastiqué.

—Por Dios, quizás deberían acostarse y acabar de una vez.

Fruncí los labios.

—Preferiría acostarme con Richard.

—Sí, seguro.

—Soy demasiado orgullosa para dejar que Allister vuelva a tocarme. No hay modo mejor de decirle a una mujer que no te interesa que dejarla desnuda en tu cama durante tres años.

—*Touché.*

—Además, tampoco estoy interesada.

—Mmmm —murmuró Valentina.

La fulminé con la mirada.

—¿Qué?

—Nada.

—Por el amor de Dios, suéltalo.

—Si tú no quieres tener nada que ver con él, ¿qué te parece si le entro yo?

Solté una carcajada, incrédula.

—¿A Christian?

Asintió.

Dios mío, lo decía en serio. Se me encogió el estómago y desapareció la diversión.

—¿Por qué diablos ibas a querer hacerlo?

—Madre mía, ¿tú lo has visto?

—Claro, pero ¿no estábamos hablando de que es un imbécil?

—¿No dicen que cuánto más imbécil... mejor coge?

—No creo que nadie diga eso.

Un brillo astuto se reflejó en su mirada.

—Si te molesta...

—No me molesta en absoluto, pero creía que tenías algo con Eddie.

Ella le quitó importancia con la mano.

—Me ignora, igual que mi marido. Es hora de pasar la página.

Me mordí el interior de la mejilla.

—Si Ricardo se entera de que estás viéndote con otros...

—Ahórratelo. Lo sé y siempre tengo cuidado. Así que... sé sincera, ¿te molestaría? Porque si es así yo no...

—Ya te lo he dicho, no quiero nada con él y va en serio.

Por Dios, hacía mucho calor. Parecía que en los últimos segundos el sol había empezado a arder con más fuerza. Me aparté el pelo del cuello.

—Está bien, si estás segura...

—Estoy segura.

Debía de haber tomado demasiadas margaritas porque sentía un nudo en la boca del estómago.

Sonó el celular e interrumpió mis pensamientos. Estaba tan distraída que ni siquiera comprobé quién era antes de levantarme y contestar al lado de la alberca:

—¿Hola?

Metí los dedos en el agua fría.

—Gianna.

Se me erizó el vello de la nuca y se me cortó la respiración.

Deshonra para la familia.

Hija inútil.

Mujer odiosa.

Solo una puta.

El ruido de una puerta al cerrarse. Oscuridad. Una oscuridad tan viva que a veces me tocaba. Me hablaba. Me hacía daño. «Chist, no pasa nada, tu papà *sabe que estoy aquí».*

No puedes gritar con una mano sobre la boca.

Así es como se crean las diosas de cabello ardiente por todo el mundo.

Una pelusa blanca flotó en el aire, retorciéndose con la brisa, y aterrizó en la alberca.

—¿Oíste lo que acabo de decir? —espetó mi *papà.*

El odio me atravesó con una quemadura ardiente. Tomé aire para calmar la voz:

—Lo siento, ahora mismo estoy bastante ocupada. ¿Qué querías?

—El mes que viene se casa tu prima Silvia. Vas a venir, aunque tenga que ir yo mismo por ti, ¿entendido?

El pánico me retorció el pecho.

—Tengo que hablarlo con mi marido para ver si podemos ir.

—Basta de tonterías, Gianna. Richard ya tiene un pie en el panteón. Vas a venir a la boda. Le diré a Gina que te envíe los detalles.

Habían pasado ocho años desde la última vez que había visto a mi padre. Desde la última vez que se había puesto en contacto conmigo y, a pesar de que un reencuentro familiar debería ser motivo de alegría, solo podía sentir miedo y preguntarme qué querría de mí ahora. Me daba la impresión de que tendría que ver con el deterioro de la salud de mi marido y la independencia que pronto iba a recuperar.

Tomé aire temiendo vomitar junto a la alberca de Valentina.

—Juro que, si los vecinos no hacen algo con esas malditas semillas de álamo, yo misma cortaré el árbol —gruñó Val poniéndose de pie—. Voy a tomarme un descanso. ¿Quieres algo más de beber?

Ese era su modo de decir que iba a hacerse otra raya.

Me di la vuelta.

—Te acompaño.

El interés se reflejó en su rostro.

—Creía que te daba migraña.

Había usado esa excusa como manera fácil de rechazar sus invitaciones sin tener que explicarle que mi terapeuta desaconsejaba las drogas.

Quería mejorar, dejar atrás los ataques de pánico y no solo esconderlos detrás de un subidón. No obstante, con esa llamada en mente a punto de hacer que me derrumbara, lo único que quería era no recordar el miedo del pasado a la oscuridad, aunque fuera solo por un momento.

—Supongo que, como dice la gente, las abejas tienen aguijones, pero también miel —susurré.

Todos buscábamos la fuerza en la vida.

Lamentablemente, la mía había resultado estar al final de una línea de polvo.

A fin de cuentas, habría preferido vomitar en mis botas de Prada favoritas antes que ver a Valentina «entrándole» a Allister. Como si necesitara más atención. Ya tenía a un gran número de mujeres detrás de él. Sin embargo, lo que más me molestaba era que siempre fuese encantador y respetuoso con todas ellas, mientras que a mí me miraba como si fuera un pedazo de hígado picado.

Desde aquella tarde entera que pasé con Valentina, todo parecía gestarse en mi cabeza como una taza de café ardiendo. Así que, naturalmente, cuando Christian Allister apareció en la reunión que se celebraba en el ático de As con aspecto de idiota y del sueño húmedo de toda mujer, le cerré la puerta en la cara. La cocaína me volvía más valiente, aunque, tristemente, no más fuerte. A Christian no le costó nada mantener la puerta abierta. Y en ese momento se dio cuenta de que tal vez estaba tan puesta como su impecable corbata.

No estaba orgullosa de la recaída, sobre todo porque me preocupaba cómo contárselo al doctor Rosamund el lunes, pero no me importaba la opinión de Allister al respecto. Debería haber sabido que iba a soltármela de todos modos. Me agarró de la barbilla, me miró a los ojos y me apartó la cara con disgusto.

Y ahí estaba ahora, rebosante de la ira y el rencor que tan fácilmente me provocaba.

Me ajusté uno de los chongos en el espejo del baño mientras recitaba mentalmente todas las palabrotas que me sabía en italiano. Respiré hondo.

Estaba ahí fuera, tan educado como siempre. Nunca había sabido de dónde sacaba ese encanto. Valentina no había perdido el tiempo, se había acercado a él y estaba riéndose de todo lo que decía. Por el amor de Dios, ese hombre no tenía nada de gracioso.

—Gianna —me llamó Valentina—. ¡Ven! Christian estaba contándome una historia chistosísima.

Fruncí el ceño y seguí mi camino al minibar.

—¿Quién?

Ella vaciló y miró a Christian, quien estaba a su lado y no parecía nada confundido por mi desaire. Valentina hizo una mueca.

—Christian, dile que deje de ser tan antipática.

Él le respondió manteniendo esa mirada fría puesta en mí:

—Por supuesto. ¿De quién hablas?

Desde que había llegado, nos habíamos puesto a jugar a uno de mis juegos favoritos: fingir que el otro no existe. Aunque, a decir verdad, directamente preferiría que no hubiera venido. Su presencia me provocaba una sensación inquieta bajo la piel, como si notara que podía pasar algo malo.

—¿Qué hay entre Allister y tú? —me preguntó Luca invadiendo mi espacio junto al minibar.

—Apatía —contesté tomando un sorbo de Tequila Sunrise.

—Te tocó la cara.

—Se llama no tener límites, Luca. Algo que le sucede a la mayoría de los hombres de Nueva York.

Miré intencionadamente los cinco centímetros de espacio que había entre nosotros. No se me escapó la ironía de que la falta de límites parecía ser importante cuando se trataba de Christian, pero no para él. Qué descubrimiento más desagradable.

—No me gusta. No tiene derecho a tocarte.

—Oh, qué tierno de tu parte proteger mi honor.

Me agarró de la muñeca antes de que pudiera alejarme.

—No estoy protegiendo el tuyo, sino el de Richard. Es un capo y se le debe respeto.

—Qué decepción. —Hice un puchero y aparté la mano—. Creía que estaba viendo una pizca de alma en ti.

Luca se fue sin decir ni una palabra como de costumbre y quedé atrapada entre conversaciones moviéndome por la estancia como una mariposa social con problemas de ansiedad.

Mi mirada se vio atraída por una chispa en el ventanal que llegaba hasta el techo. Christian estaba al lado de la alberca con doña perfecta, Elena Abelli, ambos contemplando el cielo nocturno. ¿Estaba contándole qué significaba el nombre de Andrómeda? Una oleada de algo muy desagradable me atravesó. Observé el contorno de los hombros de Christian, el meticuloso corte de pelo en su cuello. Era tan perfecto que una parte física de mí quería pasarle la mano por la cabeza para despeinarlo. Mi parte mentalmente sana quería empujarlo hacia la puerta.

En ese momento, me di cuenta de por qué siempre era capaz de ver a través de mí.

Me hacía sentir como si volviera a ser una niña necesitada de cariño y atención.

Y lo odiaba por eso.

As estaba apoyado en la pared observando a los dos seres humanos perfectos de la terraza con una intensidad que no correspondía a un futuro cuñado. La relación que tenía con Elena era una situación tan volátil que ni un ciego podría pasarla por alto, mucho menos Christian Allister, quien veía todo lo que no debía ver. ¿Le interesaba Elena Abelli o estaba siendo frío y estratégico para conseguir algo? A esas alturas no importaba porque parecía que el acuerdo matrimonial de As con Adriana estaba a punto de estallar por los aires.

—Mierda —murmuré.

—Esto se ve muy bien —comentó Jimmy, el tío de Nico, al pasar.

Yo, al igual que él, había apostado bastante dinero a que As no llegaría a casarse con Adriana, pero tampoco me apetecían todos los problemas que eso iba a causar.

Pasaron quince minutos y la apuesta quedó prácticamente ganada. As se hartó de la conversación de Elena y Christian, así que, naturalmente, la empujó a la alberca dejando a todo el mundo sin palabras.

Le di a Elena la muda de ropa que había traído para mí porque, francamente, me sentía mal por ella. No me gustaría estar al otro lado del afecto de As. En cierto modo, era más agradable de lo que había sido nunca su *papà*. Admiraba a la difunta madre de As, Caterina, por ello, pero seguía siendo el mismo hombre agresivo y confiado que siempre conseguía lo que quería. Me preocupaba que pasara como una excavadora sobre la dulce Elena Abelli.

El percance había arruinado el ambiente y la gente se dispersó poco después.

—Gracias por venir. Perdón por la... —se me desvaneció la sonrisa— situación.

Salvatore Abelli me dirigió una mirada de desaprobación antes de irse con el resto de su familia. Bueno, al menos no se había derramado sangre, algo que parecía ser un tema recurrente en las fiestas con los Abelli.

Nico se dirigió a la puerta.

—¡Adiós, As! —exclamé—. Qué bien que por fin hayamos podido tener una noche tranquila y pacífica con los Abelli, ¿verdad?

La expresión que me dirigió me dijo que no le había impresionado mi chiste.

Tras despedirme de los últimos invitados, cerré la puerta, me apoyé en ella y observé el desorden de vasos y platos que habían dejado.

—*Dio mio* —farfullé y me maldije a mí misma. Eso iban a ser diez avemarías en mi próxima confesión.

Suspiré, pero, antes de que pudiera soltarlo todo, se me tensó el cuerpo. Creía que Christian se había marchado antes, escapando de la fiesta en cuanto había empezado el drama que él mismo había provocado. No obstante, mientras me acercaba al timbre grave de su voz, supe que me había equivocado. Mi ritmo cardíaco disminuyó como si hubiera tomado demasiados Tequila Sunrises.

Desvió la mirada apoyado en el barandal de cristal de la terraza mientras hablaba por teléfono. Cada palabra que soltaba era áspera, silenciosa e incomprensible, como si estuviera hablando en un idioma extranjero.

Cuando levantó la mirada y captó mi presencia, un destello le atravesó la mirada y pasó a hablar en un inglés claro y conciso.

Un hombre lleno de secretos.

Acabó la llamada y nos miramos el uno al otro en silencio. Nuestras expresiones eran de apatía, pero la electricidad flotaba en el aire dificultando la respiración.

—Supongo que debería decirte que ha sido una buena fiesta —espetó arrastrando las palabras.

—Supongo. Pero no tiene el mismo efecto teniendo en cuenta que tú la has arruinado y todo eso.

—Ah, así que As pierde los nervios y la culpa es mía.

Negué con la cabeza.

—Sabías exactamente qué estabas haciendo.

—Tal vez.

—La pregunta es ¿por qué? Creía que As y tú tomaban café juntos, compartían secretos e iban de compras.

Levantó los hombros.

—Juego limpio.

¿Era todo por venganza?

—¿Por qué? Espera, no me lo digas..., te robó a una de tus mujeres.

Un pequeño músculo se tensó en su mandíbula y vacilé.

—Madre mía, sí que lo hizo.

Se apartó del barandal y echó los hombros hacia atrás.

¿Quién era esa mujer a la que tanto quería? ¿Elena Abelli?

Noté un mal sabor de boca. Debía de ser esa morena a la que le había tirado una copa antes.

—Bueno, si sirve de algo, yo nunca habría apostado por ti —le dije.

—¿Por qué? —Su mirada me atrapó en el sitio.

Me lamí los labios.

—Bueno, en primer lugar, eres demasiado guapo para tu propio bien y, en segundo, escondes muy bien tu lado oscuro... As ni siquiera lo intenta.

Asintió lentamente como si tuviera sentido.

Levanté un hombro.

—Sin embargo, si quieres un par de consejos, podrías probar a no ser tan imbécil a veces. Aunque empiezo a pensar que eso es solo por mi propio bien.

Mi desastrosa vida debía de molestarlo inmensamente.

—Lo tendré en cuenta. —Se metió las manos en los bolsillos y dio un paso hacia mí. Con los ojos entornados, su voz era áspera y exigente—. ¿Por qué hace un rato me cerraste la puerta en la cara?

Se me aceleró el pulso y di un paso atrás.

—Tu cara me provoca.

Otro paso.

—¿Por qué las drogas?

Otro paso atrás.

—¿Por qué tantas preguntas?

—Contesta.

Apreté los dientes.

—Oblígame.

Una sombra le atravesó la cara mientras caminaba lentamente hacia mí, pero todavía podía ver esa chispa de ira en su mirada.

—¿Quieres saber qué he aprendido con los años?

Negué con la cabeza.

—A interrogar. Hacen falta unos veinte minutos para quebrar a alguien, para hacer que un hombre adulto llore llamando a su madre. A ti podría hacerte gritar en dos minutos.

Se me heló y calentó la sangre al mismo tiempo.

—¿Dónde se aprende a hacer algo así?

—En el infierno —espetó sin pensarlo. Un escalofrío me recorrió la espalda—. Vas a decirme por qué te has metido coca hoy y vas a decírmelo ahora.

Era la última persona a la que querría contarle voluntariamente mi pasado. Ya tenía una mala opinión sobre mí, solo podía imaginarme cómo me miraría si conociera mis secretos más oscuros.

—¿Desapareces durante tres años y luego vienes exigiéndome? Dejaste claro lo poco que te interesaba hace mucho, Allister. No tengo por qué responderte, puedes ir acostumbrándote.

Sus ojos fríos me atravesaron como si me hubieran clavado una flecha en el pecho.

—Carajo, ¿qué parte de «llámame si necesitas algo» no entendiste?

El corazón me latía de manera irregular. Una parte de mí no podía creer que estuviéramos recordando de verdad aquella noche.

—Por favor. Cuando una mujer no recibe noticias de un hombre por dos semanas, le queda bien clara la situación.

Otra respuesta rebotó en mi cabeza: «No estabas ahí. No estabas ahí por mí, al igual que todos los demás».

El resentimiento se apoderó de mi garganta.

—O tal vez simplemente te resultó más fácil aceptar a un nuevo marido con dinero suficiente para mantener tu autocomplacencia durante el resto de tu vida.

Me reí y ahogué la risa con la furia.

—Te odio.

—El sentimiento es mutuo.

Se dirigió a la puerta y volteé para ver cómo se iba.

—Dígame, agente, ¿es así de frío con su madre?

Se detuvo en seco.

La temperatura de la habitación descendió y se me puso la piel de gallina en los brazos. Pero no podía parar, quería hacerle daño, hacerle sentir algo por una vez en su vida.

—Lo siento mucho por la pobre mujer, tener que parir a un hijo sin corazón como tú.

Se dio la vuelta. Si las miradas pudieran matar, estaría muerta.

—Cállate la puta boca.

Solté una carcajada fría.

—¿Qué vas a hacer? ¿Vas a hacerme gritar? ¿Eso es lo que le hacías a tu ma...?

El airé se me escapó de golpe cuando me agarró por el cuello y me presionó contra la pared.

—No sabes nada de mi pasado —gruñó.

Sus palabras sonaron diferentes, eran más ásperas de lo que tendrían que haber sido. Me llevó un momento comprender su significado mientras intentaba recuperar el aliento. Y, cuando lo logré, lo miré jadeando.

El muy bastardo era ruso.

Capítulo 11

Christian

No podía decir que no lo supiera. Dios, justo por eso siempre me había mantenido alejado de ella. Sabía que me haría arruinarlo todo. Aunque, por mucho que deseara poder culpar de mi error al hecho de que los problemas seguían a Gianna allá donde fuera, sabía que no tenía nada que ver con ello. Cuando estaba cerca, lo único en lo que podía concentrarme era en que olía a tentación. Como algo que quería adorar y degradar al mismo tiempo.

Solo tenía que tocar ese punto, esa debilidad mía, para hacerme perder el control. Había acertado con mi madre. Solo podía imaginarme la cara que pondría si supiera que yo había sido el que había sacado a la puta esa de su depravada miseria.

Habían pasado más de diez años que no me entregaba a nada ni a nadie. Diez años tirados a la basura por una maldita mujer. Bien podría haberle recitado a Shakespeare desde debajo de su ventana.

La próxima vez que me contestara, solo tenía que llenarle la boca con algo más productivo. La imagen de ella, de rodillas, mirándome con sus delicados ojos marrones, se repetía en mi mente. Envió una oleada de calor a mi entrepierna. Hizo que la sangre se me agolpara en los oídos.

Apretando los dientes, aparté la fantasía.

«No es tuya».

Una mezcla de furia, arrepentimiento y alivio ardió en mi pecho.

Podía cambiarlo todo tan rápido. Convertirla en una mujer soltera. Hacer que me quisiera. Hacerla mía. Empecé a elaborar un plan en mi mente y, cuando sentí un escalofrío en la mano que seguía agarrando su garganta, lo abandoné de inmediato.

Su corazón latía veloz revelando su miedo, pero sus ojos estaban llenos de desafío. Triunfo.

—Iowa, ¿eh?

Una amarga diversión me invadió. Gianna fue traída a este mundo para exasperarme, para humillarme. No conocía a ningún hombre que deseara ser humillado.

Apreté más fuerte.

—Solo voy a decir esto una vez, mi amor, no juegues conmigo. Te prometo que la próxima vez no seré tan amable.

Habría matado a cualquier otro que me hubiera provocado como ella. Pero de alguna manera, la idea de su cuerpo sin vida hizo que se me contrajera el estómago, me negaba a aceptarlo. A menudo deseaba que ella fuera un problema que pudiera hacer desaparecer..., sin embargo, por extraño que pareciera, su muerte siempre había sido un rotundo no para mí.

Parecía aburrida.

—Di algo en ruso.

Ese fue un momento en el que me habría encantado llenar su boca con algo más productivo.

La solté de una forma demasiado brusca y luego me odié a mí mismo por sentir una punzada de arrepentimiento. No podía matarla. Ni siquiera podía hacerle daño. ¿Qué demonios iba a hacer con ella? Mi verga tomó el control inmediatamente llenándome la cabeza de imágenes de ella desnuda en mi cama con el trasero hacia arriba y la cabeza hacia abajo, agarrada a las sábanas y suplicándome más.

Obviamente, tenía algunas ideas.

Pero había algo más profundo, una necesidad extraña y visceral que no podía explicar y que ni siquiera entendía. Un hambre que rugía en mi pecho y sangraba en mis venas. Si me perdía con ella, si la tenía por fin de la forma en que había soñado durante años, nada volvería a ser igual. Mis planes de una vida normal y cómoda se irían a la mierda. La idea de abandonarlo todo me provocaba dolor físico.

—¿Es allí donde fuiste... aquella noche? ¿A Rusia? —me preguntó mientras me acercaba a la puerta.

«Aquella noche». Lo dijo como si solo recordarla le inquietara, mientras que, aunque la odiaba, para mí aquella noche había sido el motor de mi obsesión por ella durante años. Había soñado con ella, fantaseado con ella y luchado contra mí mismo por no volver a Nueva York solo para verla en carne y hueso.

El desprecio se extendió como escarcha en mi pecho. Me volví para mirarla e ignoré las suaves curvas de su cuerpo mientras se apoyaba contra la pared donde la había puesto.

—Por suerte para Rusia, sus mujeres parecen respetarse demasiado como para quitarse la ropa por un hombre al que odian. Supongo que necesitaba un cambio de aires.

La ira brilló en sus ojos.

En cuanto puse un pie en el pasillo, un golpe seco sacudió la puerta antes de que pudiera cerrarla.

Apreté los dientes.

Me había tirado un maldito zapato.

—Si no supiera ya que eres un cabrón perturbado y que te gusta el dolor, te estaría destrozando esa cara bonita ahora mismo.

Curioso que los dos estuviéramos pensando en la cara del otro. Solo ver la suya me hacía enojar.

Abrí la puerta para dejar entrar a Nico.

Entró y evaluó mi nuevo departamento. Había vendido el último solo para no tener excusa para volver a Nueva York. Y vaya que había funcionado.

—¿Sabes qué? —As levantó un hombro y se volvió hacia mí—. ¿Qué carajo?

Su puño chocó contra mi mandíbula.

Sentí que un mazo me golpeaba y por fin me saqué de la cabeza a cierta mujer de pelo oscuro desde que me había tirado su zapato momentos antes. Un respiro bienvenido.

Me dirigí a la cocina por algo de beber.

—¿Qué? ¿No me lo vas a devolver? ¿Demasiado para mí o algo así?

Dejé escapar un suspiro sardónico.

—O algo así.

Había luchado lo suficiente como para aguantar contra un boxeador durante dos vidas. Había luchado para comer. Para que no me tocaran. Para seguir con vida. Las calles de Moscú no habían sido un día de campo y yo solo había terminado allí porque la casa de mi madre habría sido la peor pesadilla de cualquiera.

—¿Quieres decirme qué problema tienes conmigo?

Me reí.

—Me importas un carajo.

—Deja el rollo. Por tus huevos has querido hacerme enojar desde el primer día.

—A veces se presenta una oportunidad y la aprovecho. No tiene nada que ver contigo o con mis huevos. —«Bueno, a menos que Gianna Marino esté de por medio».

Siempre me había convencido de que no me gustaba Nico porque era impulsivo e imprudente. Pero yo sabía que era solo una excusa para la verdadera razón: se la había cogido. Si yo no podía cogérmela, nadie podría cogérsela. Así de simple. La idea de que alguien la tocara era una pastilla nauseabunda que me negaba a tragar.

Nunca había visto a As interesado en ninguna mujer en particular aparte de Elena Abelli. La oportunidad para mi pequeña venganza prácticamente me había caído del cielo momentos antes. Tal vez fue un poco inmaduro teniendo en cuenta que se había acostado con Gianna solo una vez años atrás. Pero... le guardaba rencor. Carajo, que me denuncien.

—Elena es mía, Allister.

Levanté una ceja.

—¿Ella lo sabe?

—Lo sabrá mañana.

—Ah. —Me apoyé en la barra, le di un sorbo a mi bebida—. Así que por eso estás aquí.

Se frotó la mandíbula.

—Vamos a comer en Francesco mañana para revisar los planes de boda.

—¿Y? —dije divertido—. ¿Vas a ver si puedes hacer un cambio de hermanas... o algo así?

Me miró desafiante.

—O algo así.

—¿Qué necesitas? —Fui directo al grano.

—Un intermediario.

—¿Crees que no puedes con los Abelli tú solo?

—Sé que puedo. Pero preferiría no empezar una guerra con la familia de mi futura esposa.

Asentí.

—Imagino que eso acabaría con la luna de miel. Bien, enviaré a alguien...

—No quiero a alguien, quiero que lo hagas tú. Si el idiota de su hermano o su primo salen heridos...

Dios mío, estaba desesperado por esa chica. Ojalá no supiera lo que se siente.

—Las mujeres deberían estar presentes en la comida de mañana —le dije. La presencia de una mujer siempre parecía apagar la sed de sangre de un hombre.

—Lo estarán.

—¿A qué hora es?

—Mediodía.

—Puedo estar allí a las doce y media. Tengo un compromiso previo.

—Bien. Los entretendré. —Revisó su celular—. ¿Te vas a quedar en Nueva York?

—No. Estoy de año sabático.

Extrañaba las vistas y los olores de casa. Carajo, ¿a quién quería engañar? Sabía por qué había vuelto, la única razón era una mujer adulta con uñas de los pies pintadas con diamantina.

—Bueno, si tienes oportunidad, quiero que vigiles a Gianna y a Vincent Monroe.

La tensión me envolvió con solo el sonido de sus nombres juntos.

As me observó.

—¿Has oído hablar de él?

Me hizo gracia. Conocía la dirección de Monroe, su número de la seguridad social y que prefería su tazón de cereal por la mañana acompañado de alguna película subida de tono en HBO.

Asentí con la cabeza.

—Un hotelero multimillonario.

—Ha habido algunos rumores de que tienen algo y quiero mantenerlo bajo control, se lo debo a mi capo más mayor.

—¿Crees que tengo tiempo para vigilar a las mujeres de tu familia?

Si él supiera. Solo había aguantado un mes tras la mudanza a Seattle hasta que la presión en mi pecho fue demasiado y no pude soportarlo más. Necesitaba verla, ya no era ni siquiera una opción. Así que la investigué solo para saber si seguía viva. Era una amenaza andante para ella y los demás, tenía que asegurarme. Tal vez las cosas se me fueron un poco de las manos, espiarla se convirtió en mi rutina, pero no me arrepentía de ello. Su imagen calmaba el bullicio de mis oídos, el latido de mi corazón, y por fin había podido concentrarme en mi trabajo.

Se dirigió hacia la puerta.

—Tienes más hombres a tu disposición que yo. Consigue a alguien que lo haga.

Sobre mi cadáver asignaría a un analista pitoflojo para vigilar a Gianna las veinticuatro horas del día.

—¿Y si ella va en serio con él? —«Lo mataré».

Sus ojos se entrecerraron.

—Si sigue arruinándolo todo, hará que esta familia parezca débil. Conoce las consecuencias. Si tienen una aventura, él está muerto y nos encargaremos de ella.

—No la tocarán, carajo.

La amenaza se me escapó, tan tranquila y mortal que paralizó el aire. Dos malditas meteduras de pata en un día. Podría haberme reído, pero no me hizo ni pizca de gracia que As supiera que tenía una debilidad: ahora tenía algo que usar contra mí. Toda mi reputación dependía de ser intocable y eso iba a echar a perderlo todo.

Me miró a la cara y soltó un suspiro divertido.

—Vaya, esto sí que es una puta sorpresa.

Y salió por la puerta.

Capítulo 12

Gianna

Una lágrima me resbaló por la mejilla.

—Qué bonito.

Valentina se rio y me entregó un pañuelo.

—Solo lo dices porque has ganado la apuesta.

—Cállense. —Nadia Abelli, la abuela de la novia, nos fulminó con la mirada desde el otro lado del pasillo.

Val puso los ojos en blanco.

—Ya está aquí la policía de la fiesta.

Elena estaba tan guapa vestida de novia que me dolían los ojos. Y As estaba tan elegante como siempre, con corbata rosa y todo.

Había ganado la apuesta, pero estaba feliz porque la novia y el novio parecían muy felices.

Se miraban el uno al otro como si estuvieran... enamorados. Empezó a dolerme el pecho y se me desapareció la sonrisa. Deseé que el amor fuera visible, como la brillantina del vestido de Elena. O el brillo del sol sobre la piel. Que no se pudiera ocultar o falsear.

Me pregunté cómo sería sentir amor.

Me pregunté si acaso existía.

Otra lágrima me resbaló por la mejilla y me la limpié.

Cuando el acomodador indicó a la gente que se levantara, mi mirada se posó en el primo de Elena, Dominic, que caminaba por el pasillo.

—Discúlpame, Val. Tengo que ocuparme de unos asuntos.

—Es un poco joven para ti, ¿no crees?

—Cállate, tiene veinte años. Es totalmente legal. —Le guiñé un ojo.

Se rio y deslizó sus largas piernas a un lado para dejarme pasar.

Alcancé al guapísimo joven y lo agarré del brazo. Deslizó la mirada hacia mí mientras seguíamos andando por el pasillo.

—Vine a disculparme por que tuviste que cuidarme la otra noche en la fiesta de Elena. —La llamada de mi padre me había estado atormentando día y noche y tal vez me acabara pasando un poco con el alcohol en su despedida de soltera—. Así que tengo una propuesta: cada vez que salgas de fiesta, seré tu conductora, te llevaré a casa, te quitaré los zapatos, te taparé y te dejaré un vaso de agua y un par de analgésicos en el buró.

Levantó una comisura de la boca.

—A pesar de que me encantaría aceptar esa oferta tan generosa y específica, yo no te llevé a casa.

Vacilé y me detuve en mitad del pasillo.

—Entonces... ¿quién fue?

Se limitó a lanzarme una sonrisa tranquilizadora y se marchó.

El último recuerdo que tenía de la fiesta era de Dominic acompañándome hasta su coche. El tequila y el autodesprecio me habían revuelto el estómago y anhelaba llegar a casa antes de que la inconsciencia me tragara por completo. No lo había logrado, así que esa se añadiría a la enorme lista de noches que nunca recordaría.

Miré a través de las puertas de cristal de la iglesia y, de repente, se me frenó el corazón cuando me vinieron unas imágenes a la mente.

Brazos fuertes, un pecho cálido.

Y dos palabras ásperas en mi oído.

—Nunca había visto a una novia tan guapa —exclamé.

Elena se sonrojó y se llevó una mano a la mejilla.

—Tantos elogios se me van a subir a la cabeza.

—Mejor. Eres demasiado humilde. Bueno... —Entrelacé el brazo con el suyo—. ¿Cómo va la vida de casada hasta el momento?

Se habían casado oficialmente hacía poco. Al parecer, As no podía esperar ni una semana.

—Ha sido... maravilloso. —Le brillaban los ojos—. Está siendo muy bueno conmigo, Gianna.

—Pues claro que sí. Su madre lo crio bien, a pesar de que a él le gustaría negarlo.

—Ojalá hubiera podido conocerla —murmuró suavemente.

—Tenía sus... problemas. —Una adicción a la coca por la que no podía juzgarla, ya que, al fin y al cabo, había estado en la órbita de Antonio—. Pero se esforzaba por ser buena persona y buena madre. Me daba un Willow Tree, uno de esos ángeles de porcelana, cada año por mi cumpleaños. —Se me borró la sonrisa—. Si hubiera sabido que acabaría casándome con su marido...

La culpa era un sumidero en el que nunca sabía cuándo caería.

—Ay, Gianna..., tampoco tenías elección. Seguro que lo habría entendido.

—No, acepté ese matrimonio por voluntad propia con la mente abierta y el corazón dispuesto. —Habría hecho cualquier cosa por alejarme de Chicago—. Digamos que luego me di cuenta de que mi noche de bodas no sería como en mis fantasías. —Me reí ligeramente—. Da lo mismo. Uno de esos Willow Trees es tuyo, ven por él cuando quieras.

—Gracias, Gianna, será un placer.

Su mirada se topó con la de Nico al otro lado de la habitación. Estaba hablando con su tío Jimmy. Estaba segura de que se me incendiaría el vestido si me interponía entre sus miradas.

Si el amor fuera visible, se parecería al suave calor de los ojos de ambos.

—Dios. —Me abaniqué—. Hay tanta ternura aquí que me siento como si estuviera en una película de Hallmark.

Se rio y apartó la mirada.

—Claro, excepto por la tensión y las armas.

Las dos contemplamos el salón de baile del hotel en el que tenía lugar la celebración. Los Abelli estaban a un lado de la sala y los Russo se congregaban en el otro. Lo más interesante era Luca, que estaba apoyado contra la pared mirando a la otra *famiglia* con un palillo entre los dientes mientras Nadia Abelli, la policía de la fiesta, hojeaba una revista *Vogue*. Incluso los niños se miraban unos a otros como si los demás no estuvieran vacunados.

—Un grupo animado, ¿verdad? —comenté.

—Sinceramente, me alegro de que estén siendo cordiales. Hubo un tiempo en el que pensé que *papà* y Nico acabarían matándose el uno al otro antes de la boda.

—¡Dios mío!

El grito provenía de detrás de nosotras.

Elena cerró los ojos antes de esbozar una sonrisa y darse la vuelta para saludar a Jenny, la novia infiel de su hermano y uno de los anteriores ligues de As.

—Ay, no, acabo de recordar que tengo sed —murmuré inexpresivamente.

—Claro que tienes sed —murmuró Elena entre dientes.

Me acerqué a la mesa de bebidas, no a la barra. Si ni siquiera podía recordar quién me había llevado a casa la otra noche, necesitaba mantenerme alejada del alcohol. En cuanto a mis crecientes sospechas de que había sido cierto ruso y teniendo en cuenta cómo me había cuidado..., bueno, no quería ni pensarlo. Sobre todo desde que, hacía menos de dos semanas, había insinuado que yo era fácil, que el sexo conmigo era aburrido y que tenía baja autoestima.

Mi mirada lo buscó involuntariamente por mera autoprotección. Todo el mundo sabe el paradero de su enemigo. O estaba charlando con alguien importante en un rincón oscuro o no estaba ahí.

—¡Gianna! Ya decía yo que eras tú.

Me di la vuelta y vi a Samantha Delacorte, la mujer más superficial de Nueva York, viniendo directamente hacia mí.

Forcé una sonrisa.

—Samantha, me alegro de verte.

Me abrazó y dejó una nube de perfume sensual a través de la cual casi no podía ni ver cuando se apartó.

—No me estoy colando en la boda, lo juro —dijo—. Te he visto desde el pasillo y me dieron ganas de saludarte. Francamente, Gianna, ha pasado demasiado tiempo. ¿Estás...? —Me miró de arriba abajo e hizo una mueca ante mi vestido de tul azul con cuello *halter*—. ¿Bien?

Noté el tono enfermizo de su voz:

—Francamente, he estado tan ocupada con eventos benéficos, bodas, entradas para la carrera de mañana... que olvidé ponerme en contacto contigo. Lo siento.

—Ay, no... —empezó. Parpadeé—. Espero que Vincent no haya olvidado invitarte a lo de mañana, ¿el viaje de final de verano a las Bahamas en su yate? —Me puso una mano en el brazo con una falsa expresión de compasión en la cara—. Seguro que fue un error. Hablaré con él.

—No te preocupes, Samantha —espeté bruscamente examinando la estancia—. Descubrí que soy alérgica al mar.

—Qué lástima. —Hizo un puchero.

Mi mirada se detuvo en la barra y la observé con anhelo.

—Bueno, Vincent, unos cuantos más y yo estaremos en la suite del ático viendo el partido. ¡Arriba los Yankees! Deberías ir después de esta... memorable fiestecita. Seguro que Vincent quiere verte, diga lo que diga. —La compasión de su mirada no podía ocultar su satisfacción.

Para ser sincera, me dolió un poco que Vincent no me hubiera dicho nada en absoluto, pero sabía que era lo mejor: nunca habría nada entre nosotros como él querría. Sin embargo, sí extrañaba su amistad.

—No voy a poder ir. —Fingí tristeza—. Tengo planes con mi gato desde hace semanas.

—Qué pena. Bueno, no tengas miedo de mantenerte en contacto. Todos pasamos periodos depresivos de vez en cuando.

Me lanzó un beso al aire y se fue.

Suspiré.

Tomé un sorbo del ponche que solo estaban bebiendo los niños.

Golpeé el suelo con el talón.

Este voto de no probar las drogas y el alcohol iba bien...

Val se detuvo cerca de mí y me mostró un paquete de tabaco arqueando una ceja.

—Gracias a Dios.

Dejé el ponche en una mesa cualquiera y la seguí al exterior.

—¿Quieres saber de qué me acabo de enterar en el baño de mujeres? —me preguntó mientras nos sentábamos en un banco fuera del hotel y encendíamos un cigarro.

—No.

—Tiene que ver con Christian.

Puede que lo odiara, pero aun así quería desentrañarlo como un gato a una madeja de lana.

—Continúa.

Se rio.

—¿Conoces a Jacie Newport? ¿Esa rubia, alta, asquerosamente perfecta? ¿Esa que es miembro de la junta de la entidad benéfica de la ACA?

Asentí.

—Bueno, pues me topé con ella en el baño, literalmente. Recordé que estuvo con Christian, así que me pareció que sería la oportunidad perfecta para saber cómo opera él.

Crucé las piernas y me recosté.

—Por favor, dime que no sigues interesada en él.

—Cualquier mujer tendría que estar muerta para no estar interesada en él, Gianna.

—Pues puedes considerarme una zombi —murmuré.

—No me pareces una muerta viviente, pero te entiendo.

Quería decirle que Allister era ruso. Los italianos no tenían gran estima por los rusos aquí en Nueva York. La Cosa Nostra y la Bratvá no se enfrentaban a menudo, pero cuando lo hacían, las mujeres nos quedábamos sentadas preguntándonos si nuestros maridos volverían a casa. Si se lo dijera, era posible que se desanimara con él. Aunque, por algún motivo, decidí guardármelo. No quería que ella supiera su secreto. Era mío.

—Da lo mismo. Resulta que el agente federal no se queda mucho tiempo con la misma mujer.

Me reí.

—¿Ese es tu gran chisme? Eso podría habértelo dicho yo.

—Bueno, pero seguro que no sabes que solo repite tres veces específicamente con cada mujer.

Fruncí el ceño.

—¿Tres citas?

—Más bien, tres encuentros entre las sábanas. —Sonrió con superioridad. Como yo todavía parecía confundida, agregó—: ¿Tres checadas de aceite? ¿Tres veces de desenvainar el sable? —Parpadeé—. ¿Tres remojadas de brocha? ¿Tres bailes en horizontal...?

—¿Me estás diciendo que solo se acuesta con la misma mujer tres veces?

—Me dejaste realmente impresionada con lo rápido que entendiste —espetó con sequedad.

Me daba vueltas la cabeza.

Tap. Tap. Tap.

Los golpecitos rítmicos de sus dedos, la manera en la que se ajustaba los puños, el modo en que giraba su reloj... Todo se reproducía en bucle en mi cabeza.

Madre mía, ese hombre estaba más perturbado de lo que pensaba.

—¿Y qué pasa si nunca llegan al sexo? ¿Los preliminares cuentan como una de las veces?

Se me pasó por la cabeza la imagen de su cabeza entre mis piernas y mis dedos entrelazados con los suyos.

Se rio.

—No lo sé. ¿Estás intentando averiguar si te quedan dos o tres veces?

—Por favor, la interesada eres tú, no yo.

—Ya.

Ignoré el deje de sarcasmo en su voz.

Se hizo el silencio entre nosotras mientras ambas dábamos una calada a nuestros cigarros.

—Hablando del rey de Roma... —murmuró.

Mi mirada siguió la suya por la calle y vi a Allister acercándose a nosotras. Ya tenía la mirada puesta en mí, llena de un magnetismo que hacía que todo lo que quedaba más allá de sus hombros y sus líneas rectas despareciera.

—¿Y con quién viene? —El interés se reflejó en su voz.

Finalmente, me di cuenta de que iba acompañado. El desconocido iba vestido como un modelo de revista, con un traje gris oscuro y una corbata roja estrecha, pero sus ojos brillaban con la oscuridad que solo podría emitir un miembro del bajo mundo. Era guapo, pero eso carecía de importancia en comparación con la intriga que emanaba con cada paso que daba.

Al pasar junto a nosotros, Allister me quitó el cigarro de los labios y lo arrojó al suelo antes de entrar por las puertas del hotel.

Suspiré.

Valentina se rio.

Me vino a la cabeza la noche de la despedida de soltera de Elena. Me levanté.

—Necesito recopilar un poco de información.

Exhaló una bocanada de humo entre los labios rojos.

—Adelante. Y a ver si de paso te enteras del nombre de ese desconocido sexi.

Alcancé a Allister y me puse a su lado mientras él y su acompañante entraban al baile.

—¿Quién es tu amigo?

Allister no se molestó siquiera en mirarme.

—No es asunto tuyo.

—Me llamo Sebastian. —El desconocido me guiñó el ojo y lo sentí directamente en los dedos de los pies.

—¿Sebastian qué más?

Christian tensó los hombros.

—Pérez.

Logré ubicar el ligero acento que oí en su voz.

—Ah, colombiano. Pues, encantada de conocerte, Sebastian. —Le tendí la mano, pero, antes de que pudiera estrechármela, Christian me agarró por la muñeca y me apartó el brazo—. Soy...

—Una mujer casada —terminó Christian y le lanzó al colombiano una mirada que no pude descifrar.

Una leve sonrisa apareció en los labios de Sebastian.

—Voy a ofrecerle mis condolencias a la novia. Ha sido un placer, Gianna.

No sé por qué sabía mi nombre, pero que lo supiera hizo que me entrara una alegría infantil.

Un momento... «¿Condolencias?».

Da lo mismo.

—Igualmente, Sebastian.

Levanté la mano para despedirme de manera coqueta, pero me di cuenta de que Christian todavía tenía mi muñeca agarrada.

Le dirigí una mirada indiferente.

Tenía los ojos fijos en mí.

—¿Quién se hizo pipí esta mañana en tu cereal?

Me soltó el brazo, se acomodó la corbata y pasó la mirada por la sala como si formara parte del destacamento de seguridad.

—Me molesta tu presencia. Vete a otra parte.

—De acuerdo. Necesito averiguar algo más sobre Sebastian. —Di un paso en su dirección, pero me agarró la muñeca de nuevo. Le miré la mano con el ceño fruncido—. Estoy confundida. Creo que esto se llama enviar señales contradictorias.

Algo se reflejó en su mirada como si estuviera a punto de ladrar otra orden ridícula, pero entonces se le tensó un músculo en la mandíbula, me soltó y se marchó.

Como evidentemente no quería que lo hiciera, lo seguí.

—No esperaba que fueras de los que celebran el amor —comenté.

—No vine por eso.

—¿No? ¿Te contrataron para vigilar a los niños?

—A los adultos, más bien.

—Ay, por favor, estamos estupendamente.

—Eso parece —dijo pasando la mirada por una estancia tan llena de tensión que cualquier movimiento equivocado podría detonar una bomba.

Nos detuvimos al llegar a la barra. Pasaban meseros rápidamente por todos los lados, pero parecía que no eran suficientes para satisfacer las necesidades alcohólicas de todos.

Me golpeé el hombro con el brazo de Christian cuando me moví para quedarme a su lado. Se le tensó todo el cuerpo, pero eligió seguir ignorando mi presencia. Ese pequeño roce encendió una llama en mi interior y luché contra el tirón invisible que me atraía hacia él. Me crucé de brazos adoptando mi mejor pose inquisitiva.

—¿Cuál era tu paradero al rededor de las tres de la mañana del viernes pasado?

Su mirada se deslizó hacia mí y evaluó mi posición.

—Estaba en casa, durmiendo.

—Ya..., no te creo.

—¿Por qué? —espetó.

—Lucifer nunca duerme.

Pareció casi divertido, pero no podía estar segura porque tomó una bebida del mesero y me dejó allí, sola.

Suspiré y giré sobre los talones para seguirlo.

—Sabes acomplejar a una chica.

—Tal vez otro complejo sea exactamente lo que necesitas.

—Ja, ja. Muy gracioso. Pero, bromas aparte..., ¿me llevaste a casa la otra noche?

—No.

—¿Tu gemelo bueno me llevó a casa?

Soltó un resoplido divertido.

Andaba por un pasillo que se alejaba del salón de baile, pero yo no iba a seguirlo a ningún lugar oscuro. Por mucho que hubiera una puerta con la palabra «SEGURIDAD» al final. Me detuve y mi frustración por sus evasivas salió finalmente a la luz.

—¿Qué me hiciste, Allister?

Se paró y se dio la vuelta para mirarme.

—¿Crees que yo te hice algo a ti? —se rio sombríamente—. ¿Que te toqué mientras estabas inconsciente?

Bueno, no. Eso ni siquiera se me había pasado por la cabeza, pero ¿por qué me había llevado a casa? Debía de tener otro motivo.

—¿Revisaste mi cajón de la ropa interior? Ya sabes que ahora en internet se puede comprar ropa interior usada por sesenta dólares. No te hacía falta llevarme a casa para conseguir la tuya.

Tenía aspecto de querer estrangularme.

—Carajo, no te toqué ni a ti ni a tu puta ropa. Creía que ya habíamos superado esto. —Le brillaban los ojos—. Ya la había visto antes. No me impresionó.

Eso me dolió como si me hubiera dado una bofetada. La ira me robó el aire de los pulmones y saqué las garras al instante.

Le quité el vaso que tenía en la mano con intención de arrojarle el contenido en la cara, pero, antes de que pudiera hacerlo, lo apartó de mi alcance y lo lanzó al suelo. Observé mi venganza fallida rota sobre el suelo de mármol, pero solo podía ver la rabia. Quería hacerle tanto daño como el que me había hecho él con sus palabras.

Lo empujé y, como no reaccionó, lo volví a empujar. Entonces le golpeé el pecho e intenté darle un rodillazo en la ingle.

Cuando se cansó, me dio la vuelta, me colocó contra su pecho y me inmovilizó ambos brazos con uno de los suyos.

—Cálmate —me ordenó.

—Vete al carajo.

Mi pecho subía y bajaba mientras intentaba liberarme.

Aumentó la presión y tomé una bocanada de aire. Me apoyé contra él y le clavé las uñas en el brazo porque me di cuenta de que era lo único que podía hacer.

Se me erizó el vello de la nuca cuando sus palabras furiosas y burlonas me rozaron la oreja:

—Toda tu familia está abajo. ¿Qué pensaría tu marido si te viera en una posición tan comprometedora?

La ira se estaba atenuando bajo el calor de su cuerpo contra el mío. La fuerza de su brazo rodeándome. El aroma de su perfume habitual. Y la innegable presión de su erección en la parte baja de mi espalda. Ese desgraciado se había puesto duro poniéndome en mi lugar. Sin embargo, a pesar de las circunstancias, la mera idea de que estuviera excitado hizo que notara un peso entre las piernas. Me relajé contra él, incapaz de hacer que entrara aire suficiente en mis pulmones.

—Está en casa con una enfermera. Tiene neumonía.

—Ah, he oído que es bastante letal para los ancianos como él. —Relajó la presión y deslizó la mano suavemente desde mi cintura hasta mi cadera. Su tacto me atravesó la piel haciendo que me crepitara el corazón como si estuviera echando chispas—. ¿Quién es el próximo en tu lista de maridos?

Se volvió hacia mí, pegó su frente a la mía. Su calor se convirtió en una distracción abrumadora, pero recordé lo que me había dicho. Apoyé las manos en su estómago, las deslicé hacia su pecho y me puse de puntitas. Me observó con una mirada demasiado inescrutable para poder leerla.

Estábamos tan cerca que podía oler su loción de afeitar, contar sus pestañas. Solo un par de centímetros separaban nuestros labios. Era fácil atravesar ese espacio, era imposible no hacerlo, así que dejé que la distancia se cerrara y rocé sus labios con los míos mientras decía:

—Cualquiera me servirá siempre que me cojan con algo más de pasión que tú.

Intenté apartarme, pero llevó la mano a mi cuello, me agarró el pelo y mantuvo mi boca rozando la suya. Se acercó todavía más, haciendo que me pegara a la pared.

—Parece que has olvidado que yo no te cogí.

Cada roce de sus labios era como una inyección de gasolina para el fuego que había en mi interior. Una bruma en mi cabeza. Una bocanada que no podía inhalar. Giré la cabeza a un lado intentando encontrar aire suficiente para hablar.

—Fue una noche totalmente olvidable. ¿Por qué crees que no te llamé? —La compasión impregnó mi voz—. Parece que no te hice caso.

Ambos sabíamos que me refería a lo que me dijo aquella noche: «No te olvidarás de mí».

Notaba el corazón en los oídos y me odié a mí misma por sentir una punzada de arrepentimiento.

Sus ojos eran oscuros y aterradores, un reflejo del cielo iluminado con humo y fuego. Sus labios presionados contra mi oreja, unas palabras ásperas y amenazantes:

—Vuelve a casa con tu marido antes de que lo convierta en viudo.

Capítulo 13

Gianna

Me levanté de un salto.

—¡Vamos, Blackie!

La grada vibró y rugió a medida que los caballos se acercaban a la línea de meta. Las orejas hacia atrás, los cascos golpeando la tierra, los músculos sudorosos. La adrenalina saturó el aire, como la pesada humedad que las nubes oscuras habían traído momentos atrás. El final de agosto había llegado, pero el calor no quería irse.

Mi vestuario estaba inspirado en el armario de Cher Horowitz, la estrella de *Clueless*, que llevaba un pequeño vestido blanco con el que su padre se negaba a dejarla salir de casa sin cubrirse. Yo tenía algunos problemas con los papás, así que ahí estaba, con un vestidito blanco sin un suéter por encima mientras las nubes se llenaban de lluvia.

Empezó a caer del cielo en cuanto los caballos cruzaron la línea de meta. Me senté a ver cómo los jinetes sacaban a sus monturas de la pista. Vi cómo la suciedad se convertía en lodo.

Una mano con un llamativo anillo de zafiro en el tercer dedo se posó en mi hombro.

—Seguro que tendrás más suerte la próxima vez, querida.

—Sabía que no iba a ganar.

Patricia, una viuda de setenta años, tomó su bolsa.

—¿Qué te dije sobre apostar con el corazón? No te hace ganar ni un centavo. —Me dio unas palmaditas en el brazo—. Bueno, estoy segura de que algún día aprenderás. Ahora, si me disculpas, tengo que ir a recoger mis ganancias.

Una niña de grandes ojos azules miraba desde un asiento delante de mí mientras sus padres conversaban con otra pareja. Su refresco era tan grande que tenía que sujetarlo con las dos manos.

—¿Por qué apostaste por él si sabías que no iba a ganar?

—¿No te gustaría que alguien creyera en ti, aunque supieras que no puedes hacerlo?

—Ajá. —Asintió. Dio un sorbo a su refresco mientras me miraba de arriba abajo—. Vas a parecer tonta cuando te llueva encima.

Suspiré y me levanté. Me bajé el vestido por los muslos y me preparé para el tiempo impredecible de Nueva York.

Acababa de bajar de la grada cuando me detuve al ver una cara familiar.

—Gianna. —La sonrisa de Vincent era pequeña—. No sabía si te encontraría aquí.

—Por supuesto. Es la despedida de Blackie. Tenía que desearle que le vaya bien en su jubilación. —Me mordí el labio mientras el suave goteo de la lluvia sonaba entre nosotros—. Creía que te ibas de viaje hoy.

—El clima lo aplazó hasta mañana. —Parecía avergonzado, miró el suelo—. Iba a invitarte...

—No tienes que dar explicaciones, Vincent. Lo entiendo. —No debería haberme molestado, no habría podido ir aunque hubiera querido, pero aun así sentí la comezón del rechazo.

Salí del techo y me dirigí a la banqueta para tomar un taxi. La lluvia, que me caía sobre la piel en gotas gruesas, era un agradable alivio del calor.

—Gianna, espera.

Me di la vuelta.

Se pasó una mano por el pelo y suspiró:

—No me gusta sentirme como un cobarde.

Parpadeé.

—¿Por qué ibas a sentirte como un cobarde?

Abrió la boca y la cerró.

Un sentimiento de incomodidad se expandió por mi estómago.

—¿Por qué ibas a sentirte como un cobarde, Vincent?

—No te he invitado a nada últimamente porque no quería meterte en problemas, pero... mentiría si dijera que no tiene que ver con protegerme a mí mismo también.

—¿De qué estás hablando?

—Ahora me doy cuenta... —Se distrajo mientras su mirada recorría mi cuerpo a través del vestido que probablemente ya era transparente—. Toma. —Se quitó la chamarra y la apoyó en mis hombros; como siempre, un caballero ejemplar—. Sé que estás un poco fuera de mi alcance en lo que respecta a tu familia, pero ahora entiendo por qué eres tan cautelosa con ellos.

La vergüenza me calentó las mejillas. Alguien le había hecho una visita. Le había amenazado, probablemente.

—¿Quién fue?

Se frotó la nuca al comprender lo que le estaba preguntando.

—No le pregunté su nombre. Era un tipo grande, intimidante.

Luca.

Apreté los dientes para calmarme.

—Llevaba una placa, me hizo sentir como un criminal solo porque me gustas, si te soy sincero.

Espera, ¿qué?

Se me cortó la respiración y formulé la siguiente pregunta muy despacio:

—¿Dijiste que llevaba una placa?

—Sí, del FBI, lo creas o no.

Mi risa fue oscura.

—Oh, puedo creerlo.

Ese hijo de puta. Iba a matarlo. Asesinarlo a sangre fría. Arrojar su cuerpo a los tiburones.

¿Era mi vida una diversión para él? ¿Un juego igual que todos los demás a los que jugábamos? La frustración me subió por la garganta.

—Quiero que sepas que no te estaba ignorando, Gianna. Solo creo que es mejor si... nos distanciamos.

Estupendo. Me habían exiliado de todo un grupo de amigos. Vincent era el cabecilla, sin él simplemente no había invitación. Por otro lado, podía decir que nunca había encontrado a un hombre tan poco atractivo. ¿Cómo había cedido tan fácilmente a una mísera amenaza?

—Estoy de acuerdo, Vincent.

—Estás de acuerdo —dijo confundido.

¿Pensaba que le iba a suplicar que no me dejara tirada? Había sido una Russo durante los últimos ocho años de mi vida.

No suplicamos ni a punta de pistola.

—Tengo que irme. Gracias por la chamarra.

Me di la vuelta y levanté el brazo para parar un taxi.

La lluvia que caía del cielo me empapaba el pelo. La ropa. Pero no lograba calmar mi ira.

—¿Adónde? —preguntó el taxista.

Le dije la dirección del club de As.

El resentimiento, junto con algo reprimido que ni siquiera podía explicar, hizo que me temblaran las manos. Todo lo que sabía era que no podía seguir jugando con ese hombre. Iba a ondear la bandera blanca a nuestra rivalidad porque, al fin y al cabo, nunca iba a ganar.

Salí del taxi frente al club. Eran solo las dos de la tarde y estaba cerrado, pero sabía que había una reunión ahí a esa hora, solo porque Elena me había dicho la razón por la que habían pospuesto su luna de miel hasta el día siguiente.

Angelica estaba delante de la puerta del sótano mirándose las uñas. Levantó la mirada y frunció los labios.

—No puedes estar aquí.

—Pues lo estoy. Muévete.

Sus ojos bajaron por mi cuerpo.

—Sabes, algunas de nosotras usamos un espejo cuando nos vestimos por la mañana.

—Algunas de ustedes también se arrodillan por un billete de veinte dólares —respondí mientras la empujaba y abría la puerta.

Al dirigir toda mi atención hacia mis tacones de aguja blancos para que no se atascaran en la escalera de acero, no me di cuenta de la gran reunión que se estaba celebrando en medio de la sala hasta que bajé el último escalón.

Levanté la mirada y me quedé paralizada.

Veinte pares de ojos masculinos se me clavaron. Todos ellos llenos de la oscuridad de la Cosa Nostra.

Tragué saliva.

Las reuniones siempre tenían lugar en la sala de reuniones.

¿Por qué no estaban en la sala de reuniones?

Nico estaba sentado al frente de la estancia junto a su tío y Luca. Jimmy parecía estar tratando de contener una risita, pero los otros dos no tanto. La expresión de As decía que me estrangularía si estuviera a su alcance.

Trajes negros, testosterona y una espesa tensión que se comía todo el oxígeno llenaban la sala. A un lado de esta, solo miembros de la familia Abelli, sentados o apoyados en las mesas de juego, incluido su jefe, Salvatore. Los Russo se sentaban al otro lado. Y justo en medio de ellos se sentaba un agente especial que usaba su placa para amenazar a ciudadanos respetuosos de la ley por sentir algo por la mujer equivocada.

Sus ojos estaban fijos en mí y hervían con una rabia que me decía que, si me atrapaba a solas después de esto, estaba en un gran problema. De repente estaba más preocupada por su reacción que por tener que enfrentarme a As.

La furia de Christian me congeló y quemó la piel a medida que su mirada me recorría el cuerpo.

Y entonces recordé mi vestido. Mi muy blanco y muy mojado vestido.

Mis mejillas se calentaron, pero me negaba a cubrirme con la chamarra de Vincent y mostrar así mi vergüenza.

Las palabras estaban llenas de arrogancia y burla.

—Apuesto cien dólares a que puedo dejarla así de mojada.

Era una apuesta estúpida y una broma aún más estúpida, pero el hecho de que viniera de una boca Abelli solo amplificó la tensión. Algo cambió en el aire. El ligero movimiento de los labios de un asesino después de matar. Un perro hambriento percibiendo el olor de la sangre.

—Qué estás diciendo, cabrón —soltó Luca—. Estás hablando de la mujer de un capo.

El Abelli que estaba sentado en el medio de la sala con las piernas cruzadas dijo entre risas:

—Un capo en su lecho de muerte. Ya está prácticamente libre.

Me moví sobre mis tacones a la espera de la mínima señal para largarme de ahí.

—Toca a alguna de nuestras mujeres en contra de su voluntad y verás cómo te dejamos libre —gruñó Ricardo.

—¿En contra de su voluntad? —El Abelli se rio—. Puedo tenerla suplicándome por mi verga cuando quiera.

«Lo dudo».

Salvatore Abelli parecía estar divirtiéndose con la conversación y As se limitó a permanecer sentado en su silla sin ninguna prisa por detener las palabras que se lanzaban de un lado a otro. Sus ojos expresaban lo ridícula que la encontraba, pero parecía resignado a dejar que acabara. Y yo sabía por qué: era el experimento perfecto para ver cómo las familias reaccionarían a las burlas de los otros.

—Sigue riéndote —dijo otro—. Todo el mundo sabe que tienes que pagar por cada vagina que pruebas.

Se oyeron algunas risas.

La cara del Abelli enrojeció.

—Conseguiría más que eso. Te diría qué se siente al darle por detrás, Rus...

Sin mirar al Abelli, Allister sacó una pistola de su chamarra.

Pum.

El disparo rebotó en las paredes y resonó en mis oídos. Todo menos mi corazón se paralizó. Me quedé quieta viendo cómo el Abelli se desplomaba de su silla al suelo.

Había tanto silencio que podía oír cada gota de agua que caía de mi vestido al suelo de cemento. Ploc..., ploc..., ploc.

Sentí un escalofrío cuando Christian guardó la pistola sin un atisbo de emoción.

Tony Abelli se limpió las salpicaduras de sangre de la cara. Luca sacudió la cabeza. As miró su reloj.

—¿Qué carajo te pasa, Allister? —gruñó Salvatore.

La respuesta del federal fue tan seca como fríos sus ojos:

—Me estaba molestando.

Un silencio tenso reinó por un momento y luego la estruendosa risa de Jimmy llenó la habitación partiendo la tensión como el mar Rojo.

Dios mío, esto era una locura.

Di un paso atrás cuando las miradas de todos se dirigieron hacia mí.

—Mmm..., yo voy a... Sí. —Subí los escalones de dos en dos y desaparecí por la puerta.

Prácticamente corrí por el club, mi corazón acelerado me empujó hacia afuera y de regreso bajo la lluvia. Caía sobre mi piel acalorada como una fría caricia.

El cielo estaba oscuro y las calles silenciosas. Al no ver ni un solo taxi, me crucé de brazos y caminé por la banqueta hasta la siguiente cuadra.

La puerta del club se cerró tras de mí. Me detuve donde estaba, sentí su presencia incluso antes de que dijera una palabra.

Su frío y brutal asesinato aún se repetía en mi mente y envió un escalofrío de alerta a mi columna vertebral. Christian Allister no lo había pensado dos veces antes de quitarle la vida a alguien. De repente, temí el día en que decidiera que la mía era una molestia demasiado grande.

Me di la vuelta pensando que ahí, en la calle, era el mejor lugar para enfrentarme a él.

La lluvia desdibujaba la anchura de sus hombros, el tono azul de su traje, las bellas líneas de su rostro, pero la ira de sus ojos brillaba como un relámpago en la distancia.

Cuanto más me miraba, más se extendía la tensión, que me envolvía los pulmones y los apretaba. Su mirada descendió por mi vestido quemándome la piel desde mis pechos, pasando por el material húmedo pegado a mi estómago, hasta mis muslos suaves y desnudos. Era tan real como una mano áspera deslizándose por mi cuerpo, tan tangible como las gotas de lluvia frías sobre mi piel.

Rompió el silencio:

—Te llevo a casa.

Podría haber sido una oferta generosa, pero el tono disgustado de su voz, como si prefiriera estar haciendo otra cosa, la arruinó.

Sacudí la cabeza y abrí la boca para rechazarla...

—No te estoy preguntando, Gianna.

Me mordí la lengua. Si discutía con él, no tenía ninguna duda de que me llevaría a rastras y entre gritos hasta su coche. Y ya no tenía más energía para luchar.

Caminamos uno al lado del otro hasta llegar al estacionamiento. Mi piel se encendía como un faro con cada movimiento suyo. Mi pulso iba al ritmo de sus pasos. Mi respiración se entrecortaba con cada minúsculo roce de su brazo contra el mío. La tensión que había entre nosotros se tensaba cada segundo que pasaba. Tiraba y tiraba hasta que amenazó con romperse.

—¿Qué traes puesto? —Lo dijo con calma y lentamente, pero la ira estaba entrelazada con demasiada fineza como para ser enmascarada.

—Dolce y Gabbana.

—¿La chamarra?

Me mordí el labio inferior.

—Déjame adivinar, es de la colección Vincent Monroe.

No lo negué.

Sacudió la cabeza y dejó escapar un suspiro sarcástico entre los dientes.

La incertidumbre se deslizó por mi espalda. Estaba enfadado conmigo por interrumpir su estúpida reunión, no cabía duda, pero yo no podía devolverle nada de frustración. No con esa presión en el pecho que parecía expandirse con una sola mirada suya.

Hizo girar el reloj en su muñeca, una, dos, tres veces.

—Por mucho que todo el mundo haya disfrutado de ese pequeño espectáculo de antes, te doy un diez en la entrada; por cierto, todavía estoy tratando de averiguar si te gusta llamar la atención o simplemente eres idiota.

Me estremecí, sabía que no había sido mi mejor momento.

—Creo que es lo primero. Estás tratando de juntar un grupo para tus próximas audiciones para marido.

La ira por fin se encendió en mi estómago, pero la reprimí antes de que pudiera escapar. Estaba intentando provocarme. Quería que respondiera y no le iba a dar la satisfacción. Esa rivalidad con él no me hacía sentir bien. A menudo me dejaba una sensación de pesar e inquietud en el pecho durante días después de nuestros intercambios. No podía ser sano. Christian Allister era como la cocaína, estaba atrapada.

—No hay ni un hombre en este mundo con el que volvería a casarme.

—¿Pero de alguna manera Richard Marino pasó el examen? —Sus palabras fueron como una mordida viciosa en mi piel—. Llámame loco, pero no te creo.

—Cree lo que quieras, Allister. No me importa lo que pienses sobre mí.

—Solo lo que piensen los demás, ¿eh?

No sabía si se estaba burlando de mí o estaba enojado porque no me tomaba su opinión en serio. Intenté analizar su expresión, pero era tan fría como un invierno siberiano.

—Te casarás de nuevo, Gianna, porque eso es lo que las buenas chicas italianas hacen.

—Huiré antes de que me obliguen a casarme otra vez.

Esas inquebrantables palabras me conmocionaron en cuanto salieron de mi boca porque cada una de ellas era verdad. Nunca me lo había admitido a mí misma en voz alta a pesar de estar ahorrando bastante para empezar de cero donde quisiera.

—Ay, querida... —Dejó escapar un sonido amargo cuando llegamos a su coche—. Los dos sabemos que no eras reacia a casarte con Antonio.

Vacilé. Aún no había conocido a Christian en aquel momento de mi vida, así que ¿cómo sabía él la opinión que yo tenía sobre mi matrimonio? Mi corazón latía rápido e inseguro. ¿Sabía por qué no me había mostrado reacia? ¿Sabía más sobre mi infancia de lo que yo jamás le contaría? Un sudor frío me recorrió. Era mucho más inteligente y mucho más perceptivo que yo, y lo odiaba por ello. Nunca le ganaría.

—Me cansé de jugar contigo.

Me abrió la puerta del copiloto como el caballero por excelencia y dijo de manera divertida y cínica:

—¿Es eso lo que crees que hacemos? ¿Jugar?

—Me da igual cómo lo llames. Se acabó. Me cansé de esto. —Hice un gesto entre nosotros—. De ti.

Como la puesta de sol, sus ojos se llenaron de oscuridad. Una oscuridad despiadada que envolvió mi alma y jaló de ella.

La fuerza del ruido me hizo retroceder un paso.

Cerró de golpe la puerta del coche. Se acercó amenazante hacia mí.

—Nunca te vas a cansar de mí.

Me agarró por el cuello, me empujó la espalda contra el coche y se tragó mi siguiente aliento.

Capítulo 14

Gianna

Una explosión de fuego estalló dentro de mí y se me extendió desde el estómago hasta la yema de los dedos. Me hirvió la sangre. Se me estremeció todo el cuerpo. No podía respirar.

La presión de sus labios sobre los míos me golpeó con tanta intensidad que mi primera respuesta fue apartarlo. Llevé las manos a su pecho para empujarlo con todas mis fuerzas, pero cuando me mordió el labio inferior y lo lamió calmando el agudo ardor con su lengua, deseé que me llenara las venas con esa agua ardiente. Un gemido me escapó por la garganta. Se me curvaron los dedos, recorrí su estómago con las uñas y me detuve en la hebilla de su cinturón.

Siseó contra mis labios y deslizó su lengua en el interior de mi boca. Sentí esa humedad entre las piernas. La mera idea de tener sus manos sobre mí me hizo temblar, pero el hecho de sentirlas, de que su palma se deslizara sobre mi cadera hacia la curva de mi trasero, de notar su mano suave e inquebrantable en mi cuello, incineró toda la resistencia que quedaba en mí. Me balanceé hacia él, mi cuerpo se derritió contra el suyo.

Sus caderas se apartaron de las mías cuando solo había podido saborearlo ligeramente y una sensación de protesta me atravesó las venas. De repente, me pregunté a cuántas mujeres habría besado en Seattle, pero fue un pensamiento fugaz porque movió una mano hasta mi pelo mojado, jaló de él y me hizo inclinar la cabeza. Me dejó una línea de mordisquitos en el cuello, jalando de la piel entre los dientes con suavidad y succionando ligeramente. Noté los latidos del corazón como un peso entre las piernas.

El calor de su cuerpo, la fuerza de su presencia, la ira de sus movimientos... me robó el aire. Con las palmas apoyadas en su abdomen, solo podía jadear como una muñeca mientras él me mordisqueaba y me lamía el cuello, las clavículas, el inicio de los senos.

Deslizó los dedos por la parte exterior de mis piernas subiéndome el vestido hasta que quedó al descubierto la tanga blanca donde se unían mis muslos. Bajó la mirada, que atravesó el material con su calidez acariciándome el clítoris con tanta fuerza como si lo hubiera tocado. El calor tiró de mis entrañas. Giré las caderas reduciendo la distancia que había entre nosotros, intentando encontrar alivio al dolor que sentía en mi interior.

Sonó la alarma de un coche en alguna parte de la calle, pero apenas oí el ruido mientras sus ojos seguían sus manos por encima de mi cuerpo. Ya no me estaba besando. Solo me tocaba bajo el suave sonido de nuestras respiraciones y el golpeteo de la lluvia.

Era rudo, aunque meticuloso en sus movimientos, como si estuviera fascinado por cada curva y cada hueco, pero se odiara a sí mismo por ello. Bajó una mano para agarrarme una nalga y luego me dio una ligera palmada en el trasero, acariciándome con su áspera piel.

Un suave gemido me subió por la garganta y le mordí ligeramente el pecho para reprimirlo. Se me derritieron las entrañas, noté las extremidades ligeras como el aire mientras dejaba que ese hombre me tocara todo el cuerpo sin ni siquiera besarme a cambio. Había algo sucio en ello, nada romántico..., que me estaba poniendo más caliente de lo que lo había estado nunca.

Frotó el hilo entre mis nalgas arriba y abajo, deteniéndose justo antes de llegar al material húmedo que quedaba entre mis muslos. No podía respirar, cada nervio de mi cuerpo esperaba con la anticipación de hasta dónde llegaría. La desesperación me estaba consumiendo, quemándome y clavándose en mi interior. Ya no podía soportarlo.

—Christian...

Sus ojos eran tan oscuros que podían haber salido de mis pesadillas. Se fijaron en mi boca. Apoyó las manos en el coche a ambos lados de mi cuerpo y se inclinó. Estaba segura de que iba a besarme, me estremecí por la expectativa, pero, en lugar de ir por mis labios, me dio un único beso en el cuello.

—Si huyeras, Gianna... —Sus palabras tenían un tono malicioso, pero al mismo tiempo suave y desesperado como el sexo en un campo de batalla devastado. Colocó los labios junto a mi oreja—. Te encontraría.

Estallé en un estremecimiento.

«¿Y me traerías de regreso?». Quise preguntárselo, pero no logré encontrar la voz.

A esas alturas, no me importaba lo que dijera. Lo deseaba tanto que estaba temblando. Podía atribuirlo al hecho de que había pasado mucho tiempo desde que había tenido sexo o incluso desde que me habían tocado, pero sabía que ese no era el único motivo. No importaba lo mucho que lo odiara; ese hombre siempre había provocado algo en mí.

Acunando su erección, deslicé la mano arriba y abajo por toda su longitud, desde la base hasta la punta.

Dejó escapar un áspero jadeo entre los dientes y bajó la mirada para observarme frotarlo a través de los pantalones.

En la vida había pensado que la erección de un hombre pudiera prenderme tanto. Solo su peso en la mano me envió una oleada de lujuria por la sangre.

Mientras estaba distraído contemplando el movimiento de mi mano, me puse de puntitas y lo besé. Un estruendo resonó en su pecho, mitad gemido y mitad gruñido, cuando le rocé la lengua con la mía una sola vez con una caricia ardiente y mojada y me aparté antes de que pudiera devolvérmela.

Me faltaba el aire. Y estaba algo delirante.

El impulso me golpeó con tanta fuerza que se me hizo la boca agua. No importaba que fueran las dos de la tarde de un domingo o que estuviéramos en un estacionamiento público. Lo quería en mi boca, a pesar de que eso fuera lo único que pudiera conseguir. Busqué la hebilla de su cinturón con toda la intención de arrodillarme ahí mismo.

Soltó un quejido torturado y murmuró algo en ruso. Antes de que pudiera agacharme, me dio la vuelta y me empujó contra la cajuela de su coche. Jadeé, pero logré reprimirlo cuando el calor de su cuerpo se encontró con mi espalda.

Me apartó el pelo a un lado y hundió el rostro en mi cuello. Un escalofrío estalló bajo mi piel, cálida por su roce y fría por la energía volátil que emanaba de él.

—Creía que te habías cansado de mí, Gianna.

Oh.

Sí que me había cansado. «Me he hartado». Quería decirlo, pero la presión de sus labios en el hueco de la oreja me robó el aliento y la voz. Lo único que pude hacer fue negar con la cabeza porque no podía soportar que eso acabara. Todavía no.

—Dilo.

Volví a negar con la cabeza, pero mi boca me traicionó:

—No.

—¿No qué? —murmuró él trazando el contorno de mi oreja con la lengua.

Los escalofríos me bajaron por los brazos.

—No me he cansado de ti —susurré. Siempre había sabido que no sería tan fácil.

Noté un gruñido de satisfacción en la nuca y un ligero mordisquito.

—Asiento trasero.

Hice caso a su orden sin pensarlo dos veces, pero antes de que pudiera llegar hasta allí, algo me atrapó la manga y me arrancó la chamarra con un movimiento fluido. Giré la cabeza justo a tiempo para ver cómo aterrizaba en un charco en el suelo.

Tenía la mirada puesta sobre mí, seca y mordaz, pero se llenó enseguida de calor cuando mi cuerpo atrajo su atención. Todavía tenía el vestido subido de un modo indecente que dejaba al descubierto las suaves curvas de mi trasero. Me cosquilleó la piel y el calor floreció en mi interior. Dejar que este hombre viera mi cuerpo desnudo fue mucho más emocionante de lo que tendría que haber sido. Era tan formal y estirado que cualquier cosa remotamente sexual parecía mucho más sucia con él.

En cuanto cerró la puerta encerrándonos en la parte trasera del coche, me senté a horcajadas sobre él. Dejó escapar un jadeo ronco mirándome mientras subía las manos por su pecho hacia su cuello y su cabello espeso y luego las volvía a bajar por sus bíceps.

Solo se interponía el saco de su traje y me permitió quitársela y dejarla en el suelo. La camisa blanca le quedaba como una segunda piel y destacaba su fuerza, su masculinidad. Estaba fascinada por cada centímetro de él. Se tensó cuando le pasé las uñas por los brazos, deseando clavar los dientes en ellos.

Me agarró por las caderas y me jaló para sentarme sobre su erección. Su dureza tocó la tela húmeda de mi tanga y una oleada de lujuria me nubló la visión. No pude evitar balancearme contra su cuerpo, montarlo como había hecho secretamente con mi almohada la noche anterior imaginándome que era él.

Mis ojos, medio abiertos y desenfocados, se encontraron con los suyos.

Me acarició los labios con el pulgar y tiró del inferior antes de soltarlo.

Intenté inclinarme para besarlo, pero me detuvo y habló con voz sombría:

—No más Vincent Monroe, Gianna.

—Lo amenazaste.

—Apenas.

Debería estar enojada por que se había acercado a Vincent, por que creía que tenía una especie de autoridad sobre mi vida, pero, en ese momento, solo podía pensar en que me había llevado a casa cuando estaba borracha, me había quitado los zapatos y me había dejado un vaso de agua en el buró.

—No más Vincent Monroe —murmuré.

Cuando me soltó, no dudé en estampar mi boca sobre la suya. Esta vez, me besó con suavidad antes de apartarme con un profundo lametón que no se parecía en nada a un beso.

Agarró el hilo de mi tanga y lo arrancó de mi cadera, provocándome un fuerte ardor detrás. La tanga se cayó por un muslo, dejándome totalmente expuesta ante sus ojos.

Pasó el pulgar por mi pubis y dijo con voz ronca:

—Me preguntaba si seguiría aquí.

Una sonrisa apareció en mis labios.

—Has estado pensando en mí, ¿eh?

Fue una broma en la que le repetí algo que me había dicho una vez y, claramente, no me esperaba su respuesta:

—Solo cuando necesito venirme.

Se me borró la sonrisa y mi respiración se volvió superficial.

Lo miré a los ojos para ver si lo decía en serio y había algo en su confesión que me puso muy cachonda y que me provocó un arrebato de sinceridad.

—Lo mismo digo —susurré.

Un gruñido resonó en su pecho y luego me besó. Me metió la lengua en la boca. Jaló mis labios con los dientes. Besar a Christian Allister me hacía sentir más viva de lo que podía lograr con cualquier droga.

Intenté desabrocharle la camisa, pero me agarró de las muñecas y me lo impidió. Algo frío se me formó en el estómago. Me liberé de sus manos como si no me hubiera rechazado ya una vez y volví a intentarlo con el mismo resultado.

—Se queda en su sitio —murmuró bruscamente contra mis labios.

No iba a dejar que lo tocara. De repente, estar ahí sentada con todo el cuerpo expuesto ante él me pareció... humillante. Me aparté, me bajé el vestido e intenté abrir la puerta.

—Ni de broma —rugió agarrándome la muñeca—. Me has puesto duro, Gianna. Vas a tener que quedarte y resolverlo.

—Resuélvelo tú mismo, *stronzo*.

—Te gusta llamar la atención, sí, pero no eres una calientahuevos.

—Tú eres un cabrón egoísta que recibe y no da nada a cambio —espeté.

—¿Egoísta? —Se rio—. Te hice sexo oral durante tanto tiempo la última vez que todavía puedo saborearte tres años después.

Entorné los ojos.

—Qué grosero.

—No te hagas la virgen inocente conmigo, Gianna. No te he visto sonrojarte ni una sola vez en toda mi vida.

Solté un ligero resoplido.

—No me gustas nada. Déjame salir.

¿Por qué había pensado que eso era una buena idea? Había tantas idas y venidas con este hombre que me daba vueltas la cabeza.

Nos miramos en silencio el uno al otro en una batalla silenciosa de voluntades.

Se le tensó la mandíbula. Se sacó la camisa de los pantalones, me agarró la mano y la deslizó sobre su estómago hasta su pecho. Había cedido conmigo, me estaba permitiendo tocarlo sin quitarse la camisa.

Tendría que haberme ido, tendría que haber acabado yo sola fantaseando con su gemelo bueno, pero, al pasar las manos por su piel más caliente de lo que debería, ese vertiginoso arrebato de lujuria se apoderó de la parte baja de mi estómago, tensó mis músculos y venció a mi voluntad.

—¿A cuántas mujeres besaste en Seattle?

Se me escapó la pregunta mientras pasaba los dedos por los surcos de sus abdominales.

Sus ojos eran como estanques de color azul oscuro.

No me respondió, pero no hizo falta.

Él no besaba.

Me invadió una satisfacción embriagadora. «En ese caso, agente, ¿por qué me besó a mí?».

Entrecerró los ojos cuando presioné los dedos sobre su piel, clavándole las uñas en el pecho. Me retorcí sobre su erección, balanceando las caderas lentamente y frotándome contra él mientras nos mirábamos a los ojos el uno al otro. El fuego ardió en mi interior cada vez más caliente y luminoso hasta que estuve tan cerca de la cumbre que pude saborearla.

Jadeé cuando me deslizó la mano por el pelo y me echó la cabeza atrás, susurrando unas palabras roncas contra mi oreja:

—Acabarás conmigo dentro de ti, Gianna, no antes.

Se me escapó un suspiro tembloroso, pero pareció un gemido necesitado por el ángulo de mi cabeza.

Maldijo en ruso y fortaleció la tensión de mi pelo.

Solo podía mirar el techo del coche, mi pecho subía y bajaba con respiraciones agitadas mientras me bajaba los tirantes por los hombros y tiraba de mi vestido bajándomelo hasta la cintura. Me bajó el brasier, me dejó los senos al descubierto y me miró con una intensidad que me lamió la piel.

Cuando atrapó un pezón con la boca, vi un destello de luz blanca detrás de los ojos. Soltó la mano de mi pelo para apretar un seno mientras lamía y succionaba el otro. Cambió para conceder la misma atención a ambos. Le dio un suave golpecito a uno de ellos para ver cómo se agitaba. Con un sonido áspero, lo mordisqueó como si estuviera enojado, como si intentara grabarse en mi piel para siempre.

Se me pusieron los ojos en blanco, notaba los latidos entre las piernas. Si no paraba, me vendría así.

Jugueteó con mis pechos hasta que estaba tan desquiciada que habría hecho cualquier cosa por sentirlo dentro de mí, lo que fuera. Fui de nuevo por la hebilla de su cinturón y la desabroché. Lo notaba caliente y pesado bajo la mano y tan duro que no pude resistirme a frotarlo con el puño. Siseó junto a mi cuello y, antes de que pudiera mirarlo, me agarró por las caderas y me jaló hacia abajo hasta que me hundí en la mitad de su longitud.

Gimió.

Jadeé.

Me dolía. Me dolía mucho. Había pasado demasiado tiempo y el muy desgraciado estaba bien dotado. Resollé mientras me temblaban los muslos intentando adaptarse.

Apretó la tensión sobre mis caderas y apoyé las manos sobre las suyas para intentar que se hundiera por completo. Negué con la cabeza como si lo hubiera hecho lo mejor que sabía, pero no iba a funcionar.

—Todo, *malyshka* —ordenó.

La calidez de su voz se abrió paso entre mis piernas calmando el dolor y llenándome de calor.

Una de sus manos se separó de la mía para acariciarme el pubis hasta que me encontró el clítoris. Lo frotó en movimientos circulares y volvió a buscar mis senos con la boca, lamiendo y succionando. Gemí, cada caricia alimentaba el zumbido de mi interior hasta que, lentamente, me fui deslizando hacia abajo, acogiéndolo todo en mi interior.

—Carajo —espetó mirando el punto por el que estábamos conectados. Me agarró por las caderas con tanta fuerza que me dejaría un moretón, irradiaba tensión, cada músculo de su cuerpo estaba rígido—. Carajo, estás muy apretada, *malyshka*.

La sensación de tenerlo dentro de mí era tan intensa que me temblaba todo el cuerpo. Me ardían las cuencas de los ojos y hundí el rostro en su cuello.

Sus latidos se aceleraron junto a los míos.

Él también temblaba.

—Cógeme, Gianna. —Parecía a punto de perder el control; si no empezaba a moverme iba a cogerme con dureza. Me moví enseguida, no creía que pudiera con él desatado todavía.

Me moví lentamente, balanceando las caderas en movimientos circulares frotando el clítoris contra él, estremeciéndome con la intensidad.

—Tienes mucha suerte de que estemos ahora mismo en un coche. —Me lanzó la amenaza al oído con las palabras marcadas por ese fuerte acento ruso que estaba empezando a volverme loca. Provocar esa falta de control en el frío agente federal era adictivo. Quería mucho más.

Sus manos se movían por todas partes, por mi espalda, agarrándome el pelo para inclinarme la cabeza en el ángulo que quería, sosteniéndome por las caderas para hundirme con más fuerza contra él. Me daba nalgadas, me mordía el cuello, me lamía los pezones... La sensación de tenerlo dentro de mí, el modo que tenía de estar en todas partes, cómo se contenía y me dejaba bailar contra él... era demasiado.

Me vine con tanta fuerza que vi puntos de luz detrás de los ojos. El fuego de mi interior estalló expandiendo sobre mí una sensación cálida y de hormigueo por todo el cuerpo.

—He soñado con ese sonido —murmuró mordiéndome el lóbulo de la oreja.

El calor me llenó como la luz del sol. No debería tomarme en serio lo que me decía, a menudo era muy grosero, pero, por Dios, cuando era tierno me hacía sentir en la cima del mundo.

Quería complacerlo.

Quería hacerle perder la cabeza.

Me estiré hacia atrás, apoyé las manos en sus rodillas y lo monté de manera que pudiera verlo todo. Se le encendió la mirada, que pasó de mis labios al rebote de mis pechos y al lugar en el que él entraba y salía de mí. Estaba tan mojada que me goteaba por los muslos y llenaba el coche con un sonido obsceno y erótico.

De repente, me paró. Se pasó la lengua por los dientes.

—¿Te adaptaste ya, *malyshka?*

Con los ojos entreabiertos, asentí.

—Bien.

Me agarró por las caderas, me jaló para que apoyara el pecho sobre el suyo y me hizo rebotar sobre su erección. Con dureza. Arriba y abajo, sin dejarme un solo respiro durante el asalto. Mis gemidos y quejidos me temblaban en la garganta con fuerza. Mis dedos buscaron la ventanilla como si quisiera aferrarme a algo que no me consumiera tanto. Que no fuera tan devastador. Tan él.

—Oh, Dios, oh, Dios.

Cuando alcancé el clímax por segunda vez, se tragó el ruido con la boca y, con un último empujón severo y un estremecimiento, terminó dentro de mí. A continuación, me mordisqueó suavemente el cuello con una especie de ruda apreciación.

Nuestras respiraciones agitadas llenaron el silencio. Estaba tan llena de alegría, en lo alto de la dicha poscoital, que apoyé la cara en el hueco de su cuello y entrelacé los dedos en su pelo.

—Dime algo en ruso.

—*Ty samaya krasivaya zhenshchina kotoruyu ya kogda-libo videl.*

—¿Qué has dicho?

—Que eres insufrible.

—Odiaría ser rusa si hacen falta tantas palabras para decir algo tan simple —musité. No me creí ni un instante que eso fuera lo que había dicho.

Algo espeso y húmedo me bajó por el muslo. Mi placer sexual se licuó y se convirtió en hielo en mi estómago. ¿Acababa de tener relaciones sexuales con Allister sin protección, tan desprotegida que su semen estaba saliendo de mí? Me puse a hacer cálculos mentales frenéticamente intentando averiguar cuándo era mi ovulación. Evidentemente, ahora.

Debió sentir la tensión en mí porque su mano dejó de acariciarme la espalda.

—No tomas la pastilla. —Fue más una afirmación que una pregunta.

Nunca tenía relaciones..., ¿por qué me la tomaría?

Apartándome de él, me subí un tirante del brasier por el hombro mientras un pánico helado me trepaba por la columna.

—No.

Solo podía imaginarme qué pasaría si me quedaba embarazada mientras mi marido estaba en su lecho de muerte y no podría concebir ni con ayuda de medicamentos para la fertilidad ni viagra.

No sería más que una puta.

Puta.

Puta.

Se me tensaron los pulmones cerrándose cada vez más con algo que no iba a soltarse. Me ardían las lágrimas en los ojos.

Dos manos ásperas me agarraron la cara.

—Respira.

Su roce atenuó la voz de *papà* en mi cabeza. De repente, sentí envidia de Allister, mis pesadillas tenían miedo de él. Cerré los ojos y me centré en las técnicas de respiración que me había enseñado mi terapeuta.

—Iremos por el plan B.

Me limpió con el pulgar la lágrima que me caía por la mejilla y yo asentí, temblorosa.

Me soltó y, mientras se arreglaba cerrando el cierre de sus pantalones y acomodándose el pelo que le había desordenado, algo frío se instaló en el aire. Se parecía sospechosamente al arrepentimiento. Su calidez desapareció, el hielo volvió a su mirada y a sus hombros.

Si antes Allister desconocía el peso del equipaje que yo llevaba encima, ahora lo sabía. Noté la presión de la mortificación en mi pecho. Tal vez esto había sido necesario para hacerme más fácil el hecho de no volver a hablar con él simplemente porque me sentiría demasiado humillada para admitir que esto había sucedido.

El ataque de pánico se me pasó pronto, pero seguía habiendo mucho frío entre nosotros. Incluso mientras me ayudaba a ajustarme el vestido y usaba una servilleta de la guantera para limpiarme el semen de los muslos.

Capítulo 15

Christian

Cerré la puerta del coche con demasiada fuerza. Me pasé una mano por el pelo para intentar deshacerme de la agradable sensación de sus dedos en él. Moví los hombros para apartar los pensamientos obsesivos que empezaban a nacer en mi espalda. «Quédate con ella. Haz que te desee. Haz que te necesite».

Carajo, no debería haberlo hecho.

Era como intentar curar a un adicto dándole la mejor dosis de su vida.

Una campana sonó sobre mi cabeza cuando entré en la farmacia. Tardé más tiempo del necesario en encontrar el pasillo adecuado porque imágenes de Gianna aún me consumían la mente. Sus ojos suaves, sus labios abiertos, la curva de sus caderas, sus dulces muslos temblando mientras intentaba sacar todo de mí.

Se me aceleró el pulso y una ola de calor me llegó a la entrepierna.

Ya me la había puesto dura otra vez.

Cogérmela no estaba en mis planes, pero cuando le puse las manos encima no pude parar. Podría haberme proporcionado algo de alivio, pero lo único que habría hecho sería darme más imágenes, sonidos y lugares con los que obsesionarme.

Mis ojos se posaron sobre los anticonceptivos de emergencia y tomé una caja para leer la información en la parte de atrás. Me temblaban las manos. Qué puto ridículo. Parecía que acababa de perder la virginidad.

No sabía si habría podido evitar venirme dentro de ella si hubiera querido. Definitivamente, no había querido.

A la parte obsesiva en mí, la que analizaba exhaustivamente cada uno de los movimientos de Gianna, le importaban una mierda las consecuencias. Embarazarla sería una alegría. Me daría por fin una razón para tirar mis planes a la basura y hacerla mía.

Sonaba bien, claro, pero esa parte de mí era tan racional como el clóset de Gianna. Tenía la idea de que podía ser un pequeño juguete con cara bonita para coger, de que estaría perfectamente cómoda calentando mi cama todo el día, abriendo las piernas para mí cuando se lo pidiera y sin hacer preguntas.

En realidad, tocaría todas mis cosas. Me reorganizaría el departamento y lo llenaría de hurgar con demasiada azúcar. Y lo que es más importante, empezaría a hurgar en mi pasado. Y cuando lo hiciera, me odiaría más de lo que ya lo hacía. Tal vez hasta le diera asco. No podía soportar la idea de dejar que me viera así.

Gianna no era para mí.

Por mucho que lo odiara, su lugar estaba junto a alguien que no tuviera tantos secretos. Alguien como Vincent Monroe.

Me ardía el pecho solo de pensar en ello.

Tal vez podría invitarla a comer primero y esperar un tiempo para recurrir a la pastilla del día siguiente para darle una oportunidad a la menor posibilidad que hubiera.

Me pasé una mano por la mandíbula.

Por Dios. No.

Al final, me decidí por la marca genérica.

My Cherie Amour sonaba en la radio con interferencias, prácticamente burlándose de mí con su letra romántica mientras dejaba el artículo sobre el mostrador. La cajera adolescente con cara de aburrimiento y masticando chicle observó mi compra antes de dirigir los ojos hacia mí y detenerse en mi cuello, donde sabía que había unas cuantas marcas de las afiladas uñas de Gianna.

La adolescente me miró a los ojos.

Explotó una bomba de chicle.

Bip.

Gianna no había dicho una palabra desde que habíamos salido del estacionamiento. No podría haber dejado más claro que la idea de estar atada a mí... le horrorizaba. Había tenido un ataque de pánico, carajo.

Podría haber encontrado la fuerza de voluntad para contenerme si hubiera sabido cómo iba a reaccionar. Ver las lágrimas llenando sus ojos había sido como una puñalada en el pecho. No me había gustado nada.

Cuando salí, Gianna no estaba en el asiento del copiloto, sino al otro lado de la calle dando dinero a un indigente que parecía recién salido de la cárcel.

El pánico me invadió las venas. Lo único en lo que podía pensar era en si se habría acercado a ayudarme cuando era un adolescente viviendo en la calle. Me habría aprovechado de ello sin dudarlo.

—Gianna —grité.

Me dedicó una mirada por encima del hombro.

—Coche. Ahora.

Pude ver el enojo en sus ojos.

Había dejado de llover, pero su vestido no se había secado lo suficiente como para ser decente. Gracias a Dios, había sido lo bastante lista como para ponerse mi chamarra y abrochársela antes de salir del coche, no como antes en el club. Todavía estaba agitado por esa pequeña escena, molesto por que se hubiera arrepentido tan visiblemente de acostarse conmigo y frustrado por no poder llevármela a casa y cogérmela una y otra vez hasta estar tan fuera de mí que no pudiera recordar su maldito nombre.

Le dijo unas palabras de despedida al hombre, probablemente sobre lo imbécil que yo era, y luego volvió hacia mí.

—Tenía hambre —me explicó cuando llegó.

—Se dirige a la licorería mientras hablamos —dije secamente.

—¿Y qué si es así? Todo el mundo necesita algo que le ayude a sobrellevar la vida.

—Cierto. Debo haber olvidado que estaba hablando con Miss Cocaína Internacional.

Puso los ojos en blanco y desapareció en el asiento del copiloto. Cuando me senté a su lado, le dije:

—Me vas a decir por qué recaíste hace un par de semanas.

Un pequeño rastro de tensión la recorrió, pero trató de disimularlo mirándose las uñas.

—Puedes esperar sentado.

Mi curiosidad se multiplicó por diez. Era inevitable ahora que lo sabía.

Miró la pastilla que le había dado con desgana.

—La última vez que me tomé una de estas me arruinó el ciclo durante dos meses.

La idea de que hubiera tenido que tomar una antes me hizo sentir celos.

—Entonces no te la tomes.

Se rio.

—No voy a enviar a mi hijo a Rusia todos los veranos, Allister.

No tendría que enviarlo a ninguna parte. Estaría en mi casa, en mi cama. Le daría todo lo que ella quisiera, todo menos mi pasado y cualquier estúpida noción de amor. Aunque no pensaba que estuviera buscando esto último. Ya no aguantaba más. Odiaba a todos los hombres que le habían roto el corazón, pero, al fin y al cabo, me lo habían puesto fácil. Yo no podía darle eso y ella tampoco lo esperaba de mí.

—Vivo en Seattle, Gianna, no en Rusia.

Levantó una ceja.

—Seattle es tu casa ahora, ¿no?

—Sí.

—Entonces, ¿volverás pronto?

Había alivio en su voz, cosa que detesté.

—En unas semanas.

Ella asintió. Se puso la pastilla en la lengua y se la tragó sin agua.

Siempre tenía algo que decir, pero permaneció callada el resto del viaje. La tensión siempre había estado ahí entre nosotros, sexual, de odio y de todo tipo, aunque ahora que nos habíamos acostado, parecía que ya no ocupaba sus pensamientos.

La frustración me oprimió el pecho.

Llegué a su apartamento y miré hacia ella para ver que se había quedado dormida. Tenía la cabeza apoyada en la ventanilla y respiraba lenta y pausadamente. Siempre había sido capaz de dormirse muy rápido y además profundamente. Yo sabía que no iba a poder cerrar los ojos en una semana, no con la sensación de sus manos sobre mí todavía ardiendo como quemaduras.

Dejé escapar un suspiro.

Observé su cara. Pestañas largas, pómulos afilados, labios arrugados. Su labio superior era ligeramente más grande que el inferior y tenía una pequeña cicatriz en la barbilla. Era tan guapa que a veces ni siquiera podía soportar mirarla. Porque no sabía qué hacer con ella, si hacer que gritara mi nombre o castigarla por hacerme sentir de esa manera.

Tenía que retirarme por completo. Dejarla en paz y dejarla vivir su vida.

Dejarla tener a su Vincent Monroe.

Porque si la volvía a tocar, esta obsesión se extendería a lo más profundo y sabía dónde terminaría. Encontraría alguna forma de quedármela. Por mucha fuerza que le gustara aparentar, era delicada, frágil, quebradiza y demasiado llena de curiosidad para su propio bien. Querría salir y yo nunca dejaría que se fuera.

Sin embargo, cuanto más me decía que no podía tenerla, más la deseaba.

Y la deseaba tanto que un sudor frío brotó bajo mi piel y me empezaron a temblar las manos.

—Gianna.

Se movió lentamente, girando la cabeza para mirarme con esos hipnóticos ojos oscuros, que se entrecerraron cuando el sueño la invadió de nuevo. Dios mío. Hoy era uno de esos días en que dolía mirarla. Un impulso protector nació en mi pecho. Irónico, porque era de mí de quien debería estar huyendo.

Apreté con fuerza el volante.

—Si esperabas que te llevaran dentro, deberías haber cogido con alguien un poco más caballeroso.

Sus ojos se abrieron y me miraron con desprecio. Empezó a quitarse mi chamarra.

—Quédatela.

De ninguna manera iba a dejarla subir a su departamento sin ella.

—Y dices que no eres un caballero. —Dejó escapar una risa sarcástica y salió del coche—. Aunque solo un consejo para la próxima desafortunada mujer que te cojas: hubiera preferido una caja de chocolates antes que tu mierda de pastilla del plan B. —Y dio un portazo tras de sí.

Capítulo 16

Gianna

Acostarte con tu enemigo mortal es agotador. Me pesaban los músculos mientras recorría el pasillo hasta mi departamento. Abrí la puerta, me quité los tacones y, justo cuando iba a prender el interruptor de la luz, una sensación helada me rozó la piel y me quedé paralizada.

—Bueno, bueno, bueno..., ¿apareces en la fiesta con la chamarra de un hombre y vuelves a casa con la de otro?

Mi mirada se posó en Richard II, el orgulloso gerente de The Playhouse, donde actuaban las estríperes más sórdidas de Nueva York. Era el único lugar fiable de la ciudad en el cual conseguir una mamada por cincuenta dólares.

Era un hijastro con el que nunca me preocuparía acabar en la cama y no solo porque tuviera veinte años más que yo, sino porque era repelente en todos los sentidos.

—Sí, bueno, las mujeres no podemos mostrarnos demasiado disponibles, ¿verdad?

Las cortinas estaban abiertas y llenaban la estancia de luz natural. Aun así, él había logrado encontrar el rincón más oscuro, donde estaba apoyado contra la pared. Me imaginaba que habría entrado como una cucaracha. Esos bichos eran odiosos y repugnantes, pero fáciles de aplastar.

—¿Te comiste la verga de Allister?

Suspiré.

—Y aquí llega la vulgaridad, como siempre. ¿No podrías cambiar de tema por una vez, Dick?

Me dirigí a la cocina y me tensé cuando lo sentí caminar detrás de mí. Me agarró del abrazo y me dio la vuelta.

Siempre iba muy bien vestido; ese día llevaba una camisa a rayas y pantalones negros, pero tenía impregnado el olor a colonia barata, a tabaco, a sudor de estríper y a gel fijador para el pelo que apenas lograba mantenerle la cortinilla de pelo grasoso en el sitio.

Me clavó los dedos en la piel.

—Te seguí hace un rato, cuando saliste del club. ¿Cuánto tiempo llevas cogiéndotelo?

Siempre, siempre, hay que acogerse a la Quinta Enmienda.

—No sé de qué hablas.

—Tienes un chupetón en el cuello, pequeña zorra.

«Mierda. Ese imbécil...».

Trazó el corpiño de mi vestido con su dedo carnoso.

—Si querías tener sexo con un témpano, yo podría haberte ayudado.

—Sinceramente, Dick, hoy es el día del Señor. Minimicemos la charla sobre penetración.

—Si me lo compensas, puede que me olvide de todo esto.

Me rozó el chupetón del cuello con el pulgar y se me erizó la piel.

—Por suerte, ya no me acuesto con mis hijastros. —Le di una palmadita en el pecho—. ¿Se te antoja tomar algo?

—¿Crees que voy a permitir que ese tipo haga quedar a mi padre como un tonto? —preguntó mientras yo me dirigía al armario.

—¿Y qué hay de mí? No me digas que llevo una semana intentando controlarme para nada.

Se examinó una mancha de la corbata.

—Las putas siempre serán putas, pero Allister ha cruzado una línea. No permitiré que mi padre muera siendo un hazmerreír.

Traducción: le gustaba una buena puta y no encontraba la voluntad para castigarla por ser fácil. Sería un poco contraproducente, considerando la profesión que había elegido y todo eso.

Me serví agua de la llave en un vaso.

—Bueno, dudo que Allister vaya a confesar pronto. Será mejor hacerlo pagar, Dicky.

La vacilación se reflejó en su mirada y empecé a divertirme.

—Ay —entoné—. ¿Te da miedo el federal corrupto?

Frunció el ceño.

—No te culpo. Ese hombre está demasiado cómodo con un arma. —Me apoyé en la barra—. Supongo que te escabulliste de esa reunión como la cucaracha que eres y nadie más ha visto el... encuentro de esta tarde.

Entornó los ojos. No le gustaban los insectos, pero asintió.

—Bueno, en ese caso, no hace falta vengar el honor de nadie, ¿verdad?

Se frotó las mejillas, reflexionando.

—Es por principios.

—Los principios son estúpidos. Por no mencionar que no recuerdo que hayas intervenido hoy cuando ese Abelli ha soltado mierdas sobre tu *papà* y sobre mí.

—Fue una charla inofensiva entre colegas, nadie le metió la verga a la esposa de mi padre. —Me fulminó con la mirada.

—Por favor, solo son suposiciones..., nada más. Seguro que no te quedaste el tiempo suficiente para ver nada.

Resopló dando a entender que mi teoría era correcta.

Nunca pensé que pudiera llegar a apreciar que el federal imbécil fuera tan frío y aterrador hasta ahora.

—Y bien, ¿vas a decirme por qué me estabas siguiendo? —pregunté.

—Sí. Tienes que sacar tus cosas de esta casa. Por eso te seguía.

Fruncí el ceño.

—Seguro que has estado demasiado ocupada siendo la putita de Allister como para darte cuenta de que tu marido se está muriendo. El médico dijo que le queda cuando mucho una semana. Así que todo esto —señaló con el dedo índice a su alrededor— tiene que estar fuera para ayer.

—Bueno, Dicky, eso no es muy hospitalario.

—Este departamento está a nombre de mi padre, lo que lo hará mío dentro de poco. Quédate si quieres, pero quiero que me pagues.

Sus ojos brillantes se posaron en mis senos.

—Es tentador, pero paso. El mantenimiento aquí es una mierda, llevo una semana con la lavadora descompuesta.

—No esperes ni un centavo de su testamento.

Fruncí los labios.

—No quiero ni ver el dinero de Richard. Me queda todavía mucho del de Antonio.

Dejó escapar una risa sarcástica.

—Claro. Llámame si cambias de opinión sobre lo de quedarte aquí. Te castigaría con menos severidad de la que supongo por parte de Allister.

Cerró la puerta detrás de él.

Miré el piso a mi alrededor, los estantes llenos de libros y adornos, los cuadros (desde un retrato barato de Marilyn Monroe hasta un Picasso auténtico), mi máquina de coser Singer, bolsas de tela e hilos, las montañas de revistas desordenadas con ideas sobre moda encerradas en círculos con pluma y demasiados cojines decorativos. Si fuera moderada, diría que estaba desordenado. Si fuera Allister, diría que era una pesadilla.

Independientemente de ese problema, odiaba mudarme con una pasión tan ardiente como cualquiera de los hombres que me habían desgarrado vestidos antes.

Me golpeé la cabeza con el armario.

Esa noche me preparé la cena. Me comí un tazón de Cap'n Crunch mientras miraba una de mis cursilerías en español en la tele. Magdalena había cambiado el idioma hacía un tiempo y todavía no había averiguado cómo volver a cambiarlo.

Tenía la lavadora descompuesta de verdad y mi montaña de ropa sucia podía competir con la torre inclinada de Pisa. Pasé junto al montón con aire inquieto y soñador. Tenía el cuerpo agotado, pero mi mente seguía analizando aquella tarde y obsesionándose con ella. Había pasado mucho tiempo desde la última vez que me había acostado con alguien y todavía tenía la piel cargada con una electricidad emocionante y ardiente de pasión.

La llave rechinó cuando la cerré con los dedos del pie. El agua de la tina estaba caliente, casi demasiado, pero necesitaba algo fuerte para calmar el dolor. Estaba adolorida, y no solo entre las piernas. Ese idiota me había dejado marcas por todo el cuerpo, incluyendo ese estúpido chupetón en el cuello.

Ignorando que era un idiota consumado, había algo innegablemente perfecto en el hecho de acostarme con él. Esa forma agresiva y codiciosa de tocarme, el sonido de su voz en mi oído, la sensación de tenerlo dentro de mí...

El rubor me recorrió todo el cuerpo.

Apoyé la cabeza en la tina. Abrí la llave con otro rechinido y dejé que el agua corriera hasta que se derramó por los lados.

Qué lástima que hubiera sido Christian el que me había introducido de nuevo en el mundo del sexo porque ahora que estaba tan cerca de ser una mujer soltera, no creía que fuera a dejarlo pronto e iba a ser casi imposible encontrar a alguien que me tocara tan bien como él.

Yo: Dile a tu marido que tengo que cambiarme pronto de casa, pero que no tiene que preocuparse. Me estoy encargando de todo.

Sabía que As se enojaría si me largaba sin decírselo a nadie y ya estaba en su lista negra. Había decidido recurrir a su esposa para no tener que enfrentarme a él respecto al tonto incidente que había tenido lugar el día anterior en el club.

Elena: Ha dicho: «No creas que vas a librarte de lo de ayer recurriendo a mi esposa».

Elena: ¿Qué hiciste?

Yo: *Daddy issues.*

Elena: Estamos a punto de subir al avión, pero ha puesto una expresión muy extraña...

Yo: ¿Cómo de «extraña»? ¿Alegre? ¿Taciturna? ¿Retorcida?

Elena: Definitivamente, se inclinaba más a retorcida...

Yo: Mierda.

Elena: Acaba de decir que tiene un sitio.

Yo: Claramente, no es necesario.

Yo: De ningún modo.

Yo: En absoluto.

Yo: *Para nada.*

Yo: Nunca.

Elena: Dice que irán algunos hombres a ayudarte con la mudanza...

Yo: ¿Saldré con vida de esta?

Elena: Acaba de sonreír.

Yo: Reza por mí.

Me pasé la semana siguiente empacando mis preciadas posesiones en cajas, aunque es cierto que me distraje más de una vez desempolvando mis viejos libros y revistas. A menudo, acababa en el sillón con el rostro enterrado en alguna publicación de moda olvidada mucho tiempo atrás o en una novela con drama suficiente como para avergonzar a *Jersey Shore*.

El sábado, lo de la ropa sucia se me había ido de las manos, así que decidí coger el toro por los cuernos e ir a la lavandería de autoservicio. Estaba observando mi ropa girando entre burbujas de jabón cuando sonó el celular:

Valentina: ¿Recuerdas mi obsesión por todo lo que tenga que ver con Aleksandra Popova?

Yo: Sí.

Lo que llevaba la modelo rusa una semana, lo llevaba Val la semana siguiente.

Valentina: Bueno, pues creo que se ha convertido en celos.

Me mandó el enlace a un artículo que decía: «¿Podemos hablar de lo que llevaba Aleksandra anoche? Y no nos referimos a su vestidazo de Polka Siena...».

Probablemente era un auténtico chal de rata almizclera con la cabeza todavía colgando. Los rusos seguían anclados en la moda de 2002.

No me interesaba en absoluto la modelo y estaba quitándome una pelusa del vestido largo cuando abrí el artículo. Me quedé helada.

La foto mostraba a la rubia despampanante en el estreno de Broadway de la noche anterior y de su brazo iba nada más y nada menos que mi agente federal corrupto de ojos azules.

Se me formó un nudo en el pecho.

Él tenía una mano en la cadera de ella y ella una mano en el brazo de él, ese brazo por el que yo había pasado las uñas hacía solo una semana. Se veían cómodos juntos, perfectos, en realidad, como dos piezas de un rompecabezas bien encajadas.

Él no miraba a la cámara, sino a un punto lejano.

Salía guapo y esquivo, como una fantasía carnal con la que se podía soñar, pero no tocar. Ella mostraba su imagen habitual, labios ligeramente fruncidos y ojos de gata con unas piernas largas como rascacielos y tacones de aguja. Solo era unos cinco centímetros más baja que él. Tal vez pudieran probar todo tipo de posiciones imposibles por su estatura similar.

Pocas veces perdía una apuesta y apostaría una gran cantidad de dinero a que esa sería la mujer con la que finalmente se casara.

Me dio un vuelco el corazón.

Seguro que Aleksandra no tenía ataques de pánico después del sexo. Una sensación amarga se apoderó de mí mientras seguía dándole vueltas en la cabeza. Probablemente, mantenían conversaciones románticas en ruso. Se darían el uno al otro tragos de vodka.

El corazón me latía tan fuerte y erráticamente que me dolía. Me llevé una mano al pecho cada vez más preocupada por un posible soplo cardíaco.

Una mujer con una sudadera rosa masticando chicle me trajo de vuelta a la realidad:

—¿Te vas a quedar ahí sentada todo el día, querida? Tenemos todo un cesto que lavar.

Le respondí rápidamente a Valentina antes de sacar la ropa:

Yo: Veinte de los grandes a que se casa con ella.

Valentina: Ja, ja, ja, ja. Hecho.

Capítulo 17

Gianna

—¡Ey, tengan cuidado con eso! ¡Es antiguo!

Después de hacer un pequeño agujero en la pared mientras metían un sillón en mi nuevo departamento, dos de los hombres de As lo dejaron caer en el suelo de parquet sin mucho cuidado. Luego se sacudieron el polvo de las manos, como si hubieran hecho un buen trabajo, y salieron al pasillo a ocasionar más daños.

El departamento era moderno y bonito, con una preciosa vista de los rascacielos de Manhattan. No parecía tener nada de malo, hasta había comprobado que no hubiera fugas en las llaves, y eso era aún más sospechoso. As rara vez se ocupaba de mis asuntos. El incidente del club tuvo que hacerlo enojar lo suficiente como para que hubiera algún castigo en ese lugar. Solo tenía que encontrarlo.

Llevaba un overol descolorido y una diadema roja me apartaba el pelo de la cara mientras permanecía sentada en el suelo rodeada de una cantidad estresante de cajas. Había empezado a desempacar sin ton ni son y el departamento empezaba a parecerse a la fantasía de cualquier coleccionista.

Me rasqué la mejilla sin sentir comezón y decidí rendirme y cocinar algo para mis dos nuevos vecinos en lugar de seguir con la mudanza.

Tras ir al supermercado para llenar el refrigerador, me pasé la siguiente hora en la cocina haciendo un tiramisú con mucho amor vecinal.

El sol solo rozaba las cimas de los rascacielos cuando salí de mi departamento y toqué a la puerta al final del pasillo.

Mi primera vecina era una anciana que llevaba una túnica de inspiración hawaiana. Entrecerró los ojos ante mi sonrisa, como si fuera tan brillante que le molestara. Su mirada se desvió hacia el plato que tenía en la mano.

—¿Pastel?

—No, tira...

—Hace siglos que no como un trozo de pastel.

Me quitó el plato de la mano y me cerró la puerta en las narices.

Bueno... No fue exactamente la bienvenida que esperaba, pero podría haber sido peor. Aunque, como todo el mundo sabe, cuando miras el lado positivo de las cosas el negativo no tarda en llegar.

El único otro vecino en esa planta vivía justo enfrente de mí. Toqué, sonreí alegremente y, cuando la puerta se abrió, la sonrisa se borró de mi cara como el helado del barquillo de un niño pequeño.

Los ojos entrecerrados del asqueroso agente federal pasaron de los míos al plato que sostenía con las dos manos.

«Bien jugado, As, bien jugado».

¿Se suponía que Allister iba a ser mi niñera hasta que volviera a Seattle? Sentía que era el hazmerreír de todos, pero no iba a dejar que eso me pusiera de mal humor. Después de todo, era casi una mujer soltera.

Levanté el plato y volví a sonreír.

—¿Pastel?

Miró el postre y luego volvió a dirigir su gélida mirada hacia la mía.

—¿Estás drogada?

Fruncí los labios.

—Por desgracia, no.

Sus ojos recorrieron el pasillo por encima de mi cabeza, como si pensara que pudiera haber llevado a unos mariachis o algo igual de ridículo. Fue entonces cuando me di cuenta de que no sabía que era su vecina. Interesante.

Su voz estaba llena de impaciencia:

—¿Qué haces aquí, Gianna?

Fruncí el ceño.

—¿Estás diciendo que, después de todo lo que hemos compartido, no puedo traerte un postre?

Se puso la corbata y desvió la mirada hacia las otras dos puertas del pasillo. Podía oír los engranajes girando en ese cerebro tan inteligente que tenía.

—Y yo que decía a cualquiera que me escuchara que tú y yo éramos pareja —murmuré.

Sus ojos se posaron en mi puerta y se pasó la lengua por los dientes en un gesto pensativo.

—Ya lo hice oficial en Facebook. No lo voy a cambiar, Christian. La cantidad de celos que me llegan me ha llevado más cerca de la cima del mundo de lo que nunca he estado.

Supe el momento en que se dio cuenta, el tapete delante de la puerta en el que se leía «Bienvenidas, perras» podía haberle dado una pista. Y fue muy dolorosamente obvio que no estaba contento de ser mi vecino. De hecho, parecía que había chupado algo agrio.

—No me diga que se pasea por casa con corbata, agente. Dios mío, yo ni siquiera llevo pantalones.

La ira que de repente irradiaba me provocó unas repentinas ganas de retroceder lentamente hasta estar en la seguridad de mi apartamento. Estaba empezando a pensar que esa broma no me beneficiaba.

Dejó escapar un suspiro sarcástico mientras procesaba la información. Se pasó la mano por la mandíbula. Fijó su mirada ardiente en mí.

—¿Tocaste a mi puerta solo para acosarme o quieres algo?

—Quiero al menos una bienvenida decente. La túnica hawaiana de al lado ha sido realmente deficiente.

—No me voy a comer tu pastel.

La frustración aumentó en mí. ¿Nadie tiene respeto por los postres en este barrio?

—¡No es un pastel, maldita sea!

Su mirada era más seca que el Sáhara.

—Dijiste que era pastel.

—Sí, bueno, digo muchas cosas. Es tiramisú, por el amor de Dios. Dáselo a una de las mujeres a las que engañas para llevártelas a la cama. Te prometo que se enamorará locamente de ti y no tendrás que estar solo nunca más.

—Solo tengo que cogérmela y darle algo de postre. ¿Eso es todo?

—Más o menos.

—Y pensar que lo he estado haciendo mal todos estos años. —Se cruzó de brazos, se apoyó en el marco de la puerta y susurró—: Parece que pones mucho interés en las mujeres que meto en mi cama.

Me reí. «Veinte de los grandes, para ser exactos».

Entrecerró los ojos como si me hubiera leído la mente.

Parpadeé con inocencia.

—Bueno, sé que esta no es la situación más ideal, preferiría que estuvieras de vuelta en tu frígido hogar trabajando para sentar al próximo Stalin en el trono o lo que sea que hagas, pero tendremos que lidiar con ello como dos adultos maduros.

Supe por su monótona respuesta que no estaba convencido.

—¿Y cómo propones que lo hagamos?

—Fácil. —Tracé una línea imaginaria en medio del pasillo con el pie—. Yo me quedo con esta parte del pasillo y tú con esa otra. En cuanto a la alberca y el gimnasio, puedo usarlos durante el día. Y son tuyos una vez que el sol se meta, justo cuando llegues a casa después de todo el día corrompiendo a buenas mujeres cristianas.

Asintió pensativo.

—¿Algo más?

—A veces, se me acaban los huevos y el azúcar. A cambio, me aseguraré de tener condones a mano por si tienes compañía y vuelves a perder los tuyos.

Sonreí de oreja a oreja.

—Lo pensaste muy bien —me dijo.

—Sí.

—Y hasta cocinaste para mí.

Se me puso la piel de gallina.

—Bueno, no sabía que estaba cocinando para ti, si te sirve de consuelo.

Miró el postre en mis manos como si nunca antes hubiera probado el azúcar. Lo señaló con la cabeza.

—¿Chocolate?

—Arsénico.

—Mi favorito.

Me quitó el plato de la mano y azotó la puerta.

Suspiré.

Qué mierda de vecinos.

No podía dejar de pensar en la puerta al otro lado del pasillo, como si una línea de electricidad estática nos conectara. Él estaba ahí, probablemente hablando por teléfono en ruso y sentado en el sillón en camisa y corbata. Sabiendo que estaba tan cerca, sentía zumbidos de hipersensibilidad en la piel cada vez que me cambiaba de ropa. Me quedaba sin aliento siempre que oía el más mínimo ruido en el vestíbulo solo para luego darme cuenta de que había sido el aire acondicionado poniéndose en marcha o la andadera de la anciana de la túnica arrastrándose por el suelo.

Me frustraba la situación. No iba a funcionar, pero me negaba a ser la primera en ceder e irme a un hotel hasta que regresara a Seattle.

Nos habíamos encontrado en el pasillo dos veces en una semana y había dejado muy claro que le importaba tanto como la paz en el mundo. Incluso había ignorado por completo uno de mis alegres «¡Buenos días, vecino!».

Si él podía sobrellevar esto, yo debía poder.

Estaba luchando contra el picaporte y la maldita llave, que necesitaban el movimiento perfecto para girar la cerradura, mientras un sentimiento de odio me ardía bajo la piel al pensar en la foto que Valentina me había mandado. Obviamente, en la de Aleksandra y Christian. Se habían visto de nuevo la noche anterior. Seguro que a ella sí le había dejado quitarle la camisa.

El ruido de una puerta cerrándose hizo que se me pusieran los pelos de punta y, con el corazón latiendo a toda velocidad, terminé de cerrar la puerta y me giré con una sonrisa forzada. Casi me desmayo cuando vi que Christian solo llevaba unos pantalones de deporte y una camiseta de manga larga gris. Se me secó la boca. Pensé que nunca lo había visto sin corbata en todos los años que lo había conocido. Y, carajo, se le veía muy bien la ropa de deporte.

Tragué saliva.

—Pero bueno, agente, va prácticamente desnudo.

Había estado tan ocupada observando su cuerpo, que todavía no me había percatado de su expresión. Y estaba furioso.

—Tu idea de la cantidad adecuada de ropa está claramente distorsionada. —Su voz sonaba cansada—. ¿A dónde vas?

Fruncí el ceño y miré mi diminuto bikini blanco.

—¿No es obvio?

—Contigo nada lo es.

—No sé si eso ha sido un chiste malo o si soy tan impredecible que te excita. —Arrugué los labios con una expresión reflexiva—. Probablemente lo primero, teniendo en cuenta que eres tan fácil de excitar como Jack Frost.

—Gianna... —Era una advertencia. Sin embargo, no estaba segura sobre qué.

Puse los ojos en blanco.

—Tranquilo. Me bajo a la alberca a quemar la bolsa entera de Hershey's Kisses que me comí anoche, no a colarme en una de tus reuniones.

Iba a decir algo, algo serio o desafiante, pero antes de hacerlo, sacudió ligeramente la cabeza con una expresión adusta, como si se estuviera teniendo que morder la lengua para callarse lo que fuera que quería decir.

Intentó dejarme ahí, pero íbamos en la misma dirección, así que... acabamos caminando uno al lado del otro por el pasillo. Miraba hacia delante y tenía una postura tensa. Apretaba la mandíbula. La tensión que emanaba no podía ser sana. Sacudió los hombros. No pareció ayudarlo.

Soltó una palabrota.

Con un brazo alrededor de mi cintura, me levantó del suelo y me llevó de vuelta a mi departamento como un saco de patatas.

—¡Ey! —protesté, aunque lo hice a media voz porque el calor que salía de su camiseta de algodón me ardía en la piel.

—No vas a bajar así, Gianna, hay niños en la alberca.

—No finjas que te importan los traumas de los niños.

Me agarraba fuerte por la cintura y, casi desnuda, podía sentir su cuerpo pegado al mío. Me hervía la sangre y me faltaba el aire.

Me dejó caer delante de mi puerta. Me quitó las llaves de la mano y, cómo no, abrió la puerta con un solo intento.

—Ponte un traje de baño que te cubra el trasero.

Me puse las manos sobre las caderas en un gesto desafiante.

—Eso ya no se usa.

—Ambos sabemos que no sigues las modas.

—¿Desde cuándo controlas lo que me pongo?

—Desde que claramente no sabes hacerlo sola.

Abrí la boca, pero, antes de que pudiera quejarme de nuevo, me interrumpió con un tono de amo y señor.

—No va a pasar, Gianna.

—Está bien —solté. Pero solo le hice caso porque tenía razón, el bikini era ridículamente atrevido, con solo un tanga por parte de abajo. A veces, pensaba que hacía las cosas solo para crear problemas. Añádelo a mi lista de *daddy issues.*

Me di la vuelta y me dirigí a mi habitación mientras me quitaba la parte de arriba del bikini y lo dejaba caer en el pasillo por el camino. Su mirada recorrió mi espalda desnuda, fría y eléctrica, como el deslizamiento de un hielo sobre mi piel.

Cuando volví con un nuevo traje de baño, lo encontré inspeccionando mi departamento con repulsión. Había desempacado y guardado la mayoría de las cajas esa semana, así que me molestó un poco no recibir la aprobación de Christian. Mentira.

—Te esforzaste por dejar esto hecho un asco, ¿eh?

—Si te refieres a que le di algo de vida, entonces sí. —Me ajusté los senos en el traje de baño naranja neón—. ¿Listo?

Me hizo un gesto para que diera la vuelta y, poniendo los ojos en blanco, lo hice. El traje tampoco era modesto, tenía aberturas a los lados, pero pareció aprobarlo, aunque de mala gana.

Tomamos juntos el elevador y mi cuerpo me traicionó al recordar lo que había sentido cuando me había tocado. Las cosas sucias que me había dicho. Estaba a solo unos centímetros, no costaría nada cerrar el espacio entre nosotros. Algo electrizante me recorrió las venas. Me mareé.

—Pareces un cono de tráfico —me dijo.

Cuando pasamos junto a una maceta del pasillo, lo empujé hacia ella. No se lo esperaba, conseguí que perdiera el equilibrio. Me llené de satisfacción al ver la hoja gigante que había tenido la valentía de golpearlo en la cabeza.

Me lanzó una mirada molesta.

Puse los ojos en blanco.

—Madre mía, qué estirado eres. Seguro que nunca has hecho nada divertido. Necesitas relajarte...

Me empujó contra un carro de toallas. Fue aburrido porque conseguí frenar antes de golpearlo.

—Buen ensayo —le dije entre risas antes de que nos separáramos en distintas direcciones.

Un destello de diversión apareció en sus ojos.

—Buen intento.

Capítulo 18

Christian

—Deshazte de ella —gruñí en cuanto Nico abrió la puerta.

Apoyó el brazo en el marco de la puerta y se pasó una mano por la boca intentando contener una sonrisa.

—No sé de qué me hablas.

—Carajo. Quiero a Gianna fuera de mi edificio mañana por la mañana. Y si crees que no es en serio, encontraré un modo para dejártelo jodidamente claro, As. —Mi voz era fría, pero me permití transmitir algo de calor cuando pregunté—: ¿Cómo está tu mujer?

Le brillaron los ojos y se pasó la lengua por los dientes.

—¿Sabes? Si otra persona me dijera eso la mataría. Pero contigo haré una concesión, considerando que soy dueño de la pesadilla de mujer a la que quieres cogerte desesperadamente. Es comprensible que estés un poco susceptible —me dijo con voz oscura y burlona—. No es exactamente el mejor comienzo, pero, quizás, si juegas bien tus cartas a partir de ahora, te dejaré tenerla cuando Richard se muera.

La irritación se desató en mi pecho. Me temblaba la mano, pero no podía permitirme reaccionar. No había tenido que dar un puñetazo en años y no iba a empezar ahora. Y menos por una mujer.

—Si la quisiera, ya la tendría.

Dejó escapar un suspiro divertido.

—¿Sabes? Tú y yo... nos parecemos mucho más de lo que crees, Allister.

—Lo dudo.

Se cruzó de brazos y se apoyó en el marco de la puerta.

—Gianna es un auténtico dolor de cabeza cuando está casada, pero ¿soltera? Es más problemática de lo que vale. Te estaba dando la cortesía de llegar a un acuerdo conmigo, pero si no la quieres..., hay muchos hombres que estarían interesados.

—No se me manipula con tanta facilidad —espeté sin picar el anzuelo.

—Solo estoy siendo práctico, Allister. Es una carga. Y, esta vez, me aseguraré de que su nuevo marido sea lo bastante ágil para mantenerla a raya.

«Lo bastante ágil para cogérsela». Fue lo primero que pensé.

El fuego me ardía en la sangre y veía puntos rojos ante la mera idea de que otro hombre pudiera tocarla y abrirse camino entre sus piernas.

—La quiero fuera de mi edificio —insistí porque no podía pensar en Gianna con otro hombre ni un segundo más sin hacer una locura como aceptar la absurda propuesta de As y obligarla a casarse conmigo.

—¿Por qué no te evitas la tentación y te vas a un hotel? ¿O es que sus sábanas no tienen hilos suficientes para ti?

Odiaba los hoteles. El personal siempre reorganizaba mis pertenencias, hurgaba entre mis cosas y me dejaba números de celular con un puto corazón al lado.

Me negaba a irme a un hotel porque me negaba a que Gianna descubriera lo mucho que me afectaba. Ni siquiera podía mirar a esa mujer, mucho menos estar a solas con ella sin luchar contra el impulso de hacerle cosas que probablemente no debería, como atarla a mi cama y hacerle llegar al clímax una y otra vez solo para ver cómo se suavizaba el fuego en sus ojos.

Sin embargo, no iba a durar mucho más con Gianna paseándose por ahí con una tanga. Pero, por suerte, mis asuntos solo me mantendrían en Nueva York un par de semanas más.

Estaba en mitad de las negociaciones con el padre de Aleksandra Popova, un político ruso, durante su estancia en Estados Unidos. Pero había resultado ser más anticuado de lo que pensaba y había entregado a su hija como un incentivo. Estaba considerando seriamente ese acuerdo. Aleksandra era preciosa, tradicional y tranquila. No me desafiaría, no me haría preguntas sobre mi pasado ni se metería en mis asuntos. El ama de casa por excelencia. Sería un buen partido, aunque tuviera que pensar en Gianna al cogérmela.

Me ajusté las mancuernillas.

—Utiliza otra vez a Gianna para joderme, As, y la situación entre nosotros será muy diferente. ¿Entendido?

Elevó la comisura de los labios.

—Nunca había pensado que una mujer fuera a interponerse entre nosotros, Allister. Dime, no sabrás por qué se borró la grabación del domingo pasado de las cámaras de vigilancia que tengo dentro y fuera del club, ¿verdad?

—Debió de ser por un corte de luz.

—Eso será —soltó—. Pero es una lástima. Muchos hombres habrían pagado por ver a Gianna con ese atuendo.

Fingió estar decepcionado y la ira me ardió en la garganta.

Me di la vuelta para irme, pero..., carajo.

—Una última cosa.

—¿Sí?

Cuando me volví para mirarlo, le quité la sonrisa de satisfacción de un puñetazo.

As se limpió la sangre del labio inferior con un brillo de diversión en la mirada.

—Supongo que ahora estamos empatados, Allister.

Entré en el pasillo y, naturalmente, la única persona a la que quería evitar estaba apoyada en el mostrador jugando a las cartas con el adolescente que vigilaba la alberca.

Llevaba un overol corto de esos que tenía que quitarse por completo para usar el baño. Muy poco práctico. Muy típico de ella. La melena oscura le caía por la espalda, los mechones más largos terminaban justo encima de la curva del trasero. Era otra de mis obsesiones. Siempre curvilíneo y desinhibido, como ella.

Miró por encima del hombro como si pudiera sentir mi mirada.

Carajo, era guapísima. Esos ojos dulces, esos labios carnosos y ese cuerpo que intentaban replicar las muñecas sexuales.

Noté un calor en la ingle y apreté los dientes, molesto.

¿Por qué la mujer más perfecta que había de aquí a Seattle tenía que ser esta?

Me miró con el ceño fruncido y volvió la atención al niño como si yo no estuviera ahí. Las mujeres me miraban, pero Gianna me fulminaba con los ojos. Era un hecho que había aceptado. A veces me preguntaba si mi encaprichamiento con ella terminaría si me dirigiera una sonrisa auténtica, tímida y dulce, como si yo le gustara. Por la psicología inversa y todo eso.

Pero no. Se reservaba esas sonrisas para los muchachos escuálidos de la alberca.

Para muchachos con ganas de morir.

No sabía cuál era su puta excusa, si una pestaña en la mejilla, un mechón de pelo fuera del sitio o si lo distraía su piel suave, pero iba a tocarla.

Por encima de mi cadáver.

Pasé junto al mostrador y le agarré la muñeca al chico antes de que pudiera rozarle un mechón de pelo, lanzándole una mirada que decía: «tócala y te mato». Palideció. Lo solté y seguí andando hasta el elevador.

—No te preocupes por él —oí que decía Gianna poniendo los ojos en blanco detrás de mí—. No tiene ni un hueso divertido en todo el cuerpo.

Tal vez no, pero mi idea de la diversión no era ver a un adolescente que ni siquiera sabía por dónde meter la verga tocándola.

Gianna y yo intercambiamos una mirada antes de que subiera al elevador. La suya decía: «no te metas en mis asuntos». Antes de poder evitarlo, mis ojos dijeron: «he estado dentro de ese cuerpecito y yo decido quién puede tocarlo, carajo».

Le brillaron los ojos.

A continuación, levantó la mano y me mostró el dedo.

Capítulo 19

Gianna

Los dioses de los departamentos me odiaban.

Había estado intentando evitar todo lo relacionado con Christian Allister desde aquella desafortunada tarde en los asientos traseros de su coche. Una parte de mí todavía se sentía humillada por haber visto cómo me rompía, pero la otra parte no podía olvidar que había sido el mejor sexo de mi vida.

Seguía casada.

Y quería acostarme con el mayor imbécil que jamás conocería.

Christian no iba a arrastrarme al infierno con él.

Sin embargo, a lo largo de la semana siguiente, estuve más cerca de él que de cualquier otro vecino que había tenido. Incluso había chocado con él una vez. Me miró como si fuera una vagabunda que acababa de pedirle dinero antes de dejarme allí sin ni siquiera una simple disculpa.

Uno podría pensar que nuestros frecuentes encontronazos nos acercarían y, aunque finalmente respondió a uno de mis alegres «¡Buenos días!» con una expresión seca mientras me decía que ya era mediodía, seguíamos tan unidos como Cady Heron y Regina George.

Cinco bolsas del súper colgaban de mi brazo mientras me ajustaba el sombrero en la cabeza y caminaba por el pasillo con los tacones haciendo ruido sobre el moderno suelo de cemento. Esa tarde había salido con Valentina a comprar algunas últimas prendas para añadir a mi clóset de otoño. Aún no le había contado lo de Christian ni el hecho de que había tenido sexo salvaje y sin protección con él en su coche, y no iba a hacerlo. Se imaginaría cosas que no existían.

Las puertas empezaron a cerrarse, pero en el último momento una mano apareció de la nada y las aguantó abiertas. Christian entró en el elevador.

Su mirada se acercó y acarició la mía.

Me tensé y me moví a un lado, dándole mucho más espacio del que necesitaba. Su pesada presencia se extendía un metro de diámetro y, tal y como estaban las cosas, hice todo lo posible por mantenerme al margen. Era como un vórtice de pensamientos sucios y corazones acelerados. Por no mencionar que era tan sexi y molesto que cuanto más me acercaba a él, peor se volvía el deseo de hundir los dientes en el músculo de la parte posterior de su brazo.

Ambos miramos las puertas mientras se cerraban; mi deseo de que alguien más entrara pesaba en el aire. Nadie lo hizo.

Como había dicho, los dioses de los departamentos me odiaban.

—No muerdo —dijo con un tono molesto.

—Mentiroso.

Su mirada se desvió hacia mí, luego una sonrisa lenta apareció en la comisura de sus labios. Era el tipo de sonrisa que se ve en los labios del malo de la película después de robar a la chica. Sentí calor bajo la piel, un cosquilleo ardiente que me recorría todo el cuerpo hasta los dedos de los pies.

—Bien. No muerdo a mujeres en elevadores.

—Si le hace sentirse bien consigo mismo, agente.

Llevaba una camiseta de manga larga y pantalones de deporte, y un ligero brillo de sudor en su piel me hizo saber que acababa de salir del gimnasio. Iba todos los días, incluso el día del Señor. Era blasfemia.

Me coloqué ligeramente detrás de él y disfruté de la vista. Ese hombre no estaba hecho más que de hombros anchos y músculos suaves, las líneas definidas se podían apreciar a través de su camiseta. El elástico de Calvin Klein que asomaba por encima de sus pantalones fue suficiente para enviar mis pensamientos directamente a un lugar oscuro.

Tragué saliva.

—Todavía es de día, amigo.

—He estado esperando que presentaras tu queja. La cosa es que causo más estragos por la noche si hago ejercicio durante el día. No quiero decepcionar a esas buenas mujeres cristianas.

La idea de que se acostara con otras mujeres me revolvió el estómago. Tampoco podía contener una oleada de irritación cada vez que Valentina mencionaba el nombre de Aleksandra. Su cara me molestaba y pensar en sus uñas con manicura francesa en cualquier lugar cerca de Christian hizo que me ardiera el estómago. Dios, a lo mejor me estaba saliendo una úlcera. Me acordé de pedir cita con mi médico de cabecera.

—Bueno, aún no te he visto utilizar el gimnasio —apuntó.

—Eso es porque solo corro cuando algo me persigue. —Las puertas se abrieron y, cuando salí, lo golpeé con una de mis bolsas—. Solo mantente alejado de la alberca y todo seguirá siendo civilizado. *¿Capiche?*

—Por supuesto —dijo secamente—. No me atrevería a arruinar tu día de descansar en un camastro con tu chico de la alberca de guardia.

—Cuidado, Christian. —Hice una mueca—. Sigue diciéndome cosas bonitas y podría pensar que te gusto.

—*¡Te acostaste con ella, cerdo!*

Zas.

Chad bloqueó otra bofetada que se dirigía hacia su cara agarrando la muñeca de su esposa.

—*¡Fue un accidente, querida!*

Me reí.

—*¿Un accidente? Tu verga no se deslizó sola dentro de ella, idiota.* —Chloe le dio una bofetada con la mano libre.

Di un salto al oír el fuerte trueno que pareció sacudir el edificio. Dejé la aguja y el hilo en el suelo de la sala, donde estaba sentada, me puse en pie y me acerqué a la ventana. El cielo estaba oscuro, aunque el resplandor de las luces de la ciudad se reflejaba en las amenazadoras nubes que se acercaban.

En mi telenovela en español, Chloe y Chad se estaban arrancando la ropa mientras se profesaban amor eterno.

Cambié de canal.

Las palabras del hombre del clima estaban dobladas en español, pero ni siquiera tuve que intentar descifrar qué estaba diciendo porque la nube roja que se estaba tragando Manhattan en su radar era lo bastante clara.

Me quedé frente a la tele en un culote de encaje y camiseta XL mientras una estampida de ansiedad me recorría. No me encantaban las tormentas, eran impredecibles y destructivas. Me hacían sentir pequeña y débil, como una niña.

Me volví a sentar con indecisión y tomé el vestido que había estado arreglando. Los truenos rugían en el cielo y me piqué el dedo con la aguja. Solté todo molesta. Respiré profundamente.

Solo era una pequeña tormenta. Nada importante.

El corazón me dio un vuelco ante la imagen de un rayo justo delante de mi ventana; entonces, las luces se apagaron. Las luminarias de la calle parpadearon y dejaron de funcionar.

«No».

Cerré los ojos con fuerza mientras esperaba a que el generador comenzara a funcionar. Teníamos que tener un generador, ¿no? Siglo XXI, por el amor de Dios.

Pero las luces no se encendían.

Y la oscuridad me empezaba a asfixiar.

«Inspira. Expira».

«Inspira. Expira».

La tarima crujió detrás de mí.

«No voy a hacerte daño, pequeña».

Se me helaron los pulmones.

«No hay nadie. No hay nadie. No hay nadie».

El miedo me envolvió la garganta y me dejó sin aire. Una lágrima se escapó de mis ojos cerrados y resbaló por mi mejilla.

«Cántame una canción, bella».

No podía respirar.

Algo me tocó. Dedos fríos acariciándome el pelo de la misma forma que lo habían hecho cuando tenía entre ocho y doce años.

El pánico me trepó por la columna vertebral.

Salí corriendo de mi departamento y llamé con fuerza a la puerta de enfrente. No quería que me viera así, pero tampoco quería morir. Y estaba segura de que lo haría si me quedaba sola en medio de esa oscuridad durante un minuto más.

La puerta se abrió.

Una vela brillaba en algún lugar del interior y proyectaba su sombra. Su presencia, sin embargo, fue como una luz en la oscuridad.

—Voy a morir —dije casi sin aliento al no poder llevar suficiente aire a los pulmones.

—Nunca, *malyshka*. —Fue dulce y vehemente—. Ven aquí.

Ya estando pegada al calor de su cuerpo me di cuenta de lo mucho que estaba temblando. Fue como agarrarse a un bote salvavidas antes de morir ahogada en el océano. Hizo un sonido fuerte y me levantó del suelo. Me agarré a su cintura con las piernas y apoyé la cabeza en su cuello mientras luchaba por seguir respirando.

—Despacio, Gianna.

Me acarició el pelo y la espalda. Ese simple acto fue tan relajante que poco después pude respirar profundamente. El alivio me llegó tan de golpe que trajo consigo una ola de lágrimas frescas. No sé cuánto tiempo estuve así, pero cuando mi respiración y ritmo cardíaco por fin se calmaron, me encontré sentada sobre Christian en su sillón con el pecho pegado a él y los brazos alrededor de sus hombros. El ataque de pánico me había robado toda la energía y me había dejado en un estado de apatía.

Se oían truenos de fondo.

Una vela titilaba sobre la mesa de centro.

—¿Qué te da miedo?

—Todo —susurré acariciando el cuello de su camisa.

—Yo no te doy miedo. —Estábamos tan cerca que su mejilla rozaba el río de lágrimas sobre la mía. Susurró—: Y, mi amor, yo soy peor que la oscuridad.

Tal vez por eso me sentía a salvo de ella.

Era tan cálido y sólido y su aroma era tan irresistible que no pude evitar arrastrar la cabeza bajo su cuello y emitir un sonidito de aprobación. Tal vez estaba jugando con fuego, aunque nadie me había advertido de que el fuego sería tan agradable.

Pude sentir la tensión en su cuerpo. Acarició mi cabello y susurró con voz ronca:

—Dime quién te hizo daño, Gianna.

No me sorprendió que lo supiera. Claro que lo sabía. Podía atar cabos.

No podía negarle una respuesta. No en ese momento, no me quedaban fuerzas para pelear. Con nuestros cuerpos pegados y su olor por todas partes. No en la oscuridad, con sus brazos rodeándome y su voz en la oreja.

—Un amigo de la familia —dije.

—¿Sigue vivo?

—No. Murió cuando tenía catorce años. Causas naturales, por desgracia, no hubo tortura.

Mis dedos jugaron con las puntas de su pelo por encima del cuello de su camisa.

—Una pena —dijo en voz baja, pero con un toque de ímpetu—. Cuéntame lo que te hizo, *malyshka*.

Tragué saliva. Las únicas personas a las que se lo había contado eran Sydney y mi terapeuta. Hablar de ello era como revivirlo, pero en ese momento no había ninguna posibilidad de que los recuerdos volvieran para atormentarme. No con ese hombre a mi lado. No se atreverían.

—Venía a mi habitación cuando mi *papà* tenía compañía. Quería jugar conmigo..., que cantara para él. Me tocaba. La cara, el pelo..., todo. Pero solo después de apagar la luz. No creo que le gustaba ver lo que hacía. Sentimiento de culpa, supongo.

Se mantuvo inmóvil, pero algo oscuro se movió bajo la superficie.

—¿Tu padre lo sabía?

—Me dijo que mi *papà* lo sabía, pero... no lo sé. *Papà* nunca dijo que lo supiera, aunque siempre me lo he preguntado.

—¿Por qué?

Me encogí de hombros.

—Su mote favorito para mí cuando era pequeña era «puta», aunque fui virgen hasta el matrimonio. Mi *mamma* tuvo una aventura antes de que yo naciera y digamos que me convertí en el blanco de su rabia. Siempre decía que no era suya. Tal vez no lo soy. —Mis palabras sonaron tímidas, nostálgicas—. Cuando descubrió mi miedo a la oscuridad, no dudó en utilizarlo contra mí. Y aquí estoy, la mujer más sana y sensata que vas a conocer.

Mi sarcasmo no le hizo gracia.

—Mírame, Gianna. —Lo hice—. Tenemos un dicho en Rusia. *S volkámi zhit', po-vólch'i vyt'*. Dilo.

Lo destrocé. Esbozó una pequeña sonrisa, pero me ayudó hasta que aprendí a decirlo de forma más o menos inteligible.

—Significa que, para vivir con lobos, tienes que aullar como un lobo.

«¿Es eso lo que hiciste?». Quería preguntárselo, pero sabía que no lo tomaría bien.

—Tienes que aprender a aullar, *malyshka*. A mandar tus demonios a la mierda. Ambos sabemos que puedes; conmigo lo haces a menudo. Y al contrario que tus demonios, yo sí puedo morderte —dijo con voz oscura.

Sentí un escalofrío.

—Creo que tú lo único que quieres es que hable tu idioma de mierda.

No me dio la razón, pero el pulgar que me pasó por el río de lágrimas en mi mejilla habló por sí solo.

—El peor ruso que he escuchado en mi vida.

Fruncí el ceño.

—Qué pena. Esperaba pasar por una local cuando visite Moscú el verano que viene.

No me creyó.

—No vas a ir a Moscú.

—¿Por qué no?

—No hace el suficiente calor como para pasar el día sin hacer nada junto a la alberca, al menos no para una chica italiana.

—Mmm —respondí—. ¿Por qué me besas?

Desvió la mirada hacia mis labios con una expresión pensativa.

—Quería probar tus labios.

Ambos sabíamos que no había respondido a la pregunta. Si de verdad quisiera eso, ya me había probado hacía tres años.

—¿Y a qué saben mis labios?

Sus ojos volvieron a fijarse en los míos. Eran tan profundos y serios que me atrapaban. Sus siguientes palabras cautivaron mi corazón, aunque no sabía lo que significaban:

—Saben a... *kak moya*.

Las luces parpadearon y se volvieron a encender.

Debería haber interrumpido el momento, pero pude ver una intensidad en sus ojos que la oscuridad no me había permitido apreciar. Un calor posesivo crepitando como una llama azul.

Nos miramos fijamente.

El corazón me latía a toda velocidad. La sangre me ardía.

No sabía qué estaba haciendo, pero no podía parar.

Me incliné hacia delante, acerqué la boca a la suya y me detuve a una distancia suficiente como para respirar su aliento. Estaba temblando de la emoción, pero él seguía igual de impasible mientras jalaba sus labios con suavidad. No me devolvió el beso, pero eso no impidió que el calor me recorriera como pulsiones de fuego endureciendo mis senos antes de bajar hasta los dedos de los pies.

Se chupó los labios mientras recorría vagamente con la mirada toda mi cara, desde la boca hasta los ojos, como si hubiera encontrado el beso algo molesto. Me debería haber desanimado, pero ya era demasiado tarde para detenerme.

Recorrí su labio superior con la lengua y mordí el inferior. Un ligero gemido salió de su garganta. El sonido rebotó entre mis piernas e hizo que le agarrara fuerte del pelo con las dos manos.

Luego le chupé los labios como si fueran un cono de helado. No había nada de delicadeza, solo puro y absoluto deseo.

Emitió un ruido de ira, me agarró por el cuello, me abrió los labios con los suyos y me metió la lengua.

La lujuria explotó detrás de mis ojos y me nubló la vista.

—¿Es esto lo que querías, *malyshka*?

Utilizó un tono agitado, cubierto de un marcado acento.

«Dios, sí».

Solo podía asentir.

Se recostó en el sillón como si se estuviera acomodando para el beso. Yo me uní a él agarrando el cuello de su camisa y pegando la boca a la suya. Christian Allister realmente no besaba. Lo sentí por la manera vaga e indiferente en que sus labios se movían contra los míos. Pero cuando lo daba todo en un beso, era el tipo de beso profundo del que una tiene que separarse para tomar aliento.

El pulso me latía entre las piernas a medida que saboreaba mi boca, me chupaba la lengua y me mordisqueaba cuando lo besaba con más suavidad y dulzura de la que le gustaba. Podía hacerlo a su manera. Besar siempre me había puesto tan cachonda que hacía cualquier cosa después de un tiempo, y solo besar a Christian era mejor que el sexo con cualquier otra persona.

Mis caderas se movían imitando cada empuje y deslizamiento de nuestras lenguas. Gemí mientras me pegaba más a él y pasaba las uñas por sus bíceps. Nunca lo admitiría ante él, pero estaba obsesionada con sus brazos.

Mi respiración se volvió agitada con el frotamiento de mis senos contra él cada vez que me inclinaba para besarlo. Una presión abrasadora creció en mi interior cuando empecé a restregarme contra su erección. La lujuria dentro de mí ardía sin control y se volvía más frenética con cada roce de nuestros labios.

Dejó escapar un suspiro áspero, se separó de mí y dijo con voz ronca:

—Basta, Gianna. Tienes que parar.

—¿Por qué?

Le mordisqueé la mandíbula y el cuello. Me agarró la muñeca antes de que mi mano pudiera alcanzar su cinturón.

—Porque un momento más de esto y no voy a ser capaz.

Lo miré, confusa.

—Pero no quiero que lo hagas.

Hizo un ruido frustrado en la garganta:

—Esto no era lo que tenía que pasar, Gianna.

Parpadeé; entonces, el calor de mi interior se atenuó hasta enfriarse. Sus manos ni siquiera estaban sobre mí, no lo habían estado en todo ese tiempo. Prácticamente lo había atacado. Parecía que siempre lo estaba tocando. «¿Qué es lo que me pasa?». Había escuchado mi triste historia y yo había reaccionado como una virgen pegajosa enamorándose de su primer amante. La humillación brotó dentro de mí.

Luego me acordé de Aleksandra. El hombre tenía novia y yo me estaba lanzando sobre él. No me extrañaba que quisiera que parara.

Tragué saliva.

—Debo de haber perdido la cabeza, agente. Estoy segura de que, con esa cara, le pasan cosas así todo el tiempo.

Entrecerró los ojos de forma peligrosa.

—¿No? —Mi voz era vacilante.

—No —soltó.

Oh.

Me bajé de su regazo, me puse de pie y me dirigí hacia la puerta.

—Gianna, espera.

Su puerta estaba abierta de par en par, así que la crucé y salí al pasillo.

«Gianna». La palabra fue seca y vehemente. Christian Allister no estaba contento. Pero había algo más en su voz. Algo dulce y nauseabundo. Algo que sonaba sospechosamente a pena. El día que me quedara para verla en su cara sería el día que me revolcaría de modo voluntario en mi propio autodesprecio.

Azoté la puerta detrás de mí.

Capítulo 20

Gianna

El funeral de mi segundo marido fue a mediados de septiembre.

La luz del sol se abría paso entre los árboles hasta el suelo del cementerio, perfilando todos los tonos de negro. Corazones negros, trajes negros, vestidos negros. Zapatos boleados y pistolas Glock. La Cosa Nostra había acudido a mostrar sus respetos en un mar de negrura.

Una brisa ligera agitó el velo que me cubría la cara. Por macabro que pareciera, había estado esperando ese día desde el momento en el que me casé. Creía que me sentiría diferente. Libre. Pero ahora estaba ahí y no sentía nada. El entumecimiento se me había extendido por todo el cuerpo, llenándome cada vaso sanguíneo y cada vena.

Elena me estrechó la mano antes de irse con As y los demás hacia la fila de coches brillantes.

—¿Estás lista para irte? —preguntó Lorenzo.

—Encontraré otro modo de volver a casa. Tengo que hacer una cosa.

—Está bien, pero no te metas en problemas.

Me dirigí al cementerio con las manos en los bolsillos. La lápida era pequeña y sencilla; era la primera vez que la visitaba. La primera vez que había reunido la voluntad de hacerlo.

«Sydney Brown. Amada hija y amiga».

Me quedé mirando fijamente las letras de amiga intentando encontrar las palabras adecuadas.

—Lo siento —susurré—. Lamento que me conocieras, lamento haberte introducido en este mundo. Haberte presentado a Antonio. —Se me quebró la voz y me limpié una lágrima de la mejilla—. Lo siento mucho.

La había perdonado hacía mucho tiempo, pero la culpa que sentía por haberla arrastrado a mi retorcida vida seguía formándome un nudo en el pecho.

Capté un movimiento a mi lado.

La procesión se había marchado, pero Christian se había quedado. Estaba de pie junto a su coche, con las manos en los bolsillos y mirándome fijamente. Era un gesto considerado y tan cálido que me acariciaba la piel como un rayo de sol.

Había sido pura suerte que no lo hubiera vuelto a ver desde la noche que fui a su departamento. Le había revelado mi secreto más profundo y oscuro creyendo ingenuamente que significaría algo y había sido rechazada con dureza. El dolor de su rechazo seguía quemándome cada vez que pensaba en él. Y, para mi desconcierto, cada día sucedía con más frecuencia.

Me observó mientras caminaba hacia él.

—¿Alguien te chantajeó para que me lleves a casa? —pregunté.

—¿No puedo hacer algo bueno por alguien?

—¿Por mí? —arqueé una ceja fingiendo diversión—. Por favor.

Se le tensó la mandíbula. Negó con la cabeza y miró al suelo. Cuando volvió a fijarse en mí, estaba tan serio que me dejó clavada en el sitio.

—Tenía toda la intención de volver contigo hace tres años, Gianna.

Se me borró la sonrisa. El asombro me golpeó en lo más hondo. A veces podía ser muy brusco cuando menos lo esperabas. Me quedé sin aire.

—Estuve dos semanas en Moscú, pero, si lo hubiera sabido, lo habría impedido. Tu boda. —Miró el cementerio a su alrededor y el lugar en el que descansaba el ataúd de mi marido—. Todo esto.

Sentí que se me cerraban los pulmones.

—Salvarme no era responsabilidad tuya.

Tenía la mirada firme.

—Sin embargo, lo habría hecho.

—¿Complejo de salvador? —bromeé para aligerar el ambiente.

—No. —Lo pronunció con dureza.

Me ardía la garganta, lo que hacía que me saliera una voz amarga.

—¿Por qué me cuentas esto? —«¿Por qué me haces sentir así?».

—Me odias por lo de aquella noche.

—Yo no... —Me interrumpí.

Sí que había una parte de mí que estaba resentida con él por comportarse como si le importara y luego desaparecer, dejándome atada a otro matrimonio indeseado. No era un pensamiento racional, nada de eso había sido culpa suya; sin embargo, el sentimiento estaba ahí.

Nos miramos el uno al otro mientras asimilábamos ese hecho.

—Sigo sin entender por qué me cuentas esto —le dije—. Ya no importa. —«¿Verdad?».

Negó con la cabeza y dejó escapar un sonido desdeñoso entre los dientes.

El corazón me latía con fuerza contra las costillas.

Su mirada buscó la mía, estaba llena de fuego: violencia, conflicto y un toque de posesión.

—Pregúntame por qué te besé.

No podía pensar. No podía respirar.

Negué con la cabeza.

Porque, de repente, me daba miedo saber la respuesta.

Con ese rostro hermoso y aristocrático, parecía un príncipe enfadado al que le divertía oscuramente que le negaran lo que deseaba.

—Creía que eras más valiente, Gianna.

No lo era. No lo soy.

—Recuérdalo la próxima vez que me ofrezcas tu cuerpo, *malyshka* —espetó—. Porque, esa vez, lo tomaré. A pesar de que tengas la cara empapada de lágrimas. Carajo, no me importará si no dejas de llorar.

Tragué saliva.

Una vez, Christian había insinuado que yo podía romperme como una frágil pieza de cristal. Súbitamente, escuché esa verdad con fuerza en los oídos. Necesitaba mantener las distancias con este hombre, no podía salir nada bueno de la química que había entre nosotros. Era explosiva y adictiva, pero se basaba en el odio y la desconfianza. Él siempre había ganado y sabía que, si seguía explorando esta atracción, acabaría alzándose victorioso.

El silencio era mi castigo.

Negó con la cabeza.

—Sube al coche, Gianna.

Me llevó a casa y no nos dijimos ni una palabra el uno al otro en todo el camino.

—Creo que es demasiado pequeño —gemí.

—¿Qué esperabas con todas las porquerías que has estado comiendo últimamente? —me reprendió Magdalena tirando de los cordones de mi vestido—. Tienes manchas de chocolate en toda tu ropa.

—No puedo evitar comerme mis sentimientos.

—Si no te andas con cuidado, *querida,* en Navidad vas a parecer una lata de galletas rota.

—Todo el mundo debería subir algo de peso para el invierno —respondí girándome para verme en el espejo.

Era un vestido de tubo ajustado con la parte de arriba de encaje y un corsé atado a la espalda. Era precioso, aunque tal vez poco práctico.

Me puse una mano en el estómago.

—No puedo respirar bien.

—No seas dramática. Deja que te dé los retoques finales en el pelo. Y luego tienes que irte. Viene Roberto.

Iba a quejarme y a decirle que era mi casa, pero no conseguí reunir el aire suficiente para hacerlo. Así que, cuando pude hablar, lo único que dije fue:

—Esconde el chocolate, Magdalena.

Era el quincuagésimo aniversario de la discoteca de As y el lugar sobrepasaba fácilmente su capacidad, aunque, probablemente, esa fuera la menor de las actividades ilegales que iban a tener lugar ahí esa noche.

—¿En serio, Val? —Suspiré—. El funeral de mi marido fue hace dos días.

—Bueno, en algún momento vas a tener que volver al ruedo. Y, seamos sinceras, ¿cuánto tiempo llevas sin tener relaciones?

Ignoré la pregunta y miré a la cita a ciegas que me había conseguido. Era guapo, de pelo oscuro, complexión delgada y unos cinco centímetros más alto que yo con tacones. Era exactamente mi tipo o, al menos, lo que habría preferido poco tiempo antes. Sin embargo, en ese momento no pude evitar sentir que no había nada bueno en él.

La frustración me atravesó. Llevaba tanto tiempo de abstinencia que sentía que volvía a ser virgen. Y ahora que finalmente era libre de hacer lo que quisiera, no lograba interesarme por ningún hombre. Bueno, solo por uno. Christian me había reintroducido al sexo y tenía sentido que me sintiera un poco más unida a él por eso.

—Dale una oportunidad al menos, Gianna. Estaba emocionado por conocerte.

La verdad era que necesitaba contacto, sexo y afecto. Vivía para ello. Y no creía poder seguir mucho tiempo sin ese cóctel. Tal vez si me obligaba a sentir interés por mi cita a ciegas, acabaría sintiéndolo de verdad.

—Ok. Preséntanos, Val.

—¿Ves? Sabía que eso era exactamente lo que necesitabas. —Me tomó del brazo y fuimos hasta la mesa en la que estaban hablando su marido Ricardo y mi cita—. Por cierto, me encanta ese vestido. Muy elegante y *steampunk.* ¿Puedes respirar?

—En absoluto.

Se rio y llegamos a la mesa.

—Van, esta es Gianna. Gianna, este es Van.

Me empujó hacia él como si fuera una adolescente nerviosa conociendo a un chico en un baile. Puse los ojos en blanco, pero di un paso adelante y le tendí la mano.

—Es un placer conocerte.

Él sonrió.

—Te aseguro que el placer es todo mío.

Tenía una sonrisa preciosa y una voz intensa y profunda. El tipo de voz que te hacía sentir como si te hubiera visto desnuda solo por el modo que tenía de pronunciar las sílabas.

Creo que llevaba demasiado tiempo fuera del ruedo.

Porque me sonrojé de verdad.

Me dio un beso en el dorso de la mano y le dirigí a Val una mirada de soslayo.

Me guiñó el ojo.

Una sensación cálida me recorrió la columna. Giré la cabeza hacia la puerta. Mi mirada se encontró con la de Christian y se quedó clavada ahí. Se me frenó el corazón, cada latido me quemaba como si tuviera fuego por debajo de la piel.

Siempre había tenido una belleza que no parecía de este mundo, aunque yo nunca había reaccionado a su presencia como la mayoría de las mujeres. No obstante, ahora sabía lo que era sentir sus manos sobre mí, sabía cómo besaba de esa forma tan embriagadora y cómo gemía cuando se venía. Deseaba volver a vivir todo eso, aunque sabía que era una idea horrible para mi salud mental y, posiblemente, también para la física.

Se fijó en el rubor que seguía siendo evidente en mis mejillas. A continuación, desvió los ojos a un lado, a mi cita, y los entornó.

En ese momento, me fijé en la mujer que iba a su lado. Aleksandra Popova era aún más guapa en persona, con un elegante vestido de noche rojo y tacones dorados. Sería la perfecta modelo *pin-up*. Incluso apostaría que, a puerta cerrada, encarnaría al ama de casa perfecta de los años cincuenta sirviéndole a su marido un vaso de coñac en bandeja de plata mientras cocinaba un pavo con un delantal puesto.

Tenía la mano en su brazo.

Aparté la mirada luchando contra un repentino ataque de acidez. Fruncí el ceño. No había comido mucho ese día para intentar caber en el vestido. Parecía que mi salud siempre estaba en duda cuando Christian estaba presente. Eso debería ser una advertencia suficiente para mantenerme alejada.

—Perdón por soltártelo así, Val, pero me parece que pronto te van a pesar menos los bolsillos.

Miró hacia la puerta y, cuando se volvió a girar, había una sonrisa de satisfacción en sus labios.

—No me preocupa.

Ricardo arqueó una ceja, probablemente preguntándose cuánto de su dinero habría apostado su esposa.

—Pero te lo advierto —comentó Val mirando a Aleksandra con aire de adoración—. Voy a empezar a *fangirlear* muy fuerte.

No estaba segura de cuál era este juego, pero no quería formar parte de él.

A pesar de que normalmente Christian me miraba con indiferencia e incluso con asco en público desde que nos conocimos, esa noche su cara expresaba todo lo contrario.

Nuestras miradas se habían cruzado más de una vez desde el otro lado del club, pero él seguía mirándome incluso cuando yo dejaba de hacerlo. Su calor ardía en mi piel como si fuera fuego. Su novia no se apartaba de su lado, pero cada vez que él me miraba era como si anunciara a toda la sala que habíamos mantenido relaciones adúlteras sin protección.

Estaba segura de que no se lo diría a nadie, teniendo en cuenta que siempre me menospreciaba como si no estuviera a su altura mientras exhibía a alguna de sus rubias despampanantes. Sin embargo, no podía permitir que nadie se enterara de que habíamos estado juntos, ya era bastante malo que lo supiera Dick, porque no costaría mucho deducir que había sucedido cuando aún estaba casada. Y, carajo, ese pecado debería quedarse entre el Señor y yo.

Estaba jugando.

Y yo no quería jugar.

Así que hice lo que haría cualquiera: me negué a seguirle el juego y, en lugar de eso, fingí estar completamente embelesada con mi cita. Pero era pura fachada. En cuanto Christian entró en la sala, no pude centrarme en nada que no fuera saber dónde estaba. En que tuviera una mano en la cintura de Aleksandra. En que me hiciera hervir la sangre con una frustrante picazón.

La atención de Valentina estaba puesta en la acompañante de Christian. El modo en el que la adulaba me provocó náuseas. ¿Se habría acostado con ella? ¿La habría besado? Miré mi bebida con el ceño fruncido preguntándome qué clase de cóctel me había traído Val. Alguien se había pasado un poco con el bitter.

Estaba molesta cuando Val me arrastró para conocer a Aleksandra, así que, naturalmente, para disimular, mi voz acabó sonando una octava más aguda cuando le dije a la modelo que Christian y ella hacían muy buena pareja.

Por el rabillo del ojo, vi a Christian entornar la mirada.

—Gracias —respondió con un femenino acento ruso—. Debo confesar que llevas el mejor vestido de todas las presentes.

—Me halaga que me digas eso, aunque estoy segura de que alguna gente no opinaría lo mismo.

Sentí el impulso de agitar las pestañas en dirección a Christian, pero, en lugar de eso, decidí fingir que no existía.

Ni siquiera me hizo falta mirarlo para saber que no le gustaba. Giró el reloj en su muñeca una, dos, tres veces.

—Alguna gente no sabe de qué habla. Y tu collar... —Se acercó para levantarlo y observarlo bien bajo la luz—. Es muy... pintoresco, ¿verdad, Christian?

—Pues sí —espetó secamente.

—¿Dónde lo conseguiste?

Me miró con curiosidad, pero había algo afilado como zarpas detrás de sus ojos.

Se lo quité de las manos con una sonrisa azucarada.

—Ah, de una tiendita *vintage* de Roma. Me lo compró mi primer marido.

Pasé el dedo por el dije como si fuera especial para mí. En realidad, había estado a punto de meterlo en la caja de cosas viejas que había donado al Ejército de Salvación el mes pasado.

—Qué tierno —entonó—. Los primeros maridos siempre son muy sentimentales.

—Ah, ¿tú has tenido alguno? —Incliné la cabeza.

Valentina observaba la escena, fascinada.

—No, no. Pero me lo imagino... Los primeros amantes, los primeros maridos... Es casi lo mismo, ¿no?

—No lo sé. Desgraciadamente, los dos míos eran el mismo.

—Qué lástima. —Hizo una mueca—. Supongo que tendré que hacértelo saber.

La observé rodear el brazo de Christian con los dedos.

—Sería increíblemente esclarecedor. —Me terminé la bebida y mastiqué un cubito con más fuerza de la necesaria.

—Está bien —intervino Val—. Gianna, ¿por qué no vamos por más bebida?

Nos despedimos con una dulzura enfermiza y logré esquivar la mirada de Christian, aunque pude sentirla sobre mí como un sarpullido.

—Eso fue... Uf —comentó Valentina cuando llegamos a la barra.

—Es agradable.

Val se rio.

—Estás muy fuera de la realidad.

—Necesito tomar algo. Y, esta vez, sin bitter—le dije.

—Querida, es Moscow Mule. No lleva bitter.

—Bueno, pues hay algo amargo.

—Sí, sí que hay algo amargo.

Me miró significativamente y se tomó un trago que le pusieron delante. La imité enseguida y disfruté del ardor en la garganta. No tenía planeado beber esa noche, pero tampoco esperaba sentirme inadecuada ante la sombra de piernas largas de Aleksandra.

—Bailemos —declaré.

—Creía que nunca me lo pedirías.

Me agarró de la muñeca y me arrastró a la pista de baile. Encontramos un espacio entre la multitud y nos movimos con el resto de los cuerpos juntando la espalda y perreando. Tal vez fuera por mi falta de modestia o tal vez por pura atención, pero me gustaba bailar con público. Y en ese momento había una gran cantidad de miradas masculinas apuntando en nuestra dirección. Cada una encendía una chispa en mi interior y hacía que disminuyera los movimientos de cadera, que me pasara las manos por el pelo sensualmente.

El hecho de que no me permitiera mirar a Christian hacía que el roce de su mirada fuera más intenso. Cada una me provocaba un escalofrío por la columna. Se me encendía la sangre y me caía una gota de sudor por la espalda.

Sin aliento, llegamos a los hombres que había en nuestra mesa y nos sentamos.

Van se movió para susurrarme al oído con voz ronca y profunda:

—¿Tienes idea de lo guapa que eres?

Me aparté tímidamente mientras un estúpido rubor me subía por las mejillas.

—Sí.

Se rio ante el atrevimiento de mi respuesta.

Levanté la mirada y vi a Christian. Estaba apoyado contra la barra mientras Aleksandra y Elena conversaban a su lado. No me estaba observando. Tenía la mirada puesta en Van y era tan oscura que pude sentir el frío en la piel. Tomó un sorbo de su vaso y su expresión se llenó de algo volátil y conflictivo antes de apartar la mirada.

Me recorrió la incertidumbre.

Si me arruinaba otra relación, gritaría.

Estuvimos hablando otra hora hasta que sentí la llamada de la naturaleza. Me abrí paso entre la multitud para ir al piso de arriba, pasé junto a Rony, el portero, quien asintió, y me dirigí a los baños de la planta vip. Estaban menos concurridos que los de abajo.

Abrí la puerta y estuve a punto de dar media vuelta para ir a hacer cola abajo porque Aleksandra estaba lavándose las manos. Su mirada felina se posó en mí y ya fue demasiado tarde para retroceder. Usé el baño y, al salir, vi que seguía ante el espejo pintándose los labios.

Nos quedamos la una al lado de la otra ante el lavabo.

Se aplicó un poco de polvo en las mejillas.

—No me pondría ese vestido ni muerta.

La verdad siempre sale a la luz en los baños, ¿verdad?

Me metí la mano en el brasier para sacar el brillo de labios.

—La confianza se consigue con el tiempo. Seguro que algún día la tendrás.

No se inmutó.

—Lo quieres.

Suspiré. Directa al grano:

—Lo tuve y no me interesa repetir.

—Mientes.

Me apliqué una generosa capa de brillo de labios.

—No tienes nada de qué preocuparte. Christian y yo nunca tendremos nada.

—Bueno, eso sí lo creo. No eres lo que necesita.

Sentí una extraña punzada en el pecho y arqueé una ceja.

—¿Tan bien lo conoces?

—No es tan complicado. Valora la privacidad y tener las cosas tal y como le gustan. No le pediría nada más y él a mí tampoco.

¿Cómo era posible que no sintiera curiosidad? A mí ni siquiera me gustaba y, aun así, quería saberlo todo sobre él. A decir verdad, era entrometida a más no poder. Nunca sería feliz manteniendo una relación superficial con él y estaba segura de que eso era lo único que él era capaz de ofrecer. Lo nuestro nunca funcionaría. Pero, por algún motivo, oírla decirlo en voz alta me hizo sentir un poco incómoda.

Cerró el estuche de maquillaje de golpe.

—Nos casaremos y no intervendrás.

—No tengo ninguna intención de hacerlo.

—Bien.

Se dio la vuelta para marcharse.

Tenía algo en la cabeza que no lograba olvidar.

—*Kak moya*—dije aplicándome brillo en los labios mientras la miraba por el espejo—. ¿Qué significa?

Se detuvo en la puerta juzgándome con la mirada.

—Significa «mía».

Capítulo 21

Gianna

Dejé la bolsa en la isla de la cocina, me quité los tacones y estiré los dedos de los pies con una mueca de dolor. Tenía demasiadas cosas en la cabeza como para quedarme en el club y, aunque las atenciones de Van eran bien recibidas, no encontraba mucho interés después de mi conversación con Aleksandra.

Me alegré al ver que Magdalena y su cita habían desalojado mi departamento, aunque fui consciente de que habían disfrutado de una de mis botellas de vino caras. Vi que quedaba algo, lo serví en una copa y me apoyé en la barra mientras bebía un sorbo.

Sonó un fuerte golpe en la puerta.

Suspiré.

Esperaba una visita de Luca o, mejor dicho, una inspección, ahora que era una mujer soltera. Probablemente había venido a recordarme cómo no ir a la cárcel. Habían pasado tres años desde mi último delito grave, podrían confiar en mí.

Me acabé el vino y fui a abrir la puerta.

Me dio un vuelco el corazón.

Christian estaba en el pasillo con la mirada baja. Se había quitado la chamarra, pero llevaba la corbata gris, pantalones y camisa blanca de vestir como lo había visto en el club. Cuando sus ojos se posaron en mí, me di cuenta de que estaban nublados por algo oscuro y aterrador.

Se me aceleró el pulso.

Por mero instinto, intenté cerrarle la puerta, pero él la mantuvo abierta con una mano. Di un paso atrás cuando entró al departamento. Cerró la puerta con una mirada tan ardiente que me quemó la piel.

—Me has estado ignorando.

Negué con la cabeza.

Me siguió mientras retrocedía, su tono exigía una respuesta.

—Dime por qué.

—Te gusto —exhalé.

—¿Gustarme? —Su mirada brilló con algo sardónico—. No sé si lo llamaría así.

Tragué saliva.

—Te gusto... de verdad.

No sabía cómo había podido ser tan estúpida durante tanto tiempo, tal vez había estado en fase de negación, pero ahora lo veía todo claro. Podía odiarse a sí mismo por ello, pero Christian Allister seguía interesado en mí. Le gustaba de verdad. Lo suficiente como para besarme. Lo suficiente como para pensar que sabía a suya.

Mi espalda golpeó la pared de la sala de estar.

—¿Y eso te asusta? —Un susurro de oscuridad se entrelazó con su voz mientras se acercaba a mí.

No podía concentrarme, no con lo caliente que estaba mi cuerpo y lo desconcertada que me había dejado esa revelación.

Asentí con la cabeza.

—Bien. —Apoyó las manos en la pared, a ambos lados de mi cuerpo—. Debería. —La aspereza de su voz me erizó el vello de los brazos y me quedé sin aliento cuando sus labios rozaron mi cuello—. Siempre he pensado en ti. —Pronunció sus siguientes palabras contra mi oído—: Más de lo que tu cita de esta noche podría pensar en ti.

Me estremecí.

—He pensado tanto en ti que ahora eres mía. —Fue un gruñido que se convirtió en una amenaza—. Tienes suerte de no haber dejado que te tocara, Gianna, porque no me gusta nada que la gente toque mis cosas.

Tragué saliva.

—Quién me toca no es asunto tuyo.

—Siempre ha sido asunto mío.

Por muy retorcidas y degradantes que fueran sus palabras, algo me quemaba por dentro. Estaba tan cerca que su temperatura corporal me calentaba la piel, y olía muy bien. Empecé a sentir los latidos del corazón entre las piernas y, de repente, estaba mirando a través de una capa difusa de deseo. Dejé caer la cabeza contra la pared y fijé mis ojos entrecerrados en los suyos.

—¿Por qué me besas?

Mis labios se separaron cuando los acarició con el pulgar.

—Te hace callar.

Eso no era lo que había planeado decir dos días atrás en el cementerio, pero me alegré de que hubiera evadido la pregunta. Solo su mirada era demasiado, por no hablar de las cosas que me estaba confesando.

Me quedé quieta, con la respiración errática, mientras sus manos se deslizaban por mi cintura, por mis caderas, rozando la parte exterior de mis muslos. Sus caricias eran lentas, reverentes, como si intentara memorizar las curvas de mi cuerpo. Una sensación de calor floreció bajo mi piel, concentrándose en mis senos y trazando un sendero hacia la parte inferior.

—Tienes novia —susurré.

—No es mi novia.

Su mirada posesiva observaba la mía, casi retándome a detenerlo mientras me subía el vestido por los muslos para descubrir la tela de encaje entre mis piernas. Mi cuerpo se estremeció impaciente.

Me puso dos dedos en los labios.

—Chupa.

«Dios mío».

La cordura que me quedaba se ahogó en un charco de lujuria.

No dudé en introducirme sus dedos en la boca. Su mirada se oscureció cuando los raspé con los dientes mientras los sacaba.

Cuando sumergió la mano bajo la tela entre mis muslos y empujó bruscamente los dedos dentro de mí, se me escapó un sonido ahogado y me aferré a su cintura en busca de algo a lo que agarrarme. El principio de un orgasmo prendió fuego dentro de mí.

—Te sonrojaste por él —gruñó—. No debiste hacer eso, Gianna. No tienes ni idea de lo que acabas de desatar.

Estaba demasiado ida para que me importara lo que dijera en ese momento. Un rubor calentó mi cuerpo mientras me retorcía, jadeaba y gemía bajo su tacto. Cada vez que deslizaba los dedos dentro y fuera de mí lo hacía más lentamente, con más tranquilidad, como si la ira estuviera desapareciendo. Y entonces frotó un punto que hizo que se me nublara la vista.

Sus labios, pegados a los míos, esbozaron una pequeña sonrisa.

—¿Quién hace que te vengas, *malyshka*?

—Tú —gemí.

Un sonido de satisfacción retumbó en su pecho y sus dedos desaparecieron. Me levantó por la cintura y me llevó hasta la cocina. Jadeó cuando me dejó caer con un movimiento brusco sobre la isla después de apartar todo lo que había encima. Los vasos se hicieron añicos. Los cubiertos sonaron. Los papeles volaron.

Me arrancó la tanga por las piernas y, con manos temblorosas, alcancé la hebilla de su cinturón. Por debajo de su pantalón, la agarré con la mano. Tan caliente y dura. Me fascinaba, moría por explorarla más a fondo. Aunque, una vez más, no tuve la oportunidad. Clavó los dedos en el interior de mis muslos, me abrió las piernas y la introdujo dentro de mí de un solo empujón.

Me ahogué.

Siseó con los ojos clavados en el lugar por donde estábamos conectados.

—Despacio. Por favor, despacio —le supliqué agarrándome a sus brazos.

Todavía no estaba acostumbrada a su tamaño, pero más que eso el problema era que el sexo con este hombre era tan intenso que pensé que me perdería por completo o haría algo ridículo como llorar si no sentía que tenía al menos algo de control sobre él.

Se calmó y los dos nos quedamos temblando mientras la metía y la sacaba con más tranquilidad. El placer me quemaba las venas. Gemí. Recorrí su pecho con los dedos y me agarré a sus hombros mientras me cogía lentamente en el borde de la barra.

Los dos miramos cómo toda su longitud entraba y salía de mí.

—Christian... sin condón —suspiré—. Otra vez.

—La sacaré antes.

—Creo que así es como mi prima se embarazó de sus tres hijos.

Eso debería haber sido suficiente para asustarnos a ambos; sin embargo, lo único que hicimos fue seguir viendo cómo me cogía casi sin aliento.

—Estoy limpio —dijo con voz ronca.

—No me preocupa, estoy segura de que tu temperatura corporal es demasiado fría como para que una ETS sobreviva.

Me dirigió una mirada entrecerrada.

—Parece que por fin me he abierto paso dentro de ti, *malyshka*.

Puntuó la frase con un violento empujón que me arrancó un gemido de la garganta.

Me levantó de la barra, me pegó contra la pared y me cogió profunda y duramente. Cada embestida me provocaba una oleada de calor que me abrasaba. Estábamos pecho con pecho, su mano en mi garganta, mis piernas rodeándolo. Aún teníamos la ropa puesta, pero cada contacto era tan caliente, tan enloquecedor, que nunca me había sentido tan cerca de nadie.

Me besó solo dos veces, ambas cortas y distraídas, pero en cada una de ellas, algo cálido nació en mi pecho y se deslizó hacia mis extremidades como mantequilla derretida.

El orgasmo me golpeó con fuerza, me nubló la vista y me dejó sin aliento. Le agarré con el puño un mechón de pelo y le di un ligero mordisco en la zona donde su hombro se unía a su cuello.

Con un ruido áspero, dio marcha atrás y se corrió sobre mi muslo.

No fue nada romántico, pero verlo perder el control sacó una parte tierna y agradecida de mí. Con las piernas todavía alrededor de él, le besé el cuello y me impregné de su olor. Apoyó las manos en la pared a ambos lados de mí para recuperar el aliento mientras yo le besaba la mandíbula, las mejillas y los labios.

—Si hubiera sabido que solo tenía que cogerte para ver lo dulce que puedes llegar a ser, lo habría hecho mucho antes.

Una sensación de calor me recorrió la cara. Y supe que él vio el rubor cuando me acarició la mejilla.

—*Moya zvezdochka.*

Murmuró esas dos palabras junto a mis labios.

Me quedé quieta.

Esas palabras... las había oído antes. Más de una vez.

De repente lo recordé.

—Tú —dije con los ojos abiertos de par en par—. Tú estabas en mi boda.

Gianna
20 años

—Te ves muy guapa, *stellina*. Deja de preocuparte.

Dejé de tocar los pasadores que llevaba en el pelo y me aparté de mi reflejo blanco en el espejo.

—No quiero decepcionarlo.

Mamma resopló.

—No te merecería ni en un costal de papas.

Suspiré.

Me acarició la mejilla con ojos suaves.

—No deseaba esto para ti.

—*Mamma*, para. Me separé de ella y me dirigí a la ventana. No quería que ese día, el día de mi boda, se viera empañado por la lástima. Para bien o para mal, esa era la vida que me había tocado e iba a aprovecharla al máximo.

—*Mi dispiace, stellina.* Solo nos quedan unos minutos..., ¿es necesario que tengamos la charla?

La miré.

Se rio entre dientes.

—No sé muy bien qué aprendiste de la *signora* Tiller.

Mis tutoras privadas eran lo suficientemente mayores como para ser supervivientes de la Segunda Guerra Mundial y tan estiradas como para ser vírgenes.

Tragué saliva y me volteé para mirar por la ventana con el pecho oprimido por un oscuro secreto. Habían abusado de mí durante cuatro años de mi infancia y mi madre nunca lo supo. Incluso a los ocho años, sabía que, si se enteraba, intentaría tomarme y huir de nuevo. Me aterrorizaba que la próxima vez que lo intentara *papà* la matara. Ahora, a los veinte años, no podía sacar a la luz ese secreto sabiendo lo mucho que la entristecería.

—*Ricorda, mia figlia,* no tienes que hacer nada con lo que no te sientas cómoda. Eres joven, Antonio lo entenderá.

—No tengo miedo del lecho conyugal, *mamma*. Ni siquiera estoy nerviosa. Solo quiero gustarle. —«Que me ame».

—Oh, *stellina...*

Se me comprimió el pecho.

—No me estropees esto, por favor, *mamma.*

—Tienes razón, lo siento. Creo que deberíamos ir bajando. ¿Estás lista?

Respiré profundamente.

—Estoy lista.

Mi primera boda fue muy lujosa, con lirios blancos y lazos de tul hasta donde alcanzaba la vista. Los invitados vitoreaban y arrojaban arroz a los novios al salir de la iglesia.

El día fue precioso.

El ambiente era perfecto.

Me veía guapísima, todo el mundo lo había dicho.

Flotaba en una nube de optimismo. Hasta que me perdí en la casa de mil metros cuadrados de mi marido mientras intentaba encontrar el baño durante el banquete. Entonces ese optimismo se rompió como un cristal a mis pies. Y todo por una grieta en una puerta que debería haber estado cerrada.

Se llamaba Marie Ricci.

Veintitantos años, aspecto de chica normal, ligeramente vulgar.

Yo sabía de ella solo porque había interpretado el papel de una mesera en una película de terror de serie B que había tenido la mala suerte de ver.

Todo en ella era ordinario, pero fue imposible pasarla por alto arrodillada frente a la silla del despacho de mi marido, con la mano de este en su pelo oscuro.

Ese fue el momento en que los primeros susurros de amargura se colaron en mi alma hastiada: al ver a mi flamante marido recibiendo una mamada de una actriz italiana el día de nuestra boda.

Me fui vagando por el pasillo, de repente sentía que mi vestido pesaba veinte kilos más. Pensé que mi marido tenía mal gusto para elegir amantes, pero al menos tenía una biblioteca increíble. Y una impresionante colección de whisky. Nunca había bebido más de un sorbo de alcohol en mi vida, *papà* me lo tenía prohibido, pero sabía que la botella de la que estaba sacando el corcho era más cara que el coche de la mayoría de la gente. A *papà* le gustaba que su licor estuviera en un estante tan alto que Dios mismo debiera haberlo puesto allí.

Bebí un trago directamente de la botella.

Algún tiempo después, estaba sentada al piano con las piernas cruzadas, tocando una canción infantil que recordaba de las clases que había tomado de niña. Me llevé la botella medio vacía a los labios y, en lugar de eso, acabé cayéndome del banco y golpeándome la cabeza contra el suelo. El licor empapó la alfombra oriental.

—Ay —murmuré antes de darme cuenta de que había bebido tanto que no me dolía en absoluto. Empecé a reírme.

—Y dicen que el matrimonio es la felicidad —dijo una voz grave.

Cerré los ojos al oírlo. Toda la habitación dio vueltas ante el movimiento y yo solo pude ver una gran silueta vestida de negro en la puerta.

Puse los ojos en blanco y aparté la mirada del desconocido para observar el ventilador girar y girar.

—Suenas como un... impresionista.

Eso le hizo gracia.

—Creo que quieres decir pesimista.

Seguía tirada en una maraña de lentejuelas, lazos y gasa blanca.

—¿Sabe tu marido qué le pasó a su guapa esposa adolescente?

Lo fulminé con la mirada y luego parpadeé porque de repente lo veía doble balanceándose de un lado a otro.

—Tengo veinte años, muchas gracias.

—Ah, disculpa.

—Y respondiendo a tu pregunta, aunque no es de tu incumbencia, estoy segura de que todavía está demasiado ocupado disfrutando de una mamada en su oficina como para saber dónde estoy.

—Así que la novia ya está harta —bromeó.

—Espero que le corresponda —dije arrastrando ligeramente las palabras—. No estoy segura de cuál es el protocolo, pero creo que los hombres deberían corresponder. ¿Tú corresponderías?

—¿Es la primera vez que te emborrachas?

—¿Qué me delató?

Se rio. Era un sonido profundo, como los primeros rayos de calor tras un largo invierno. Me gustó.

—¿Y bien? —insistí—. ¿Lo harías?

—Te devolvería el favor si estuviera suficientemente interesado. No siempre lo estoy.

Fruncí el ceño.

—¿Y las mujeres están tan ansiosas por complacerte sin recibir nada a cambio? Lo siento, señor, pero no parece tan especial desde aquí.

Se rio, por alguna razón encontró divertido lo que le había dicho.

—Estás borracha, querida.

Murmuré algo ininteligible porque, de pronto, se me cerraron los ojos y la inconsciencia empezó a tragarme.

—¿Vas a dormir ahí?

—Sí, creo que sí. Encantada de conocerte —murmuré—. Aunque no eres el primer hombre al que me ofrecería para hacerle una mamada.

Otra risita, pero esta vez fue más cercana.

—Te avisaré cuando me quede sin voluntarias, por si cambias de opinión.

—No lo haré...

Mis ojos parpadearon cuando de repente me levantó del suelo, pero no tuve fuerzas para mantenerlos abiertos.

—Me pesa el vestido —me quejé.

—Ah, así que es el vestido, ¿eh?

Me hizo sonreír.

—Eres un maleducado.

—Eres joven —me dijo.

—No me siento así.

—Lo pareces.

—¿Cómo dijiste que te llamabas? —le pregunté.

—No lo he dicho.

Abrí los ojos, de pronto sentía curiosidad por ver su aspecto de cerca, pero, en cuanto lo hice, el mundo giró tan deprisa que temí vomitar. Así que volví a cerrarlos y dejé que el desconocido me llevara por el pasillo.

—Espero que no me lleves a algún sitio para aprovecharte de mí —murmuré contra su pecho—. Soy virgen, ¿sabes? No te divertirías mucho.

—No sé yo —dijo en voz baja.

Cuando me acostó en una cama, me acurruqué de lado, cada vez me costaba más mantenerme consciente.

Mi voz fue un susurro.

—Haré que me ame, ya lo verás.

Un pulgar rozó mi mejilla.

—Si alguien puede hacerlo, esa eres tú... —Su voz sonó suave y áspera—. *Moya zvezdochka.*

Y entonces todo se volvió negro.

Capítulo 22

Gianna

El carrito del súper rechinó mientras lo empujaba por el pasillo de los cereales y metía dentro distraídamente un par de cajas de Count Chocula. Una semana antes, eso habría sido lo más destacado de mi día, pero en ese momento no me provocó ninguna emoción porque seguía teniendo la mente centrada en la revelación de la noche anterior.

Una vez le había preguntado cómo podría alguien olvidar su rostro y, por algún motivo, le había parecido gracioso.

Me sentía como una idiota. Aunque no era solo eso. Parecía que siempre se esforzaba por hacer algo bueno por mí. Por supuesto, también tenía la sensación de que se desvivía por hacerme infeliz, pero desde que yo había puesto un pie en Nueva York hacía ocho años, había estado recogiéndome del suelo (literalmente).

Todavía podía oír las palabras que me había susurrado al oído cuando le había dicho que sabía que había estado en mi boda:

—Me alegra que lo recuerdes, malyshka, porque yo nunca he olvidado nada de ti.

A continuación, me había dejado en el suelo y había salido por la puerta.

Estaba ya volviendo de la tienda cuando me di cuenta de que había ido por una cosa y había estado a punto de irme sin ella.

Con una bolsa en cada brazo, suspiré y di media vuelta. Necesitaba huevos porque ese día iba a enseñarle a Elena a preparar pasta. Y aunque le había dicho a Christian que iría a saquear su refrigerador el día que me había mudado a su edificio, todavía no estaba preparada para enfrentarme a él.

Mi cuerpo seguía conmocionado por lo de la noche anterior con esa energía nerviosa y sin aliento que siempre parecía dejar en mí. Le había dicho a Aleksandra que no estaba interesada en él y horas después le había chupado los dedos cuando me lo había ordenado. Tal vez la modelo y él no tuvieran una relación exclusiva, pero parecían lo bastante cómodos el uno al lado del otro como para llegar a creer que se habían acostado. Ese mero pensamiento hizo que se me revolviera el estómago. Y no estaba preparada para analizar por qué.

—Mamá, mamá, ¿puedo tomarlo? Porfi, mami.

Me detuve con un cartón de huevos en la mano y miré a la niña pequeña de pelo oscuro que parecía muy emocionada por comprarse... un solo plátano. La respuesta debió ser afirmativa, porque la niña sonrió ampliamente y abrazó la fruta contra su pecho. Desvié la mirada a la madre, que estaba arrullando a un risueño bebé.

Noté calidez y una extraña presión en el pecho.

Me quedé ahí plantada demasiado tiempo observando al feliz trío hasta que desaparecieron por la esquina.

Tragué saliva, confundida por esa sensación que me había detenido en seco. Un sentimiento que floreció como la esperanza y, al mismo tiempo, se marchitó como la desesperación.

En algún punto entre los veinte y los veintiocho años había olvidado lo que era el anhelo.

—¡*Mamma mia,* Elena! ¿Estás intentando provocar un incendio? —Apagué las llamas sobre la estufa golpéandola con un guante de cocina. Tomé una esquina del incinerado trapo del quemador de gas y me di la vuelta con el ceño fruncido—. Me temo que las toallas no se cocinan demasiado bien.

Se mordió el labio.

—Soy una causa perdida, ¿verdad?

—Me enorgullezco de ser una persona positiva y normalmente tendría algo constructivo que decir, pero... creo que ha llegado el momento de que contrates a una cocinera antes de que acabes matando a alguien.

Había ido al baño dos minutos y, al salir, me había encontrado el departamento en llamas y a Elena viendo la tele, ajena a todo.

Suspiró y se dejó caer en el sillón con dramatismo.

—Creo que acabaré gritando si tengo que meter a otra Isabel en casa.

Asentí.

—Gritar ayuda en la mayoría de las situaciones.

—Pero tienes razón, tengo que contratar a alguien. No es que sea una apasionada de la cocina...

—Ni de la seguridad —comenté.

—Eso parece.

—¿Sabes? Me parece justo, las mujeres con aspecto de Barbie no deberían saber cocinar. Nos harían quedar mal a todas las demás.

—No digas tonterías. —Se ruborizó—. Por cierto, ¿por qué tienes la tele configurada en español?

Suspiré.

—Por un ama de llaves insolente.

—¿Has visto mi celular? —preguntó levantándose—. Seguro que Nico me ha escrito y odia que no le responda enseguida. Y más aún si estoy contigo. Me parece que piensa que eres una mala influencia.

—Ah, menos mal que me lo recordaste. Casi se me olvida sacar las drogas y el alcohol. —Guiñé un ojo—. Sin embargo, me parece increíble cómo lo ignoras. Ha tenido a mujeres adulándolo durante demasiado tiempo.

—No lo ignoro a propósito. —Se detuvo para recoger algo del suelo de la sala—. Vaya... —empezó con un tono travieso en la voz—. ¿Cuándo empezaste a llevar mancuernillas, Gianna?

Mantuve una expresión distante y se lo quité de la mano.

—Estoy probando un nuevo *look*.

Se rio.

—Claro. Bueno..., ¿cuándo estuvo aquí?

—¿Quién?

Me hice la inocente y cerré los dedos alrededor de la mancuernilla. Ardía.

—Ya sabes quién.

La miré entornando los ojos, pero cedí con un suspiro.

—Anoche.

—¡Lo sabía! —Le brillaban los ojos—. ¡Sabía que había algo entre Christian y tú!

—Si por algo te refieres a sexo, claro.

—Creo que pagaría por conocer los detalles.

—¿Cuánto llevas encima? —bromeé justo cuando llamaban a la puerta.

Con un suspiro porque ya sabía quién era, fui a abrir.

Me encontré a Nico fulminándome con la mirada.

Sonreí.

—Ah, ¡justo a tiempo para la fiesta! Estaba a punto de sacar al *gigoló* del armario.

Puso los ojos en blanco y pasó a mi lado para llegar hasta su esposa, quien estaba junto al sillón con aspecto culpable.

—Llevo una hora llamándote, Elena.

Ella se mordió el interior de la mejilla.

—Puede que haya perdido el celular.

—Te extrañaba —murmuró él con voz áspera junto a su pelo acercándosela.

Sintiendo que estaba entrometiéndome, fui a limpiar la cocina.

—¿Qué hay para cenar? —preguntó Nico unos momentos después mientras ella buscaba el celular.

—Toalla frita con guarnición de pasta medio cruda.

—Ja. —Nico se frotó la mandíbula y se sentó ante la isla de la cocina con un brillo de diversión en la mirada.

Encendí de nuevo el fuego para acabar de cocer la pasta y empecé a partir tomates para la salsa.

—Le caes bien a mi mujer —comentó Nico en voz baja.

—No me sorprende —contesté—. Soy una persona muy sociable.

—Puede que se haya criado en esta vida, pero ella no es como tú y como yo, Gianna. No es...

¿Indolente? ¿Herida? ¿Insensible? ¿Había una palabra que reuniera todo eso?

—¿Fría?

Asintió como si él tampoco pudiera encontrar la palabra adecuada.

—Te pido que lo recuerdes cuando pases tiempo con ella.

—¿Me lo pides? ¿Por qué? As, ¿te diste un golpe en la cabeza al entrar?

—A veces me lo parece —oí que decía mirando a Elena con una chispa volátil y vulnerable en los ojos. De repente, temí por cualquiera que se atreviera a tocarle un pelo.

Y luego volvió esa sensación, ese sentimiento confuso que llevaba años eludiéndome. Anhelo. Anhelo por ser el sujeto de una mirada tan intensa, una mirada llena de algo tan puro y vehemente que podría convertir a cualquiera en creyente.

Aquella noche, después de que los tres viésemos Canal 7 en español y cenáramos en silencio, me acosté en la cama, incapaz de dormir. Estaba... perturbada. Estaba viva. Tenía la piel encendida como los ruidos y las luces en un carnaval.

Las cartas que me habían repartido nunca me proporcionarían la mano adecuada para el amor, pero si había algo parecido a sentir lo que supondría ser el objeto de esa mirada, sabía dónde encontrarlo.

Un rayo de luz procedente de la puerta del baño atravesó la habitación e iluminó la mancuernilla que había dejado en mi tocador.

Solo se acostaba tres veces con una misma mujer.

Todavía me quedaba una, ¿verdad?

Me levanté, tomé la mancuernilla y me dirigí a la puerta principal. Llevaba solo una camisa grande y un par de calcetines hasta los muslos, pero mi destino estaba al otro lado del pasillo.

En lugar de tocar, probé a girar el picaporte. Estaba abierto. Lo oí hablar en ruso con su voz profunda antes de abrirla del todo.

Estaba apoyado en la barra de la cocina con el celular pegado a la oreja. Desvió la mirada hacia mí y entornó los ojos antes de bajarlos para acariciar las curvas de mi cuerpo y posarlos en mis muslos desnudos. Inhalé una fría respiración mientras me ardía la piel. Nunca había conocido a un hombre que pudiera desequilibrarme con solo una mirada. Había experimentado resentimiento durante mucho tiempo porque él era el que me hacía sentir así, pero ahora, por culpa de un ataque temporal de locura, solo quería más.

Respondió a algo por teléfono en ese idioma pagano siguiéndome con la mirada mientras caminaba hasta él y dejaba su mancuernilla en la isla. Di otro paso. Estaba lo bastante cerca como para tener que levantar la cabeza para mirarlo a los ojos.

—Cambié de opinión —susurré.

Arqueó una ceja.

Me puse de puntitas, acerqué los labios a su oreja y murmuré:

—Me ofrezco voluntariamente.

Observé su rostro mientras intentaba encontrar el significado que había tras esas tres palabras que hacían referencia a una conversación que habíamos mantenido ocho años atrás. En cuanto vi una oscura comprensión parpadear en su expresión, me dejé caer de rodillas a sus pies. El fuego estalló en su mirada.

Froté la mejilla contra su longitud, que ya parecía dura y gruesa. Se pasó una mano por la boca murmurando algo en ruso. Ese bastardo ni siquiera me estaba concediendo toda su atención, pero, al parecer, mi cuerpo no la necesitaba porque la anticipación me bailó por la columna vertebral ante la sola idea de lo que iba a hacerle.

Sentó su mirada sobre mí mientras empezaba a abrirle la hebilla del cinturón. El suave crujido que sonó al soltarse hizo que me recorriera un escalofrío. En cuanto le desabroché los pantalones, le envolví la verga con la mano y se la lamí de la base hasta la punta. Respiró hondo, pero no soltó el aire. No hizo ningún sonido mientras me miraba con esos ojos que se habían vuelto oscuros y brumosos.

Lo lamí con la lengua emitiendo soniditos de aprobación como si fuera mi única pasión en la vida. Y empezaba a sentir que así era. El calor floreció en mi estómago y se movió hacia abajo en una oleada que me obligó a apretar los muslos para aliviar el calor. Apretó la mano alrededor del celular, su tensión aumentó en un crescendo que me moría por ver bajar.

—*Da* —le dijo a quien estuviera hablando con él por teléfono con tono molesto—. *Ya slyshal vas.*

Le pasé la lengua por el glande y, finalmente, dejé que entrara en mi boca y levanté los ojos entornados y llenos de lujuria hacia los suyos.

—Carajo.

Tiró el celular a un lado y me agarró la cara con ambas manos, acariciándome la mejilla con el pulgar como si yo fuera algo especial, algo valioso.

Eso hizo que me detuviera momentáneamente. Una ráfaga de calor se me encendió en el pecho. Más tarde, me di cuenta de que en ese momento se asentaron las primeras briznas de devoción y empezó mi caída.

—*Voz'mi menya glubzhe* —jadeó.

Me sostuvo la cara con ambas manos y se deslizó lentamente dentro de mi boca. Se me pusieron los ojos llorosos y, cuando llegó a mi garganta, no podía respirar, pero me quedé quieta y dejé que me cogiera la boca. Quería que me usara como él deseara. Quería ser todo lo que él necesitaba.

—¿Dónde puedo venirme, *malyshka*? —preguntó—. ¿En tu boca?

Parpadeé para indicarle que sí.

Un gemido retumbó desde las profundidades de su garganta convirtiéndose en un gruñido cuando terminó en mi boca. Me lo tragué y me relamí los labios, la piel me ardía bajo el calor de su mirada. Ahora entendía por qué las mujeres se arrodillaban sin esperar nada a cambio porque, por humillante que pudiera parecer ese acto, no había nada que empoderara más que llevar a un hombre como ese al borde del descontrol.

—*Takaya krasivaya* —murmuró pasándome el pulgar por el labio inferior.

Quería preguntarle qué significaba, pero me detuve antes de que se me escapara la pregunta. No quería saberlo. Estaba segura de que esa noche sería nuestro final porque me había convertido en otra tercera vez y sabía que esas dos palabras solo servirían para reforzar el apego que empezaba a sentir por él.

Se subió los calzoncillos sobre su erección que se estaba ablandando y se abrochó los pantalones. Se me escapó un pequeño chillido cuando de repente me levantó por la parte posterior de los muslos y me apoyó en la isla. Me recorrió una inesperada oleada de nerviosismo. Ya había estado desnuda una vez anteriormente en su casa y las cosas no habían acabado bien.

—No terminaste la llamada —susurré mientras él me bajaba la ropa interior.

—Acuéstate y abre las piernas.

—¿No piensas besarme primero? —pregunté parpadeando.

Cuando lo hizo, me ardió el corazón. Me agarró de la nuca y presionó la boca contra la mía con nuestras lenguas deslizándose una alrededor de la otra. Un dolor profundo y vacío me latió entre las piernas y supe que solo había un modo de calmarlo. Gemí, hundí los dedos en su pelo y lo besé con más intensidad.

—Qué codiciosa —murmuró junto a mis labios.

Deslizó la mano entre mis piernas. Cuando metió dos dedos dentro de mí, gemí y eché la cabeza hacia atrás.

Acercó la boca a mi cuello y dejó escapar un sonido ronco.

—Estás chorreando.

Me mordisqueó el cuello como si estuviera enfadado conmigo por eso. Sacó los dedos de mí expandiendo mi excitación. A continuación, me agarró por la parte posterior de los muslos, se los colocó sobre los hombros y hundió el rostro entre mis piernas.

Me dejé caer sobre la barra y cerré los ojos mientras el placer me desgarraba llenándome la sangre con un infierno. Me estremecí y me retorcí mientras él lamía y chupaba un recorrido alrededor de mi clítoris hasta que estaba tan desesperada que habría vendido a mi primogénito para conseguir lo que quería. Me golpeé la cabeza ligeramente con la barra soltando resoplidos frustrados y necesitados.

Se apartó.

—Dime por qué te drogaste en aquella cena.

Ahora sabía cuál iba a ser el final de ese bastardo.

—Carajo, te odio —jadeé.

No contestó porque había vuelto a torturarme.

—Me llamó mi *papà* —espeté—. Tengo que volver a casa a Chicago para ir a la boda de mi prima.

Era una mujer muy débil.

—¿Cuándo?

—El sábado.

Había evitado pensar en ello todo lo que podía, pero ya lo tenía ahí. Sabía que, si no aparecía, vendría mi padre para llevarme a rastras, tal y como había asegurado.

Lo único que hizo falta para que el orgasmo me sacudiera con fuerza fue que su boca se moviera sobre mi clítoris y lamiera. Se encendió una luz detrás de mis ojos, el calor se acumuló en mis entrañas y se liberó. Gemí hundiendo los dedos en su pelo mientras me recorrían el resto de las oleadas.

Se apartó con la mirada sombría mientras se limpiaba la boca con el dorso de la mano.

Fue un gesto tan primigenio y caliente que una nueva avalancha de lujuria se encendió en mi interior. De repente, lo quería dentro de mí con tanta fuerza que no podía pensar en otra cosa. Bajé de la barra, pasé la mano por su erección ya bien dura y lo besé en el pecho a través de la camisa.

Un pequeño escalofrío lo atravesó. Me agarró del pelo y me subió la cabeza para que nuestras miradas se encontraran.

—No voy a cogerte esta noche. No tengo tiempo.

Mi expresión reflejó mi desánimo.

Simplemente, por haber sido rechazada por él. Pero también había algo más profundo relacionado. Si no acababa con él ahora, nunca lo superaría y no podría pasar página ni encontrar a otro hombre interesado en mí.

Analizando mis sentimientos, había olvidado un hecho importante. Christian era muy perceptivo, podía leer la mente y estaba segura de que había leído mis pensamientos en mi rostro.

Me miró con los ojos entornados antes de tomar el saco de su traje que descansaba en el respaldo de una silla.

—¿Has estado escuchando chismes?

Me mordí el labio.

—A veces los chismes llegan a mí sin que los busque...

Se puso el saco con un gesto casual, aunque también aterrador.

—¿Y los crees?

Mis latidos temblaron como la cuerda de una guitarra. No dije nada porque no necesitaba que él supiera que lo hacía.

Se ajustó los puños con la mirada fija en su tarea, pero algo oscuro se enroscaba en él como una cuerda.

Se me heló el estómago. Quise dar un paso atrás, pero no lo conseguí. Se me escapó un grito ahogado de terror cuando alargó la mano y me agarró del cuello. Me habían enseñado a esperar lo peor de los hombres desde pequeña y el corazón me tronaba en el pecho mientras esperaba lo que fuera a hacerme.

Esperaba el dolor.

Tanto es así que el calor y la conmoción me sacudieron las entrañas cuando me acercó a él y me besó. Jaló con suavidad mis labios y me mordió ligeramente.

Acercó la boca a mi oreja y pasó el pulgar por el aleteo de los latidos en mi cuello.

—Yo diré cuándo se acaba esto, Gianna.

Me soltó y me giré para verlo dirigirse a la puerta.

—Te acompañaré el sábado.

Ni siquiera pude protestar porque seguía conmocionada y con los ojos como platos por el momento anterior.

—Salimos a las nueve —declaró.

Después de eso, cerró la puerta tras él.

Capítulo 23

Christian

Entrecerré los ojos.

—¿Qué traes puesto?

Gianna miró su modesto vestido de cóctel gris y sus tacones bajos blancos mientras intentaba sin éxito arreglarse un mechón de pelo que se había escapado de su chongo francés. Luego me miró a los ojos y dijo:

—¿No es obvio? Estoy intentando convertirme en una mujer a la que puedas amar.

No sabía por qué el sarcasmo de su voz me molestaba tanto.

—No.

Arqueó una ceja.

—¿No?

—Eso dije, Gianna. Ponte otra cosa.

Me miró mientras trataba de jalar ese mechón de pelo rebelde hacia atrás una vez más. Fue entonces cuando noté el pequeño temblor en su mano. Estaba nerviosa. No me había gustado ese conjunto desde el principio, pero ahora lo odiaba.

Alisé una arruga inexistente de la manga de mi saco.

—Mi tiempo es valioso y lo estás malgastando. Tienes cinco minutos para cambiarte.

Se rio.

—¿Y cómo le gustaría verme, alteza?

En mi cama, abierta de piernas y desnuda.

—Con lo que te pondrías para una boda a la que tu padre no asistiera.

Me miró fijamente durante un momento y, cuando se dio cuenta de que no iba a ganar, se dio la vuelta molesta. Pero no pasé por alto un amago de sonrisa en esa bonita boca antes de que desapareciera en su departamento.

Volvió a salir diez minutos más tarde con un vestido rojo de lentejuelas que brillaba bajo las luces como una bola de discoteca. Una abertura en el vestido dejaba ver sus suaves y bronceadas piernas y unos tacones de quince centímetros. La imagen me produjo una oleada de calor en la entrepierna.

Arqueó una ceja desafiándome a decir algo.

La mujer no tenía ni idea.

Creía que me gustaba.

Me había desviado de mi camino y la había seguido durante años solo para mirarla. La había insultado solo para oír su voz ahumada y respuesta pícara. Y en ese momento, después de mi mudanza a Seattle, era difícil de creer que estuviera ahí frente a mí. Que pudiera tocarla con solo estirar el brazo. Que ella me lo permitiera. No importaba si se vestía como la esposa de un narcotraficante de los setenta o como una fan loca de Ariana Grande, nada podría hacerme olvidarla. Lo peor era que ahora tenía el recuerdo de ella mirándome de rodillas. Esa imagen se había grabado tan profundamente bajo mi piel que nunca la sacaría.

Por mucho que quisiera quedármela, sabía que no debía.

No podía darle todo lo que me pedía.

Iba a llevarla a esa boda, terminar mis asuntos con Sergei y luego volver a Seattle. Sin embargo, cada vez que pensaba en irme, sentía el cuello de la camisa demasiado apretado, el aire demasiado espeso para respirar. No sabía si podría hacerlo.

—¿Lo llenaste de brillos tú misma? —pregunté mirando las puertas del elevador mientras bajábamos al pasillo.

Suspiró y alargó la mano para empujarme o hacer alguna otra estupidez, pero le agarré la muñeca antes de que pudiera tocarme.

Me miró con ojos inocentes.

—Iba a arreglarte el clip de la corbata. Está chueco.

—No, no lo está —dije con seguridad, sin ni siquiera mirarlo.

Intentó apartar la mano, pero la mantuve agarrada solo porque podía. Solo por lo jodidamente suave que era. Le acaricié la palma. Se estremeció y se apartó.

Se maquilló en el espejo de camino a la pista de aterrizaje mientras yo fingía que mi sangre no palpitaba de aprobación por tenerla en mi espacio, incluso haciendo cosas tan mundanas no relacionadas con la verga como aplicarse rímel.

Frunció el ceño cuando vio el avión privado.

—Por favor, dime que este avión no pertenece al FBI.

—Este avión no pertenece al FBI.

—Mentiroso.

Mientras subíamos al avión, murmuró algo sobre un sarpullido.

La azafata rubia sonrió y saludó a Gianna, pero pasó un tiempo anormalmente largo hasta que me miró y me preguntó nerviosa si podía tomar mi saco. Desapareció con ella mientras Gianna ponía los ojos en blanco.

—Ni siquiera te fijas en cómo actúan las mujeres delante de ti, ¿verdad?

—Me fijo en todo lo que haces, *malyshka*.

Se detuvo y me miró fijamente un momento antes de apartar la mirada.

—¿Quién paga este viaje en avión privado? ¿Mis impuestos?

Tomé asiento en el sofá de cuero blanco mientras la miraba moverse y tocar todo lo que tenía a la vista.

—Hay que tener ingresos para pagar impuestos.

—Yo tengo. Soy... empresaria.

—Eres una ludópata —la corregí secamente.

—Es lo mismo, en realidad.

—¿Por qué quiere tu padre que asistas a esta boda?

Tomó un pisapapeles del FBI para examinarlo.

—Por razones perversas, estoy segura.

—Explícate.

Tragó saliva.

—Ahora soy una mujer soltera.

—Ah, ¿sí? —No sé por qué esa pregunta sonó a amenaza.

Me dirigió una mirada llena de dudas.

—Sí. Probablemente quiere remediarlo.

En ese momento supe que no se casaría con otro maldito hombre que no fuera yo. Y no se iba a casar conmigo.

—¿Y si lo hace?

—Ya te lo dije. No voy a volver a casarme.

Se acabaría yendo. De la vida, la ciudad, de mi lado.

El pensamiento irracional de que no sería capaz de encontrarla hizo que un torrente helado de pánico me recorriera. Yo podía encontrar a cualquiera.

Nunca dejaría que se fuera.

No me importaba si tenía que esposar a esa pequeña fugitiva a mi cabecera.

La promesa me atravesó el cuerpo, se instaló en lo más profundo de mí y calmó el torrente de sangre en mis venas.

Se sentó en la silla frente a mí y abrió una revista de moda.

—¿Cómo vas a explicar por qué estás conmigo?

«Eres mía. Y voy donde tú vayas».

—Nadie me preguntará.

El celular me vibró en el bolsillo y lo saqué.

Aleksandra: Padre quiere cenar pronto.

La frustración me invadió. Sergei solo me hablaba a través de su hija. Me sorprendió que no la hubiera desnudado delante de mí y me hubiera ofrecido cogérmela, así de comprometido estaba con esta alianza. Quería meter mano en el submundo americano sin dejar de lado sus valores tradicionales rusos y, al parecer, un pacto conmigo era la manera de hacerlo.

El gobierno ruso había aumentado la seguridad fronteriza y Sergei tenía la mayor parte de esa seguridad en su bolsillo. Ya no me importaba una mierda la política rusa, pero, por desgracia, al único pariente que me quedaba sí.

Después de ser liberado de las celdas de hacinamiento de Butyrka a los diecinueve años, me vine a los Estados Unidos, mientras que Ronan optó por quedarse en Moscú como un mísero ejecutor en la Bratvá. Quince años después, era el dueño de su propio imperio. Pero seguía teniendo un enfoque más práctico a la hora de conseguir lo que quería, mientras que la delegación (y un poco de manipulación) era lo mejor para ganarse a Sergei Popov.

Le envié un mensaje a Aleksandra para decirle que estaba libre el viernes y me metí el teléfono en el bolsillo. Cuando volví a fijarme en Gianna, fue para verla mordiéndose el labio con su tez aceitunada un tono más pálida.

Le tenía miedo a su *papà*.

Me invadió la ira.

El único que debería ponerla nerviosa era yo.

—*Voy kak volk, malyshka.* —«Aúlla como un lobo».

Sus suaves ojos me miraron. Me hicieron un pequeño agujero en el pecho.

—*Voy kak volk* —susurró.

Lo había dicho bien.

Y de repente supe que no iba a dejarla escapar.

No había pisado una iglesia en años. Y no porque pensara que me derribarían nada más entrar, sino porque o hacía demasiado calor, o había demasiado polvo o eran demasiado pretenciosas. El ambiente magnánimo prácticamente te tragaba entero cuando entrabas; sin embargo, ni una sola iglesia me había dado un trozo de comida cuando tenía trece años, estaba muerto de hambre y me sentía humillado mendigando.

La familia de Gianna casi la tumba con abrazos y una cantidad ridícula de besos en cuanto entramos en la iglesia. Ella estaba sonrojada y lucía una sonrisa genuina que nunca obtuve de ella. Una de sus tías me miró, se abanicó vigorosamente con el programa de la boda, miró a Gianna y dijo:

—*Madonna.*

Gianna suspiró y me miró.

—Este es...

Permanecí en silencio y dejé que pasara un mal trago solo porque quería ver qué diría, pero, por desgracia, fue interrumpida por una arrogante voz detrás de nosotros:

—Allister.

Gianna se puso tensa.

Deslicé una mano hasta su cintura y me volví hacia su padre.

—Saul —dije con un tono familiar.

No la miré, pero pude sentir clavada en la cara su mirada traicionada, cosa que me produjo una extraña opresión en el pecho.

—No esperaba tu presencia hoy. —Los ojos de Saul se desviaron hacia mi mano en la cintura de Gianna—. Y nada menos que con mi hija.

—Un hombre de tu edad ya debería haber aprendido a esperar lo inesperado.

Gianna inspiró con nerviosismo.

Era un insulto pésimo, pero había aprendido con los años que lo pésimo obtenía los resultados más rápidos.

La expresión de Saul no vaciló mientras me sostenía la mirada. Pero, cuando sus ojos finalmente se desviaron hacia su hija, sus siguientes palabras llegaron marcadas por un ligero apretón de dientes:

—Me gustaría hablar contigo en casa antes del banquete, Gianna.

—Me encantaría, pero..., de verdad, nuestra agenda se ha llenado tan rápido que apenas puedo llegar a todo. —Parpadeó—. ¿Crees que tendremos tiempo, Christian?

Quería sonreír. Besarla por ser una lobita tan buena. En lugar de eso, me limité a decir:

—Creo que nos dará tiempo.

La incertidumbre cruzó su expresión.

El padre de Gianna me caía tan bien como Antonio. Aceptar darle un golpe bajo habría sido un placer para mí. Pero si Gianna no resolvía sus asuntos con él, seguiría volviendo hasta conseguir lo que quería.

—Me alegra ver que puedes dedicarle unos minutos a tu *papà*. —Una sutil amenaza brilló en los ojos de Saul—. Hasta entonces, *cara mia*. —El veneno contenido en su voz se expandió por delante de nosotros mientras se dirigía al pasillo para sentarse en su banco.

Gianna estaba agitada, pero lo disimulaba bien. ¿Su ira? No tanto.

—Gianna...

Me dejó allí de pie.

Por mucho que me molestara que se hubiera apresurado a pensar lo peor de mí, dejé que se molestara porque era lo que necesitaba en ese momento.

La ceremonia católica fue larga y un poco melodramática. Gianna no me había dirigido la palabra desde que había tomado asiento junto a mí en el banco. Ni siquiera un chiste o un insulto. No me gustaba.

De camino a casa de su *papà*, se limitó a mirar por la ventanilla y guardar silencio. Cuando la boda acabara, iba a obligarla a hablar conmigo durante dos horas seguidas antes de darle su orgasmo.

Uno de sus primos, a quien Gianna había llamado Guccio y que no podía tener más de veinte años, abrió la puerta y nos condujo al despacho de su padre.

Guccio evitó mi mirada.

—Quiere, eh, hablar contigo a solas, Gianna.

—Bien —suspiró ella.

La agarré de la muñeca cuando dio un paso hacia la puerta.

—No tienes que entrar ahí sola.

—No pasa nada. Intentaré no tardar mucho para que tengan tiempo de sobra para hablar de negocios. —Sus ojos brillaron con resentimiento.

Se me tensó la mandíbula, pero la dejé irse.

Cerró la puerta detrás de ella

Guccio se frotó el puño con la mano y cambió el peso al otro pie.

—Puedes esperar en la sala.

—Prefiero esperar aquí.

Tragó saliva.

—La sala sería mejor.

Le lancé una mirada que le hizo saber que estaba acabando con mi paciencia. Murmuró:

—De acuerdo.

Luego se alejó. De pie junto a la puerta, podía oír sus voces apagadas en el interior.

—Te mueves rápido, Gianna —dijo Saul—. ¿No murió tu marido hace una semana?

—Una semana y media —lo corrigió ella.

—No te hagas la lista conmigo. ¿Intentabas hacerme quedar como un tonto hoy?

—No tengo ni idea de cómo podría hacerte quedar como un tonto.

—Ese vestido..., aparecer con un hombre como Allister. Te hace parecer una puta.

Ella dejó escapar un ruido amargo.

—Me llamabas puta cuando tenía diez años e iba con mi vestido rosa a la iglesia. Esa palabra está un poco gastada, *papà*. ¿No puedes pensar en algo un poco más original?

—Veo que tu fastuosa vida en Nueva York te ha vuelto una malcriada. —Oí el ruido de unos papeles sobre la mesa—. No importa. Estoy seguro de que no es nada que no se te pueda quitar a golpes. Por lo que recuerdo, siempre fuiste muy fácil de doblegar. Dime, ¿aún te da miedo la oscuridad?

Silencio.

Se rio entre dientes.

—Eso pensaba. No tenemos que hablar de... eso ahora mismo. ¿Crees que Allister se casará contigo?

La pregunta le hizo gracia.

—No. No lo creo.

Sonó tan jodidamente segura que me dieron ganas de arrastrarla al juzgado en ese mismo instante.

—¿Tú qué crees, Donny? —Saul se dirigió a su mano derecha, que debía de estar en la habitación.

—No lo creo, jefe.

—Entonces estoy seguro de que no le importará si te regresas a Chicago —dijo Saul—. Una vez que te hayas instalado, hablaremos para pactar un matrimonio para ti. Ya es hora de que tengas hijos, Gianna. Se te va a ir el tren.

—Por mucho que aprecie la sincera preocupación en tu voz, no. No a la mudanza. No al matrimonio. Y no a coger con un hombre que tú elijas.

«Bien dicho».

Una mano golpeó el escritorio.

—¡Tienes un deber en esta familia, maldita sea!

—¿Deber? —dijo burlándose—. ¿Qué has hecho tú por mí? Desde luego no protegiste a tu hija de ocho años de uno de tus amigos enfermos.

Un espeso silencio se coló por debajo de la puerta.

En ese momento, cuando no trató de quitarle importancia a su acusación, supe que nunca lo había sabido. Y eso era lo único que le salvaría la vida.

—Te vestí, te alimenté...

—Básicamente, lo mínimo para mantener a alguien con vida. Lo entendemos, *papà*, fuiste un padre excepcional.

—Zorra desagradecida —espetó.

—Sabes, lo siento por ti. Estabas obsesionado con *mamma* y ella te odiaba. Te odiaba tanto que corría el riesgo de huir de ti una y otra vez. —Su voz tembló con emoción.

Me moví al oír una silla estamparse contra la pared y abrí la puerta de golpe. Mi voz sonó inquietantemente calmada:

—Quítale las manos de encima.

Saul la tenía sujeta por la cara, clavándole los dedos en las mejillas. Tensó la mandíbula, pero la soltó, dio un paso atrás y sacudió el brazo.

No la miré, no podía mirarla, porque si había una sola marca roja en su piel, estallaría.

—Sal, Gianna —le dije.

Ella vaciló.

—Fuera.

Mientras se dirigía hacia la puerta, Donny miró a Saul para ver si debía dejarla pasar. Saul asintió con firmeza. Donny cerró la puerta y se puso junto a ella.

Saul se sentó de nuevo en su silla y ajustó algunos papeles en su escritorio, como si no acabaran de descubrirlo agrediendo a su hija.

—Toma asiento, Allister. Hacía tiempo que no charlábamos.

No había charlado con él en mi vida. Tampoco había trabajado con él. Yo era solo un conocido suyo a través de Antonio. Y solo había aceptado trabajar con Antonio, un italiano, nada menos, porque estaba obsesionado con su mujer.

Permanecí de pie.

—No sé cómo puedo decirte esto de forma más breve y sutil: Gianna ya no existe para ti.

—Dices eso como si tuvieras algún derecho sobre ella, Allister. Recuerda, yo soy quien la trajo al mundo.

—¿Lo hiciste? Por lo que he oído, alguien más se cogió a tu mujer más duro que tú.

El color rojo le invadió la piel.

—No querrás ser mi enemigo.

—Me temo que quizá sea demasiado tarde para eso.

Nuestras miradas ardieron clavadas en la del otro.

—¿Quieres a mi hija? Bien, quédatela. Pero no me vengas llorando cuando la encuentres cogiendo con el albañil. Me temo que en eso se parece a su madre.

El cabrón estaba tan amargado que apestaba. Pero había algo más: la culpa. El jefe estaba envejeciendo y su conciencia se estaba llenando. Era demasiado perverso para saber cómo disculparse y, en lugar de eso, había acabado ahogando a su hija.

—Me arriesgaré.

Cuando pasé junto a su mano derecha, un solo estallido rebotó en las paredes cuando saqué mi calibre 45 y le disparé en el brazo. Gruñó de dolor y se deslizó por la pared.

Saul tenía la mandíbula apretada, pero se limitó a arquear una ceja.

—Eso por tocarla. —Guardé el arma y abrí la puerta—. Cada vez que toques algo que me pertenezca, yo joderé algo tuyo.

Capítulo 24

Gianna

El estallido que atravesó el aire me clavó una estaca de hielo en el corazón.

En cuanto Christian entró en el salón por el que me estaba paseando, el alivio me inundó la piel y me robó el aliento.

Se me aceleró el pulso.

Me ardían los ojos.

La ira, el alivio, el miedo a esta retorcida reunión familiar..., todo explotó. Corrí hacia él y lo empujé. No se movió ni un centímetro y eso solo hizo que me enfadara aún más. Una lágrima me resbaló por la mejilla.

—¡Has estado trabajando con mi padre! —acusé.

—No he trabajado nunca con tu padre.

Se me escapó un sonido amargo que daba a entender que no lo creía.

Se le tensó la mandíbula.

—Solo traté con Antonio. Como ya sabes, resulta que se movían en el mismo círculo.

Lo que decía tenía mucho sentido. Había sacado conclusiones precipitadas porque siempre asumía lo peor de los hombres. Pero no era solo eso. Quería creer que él era lo peor porque me hacía sentir como si estuviera perdiendo el control, como si el salvavidas se me escapara de entre los dedos cada vez que él me ponía las manos encima.

Odiaba esa sensación.

Agradecimiento. Incertidumbre. Alivio.

Porque al final iba a acabar ahogándome en ellos.

Y él iba a permitírmelo.

La ira volvió con todas sus fuerzas y me quemó las venas y la parte trasera de los ojos.

—Mentiroso —exclamé y volví a empujarlo.

Quería hacerle daño.

Quería hacer que sintiera lo que había sentido yo al oír ese disparo.

Le golpeé el pecho hasta que me atrajo hacia él y me inmovilizó las muñecas con una mano detrás de la espalda. Me resistí, pero con el calor de su cuerpo aumentando la temperatura del mío, el cansancio se apoderó de mis músculos de repente.

—Respira —me ordenó.

Inhalé profundamente.

—Suéltalo.

Me apoyé en él respirando profundamente con unas lágrimas silenciosas cayéndome por las mejillas. Quería odiarme a mí misma por volver a llorar delante de ese hombre, pero no podía concentrarme en nada que no fuera en lo bien que me sentía presionada contra él, en lo apropiado que me resultaba.

—Escuché un disparo —murmuré con la voz llena de un evidente alivio.

Esas tres sencillas palabras me rasgaron el corazón y se lo mostraron de par en par.

Estaba sangrando, goteando ante sus pies.

Me levantó la barbilla llevando mi mirada hasta la suya. Tenía su cara muy cerca, aunque la veía borrosa con mis ojos humedecidos.

—Creía que me odiabas, *malyshka.*

—Y te odio —susurré junto a sus labios, pero fue un sonido demasiado crudo y desesperado para parecer convincente.

Justo cuando pensaba que iba a estampar los labios sobre los míos, se apartó. Inhalé con incomodidad sintiendo su pérdida como una corriente helada por debajo de la piel.

Su voz era distante:

—Deberíamos irnos.

—Espera —dije—. Los libros de cocina de *mamma.* Los necesito.

—Pues apúrate. No creo que nadie vaya a invitarnos un café —repuso secamente.

Sentía curiosidad por lo que había pasado en el despacho de *papà* después de que me fuera, sobre todo respecto al disparo, pero, en ese momento, no encontré energía para interrogarlo.

Guccio se levantó de golpe cuando lo encontramos comiéndose un bocadillo en la isla de la cocina. Me miró con los ojos muy abiertos mientras buscaba por los armarios que había sobre el microondas, donde *mamma* guardaba sus libros. Conocía lo suficiente a *papà* como para saber que no se habría deshecho de sus cosas. La quería de un modo inquietante y opresivo.

Como no los encontré, me giré hacia mi primo, que tenía siete años la última vez que lo había visto.

—¿Dónde están los libros de cocina de mi *mamma*?

Frunció el ceño.

—No le hará gracia que te los...

—Dónde. Están. Los. Libros —insistió Christian en tono impaciente.

Guccio tragó saliva y soltó un suspiro.

—En la habitación de invitados. Arriba. —Se hundió en su silla, derrotado.

Diez minutos después, estábamos llevando una caja polvorienta cada uno llena de libros de cocina hasta el coche que esperaba en la banqueta. Miré por la ventana hacia la pista de aterrizaje. Ese momento en el salón se había quedado entre nosotros como un pegamento enredado y complicado de quitar.

Al parecer, tras un periodo tan largo de celibato, no sabía cómo mantener separados los hechos y los sentimientos. Supuse que sería una atracción sexual básica, algo parecido al síndrome de Estocolmo. Solo había una solución real al problema: tenía que dejar de acostarme con él.

Así. Sencillo. Problema resuelto.

Pero tendría que haber sabido que no había nada sencillo relacionado con Christian Allister.

No teníamos planeado volar a casa tan pronto, pero después de que mi cita hubiera admitido casualmente disparar a uno de mis parientes, decidí que sería mejor saltarnos la celebración.

Me sentía como si me hubiera quitado un peso de los hombros al plantarme ante mi padre después de tantos años y sabía que nunca habría tenido las agallas de hacerlo si Christian no hubiera estado cerca.

Se reclinó en el sofá mientras yo me apoyaba en la silla frente a él para el despegue. Se había mostrado distante la última ahora, pero nada en él parecía desinteresado.

Su mirada me lamió la piel como si fuera de fuego mientras subía por mi muslo expuesto por la abertura del vestido. Intenté ignorarlo, pero mi cuerpo respondió por mí. Se me frenó la respiración. Se me tensaron los senos.

En cuanto estuvimos en el aire, sentí sus roncas palabras entre las piernas:

—Ven aquí.

Un rubor me recorrió el cuerpo.

Negué con la cabeza.

Me excitaba el modo en el que me miraba. No tendría manera de mantenerme firme si me tocaba.

—Las mujeres nunca me dicen que no, *malyshka.* —Su voz tenía un toque oscuro y despreocupado—. Siempre han hecho todo lo que les decía. Cualquier cosa que se me ocurriera. Sin embargo, nada de eso ha sido nunca tan satisfactorio como estar dentro de ti.

Una oleada de celos se encendió en mi pecho, pero había otras partes de mi cuerpo que se habían calentado con cada estúpida palabra que había salido de su boca. Quería rendirme ya y solo llevábamos cinco minutos de vuelo. Sabía que había una cosa que marcaría un límite y lo mantendría ahí.

Arqueé una ceja con aire desafiante.

—Quítate la camisa.

Entrecerró los ojos y me miró fijamente. Se le tensó la mandíbula y lo que dijo a continuación hizo que se me parara el corazón:

—Ven y quítamela tú misma.

La tentación tiró de mi interior.

Luché contra ese impulso tres segundos enteros, pero ¿a quién quería engañar?

Esa batalla estaba perdida antes incluso de empezar.

Me levanté, atravesé la distancia que nos separaba y me coloqué entre sus piernas mirándolo desde arriba, aunque no sentía que tuviera la ventaja.

—Gracias por acompañarme hoy.

Deslizó las manos por la parte trasera de mis muslos y me acercó para que me sentara a horcajadas sobre él. Un suspiro de aprobación se me escapó al sentir su contacto.

Presionó la cara contra mi cuello y me dijo:

—Puedes darme las gracias dejándome que te coja haciendo el misionero.

«Dios mío».

—Es tu favorita, ¿verdad, *malyshka*? —Me dio un mordisquito detrás de la oreja y gemí. Me recorrió el cuello con los labios—. Probablemente, querrás que te bese mientras te cojo.

«Sí».

Me agarró la mano y la presionó contra su erección. Me ardía la sangre mientras me daba besos por el cuello y yo frotaba su longitud a través de los pantalones.

—Quítate el vestido.

Antes de que me diera cuenta de que lo había hecho, tenía el cierre bajado hasta la cintura. Me aparté y lo fulminé con la mirada.

—Me distraes.

Él rio.

—Bien. —Se pasó una mano por la mandíbula y colocó los brazos detrás del sillón—. Adelante, Gianna.

Tragué saliva sintiendo de repente que estaba a punto de empezar una aventura mucho más grande que el simple hecho de quitarle una camisa a un hombre. Empecé por abajo y no tenía ni idea de que estaría liberando una obra maestra con cada botón. Una obra maestra ligeramente tosca y fascinante.

Tenía el torso cubierto de tatuajes en blanco y negro desde una virgen con un niño en el abdomen hasta una daga que le atravesaba la clavícula de hombro a hombro. Una cruz en un pectoral y una rosa en el otro. Una iglesia con cúpula en el costado. Un faro en el brazo derecho.

El grillete de una de sus muñecas fue lo que me ayudó a comprenderlo.

Había estado en la cárcel.

En una cárcel rusa.

Acaricié los billetes de dólares estadounidenses que tenía en el hombro y me pregunté si, cuando se había hecho el tatuaje, sabía que acabaría aquí, a diez mil metros del suelo en un avión del Gobierno de los Estados Unidos.

Se le tensaron los abdominales cuando pasé la mano sobre ellos.

—¿Me dirás lo que significan? —pregunté.

—No. —Lo dijo con brusquedad.

Lo acaricié con los dedos sabiendo que a veces esos símbolos implicaban que el portador había hecho cosas horribles para ganárselos y, aun así, quedé fascinada por todos y cada uno de ellos. Tal vez porque ya sabía que estaba muy lejos de ser un niño bueno.

—Dime qué significa uno de ellos.

—No.

No podía dejar de tocarlo, no solo porque era indiscutiblemente el hombre más sexi que había visto nunca, sino porque era además el más fascinante. Un profesional frío por fuera y un criminal corrupto por debajo de la superficie.

Cerré la mano alrededor del tatuaje del grillete de su muñeca.

—Este. Dime qué significa este y te dejaré hacer lo que quieras conmigo.

—Eso puede abarcar muchas cosas.

Me recorrió un escalofrío por el tono ligeramente amenazante con el que lo dijo.

—Soy consciente.

—Te seguiré la corriente, pero solo porque aún nos quedan dos horas de vuelo y prefiero pasarlas cogiéndote, no porque me esté abriendo a ti, ¿entendido?

«Imbécil».

Suspiré.

—Y yo que creía que estabas a poco de proponerme matrimonio.

—Simboliza una sentencia de cárcel de cinco años.

«¿Cinco años?».

Tenía muchas preguntas, pero me las guardé para mí misma. Sabía que, si le daba demasiada importancia a lo que compartía conmigo, solo conseguiría que se decidiera a no contarme nada más.

Hice cálculos mentales rápidamente. Conocía a ese hombre desde hacía ocho años. Antes de eso, habría necesitado unos años para labrarse una reputación lo bastante significante para mantener el puesto que tenía ahora. ¿Qué tendría? ¿Treinta y tres años? Debía de ser muy joven cuando estuvo en la cárcel. ¿Un adolescente?

Por Dios, lo de Rusia era una barbaridad.

Le pasé un dedo por la mejilla, horrorizada de pensar lo que habría tenido que pasar en la cárcel con esa cara. Volvió a leerme el pensamiento.

Me agarró la muñeca con fuerza y me dijo con voz áspera:

—No necesito tu piedad. Me defendí en la cárcel. Con catorce años ya era más grande que la mayoría de los hombres. Por no mencionar que también era más frío gracias a... —Se interrumpió.

«¿Gracias a quién?».

Algo me llamó la atención. Bajé la mirada a la mano que me tenía agarrada, a la liga que llevaba en la muñeca.

—¿Qué es...?

Callé cuando me di cuenta de lo que era. Llevaba usando esas mismas ligas negras para el pelo desde que tenía uso de razón. Se me aceleró el corazón cuando me volvió el recuerdo de él metiéndose la liga en el bolsillo cuando yo estaba desnuda en su cama tres años antes.

La sorpresa me golpeó con tanta fuerza que pasé a la ofensiva.

—Eso es mío —acusé como si fuera algo importante que él me hubiera robado. Alargué el brazo para recuperarla, pero me detuvo agarrándome también la otra muñeca.

—Ahora es mía.

¿Llevaba tres años con la liga puesta? No sabía si me parecía perturbador o... sexi.

—Bien —suspiré como si no me importara—. Puedes quedártela.

A continuación, me incliné y lo besé antes de que pudiera leer esos pensamientos contradictorios en mi rostro.

—No te estaba pidiendo permiso. —Me mordió el labio.

El beso se intensificó con el caliente movimiento de lenguas. El calor se disparó entre mis piernas, estaba perdiendo el aliento, pero, de algún modo, logré encontrar la determinación suficiente para meterme con él:

—Es adorable que la lleves puesta.

Me dio una palmada en el trasero tan fuerte que dolió.

—Es casi... —jadeé mientras lamía ese punto sensible que tenía detrás de la oreja—. Romántico.

Emitió un sonido sombrío y divertido.

—Iba a ser dulce y agradable contigo, *malyshka.* —Me recorrió el cuello con los labios, su voz no era más que un gruñido—. Ahora voy a hacerte gritar.

Un escalofrío me recorrió la columna.

Me llevó a una habitación que había en la parte de atrás, me dejó caer en la cama, se desabrochó el cinturón y se desnudó por completo. Colgó la ropa ordenadamente en el respaldo de una silla, aunque yo habría arrojado la mía al suelo. No tenía ni idea de lo que estaba haciendo con ese hombre, pero mientras lo miraba con párpados entrecerrados, me ardía la piel de la anticipación de sentirlo contra mí.

Levanté una pierna y apoyé el talón en su estómago desnudo. Abrió la correa del zapato que me rodeaba el tobillo y dejó el tacón en el suelo. Pero, antes de ponerse con el otro pie, me besó el empeine. No sabía si era una zona erógena, pero se me encendió todo como si lo fuera.

Su cuerpo cayó sobre el mío y la sensación de tener su piel contra la mía por primera vez hizo que me subiera un gemido por la garganta. Me recorrió un escalofrío mientras me besaba suavemente. Todavía tenía el vestido alrededor de las caderas y se limitó a arrojar mi ropa interior a un lado antes de meterse dentro de mí. Jadeé, le clavé las uñas en los hombros y arqueé la espalda para que se metiera todavía más dentro de mí.

Se ponía muy serio e intenso cuando cogía, como si estuviera ahí para hacer un trabajo que adorara en secreto. Pero, de vez en cuando, se dejaba entrever algo dulce y sexi, un rugido de aprobación contra mi cuello como si estuviera mostrando su aprecio por mí ahí tumbada, recibiéndolo. Ese «hecha para mí» que susurró junto a mi garganta mientras se metía lentamente en mis profundidades. La presión de sus caderas contra las mías y la suavidad de sus caricias incluso mientras me cogía con tanta fuerza que podría desmayarme.

En algún momento, perdí el resto de la ropa y me quedé boca abajo mientras él sostenía mis muñecas al lado de mi cabeza y me cogía desde atrás.

Se quedó quieto con la respiración entrecortada al tiempo que me rozaba la nuca con los labios.

—Quiero venirme dentro de ti, *malyshka.*

Mi mente gimió a modo de protesta, pero mi cuerpo gritaba «SÍ».

Me había bajado la regla el día después de nuestro último encuentro y hacía dos días que había acabado, así que, estadísticamente, estaba bastante segura. Aunque, desde luego, lo que estábamos haciendo ya era bastante arriesgado, pues no podía asegurar al cien por ciento que no estuviera acostándose con otras mujeres.

Sin embargo, en ese momento, estaba tocándome un lugar tan profundo e intenso que me estaba llevando a un punto al que nunca había llegado y se me estaban formando lágrimas en los ojos. Me inmovilizaba con su peso corporal enviándome oleadas de puro placer a través de la sangre. Y luego tenía esa sensación en el pecho de ligereza y pesadez al mismo tiempo.

Era demasiado.

Mientras caía al precipicio de la liberación, perdí todo sentido de la razón.

De repente, quería que lo hiciera. Lo necesitaba. Suplicaría por ello.

—Termina dentro de mí —rogué.

Presionó la cara en mi cuello y gruñó de satisfacción.

Ese sonido era lo único que necesitaba para caer en el abismo.

Tal vez hubiera olvidado algunos sentimientos los últimos años, pero sabía cuál era ese.

Felicidad.

Capítulo 25

Gianna

Ya me había convertido en otra tercera vez.

Yo lo sabía.

Él lo sabía.

Hasta la maldita azafata probablemente lo sabía.

Se sentó a los pies de la cama con los codos sobre las rodillas. Su presencia no emanaba arrepentimiento, sino algo muy muy reflexivo. Deliberativo. Imaginé que así era cómo ideaba sus planes para dominar el mundo.

Suspiré y me estiré como un gato.

—Dios, me muero de hambre.

—No tienes ni idea de lo que es morir de hambre.

Lo dijo de un modo suave y pensativo, como si ni siquiera se hubiera dado cuenta de que estaba hablando.

Me quedé momentáneamente paralizada.

Porque en ese instante supe que, en algún momento de su vida, ese hombre había pasado hambre.

No me permití darle vueltas porque si lo hacía la pregunta saldría disparada de mí como confeti y todos sabíamos lo poco que le gustaba abrirse.

Seguía atrapado en sus pensamientos cuando tomé su camisa y me la puse como vestido. Me la estaba abrochando mientras pasaba por delante de él para salir por la puerta cuando me agarró por la cintura.

—¿A dónde vas?

—Por unos cacahuates. Espero que el FBI haya gastado bien el dinero de la clase trabajadora y haya algunos cubiertos de chocolate.

Me acercó hasta que estuve entre sus piernas.

—Aterrizamos hace diez minutos.

—Ah, ¿sí? ¿Cómo no me di cuenta?

Sus ojos se iluminaron con un brillo sexi.

—Estabas demasiado ocupada gritándole a Dios.

Ojalá no me pasara, pero no podía evitarlo.

Me sonrojé.

Cuando me acarició la mejilla, una ola de calor me atravesó el pecho y me derritió el corazón.

—Dime que me odias, *malyshka*.

La manera en que lo dijo, tan profunda y vehemente, hizo que la sangre me circulara lentamente por las venas. Me recordó al peso de su cuerpo sobre el mío. A sus manos presionándome contra la cama.

Intenté decirlo. Lo hice con todas mis fuerzas. Sin embargo, por mucho que me confundiera, no podía articular esas palabras con los labios. Así que, en lugar de eso, me alejé de él agitada.

—Esto es ridículo.

—No me odias —dijo con un tono de voz bajo y resignado—. Pero cuando esto acabe, puede que lo hagas.

—¿Esto?

—Nosotros.

Sentí un *déjà vu* caliente y eléctrico recorriéndome la espalda.

Me miró con una convicción perturbadora en los ojos mientras mi corazón se esforzaba por comprender los sentimientos que se enfrentaban en su interior. El último que salió de los confines de mi mente, aquel con el que estaba más familiarizada, ganó. Pánico. Había estado atrapada en dos matrimonios forzados durante los últimos ocho años de mi vida. La idea de cualquier tipo de compromiso era como un puño que me agarraba los pulmones y los estrujaba. Intenté disimularlo lo mejor que pude, pero sabía que lo había visto en mi cara.

Movió la mandíbula mientras una cortina de oscuridad le cubría los ojos.

—Hablo del sexo, Gianna.

Oh.

—¿Quieres decir... solo sexo?

Asintió y me apartó la mirada.

—Temporalmente. Hasta que me vuelva a Seattle.

Oh.

El puño que apretaba mis pulmones los soltó poco a poco, pero sus palabras habían dejado un rastro de dolor.

Aunque, por alguna razón, el brillo en su mirada antes de que la hubiera apartado me había resultado... poco sincero. Un instinto me decía que me estaba mintiendo, pero no estaba segura. Sabía que le atraía, sabía que me deseaba en el sentido sexual de la palabra, tal vez incluso disfrutaba discutiendo conmigo, pero era difícil creer que estuviera realmente interesado en mí. Era un desastre. Y él era un puritano como ninguno.

—¿No tienes una relación con Aleksandra?

Me di cuenta de que parecía una rompe hogares, acababa de suplicarle que se metiera dentro de mí, por el amor de Dios. Aunque, a decir verdad, tenía problemas mucho más serios que ese.

—No.

—Te acuestas con ella.

—Nunca me he acostado con ella.

El tsunami de alivio que me golpeó me dejó un poco desconcertada.

¿Quería acostarse conmigo cuatro veces? No sabía si debía sentirme especial o aterrorizada. Me estaba decantando por una mezcla de ambos.

Me mordí el labio mientras reflexionaba.

¿No me acababa de decir a mí misma que debía parar de acostarme con él? ¿Por qué me lo estaba siquiera planteando? Mi mente daba vueltas como un torbellino, pero mi cuerpo ya había tomado una decisión. Seguía temblando de satisfacción tras los dos intensos orgasmos que acababa de sacar de mí.

—Me aseguraré de que estés bien, *malyshka*.

Un gemido atormentado me trepó por la garganta, pero no podía deshacerme de una estremecedora señal de alerta en el cuello. ¿Por qué parecía una trampa?

—No sé yo...

—No veo el problema. —Me desafió con la mirada—. A no ser que creas que te enamorarías de mí.

Puaj.

Me había acorralado.

Tenía que admitir que corría el peligro de enamorarme de él o dejar que me cogiera durante el tiempo que permaneciera en Nueva York.

Qué cabrón despiadado.

Aunque tal vez eso era lo que necesitaba. No quería renunciar al sexo, pero tampoco quería buscar a otro hombre para sustituir a Christian. Una burla sonó en mi mente, como si eso fuera posible. Podía usarlo como él me había estado usando a mí, ¿no?

Jugueteé con el cuello de su camisa.

—Tengo que poner algunas condiciones, claro.

—Por supuesto.

Andando en círculos frente a él, las enumeré:

—No soy una esclava sexual. No me voy a arrodillar a tus órdenes como esperas que todas las mujeres hagan.

Se rio.

—Va a ser un hábito difícil de romper, pero lo intentaré.

—Sé que te encanta lo inteligente y graciosa que soy y adoras pasar tiempo conmigo, pero soy una mujer ocupada. Tienes que darme mi espacio.

Utilizó un tono seco:

—Lees novelas de mierda en la alberca y pasas el resto de tu tiempo de compras en Barneys.

Lo ignoré y dije la siguiente norma con un tono tan serio que lo hice reír:

—Tienes que besarme cuando quiera.

—Hecho.

—Condones, Christian. Tienes que aprender a ponértelos.

—De acuerdo.

Entrecerré la mirada porque había cedido con demasiada facilidad.

—¿Algo más?

—No sé qué fetiches tienes, pero hay algunas líneas que no estoy dispuesta a cruzar. —Era claramente una pervertida porque no se me ocurrieron muchas—. Mordaza..., cosquillas, definitivamente no, y prefiero evitar la puerta de atrás.

Se puso en pie y me hizo levantar la cabeza para mirarlo a los ojos.

—¿Eso es todo?

—Creo que sí —respondí dubitativa. No me gustaba lo que veía en su mirada.

—Sí a las primeras, no a la última. —Me agarró de la camisa y me atrajo hacia él para pronunciar sus siguientes palabras al lado de mi oído—. Voy a arruinar cada parte de tu cuerpo para que ningún otro hombre puede usarlas, *malyshka*, y vas a darme las gracias cuando acabe.

Estaba haciendo un pacto con el diablo.

Y ni siquiera pude encontrar la gracia para salvarme.

La mañana siguiente a nuestro regreso de Chicago, estaba peleándome con mi cerradura antes de ir a yoga. Dio la casualidad de que Christian salió de su departamento en ese mismo momento. Nuestras miradas se cruzaron. El tiempo transcurrió en cámara lenta, haciendo que me tocara la piel como una ola de calor que me dejó caliente, nerviosa y sin aliento. Ahí era donde normalmente tendría algo ingenioso que decir, pero, en realidad, me sentía... ¿tímida?

La noche anterior, después de llevarme a casa, me había cogido contra la puerta. Había sido ardiente, rápido e intenso. Después me había besado. Me había besado durante tanto tiempo que mi cerebro se hizo papilla, mis piernas se volvieron gelatina y mi corazón comenzó a arder. Luego, me había dejado sin aliento y pensando en él durante una cantidad ridícula de tiempo.

En ese momento, con solo un poco de contacto visual, el calor floreció bajo mi piel y todas las cosas extraespeciales que podría haber dicho se atascaron en mi garganta.

«¿Qué me está pasando?».

Cuando me dejó allí de pie sin decir palabra, como si yo fuera el vecino molesto con el que nadie quería cruzarse solté un suspiro de alivio.

No sabía qué habría dicho si no lo hubiera hecho.

Tenía una sensación en el pecho, era pesada, inestable y me consumía.

Se parecía demasiado al pánico.

Pasé las horas de luz de los cinco días siguientes depilándome las piernas, viendo publirreportajes, pintándome las uñas de los pies..., básicamente cualquier cosa para mantenerme ocupada hasta las nueve de la noche. Porque era entonces cuando él vendría. Durante el día me ignoraba en el pasillo, pero una vez que el sol se ponía, era como si fuera la única mujer en todo el planeta.

Christian tenía una rutina.

Y yo me obsesioné con observarla.

Empezaba por su reloj, lo desabrochaba y lo colocaba sobre mi tocador. Luego iban las mancuernillas. Las ponía al lado del Rolex, unos centímetros a la derecha. Mi parte favorita era la corbata. Con los ojos fijos en mí, aflojaba el nudo y se la quitaba del cuello.

Luego empezaba a desabrocharse la camisa, primero las mangas y luego el cuello. Se la dejaba puesta y desabrochada mientras se quitaba el cinturón, que enrollaba cuidadosamente. En realidad, esos eran los únicos preliminares que necesitaba. Lo siguiente eran los zapatos, que alineaba uno al lado del otro. A continuación, se desnudaba y dejaba la ropa en el respaldo de mi diván.

Una semana antes me habría reído de él. Pero en ese momento lo encontraba tan sexi que me sentaba en el borde de mi cama solo para verlo.

Nuestro sexo era al revés.

Empezaba sin besos.

Pero siempre terminaba con ellos.

Tan pronto como se desnudaba, me dirigía hacia él. Me agarraba del pelo mientras yo trazaba un camino de besos desde su pecho hasta su estómago y más abajo, hasta llevármela a la boca.

Solo era una voluntaria más.

Pero él siempre me correspondía.

Cuando lo llevaba hasta el punto en que soltaba un siseo o alguna palabra ruda en ruso, me tiraba del pelo y me separaba la boca de él antes de ponerme de pie y llevarme hasta la cama.

El deseo se enroscaba como un cable caliente en mi estómago cuando mi espalda golpeaba las sábanas. Empezaba despacio, quitándome la ropa interior diminuta o de encaje que siempre me ponía para él. Luego, metía la cara entre mis piernas sosteniéndome los muslos con fuerza, como si fueran algo que siempre había querido y tuviera miedo de que alguien se lo quitara. No paraba hasta que le clavaba las uñas en los brazos y me estremecía de placer.

La primera noche usó condón, pero la siguiente me puso tan caliente y estaba tan desesperada por sentirlo desnudo en mi interior que le rogué «solo la punta».

La punta se había convertido en unos centímetros más y luego pasamos a simplemente coger.

Le gustaba darme por detrás, a veces a cuatro patas y a veces de rodillas con la espalda pegada a él y sus manos en mis senos. A mí me encantaba de cualquier forma, pero él tenía razón, mi favorita era el misionero. Con sus brazos apoyados en la cama a mi lado, los músculos de su abdomen apretándose en cada empuje y la intensidad de sus ojos ardiendo en los míos.

Intentando ser medianamente responsable, no le volví a suplicar que terminara dentro de mí. Siempre daba marcha atrás y se venía cada vez en una parte diferente de mi cuerpo. Al acabar, por un momento, solo respirábamos, fuertes bocanadas contra la piel del otro. Todavía sin aliento, me daba besos cortos y dulces antes de llevarme al baño y abrir la regadera.

Me quitaba el semen del cuerpo y luego me lavaba el pelo. Nunca en mi vida me había lavado tanto el pelo. Mi peluquero iba a matarme, pero seguramente, si hubiera tenido las manos de ese hombre en el pelo solo una vez, lo entendería.

Cuando acababa, me besaba bajo el chorro de agua. Hasta que jadeaba y le suplicaba que me cogiera.

Pero nunca lo hacía.

Sabía que quería hacerlo. La tenía dura y dejaba escapar un gruñido torturado cuando se la tocaba, pero él solo frenaba el beso y se alejaba de mí.

Me encantaba cuando recibía una llamada porque se quedaba más tiempo. Se sentaba en el diván de mi habitación y hablaba en ruso mientras me miraba peinarme, ponerme crema hidratante y vestirme con alguna cosa ajustada que me moría de ganas de que cediera y me volviera a quitar.

El calor de su mirada seguía cada uno de mis movimientos y me dejaba la piel sensible y alerta. En cuanto terminaba su conversación, se iba y yo ya estaba impaciente por que volviera.

Ningún hombre había entrado en mi espacio personal desde Antonio, y él ni siquiera me había lavado el pelo. No me había practicado sexo oral ni la mitad de veces que Christian y nunca me había mirado con unos ojos que me hicieran arder.

Podría acostumbrarme.

Y eso me asustaba.

El jueves por la mañana en yoga, Val estaba parloteando sobre el chico nuevo con el que estaba saliendo. El instructor ya nos había amenazado dos veces con sacarnos por hablar e íbamos de camino a una tercera. En mi defensa, casi no estaba participando en la conversación porque estaba atrapada en una especie de país de los sueños inducido por Christian.

La noche anterior, mientras sus manos me enjabonaban el pelo, le había preguntado si tenía un extraño fetiche capilar. Su respuesta fue:

—Solo si es tu pelo.

—¿Por qué? —le pregunté sin aliento.

—Me encanta tu pelo, *malyshka*. Es la primera parte de ti que vi, la parte de atrás de tu cabeza en tu boda. Y entonces te diste la vuelta y miraste hacia donde yo estaba. Pero no me estabas mirando a mí, estabas mirando más allá de mí, hacia tu nuevo marido, con ese brillo locamente enamorado en los ojos. La primera mujer que quise que me mirara estaba demasiado ocupada mirando a otro hombre. Fue entonces cuando empecé a odiarlo, y todavía lo hago, aunque esté muerto. —Su voz se volvió áspera con un ligero acento—. Porque consiguió esa mirada de ti y yo nunca lo he hecho.

—Entonces, ¿quién es el afortunado? —La voz de Val me devolvió a la realidad.

—¿Qué?

—Oh, vamos. Has tenido esa mirada posorgásmica en tu cara toda la mañana.

—Shhh —susurré cuando el instructor nos lanzó una mirada fulminante.

—Ok. No me lo digas. —Cruzó una pierna sobre la otra y estiró el torso—. Ni que yo no compartiera todo contigo. Aunque supongo que se me olvidó decirte que por fin llegué hasta el final con Christian.

Se me paró el corazón. Y la mirada que le lancé podía matar.

Sonrió con satisfacción.

—Y eso responde a mi pregunta.

Me la acababa de hacer. Aunque me hizo darme cuenta de que la mera idea de Val acostándose con Christian me perturbaba más de lo que debería.

—Dios, eres una cabrona.

Se rio.

—Ya fue suficiente, señoritas, ¡fuera de aquí! Esto es un santuario y le faltaron al respeto esta mañana.

Caminé hacia la cafetería en piloto automático y estaba tan distraída pensando en él que terminé diciéndole a la mesera el pedido equivocado a pesar de que llevaba años pidiendo la misma bebida. Fue entonces cuando me di cuenta de lo mucho que estaba poniendo mi vida patas arriba.

Cinco días.

Solo habían hecho falta cinco días para que sintiera que necesitaba encontrar un grupo de apoyo para adictos a Christian. Había tenido mis reservas sobre esta relación de solo sexo desde el principio y debería haber confiado en mi instinto. Estaba perdiendo todo sentido del control rápidamente y necesitaba parar a tiempo antes de convertirme en otra fan descerebrada de Christian.

Esa noche, me paseé de un lado a otro mientras planeaba exactamente lo que le iba a decir. Porque sabía que, si no tenía un argumento fuerte, ganaría como siempre lo hacía. Pero cuando llamaron a mi puerta y abrí, todas las palabras que había planeado decir salieron de mi cabeza como mariposas revoloteando. Debía de tener el cuerpo entrenado, porque con solo verlo el deseo se encendió en mi piel.

Tragué saliva.

Sus ojos se entrecerraron, como sospechando algo.

—Déjame entrar, *malyshka.*

Lo hice, aunque ese no había sido el plan inicial. Se dirigió hacia mi habitación como todas las noches y yo inspiré para encontrar algo de determinación antes de seguirlo. Ya se estaba quitando el reloj cuando lo alcancé.

—Deberíamos dejar de acostarnos —le dije.

Ni siquiera me miró mientras se quitaba las mancuernillas.

—No.

—¿No?

—Eso es lo que dije.

Me sonrojé.

—No puedes simplemente decir no, Christian.

—Dame una buena razón por la que deberíamos parar —dijo mientras se desabrochaba la camisa cada vez más cerca de revelar el camino de vello hacia la felicidad en la parte baja de su abdomen.

—¡Porque sí! —espeté—. Dios, ¿puedes dejar de quitarte ropa?

—Porque sí no es suficiente.

—¡Está bien! Podría enumerar una lista interminable de razones. Mi moka de caramelo mediano, por ejemplo...

—Llevo todo el día esperando para cogerte, Gianna. No he podido pensar en otra cosa que no seas tú. ¿Ya terminaste de hablar?

El calor de sus ojos se filtró en mi torrente sanguíneo y apagó mi ira.

Tragué saliva.

—Te lo juro, hablar contigo es como hablar con la puerta.

Me pasó un pulgar por la mejilla.

—Con la pared.

Solo llevaba unos calzoncillos, su calor corporal envolvía el mío y me robaba el aliento.

—No me digas que no, *malyshka*.

Su voz era muy profunda y casi desesperada, como si no fuera a saber qué hacer consigo mismo si se lo negaba.

Ojalá pudiera decir que me mantuve firme.

Pero en cuanto me besó mientras me prometía cogerme en la postura del misionero con sus labios pegados a los míos, toda posibilidad se esfumó.

Capítulo 26

Gianna

Se me escapó un gemido cuando me subí los ajustados pantalones blancos por las caderas. Solté un suspiro de alivio cuando los tuve puestos, pero mi buen humor se desinfló como un globo estallado al comprobar que no me cerraban.

—No —gemí.

Me costó, pero me los quité mientras maldecía a Val por hacer que nos sacaran de clase de yoga el día anterior. Evidentemente, me hacía falta hacer ejercicio. Y dejar el chocolate no era una opción factible.

Estábamos en octubre. Las hojas caían como gotas naranjas y rojas y el verano estaba perdiendo su sudoroso control sobre Nueva York.

Tomé un taxi hasta el club, donde se suponía que iba a reunirme con Elena. Estaba organizando el *baby shower* de su hermana y me había ofrecido como voluntaria para ayudar. Claramente, quería hacer cualquier cosa para sacarme de la cabeza a ese agente federal corrupto de ojos azules. Era intenso e incontenible. Me preguntaba cuántas de las mujeres con las que había estado seguían suspirando por él. Esa idea me provocó una avalancha de celos en el pecho, a pesar de que sabía que yo era diferente.

La noche anterior, tras la sesión de misionero más intensa que había experimentado, con la cabeza apoyada en su corazón palpitante, le pregunté:

—¿Con cuántas mujeres te has acostado más de tres veces?

Por un momento, pensé que no iba a responder.

—No hagas preguntas cuya respuesta ya conoces, *malyshka.* Una.

Y esa una era yo.

Ese hecho despertó una sensación pesada en mi corazón, una sensación que se parecía demasiado al pánico pero estaba lo bastante lejos para eludirme.

Elena estaba sentada en un reservado con folletos de catering y fiestas esparcidos sobre la mesa y le dijo a su madre:

—No, *mamma,* no le gusta el rosa.

Celia levantó las manos.

—¡Pero va a tener una niña, Elena!

—Quiere que la decoración sea verde.

—¿Verde?

Las dejé terminar la conversación y fui a servirme un vaso de té helado de la jarra que había sobre la barra.

—Oye, dime cuál es tu bebida favorita. Te llevaré a casa y te prepararé ahora mismo la mejor que hayas probado nunca.

Sonreí.

—Me gusta, es muy original. Sin embargo, sería más fácil si no vivieras con tu tío.

Benito Abelli me soltaba una nueva frase ridícula para ligar cada vez que nos veíamos desde que nos habíamos conocido. Era divertido e inofensivo y a menudo me hacía sonreír.

El primo de Elena se apoyó en la barra a mi lado.

—El sótano es todo mío, nena. Tiene incluso su propia entrada.

Me reí.

—Tú sí que sabes tentar a una mujer. Sin embargo, no soy el tipo de chica a la que le gustan los sótanos.

Me puso un mechón de pelo detrás de la oreja.

—¿Y qué tipo de chica eres?

—Caprichosa —intervino alguien con los dientes apretados.

Me tensé.

Porque esa palabra había salido del hombre con el que había estado acostándome toda la semana. El que me lavaba el pelo y cambiaba al ruso cuando cogía. Distinguí su silueta en el espejo cuando pasó por detrás de mí.

Acababa de insultarme.

Antes lo hacíamos a todas horas. Era lo único que hacíamos. Pero ahora lo sentí como... una traición. Una sensación incómoda me revolvió el estómago.

—Ay —murmuró Benito.

—Quiere decir «perfecta» —dije—. Evidentemente, confundió los términos. Es fácil que ocurra cuando tienes tanto aire en la cabeza.

Si las miradas fueran tangibles, la que me dirigió antes de salir por el pasillo hacia la entrada del sótano habría sido un fuerte azote en el trasero.

Lo había visto desnudo y lo había oído terminar, pero en público y con la ropa puesta, nuestras diferencias eran descaradamente obvias. Él era el profesional frío y puritano y yo la chica desempleada y caprichosa que todavía estaba intentando recomponer su vida.

Me quedé una hora más en el club intentando ayudar a Elena y a su *mamma* a encontrar puntos en común entre sus opiniones, pero, lamentablemente, no había un color entre el rosa y el verde que les convenciera, por lo que el debate quedó estancado.

Esa noche, mientras esperaba a que el reloj diera las nueve, la ansiedad se arremolinó en mi pecho. No sabía qué esperar de él cuando llegara. ¿Se comportaría como si no hubiera pasado nada? Tenía demasiado respeto como para permitir que me insultara en público y me cogiera en privado, ¿verdad? Sin embargo, eso creó un límite que me recordó que lo que teníamos era solo sexo. Y a lo largo de los últimos días, las cosas que me había dicho habían desdibujado esa línea.

No obstante, a medida que pasaba el tiempo, me surgió una duda que sugería que tal vez se hubiera dado cuenta de lo diferentes que éramos y había decidido poner fin a lo nuestro.

Las nueve se convirtieron en las diez y las diez en las once.

No vino.

Val: Llámame loca, pero yo todavía confío en mi apuesta.

El mensaje venía con el enlace a un artículo que decía: «Conociendo al padre..., ¿eso que oigo son campanas de boda?».

Dios, estaba tan harta de sus artículos que quería lanzar el celular por la ventana. Me dije a mí misma que no debía leerlo, pero al final, pudo más la curiosidad.

La foto mostraba a un señor de pelo plateado, a Christian y a Aleksandra atravesando las puertas de un lujoso restaurante de cinco estrellas.

No había venido la noche anterior porque estaba con ella.

Se me formó un nudo en el estómago.

Clavé la mirada en Aleksandra. Era delgada como un espagueti, mientras que yo llevaba unos pants y estaba sentada junto a una bolsa de M&M a medio comer.

Me levanté y atravesé todo el departamento para llegar hasta el clóset. Tiré prendas de ropa por encima del hombro hasta que encontré algo que ponerme. Al salir, tomé una barra de pan, pero cuando abrí la puerta fue como si una pesadilla se hubiera hecho realidad: una belleza rubia de metro ochenta.

Christian estaba delante de la puerta abierta de su departamento mientras Aleksandra estaba justo delante de él con una mano apoyada en su pecho.

Ambos me miraron.

Ella abrió los ojos como platos por la sorpresa y luego se reflejó en ellos un brillo de desafío. Se volvió hacia él.

—De todos modos, solo quería devolverte el reloj y decirte que me lo pasé muy bien anoche.

En efecto, Christian tenía el reloj en la mano. El que se quitaba cada noche y dejaba en mi cómoda.

Asintió brevemente sin dejar de mirarme.

—Espero repetir pronto —ronroneó Aleksandra mirándome con una sonrisa felina. La odiaba.

Se fue por el pasillo y, sintiendo algo de náuseas, me giré para cerrar la puerta.

—No me acosté con ella.

El alivio se instaló en mi pecho.

Y eso me molestó.

—No te lo pregunté —repliqué.

—Ni siquiera la toqué.

—No me importa.

—Se me rompió la correa del reloj y se me olvidó en la mesa del restaurante.

—Fascinante.

Estaba nerviosa, me sudaba la mano y no conseguía girar la estúpida llave en la cerradura.

—Gianna...

Me di la vuelta con la bolsa de pan.

—¡Me llamaste caprichosa!

—Prácticamente dejaste que te cogiera contra la barra —gruñó.

—Ay, por favor, apenas me tocó. —¿De verdad esperaba que un asesino a sangre fría fuera racional?—. Y no tengo por qué darte explicaciones. No tenemos una relación, es solo sexo, ¿recuerdas?

Una réplica ardía intensamente en sus ojos, pero sacudió la cabeza y la contuvo.

—¿A dónde vas?

—A alimentar a las palomas y reflexionar sobre mis decisiones vitales como una auténtica neoyorquina.

Me di la vuelta y, cada segundo que estuve peleándome con la cerradura, la frustración aumentó bajo mi piel hasta que sentí que estaba a punto de estallar.

—Anoche llegué a casa a las tres. No quería despertarte.

—No importa. No quiero seguir haciendo esto.

—No —repuso con voz vehemente—. Esto no se ha acabado.

Creía que él quería acabar con lo nuestro y ahora la profundidad y la intensidad de su voz me calentaron el corazón con alivio y júbilo. Pero no tenía espacio para tantos sentimientos abrumadores y acabaron explotando como dinamita.

Me enfrenté a él y dejé la llave puesta en la cerradura.

—Oye, Christian. Todo esto es demasiado drama para mí. —Gesticulé señalándonos a ambos—. ¡Te juro que he subido al menos tres kilos por el estrés! Y no pienso renunciar al chocolate, carajo.

Se le tensó la mandíbula mientras observaba la lágrima de ira que me resbalaba por la mejilla.

—No habrá más drama, Gianna. Lo nuestro ahora es exclusivo.

No se me pasó por alto que le acababa de decir que quería terminar con nuestra relación y él había respondido haciéndola más seria.

Parpadeé.

—¿Solo sexo exclusivo?

Negó con la cabeza y un brillo sarcástico le atravesó la mirada.

—Lo que tú quieras que sea, *malyshka*.

Tragué saliva.

—Te irás en cualquier momento, Christian. Llamemos a las cosas por su nombre. Esto no va a durar para siempre.

—Me mudo a Nueva York.

Se me cayó el alma a los pies.

—¿Qué? ¿Por qué?

Su mirada buscó la mía mientras decía:

—Extrañaba la ciudad.

Ah.

—Me llamaste caprichosa —farfullé.

—Quería decir perfecta.

Me quedé ahí, con la bolsa de pan en la mano y la llave medio metida en la cerradura mientras ese hombre al que tanto había odiado me acariciaba la mejilla con el pulgar.

Qué extraña sucesión de eventos.

Sin embargo, tenía que admitir que parecía innegablemente apropiado.

Alimentó a las palomas conmigo. Bueno, en realidad no troceó ni les lanzó pan, supuse que le parecería un trabajo de baja categoría, pero se sentó en el banco a mi lado. Insistí en que no necesitaba escolta para ir al parque, pero me interrumpió diciendo:

—Conociéndote, acabarán arrestándote. Te acompaño. —Y ese había sido el fin de la discusión.

Bromeé sobre tomarnos una selfi y me cuestioné si posaría para la foto. Me dijo que ya posaba mientras me cogía ante el espejo del baño.

Le pregunté qué significaba «*moya zvezdochka*». Me dijo que significaba «mi estrellita».

Me preguntó cómo me había hecho la cicatriz de la barbilla. Le dije que había sido por falta de autocontrol cuando tuve varicela.

Le pregunté si besaba a todas sus vecinas o solo a mí. Me miró a los ojos y respondió:

—Tú eres la única mujer a la que he besado, *malyshka*.

Dejé de hacerle preguntas después de eso.

Porque todo se había desestabilizado en mi interior.

Volvimos paseando a nuestro edificio mientras lo molestaba por llevar un traje de diseñador al parque y él me dijo que no se había enterado de que hubiera una convención de Star Wars en la ciudad para burlarse de mis leggins con estampado de galaxia.

Era un hombre frío y con un control gélido.

Pero algo ardía bajo la superficie.

Algo que llevaba demasiado tiempo cubierto por una capa de hielo.

Quería verlo derretirse. Desentrañarlo hasta poder entender cada capa.

Sabía que era peligroso.

Sabía incluso que no iba a ganar.

Pero, a veces, ni los mejores jugadores saben cuándo dejar de apostar.

Capítulo 27

Christian

—Se acabó. A partir de ahora Sergei es problema tuyo.

—¿Por qué?

—Porque no quiero cogerme a su hija.

Recorrí la cama con la mirada. Pelo oscuro y salvaje, piel aceitunada suave y sábanas enrolladas. Gianna estaba dormida boca abajo con ambas manos bajo la almohada. Sentí una presión en el pecho cuando vi su expresión relajada. Quería guardar esa imagen en una botella y llevarla conmigo a todas partes. Tal vez así podría sentir que tenía algo de control sobre ella.

—¿La modelo? —Ronan se rio—. Solo tú podrías hacer de eso un problema. Déjame adivinar, vio tu cara bonita y le suplicó a su padre que te hiciera suyo.

No creía que ese fuera el caso. Aleksandra era fría y calculadora. A menudo tenía la sensación de que solo era un paso más de su plan. Y a veces, ese plan parecía desesperado.

—Creo que solo me ve como el menor de dos males.

—No me gustaría ver quién es el otro hombre —murmuró—. Si estás rechazando a una modelo, me encantaría saber quién está en tu cama.

—Es italiana —dije como si eso explicara todo.

—Ah, una mujer pasional. ¿Es algo serio?

Se me escapó un suspiró sarcástico.

—Apostó veinte de los grandes a que me casaría con otra mujer.

Me había cruzado con un pajarito llamado Val que me lo había contado la mañana anterior en la calle. Bueno, había tocado el tema, pero yo sabía atar unos putos cabos. Otra de las razones por las que me había vuelto loco cuando me había encontrado a Gianna riéndose con un Abelli que tenía la mano en su pelo. ¿Cómo podía decirle que todos los mechones eran míos de manera más clara que lavándolos cada maldita noche?

—Ya me cae bien —dijo entre risas—. ¿Por qué parece que quieras llevar a esa italiana al altar?

Porque sentía que seguía sin tenerla, se me había vuelto a escapar de entre los dedos. Estaba completamente comprometido, sabía que mi obsesión solo aumentaría una vez que su cuerpo, su atención y sus sonrisas fueran todas para mí. Se lo había advertido años atrás cuando había pegado sus labios a los míos. Le había dejado hacerlo porque pensaba que me daría asco y así podría por fin dejar mi encaprichamiento atrás. Odiaba besar, especialmente los sonidos y lo que había supuesto para mí desde que tenía memoria. Pero cuando ella me besó, no me disgustó en lo más mínimo. Sus labios eran suaves. Su lengua, caliente y húmeda. Y sus suspiros me habían provocado escalofríos. Una lujuria violenta me había recorrido el cuerpo hasta nublarme la vista, cosa que me había desconcertado y me había molestado lo suficiente como para hacer que me alejara.

—Dice que no quiere volver a casarse.

—Las mujeres siempre dicen cosas que no piensan.

—Ella lo dice en serio. Cree que nuestra relación es solo sexo. —Esas dos palabras me ponían de los nervios.

—Suena a la situación ideal. Se acuesta contigo, ¿qué más da que no quiera casarse?

—Está en la mafia.

—Ah. —Le hizo gracia—. Te metiste en un buen lío.

No se podía salir con mujeres de la Cosa Nostra. Nuestra relación se iría a la mierda antes o después. El matrimonio era la única forma que tenía de hacerla mía. De lo contrario, en realidad nunca lo sería. Fuera consciente de ello o no, Gianna tendría que tomar en algún momento la decisión de casarse y yo era lo suficientemente egoísta como para obligarla a elegirme. Porque no había ni un centímetro de mí que pudiera dejar que se convirtiera en posesión de otra persona.

—Sé que estás trabajando en algún plan siniestro, así que oigámoslo.

Carajo. Odiaba lo bien que me conocía.

Gianna se despertó y se dio la vuelta. Sus delicados ojos marrones parpadearon hasta abrirse y se posaron sobre mí. Pude sentir su calor en el pecho. Cada vez que me miraba, lo único que hacía era reforzar mi decisión. Me había resistido a ello durante mucho tiempo por el bien de los dos, pero ahora era mía. Y no tenía ni idea de lo que era capaz de hacer para que lo siguiera siendo.

Le sostuve la mirada.

—Hacer que se enamore de mí antes de que la cague. Así luego no se irá.

—Suena un poco a síndrome de Estocolmo, pero me gusta. Ya me las arreglaré con Sergei. —Su voz sonó divertida—. Si tengo que sacrificarme por el grupo y cogerme a su hija, que así sea.

Después de colgar, volví a hablar en inglés.

—¿Te desperté?

—Sí —suspiró antes de estirarse—. Pero me gusta oírte hablar por teléfono.

Supuse que me debía sentir un poco culpable por estar conspirando en su contra, pero no lo hacía. Me incliné hacia delante en su estúpido diván rosa y apoyé los codos en las rodillas.

—¿Por qué?

—Tienes una voz sexi. —Bostezó.

Una sonrisa se dibujó en mis labios. Siempre era muy sincera. Era una cualidad con la que uno no se encontraba a menudo, ni siquiera podía decir que yo lo fuera, aunque tal vez por eso me resultaba tan refrescante. Cada palabra que decía era una parte genuina de ella. Quería coleccionarlas todas.

Se sonrojó.

—Siento haberme quedado dormida encima de ti.

Le había quitado toda la ropa y le había hecho un *cunnilingus* solo para que se quedara dormida segundos después de venirse. A decir verdad, lo haría durante el resto de mi vida aun sabiendo que no recibiría nada a cambio. Había fantaseado con ella durante mucho tiempo y mis sueños ni se acercaban a la realidad.

—¿Puedo compensarte?

Con una expresión ausente, me froté la erección a través de los calzoncillos. Me encantaba la idea, pero la vi bostezar y se le entrecerraron los ojos.

—Me podrás compensar por la mañana.

—¿Qué estás haciendo? —preguntó mientras me metía en la cama con ella y la acercaba a mi pecho.

—Dormir.

—¿Aquí? —Sonó aterrorizada.

—Sí. Silencio, tengo sueño.

Nunca antes había hecho eso. No iba a ser capaz de pegar ojo.

—De acuerdo.

Tardó cinco minutos en quedarse dormida como un tronco.

Le acaricié la cadera mientras intentaba memorizar sus curvas y la textura aterciopelada de su piel. Tenía dos hoyuelos en la parte baja de la espalda que siempre me habían vuelto loco, justo encima del trasero más adorable, y estaban pegados a mí. Tenía su pelo en la cara y olía a vainilla. La situación era una sobrecarga de estímulos. Como una inyección de dopamina. El corazón me latía con fuerza. La sangre me corría por las venas tan veloz que sentía que me temblaban las manos.

Cuando llevas tanto tiempo obsesionado con algo y por fin lo consigues es como llegar a Dios. Y nadie renuncia a su sitio en el cielo.

Capítulo 28

Gianna

Hacía calor.

¿Y por qué me sentía como si la manta pesara veinte kilos? Intenté darme la vuelta, pero no podía moverme.

Abriéndome paso entre la confusión y la inconsciencia, me di cuenta de qué era lo que me estaba reteniendo. Había un hombre en mi habitación. En mi cama. El pánico me corrió por las venas y abrí los ojos de golpe.

—Vuelve a dormir, *malyshka.*

El corazón empezó a latirme de nuevo.

—Ay, por Dios —suspiré pesadamente, aliviada—. Creía que eras un asesino en serie.

Se le escapó una risita.

—Algo parecido.

La manta de veinte kilos era su brazo y el calor... emanaba de todo su cuerpo presionado contra el mío. No entraba luz del sol por la ventana, pero la habitación seguía iluminada. Christian había dejado la puerta del baño abierta y la luz encendida, como hacía yo cada noche. Su consideración hizo que sintiera un peso en el pecho. Pero ahora que no estaba sola, me daba vergüenza que hubiera tanta iluminación.

Tragué saliva.

—Probablemente pueda dormir sin luz si es lo que te mantiene despierto. —La mera idea me provocó un sudor frío bajo la piel.

—No es eso.

No sabía si creerlo, pero lo olvidé cuando me di cuenta de que tenía una erección. Un gruñido resonó en su garganta cuando me moví y me froté contra él. Dios, el hombre estaba medio desnudo y tan caliente que solo la presión de su cuerpo contra el mío hacía que se me encogieran los dedos de los pies de placer. Si hubiera sabido lo agradable que era hacer la cucharita con Christian Allister, me habría metido en su cama años antes solo para esto.

No pude evitar mover el trasero contra su erección. Me agarró de la cadera y pensé que iba a pararme, pero en lugar de eso me aferró con más fuerza contra él. El calor se acumuló y se tensó entre mis piernas mientras movía las caderas oyendo solo el susurro de las sábanas y el sonido de nuestras respiraciones.

Giré en sus brazos y él se puso boca arriba mientras yo me sentaba a horcajadas sobre él. Me pasó las manos por los muslos contemplando mi cuerpo desnudo con los ojos entornados.

Bajé la mirada hasta sus labios. No podía creer que nunca hubiera besado a una mujer que no fuera yo. Por el amor de Dios, la fila de voluntarias llegaría de aquí a China. Aunque tenía que admitir que el hecho de ser su única experiencia en ese sentido me ponía muchísimo.

Seguramente, habría tenido que esforzarse para evitar besar a las mujeres con las que había salido. Cabría pensar que era más fácil besarlas y para mí significaba que tenía una motivación importante. Sabía que no era por los gérmenes. Un par de veces que había bajado a hacerme sexo oral se había atrevido a ir más abajo hasta un agujero que no había dejado que nadie tocara nunca y dudaba mucho que se hubiera perdido. Pero sabía que, si no me andaba con cuidado con mis preguntas, me estallarían en la cara.

Le pasé las manos por el pecho.

—¿Qué haces para el FBI?

—Lo que quieran que haga.

—¿Y si te dijeran que prendieras fuego a la casa de la ancianita de al lado?

—Le prendería fuego a su casa.

Tragué saliva y la siguiente pregunta salió con menos aliento:

—¿Y si te dijeran que me mataras?

Lo miré a los ojos.

Esas llamas azules posesivas.

Y algo moralmente ambiguo.

Me puso una mano en el cuello y me acarició el pulso con el pulgar. A continuación, apretó ligeramente.

—Tendría que negarme.

La presión que se me había acumulado en los pulmones se liberó con la siguiente respiración y forcé una sonrisa.

—¿Porque soy demasiado divertida?

—Porque eres mía.

Se me borró la sonrisa.

El calor de su mirada se me metió en el pecho y lo llenó de calidez. Deslicé las manos por las sábanas a su alrededor y presioné la frente sobre la suya. Yo era mucho más pequeña que él y mi piel aceitunada contrastaba vívidamente con su tono pálido entre ondas de cabello de color chocolate y tatuajes negros.

—Dime por qué me besas —susurré junto a sus labios.

Pensé que esta vez me respondería.

No lo hizo.

Me dio la vuelta, me puso boca arriba y me hizo olvidar hasta mi nombre.

—Entonces... ¿tienes un trabajo diario o simplemente te quedas sentado como un villano de una peli de superhéroes esperando a que te digan qué casa de ancianita quemar? —le pregunté la mañana siguiente, todavía tumbada en la cama, mientras él se abotonaba la camisa.

—Sí tengo un trabajo diario como la mayoría de los adultos estadounidenses —contestó, divertido—. Me reincorporo mañana.

Frunci los labios.

—¿Eso ha sido una indirecta, agente? Que sepas que tengo una agenda muy ocupada. Tienes suerte de que pueda hacerte un hueco.

Cuando iba a salir de la habitación, me agarró por el tobillo y me arrastró por encima de la cama hacia él. Acercó mi rostro al suyo y dijo con voz áspera:

—Pues pospón todos tus putos compromisos si hace falta para hacerme un hueco esta noche.

A continuación, me besó y me dio un mordisquito en el labio inferior.

Cuando se fue, me dejé caer de nuevo en la cama con un suspiro y con el labio dolorido.

Intenté evitarlo, pero no pude.

Se me dibujó una estúpida sonrisa en la cara.

Llegó a casa sobre las ocho de la noche y se detuvo de golpe en la puerta de su habitación. Estaba acostada boca abajo en su cama con los pies levantados y los tobillos cruzados. Desnuda.

Había sido atrevido.

Y daba miedo.

Tenía las palmas sudadas y el corazón me galopaba a un ritmo inconsistente.

Levanté un hombro con aire tímido.

—No sabía si esta cita era casual o de etiqueta, así que decidí venir como un lienzo en blanco.

Su mirada recorrió la longitud de mi cuerpo con tanta fuerza que hizo que se me pusiera la piel de gallina. Se acercó a mí, se detuvo a los pies de la cama y me pasó una mano áspera por la mejilla. Si no me equivocaba, juraría que había notado cierto temblor en su mano.

Su voz era suave, pero llevaba la más fina amenaza entrelazada.

—Puedo encontrar a cualquiera... en cualquier parte. —Me acarició la mandíbula con el pulgar—. Eso me convierte en una persona deseable. Antonio se mostró interesado en asociarse conmigo, pero yo ya tenía obligaciones suficientes y no quería involucrarme con los italianos. Iba a reunirme con él y a rechazarlo, pero entonces te vi.

Se me paró el corazón.

—Te investigué solo para comprobar si eras tan interesante como parecías. —Me agarró la cara con más fuerza, como si estuviera enojado porque lo fuera—. Y accedí a trabajar con tu marido. Estaba fascinado, pero también empecé a odiarte porque no podía dejar de pensar en ti y no podía tenerte. Y eras una puta belleza. —Su pulgar se movió hasta mis labios—. Luego te quedaste soltera y ya había logrado que me odiaras.

Tragué saliva cuando su mano bajó por mi cuello.

—Fue un alivio, *malyshka,* porque sabía que no nos haríamos ningún bien el uno al otro. Pero nunca nada me ha parecido tan bien como encontrarte así encima de mi cama.

No dije nada porque las palabras se me quedaron atascadas en la garganta.

—Ven a bañarte conmigo —ordenó con voz ronca.

Me levantó y me tambaleé hasta el baño tras él. En la regadera me empotró contra la pared, le rodeé la cintura con las piernas y me mostró lo bien que encajábamos el uno con el otro. Al menos, en un sentido.

Me desperté en su cama a la mañana siguiente por culpa de un rechinido espantoso. Miré el reloj y vi en un rojo intenso que eran las seis de la mañana. Gemí y me puse una almohada en la cara para silenciar ese molesto sonido.

Christian me había tenido despierta hasta las dos de la mañana recorriéndome todo el cuerpo con las manos y la boca hasta que me había sentido como si me hubiera volteado, sacando a la luz ese sentimiento crudo y elusivo.

La línea estaba borrosa.

Sin embargo, era como intentar parar un tren a ciento sesenta kilómetros por hora solo con fuerza de voluntad.

Cuando había intentado volver a mi cama, su respuesta había sido un simple «no». Me había vuelto a rodear con los brazos y me había hecho olvidar por qué quería irme.

Me levanté, abrí el cajón de su cómoda y me puse una de sus camisetas. Lo encontré ante la barra de la cocina, ya con traje y corbata, sirviendo un líquido verde de la licuadora en un vaso.

Al ver mi expresión malhumorada, su mirada se llenó de diversión.

Entrecerré aún más los ojos.

—Puesto que a todas tus otras mujeres les habrá dado demasiado miedo informarte, lo haré yo. Hay una regla no escrita..., nadie enciende la licuadora hasta que sale el sol, e incluso entonces, si no son margaritas, hay otras reglas escritas. Es verde, Christian. Los líquidos nunca deberían ser verdes.

—Nunca estuviste más guapa de lo que estás ahora, *malyshka*.

Me sonrojé notando un calor ridículo en el pecho.

—No sé si te has dado cuenta de que estoy intentando enojarme contigo.

Sonrió.

—Ah, perdón.

Tragué saliva. Me moví.

—¿Comes?

Arqueó una ceja bebiéndose esa asquerosidad verde de un solo trago.

—Me refiero a... sólidos. ¿O trituras primero todas las almas de niños?

Enjuagó el vaso y lo metió en el lavavajillas. Siempre tan limpio y ordenado. Me sentía como si estuviera desordenando su espacio con el simple hecho de estar ahí.

—Sí, como.

Me agarró por las caderas, me sentó en la isla y me abrió las piernas para colocarse entre ellas. Subió las manos por la parte exterior de mis muslos y su calor me hizo estremecerme.

Me mordí el labio.

—¿Comida italiana?

—Resulta que es mi favorita. —Me lamió ese punto sensible detrás de la oreja y todas las venas de mi cuerpo se derritieron a sus pies.

—¿Y alergias? ¿Tienes alguna? —Jadeé cuando presionó su erección contra mi clítoris—. Bueno, aparte de al afecto, al calor y a la luz del sol.

Su carcajada fue grave y oscura.

—Sigue así y acabarás demasiado adolorida para hacerme la cena.

Odiaba que pudiera leerme tan bien como para saber que estaba emocionada por cocinar para él mientras que yo todavía no sabía nada de Christian.

—Pero debería advertirte, no suelo cocinar para hombres. Hay un riesgo demasiado alto de que se enamoren de mí.

—Creía que te gustaba el juego —soltó.

Solo pude responder con un gemido porque deslizó los dedos dentro de mí y luego me cogió con tanta fuerza que todavía podía sentirlo horas después.

Tuve sesión de terapia a las diez y me sentí culpable cada vez que me tocó evadir el tema de Christian y de nuestra relación de solo sexo. No quería que nadie hiciera estallar esta burbuja tan emocionante y enloquecida en la que me encontraba, y mucho menos el doctor Rosamund. Quería disfrutarlo mientras durara porque sabía que no lo haría para siempre. «No nos haríamos ningún bien el uno al otro». Con el tiempo, iba a darse cuenta de que no había cambiado nada.

Pero en ese momento no sabía que solo harían falta unos días.

Preparé la cena en mi departamento porque me daba demasiado miedo dejar una sola mota de harina en la impecable barra de Christian.

Lo miré fijamente desde el otro lado de la isla de su cocina mientras daba el primer mordisco. Una media sonrisita se mostró en sus labios, pero, por lo demás, me ignoró y comimos en silencio.

Se me calentó el pecho al ver su expresión.

—Te encanta, ¿verdad?

Un brillo juguetón apareció en su mirada.

—Está bien.

Sonreí.

—Te encanta. —Rodeé la isla—. No te sientes un poco mareado cuando me miras, ¿no? O tal vez estás más caliente de lo habitual. —Le coloqué el dorso de la mano en la frente como si estuviera comprobando si tenía fiebre—. ¿Qué hay de tu corazón? ¿Ha empezado a latir?

Se divertía.

—En realidad, creo que me siento algo diferente.

Abrí los ojos como platos, alarmada.

A continuación, me agarró la mano y la presionó contra su erección.

Negué con la cabeza con una carcajada, le di un empujoncito en el pecho y me di la vuelta para irme, pero me cogió de la muñeca y me jaló para decirme al oído:

—Está delicioso, *malyshka.* Gracias por cocinarlo para mí.

Sus palabras se me asentaron como cristal fundido en la sangre.

Esa noche no dormí en mi cama.

Ni la siguiente.

Ni la siguiente.

Capítulo 29

Gianna

Estaba de pie frente a mi clóset mordiéndome el labio mientras reflexionaba nerviosa.

¿Por qué había accedido a eso?

Porque era terriblemente persuasivo, por eso.

La noche anterior, estaba sentada de piernas cruzadas en el sillón viendo mi «telebasura» mientras Christian hablaba por teléfono apoyado en la isla de la cocina. En cuanto acabó la llamada, dijo:

—Necesito que vengas a un sitio conmigo mañana, *malyshka*.

—¿Dónde? —pregunté ausente. Chad estaba metiéndole mano a Rachel mientras su mujer estaba teniendo un hijo en la habitación de al lado.

—A una cena de trabajo.

Vacilé.

—¿Quieres decir... un evento organizado por el FBI?

—Sí.

Me reí.

—Ni de broma.

—Siempre llevo acompañante, Gianna.

Tragué saliva. Odiaba cada una de las palabras que estaban a punto de salir por mi boca.

—Estoy segura de que, si pones un anuncio en el periódico, tendrás un grupo de rubias variadas haciendo cola en el pasillo.

Dejó el celular con un poco más de agresividad de lo normal.

—Si quisiera a alguien más, no te lo estaría pidiendo a ti.

—¿Cómo explicarías que esté contigo? Puede que algunos de los federales en la fiesta me reconozcan.

—A mí nadie me cuestiona, Gianna.

—¿Y si lo hacen?

—Los mandaré a la mierda.

Suspiré.

—No hemos hablado de... citas, Christian. No lo compliques.

—Tú eres la que lo está complicando. Si no puedes ir a una fiesta conmigo sin esperar que te proponga matrimonio, solo dilo.

Puf.

Sabía que no iba a pronunciar esas estúpidas palabras.

Más tarde, moví su meticulosamente acomodado cepillo de dientes unos centímetros a la izquierda para vengarme.

Después de una hora pensando, me decidí por un vestido de lentejuelas negras al estilo Marilyn Monroe. Sofisticado pero llamativo. Aliviada por que me quedara, me ajusté el vestido en las caderas.

Estaba cerrando la puerta de mi piso cuando apareció en el pasillo detrás de mí. Me di la vuelta conteniendo los nervios que sentía y arqueé una ceja.

—Bueno, ¿lo aprueba su majestad?

Su mirada ardiente recorrió mi cuerpo, pero algo distinto a la lujuria se reflejó en sus ojos. ¿Desaprobación? ¿Disgusto? Fuera lo que fuera, hizo que una ráfaga de decepción me recorriera. Hasta me había dejado el pelo suelto por él, carajo. Me di la vuelta para volver dentro y cerrarle la puerta en la cara, pero me agarró por la muñeca.

—No, *malyshka*, me gusta. —Me acarició la mejilla—. Es solo que esto es nuevo para mí. —Hizo una pausa y un músculo se contrajo en su mandíbula—. Y aún no sé cómo lidiar con ello.

—¿Con qué?

—Contigo.

Seguía sin entender qué quería decir, pero cuando me acomodó un mechón de pelo detrás de la oreja y me susurró al oído con voz ronca que estaba preciosa, toda mi ira se escapó con mi siguiente aliento.

La cena tenía lugar en el mismo hotel que la boda de Elena, pero en lugar de italianos bien vestidos, la pista de baile estaba llena de agentes federales.

Christian se rio al ver mi expresión.

Fruncí el ceño.

—¿Y si alguien me arresta mientras estás en el baño?

—Pagaría tu fianza.

—¿Y si no pudieras?

—Haría que me encerraran contigo.

No pude evitar esbozar una sonrisa.

Las mujeres miraban a Christian como si fuera el mesías. Mujeres casadas, solteras, viejas, jóvenes, daba igual. Por suerte solo unas pocas, las más valientes y sin una pizca de intuición, en mi opinión, se acercaban a hablar con él. Se mostraba educado pero distante. De repente, me pregunté cómo sería en la cama con ellas una vez que lo nuestro hubiera acabado. Ese pensamiento me dejó un sabor amargo.

—¿Tus padres son tan guapos como tú? —le pregunté cuando tras solo quince minutos ahí ya se le habían presentado tres mujeres. Por el amor de Dios, ¿no veían que tenía acompañante?

Se le tensaron sutilmente los hombros. Pensé que no me iba a responder, pero unos segundos después, dijo:

—Mi madre lo era.

«¿Era?».

—¿Y tu padre?

—Nunca lo conocí.

Oh. Vaya.

—¿Hermanos? —pregunté.

—Un hermano. En cuanto a su atractivo, no sabría decirte. —Pude apreciar un tono molesto en su voz—. No suelo sentarme a reflexionar sobre lo atractivo que es.

«Ok».

Había tocado algo, una fibra un poco sensible. Y sabía que no era su cara bonita. Había bromeado con él sobre eso en muchas ocasiones y siempre había cambiado de tema como si nada. Ahora había una tensión incómoda entre nosotros, el tipo de tensión que ni siquiera un carraspeo puede penetrar.

Mientras Christian iba por algo de beber, yo me senté en nuestra mesa. Ya me estaba arrepintiendo de haber aceptado ir a esta fiesta y las cosas estaban a punto de empeorar.

Después de dejar mi bolsa en el suelo, me giré para ver dónde estaba mi acompañante malhumorado, pero me encontré cara a cara con otro federal. Mi mirada se deslizó por su traje, que era una talla demasiado grande, hasta llegar a las Asics que llevaba en los pies.

—Hola —dijo sonriendo—. Soy Kyle Sheets.

Con una sonrisa forzada, le estreché la mano y respondí:

—Gianna.

Omití mi apellido. Estaba segura de que estaba asociado a demasiados delitos como para contarlos. Seguía siendo una Marino y no tenía intención de cambiarlo. Russo era mi antiguo yo y mi apellido de soltera Bianchi tampoco me identificaba. Hasta mi nombre me confundía.

—Tengo que decir que... —inclinó la cabeza— me resultas familiar.

«Ya empezamos».

Le ofrecí una sonrisa tímida.

—Supongo que tengo una cara común.

—No —dijo con suavidad mientras sus ojos recorrían mi cuerpo—. No diría eso en absoluto... ¿Con quién estás?

Miré fijamente la tarjeta con mi nombre junto a mi bolsa, en la que se leía «Acompañante de Christian Allister».

—Ah, supongo que debería haberlo sabido. —Parecía decepcionado, se rascó la nuca—. Allister no me dijo que tenía una novia tan guapa.

No sé por qué, pero dudaba que Christian le dijera nada a ese hombre.

En retrospectiva, debería haberle seguido la corriente, claramente solo estaba tratando de averiguar si estaba disponible. Pero me sentía un poco traviesa. Christian conocía toda la historia de mi vida, mientras que yo me había enterado de que tenía un hermano hacía cinco minutos. Y parecía reacio incluso a compartir eso conmigo. Todas las palabras que salían de su boca últimamente contradecían nuestra relación de solo sexo, difuminando la línea hasta hacerla desaparecer. Tenía que frenarlo un poco.

—Gracias, pero eso es probablemente porque no soy su novia.

Arqueó las cejas.

—¿En serio? Eres... diferente a las mujeres con las que suele salir. Pensé que serías algo más serio, supongo.

—No. —Me reí como si eso fuera ridículo. El hombre ni siquiera me confiaba los detalles más básicos sobre él—. No tenemos nada serio.

Supe antes de terminar la última palabra que mi acompañante había encontrado el momento perfecto para volver. La temperatura bajó diez grados.

La mirada de Asics se desvió hacia un punto detrás de mí por encima de mi cabeza.

—Allister.

No hubo respuesta.

Asics se aclaró la garganta. Volvió a mirarme.

—Bueno, tal vez nos veamos por ahí, Gianna.

—Tal vez —dije sonriendo.

Cuando se hubo alejado, me volví hacia mi acompañante, cuya mirada se había quedado helada. Me entregó una copa de champán mientras tomaba un sorbo de su bebida y miraba despreocupadamente a la habitación.

Su voz era tranquila, pero se percibía un filo cortante:

—Tiene menos de mil dólares a su nombre. Yo no lo añadiría a tu lista de maridos todavía.

Sus palabras me golpearon como un puñetazo en el pecho y tuve que respirar profundamente.

—Le agradezco su consejo, agente —dije con una sonrisa acaramelada—. Estaba a punto de anotarlo.

La tensión se apoderó de él y su presencia se hizo casi inaccesible.

La noche estaba yendo de maravilla.

A medida que los invitados de nuestra mesa entraban y tomaban asiento, me hacía tan poco caso que podría no haber estado sentada a su lado.

Si hubo algo que demostró lo diferentes e incompatibles que éramos, fue su respuesta a una pregunta sobre un nuevo avance en biocenosis, fuera lo que fuera eso, mientras el pensamiento más profundo que había en mi cabeza en ese momento era qué tinte quería que mi estilista me pusiera en el pelo esa semana.

Di un sorbo a mi copa de champán, sonriendo por encima de ella en el momento oportuno, mientras me hartaba más de esa situación con cada segundo que pasaba. Estaba atrapada en una habitación llena de federales, me sentía fuera de lugar y mi acompañante ni siquiera me miraba.

Las paredes parecían estar cerrándose.

Sentía una presión en el pecho.

Tomé mi bolsa y me excusé, notando el calor de la mirada de Christian en la espalda hasta que desaparecí al girar la esquina. De pie frente al espejo del baño, abrí la llave con manos temblorosas. Debería haberme mantenido firme y haber dicho que no a esa cita desde el principio. Porque la burbuja en la que había vivido feliz durante las últimas dos semanas estaba a punto de explotar. La podía sentir en el pecho, inflándose al máximo con cada respiración.

Iba a estallar.

Y hasta ese momento, no me había dado cuenta de lo mucho que iba a doler.

Una oleada de náuseas me revolvió el estómago y respiré lentamente. Esperaba no empezar a sentirme mal. Era lo último que necesitaba.

Giré la esquina del pasillo y me detuve cuando mis ojos se posaron en nuestra mesa. Una mujer estaba sentada en mi sitio, frente a Christian. Su nombre era Portia. Lo sabía porque había salido con él hacía años. Se inclinó hacia él mientras pasaba tímidamente un dedo por el tallo de mi copa de champán. Él le dedicó una de esas raras medias sonrisas y respondió a algo que ella había dicho. Su intercambio me resultó familiar, íntimo. Y sabía por qué. Se la había cogido tres veces.

—Bonita pareja, ¿verdad? —Una mujer cercana a la jubilación se detuvo a mi lado, llevaba un modesto vestido rojo y un broche de flores de oro. Supe que era la metiche de la empresa con solo mirarla—. Más de la mitad de la oficina había apostado a que le pediría matrimonio, ¿sabes? —Suspiró y murmuró—: Probablemente llegó alguna sinvergüenza y les arruinó el plan a todos. No sé cuándo aprenderán los hombres, ese tipo de mujeres pueden ser buenas para una cosa, pero no valen para nada a largo plazo. —Pasó los dedos por las perlas de su cuello—. En fin, ¿con quién has venido, querida? No te he visto entrar.

«No valen para nada a largo plazo».

Sin valor.

Indeseable.

Puta.

Pum.

El dolor se expandió por todo mi pecho, envolviendo mis pulmones y apretando.

La neblina en la que había estado sumida por culpa de Christian se disipó. Mi mirada se posó en Portia, yo no podía ser ella. No podía ser la mujer serena y con clase que fuera de su brazo. Y no podía ser la mujer que seguía obviamente suspirando por él después de que él ya hubiera pasado página.

Era solo sexo, él mismo lo había dicho.

Se suponía que debía ser fácil y sin complicaciones. Pero nunca había conocido algo fácil que me hiciera un nudo en el corazón y jalara de él.

Él ya había ganado.

Mi única opción era abandonar antes de perderlo todo.

—¿Querida? ¿Estás bien?

La ignoré y me dirigí por el pasillo hacia la salida. Choqué con un invitado en el camino. Murmuré una disculpa, pero no aminoré el paso porque me ardían los ojos y amenazaban con derramarse.

—¿Gianna? Dios mío, creía haberte visto. —Los tacones de Samantha Delacorte golpearon el suelo hasta que me alcanzó—. Nunca pensé que te encontraría aquí —dijo caminando a paso rápido a mi lado. Bajó la voz—. Ya sabes, teniendo en cuenta los delitos que has cometido...

Me dolía el pecho, me ardían los ojos y no tenía energía para hablar con ella en ese momento, así que me quedé en silencio.

—Bueno, solo quería ponerme al día contigo para compartir la noticia. —Chilló y me puso un enorme diamante delante de las narices. Era increíblemente similar al que Vincent me había ofrecido solo tres meses atrás, justo cuando había dicho que me amaba. Una diversión sardónica mezclada con una dosis de amargura recorrió mis venas. Si nunca volvía a oír la estúpida palabra amor, sería una mujer feliz.

La felicité sin mucho entusiasmo mientras salía por la puerta principal y me adentraba en una ligera lluvia.

—Vincent y yo nos casamos en Barbados este invierno. —Samantha se detuvo en el marco de la puerta—. ¡Te enviaré una invitación!

—Me muero de ganas —murmuré.

Me crucé de brazos y bajé por la banqueta alejándome del hotel. La fría lluvia resbalaba por mi cuerpo y me ponía la piel de gallina. Debería haberme traído una chamarra. ¿Por qué no podía hacer nada bien? El odio a mí misma me revolvía el estómago.

No había llegado muy lejos cuando alguien me agarró del brazo por detrás, me llevó hacia una esquina y me empujó contra la pared de un callejón. Sus manos se apoyaron en la pared a ambos lados de mí, atrapándome.

Líneas rectas. Hombros anchos. Azul, un azul ardiente.

Pero ahora veía otras cosas; recuerdos apilados unos sobre otros en una lucha por salir a la superficie.

«No me olvidarás».

«*Moya zvezdochka*».

Cada uno se había convertido en algo lo suficientemente significativo como para retorcerme el corazón en un cruel apretón.

¿Apego?

¿Enamoramiento?

No podía ser amor.

Se le tensó la mandíbula.

—Te fuiste.

—Claro que me fui. Sabía desde el principio que esto no funcionaría y esta noche lo ha confirmado.

—¿Esto?

Sentía un nudo en la garganta.

—Nosotros.

La tensión se apoderó de él. La lluvia se acumuló en sus pestañas. Algo tortuoso brilló en su mirada.

—¿Qué estás diciendo? —Enfatizó esas palabras y, de alguna manera, me desgarraron el pecho por la mitad.

—Sabes lo que estoy diciendo. —Tragué saliva—. Sabíamos que esto llegaría a su fin en algún momento.

Apretó los dientes.

—Esto podría llegar a su fin para ti, pero nunca terminará para mí.

Se me encogieron los pulmones y se me escapó un suspiro de angustia. La lluvia caía con más fuerza, golpeando un contenedor cercano y empapándome la piel. Esperaba que disimulara la humedad que se acumulaba en mis ojos.

¿Por qué tenía que hacerlo tan difícil? ¿Era yo la única que veía que lo nuestro no tenía sentido?

—¿Por qué soy la única que está siendo práctica?

—Porque nunca te has tomado esto tan en serio como yo.

No hubo emoción detrás de esas palabras. Solo hechos fríos y duros. Sin embargo, un destello de algo pasó por sus ojos, algo suave y desgarrador. Algo que había visto antes en los míos. Algo no correspondido.

—Cuando dije que esto era nuevo para mí, me refería a que no puedo pensar cuando se trata de ti. No debería haber dicho lo que he dicho, *malyshka*. La idea de alguien tocándote, alejándote de mí... —Su mirada se llenó de oscuridad—. Me vuelve loco, carajo.

Me estremecí a medida que la lluvia helada se colaba en mi vestido. El calor de su cuerpo rozaba mi piel, como si estuviera al borde de una hoguera. Quería acercarme, pero el miedo a quemarme me alejaba cada vez más.

Me acarició la mejilla con el pulgar.

—Te prometo que no te volveré a decir algo así.

Suspiré.

—Es más que eso, Christian, y lo sabes.

—Encontraremos una solución para lo demás. Pero no voy a dejar que te vayas. —Tensó la mandíbula y me dedicó una mirada feroz—. No puedo.

Lo decía en serio.

Al menos, por ahora.

Una parte de mí sabía que no íbamos a acabar bien.

Pero las ganas de ceder, de acortar la distancia entre nosotros, de sentirlo contra mí, me dolían. Desgarraban cada célula de mi cuerpo dejando un rastro de algo desesperado. La idea de alejarme, de volver a la vida fría y vacía que llevaba antes de él me hacía sentir escalofríos.

Se me escapó una lágrima y me la secó con el pulgar.

—No sé lo que es la biocenosis —dije en voz baja.

—No te estás perdiendo nada.

—No puedo tener conversaciones intelectualmente estimulantes contigo.

—Me aburría como una ostra.

Último esfuerzo para salvarme.

—Hay muchas mujeres que podrían hacerte más feliz, Christian.

—Tú eres la única que quiero.

Nuestros ojos sostuvieron los del otro, un sentimiento sofocante y desconocido nació entre nosotros. Consumía como el pánico y pesaba como la necesidad.

Se inclinó hacia mí y me rozó los labios con los suyos.

—Moya zvezdochka.

—Creo que me dio gripe —suspiré.

Cuando se dio cuenta de que había cedido, hizo un ruido de satisfacción y me besó profundamente, deslizando la lengua hacia el interior de mi boca.

Suspiré y me estremecí.

Se apartó, se quitó el saco y me lo puso sobre los hombros. Me vino el recuerdo de la última vez que había hecho lo mismo. La noche en que me había llevado a casa de As después del tiroteo cinco años atrás.

No sabía cómo había llegado hasta ahí.

A estar caminando por la banqueta con el saco del federal corrupto sobre los hombros y tomada de su mano.

Pero ahora me preguntaba dónde estaría si él no hubiera aparecido.

Capítulo 30

Gianna

Estaba empapada y temblando cuando volvimos a su departamento. Me metió en el baño, donde me desnudó de arriba abajo. El aire estaba cargado con una emoción sin nombre entre nosotros y, de algún modo, los dos sabíamos que decir una sola palabra solo lo congestionaría aún más.

«Amor» podría ser una palabra molesta y elusiva que nunca había llegado a entender, pero estaba convencida de que amaba la sensación de sus manos sobre mí, la atención completa que me otorgaba mientras me lavaba el cuerpo y el pelo como si fuera la única mujer que hubiera visto nunca. Como si fuera perfecta.

Me puso una de sus camisetas y me llevó a la cama, rodeándome la cintura con el brazo. Notaba las extremidades y los párpados pesados por el sueño, pero la noche me había provocado una necesidad desesperada de tenerlo en mi interior. Me restregué contra su erección sabiendo que se había excitado antes incluso de meternos en la regadera.

Dejó escapar un suspiro tenso, me agarró por la cadera y me detuvo.

—Duérmete, *malyshka.*

Quería saber por qué me deseaba de manera tan evidente y aun así me rechazaba, pero estaba demasiado cansada para insistir. Me di la vuelta y me quedé dormida con el rostro en su pecho y su mano en mi pelo.

Las noches siguientes fueron parecidas.

Antes de irse por la mañana, me pedía que me quedara y le preparara la cena. Debía de ser algo misógina porque lo obedecía. No tardé mucho en darme cuenta de que, por extremadamente limpia y organizada que estuviera, amaba quedarme en su casa y tener algo que esperar con ansias, como hacerle la cena.

¿Qué era lo que no amaba?

Que no se acostara conmigo.

Antes de que los besos y las caricias llegaran demasiado lejos, se apartaba y me decía: «Duérmete, *malyshka.* Estoy cansado».

Este hombre no estaba cansado. Dormía una media de tres horas por noche. A menudo, me despertaba antes de amanecer y lo encontraba sentado ante la isla de la cocina con la computadora portátil o con documentos. Estaba tan sexi a las tres de la mañana que no podía resistirme a sentarme en su regazo y darle besos en la boca y el cuello hasta que gruñía de frustración y me decía que volviera a la cama.

La tercera noche incluso me crucé de brazos y me negué a meterme en la cama con él. Se rio, me levantó del sillón y me llevó hasta la habitación.

—Me siento usada —gemí y suspiré, frustrada, mientras me acostaba de lado.

La diversión se reflejó en su voz:

—¿Cómo es eso?

—Te comes la cena que te preparo y luego no me coges. Eres muy grosero, Christian.

Se rio con una carcajada tan cálida y profunda que era demasiado sexi como para que me enojara con él.

Con frecuencia, se iba al gimnasio y se bañaba antes incluso de que me despertara. Pero, un par de veces, me levanté para usar el baño y me lo encontré afeitándose ante el lavabo.

—Necesito mear —le dije.

—Pues mea. —No hizo ademán de marcharse.

Titubeé.

No era muy modesta con mis funciones corporales, pero en cuanto me senté en el inodoro y meé delante de Christian Allister me pareció tan tabú que me retorcí. Y tal vez también me había puesto un poco cachonda. Su mirada jovial se deslizó hacia mí cuando terminé y un estúpido rubor se me formó en las mejillas al darme cuenta de que probablemente hubiera visto mis pensamientos sucios reflejados en mi cara.

Cuando terminé, me senté en el lavabo delante de él y coloqué las piernas a ambos lados de su cuerpo. Apoyé las manos detrás y me quedé mirando las constantes pasadas de la cuchilla.

Elevó la comisura de los labios.

En ese momento me di cuenta de que amaba verlo afeitarse.

No llevaba camiseta, solo unos calzoncillos blancos. Mi mirada se posó en sus tatuajes y le pasé un dedo por la rosa del pecho.

—Dime qué significa este.

Se quedó parado unos instantes antes de reanudar sus movimientos. Deseé poder estar en su cabeza en ese momento, entender por qué le costaba tanto compartir cosas conmigo.

—Significa que cumplí los dieciocho en la cárcel.

Disimulé mi sorpresa de que me hubiera respondido sin dudarlo y me concentré en recorrer la rosa con el dedo.

—¿Cuándo saliste?

—A los diecinueve.

Yo solo tenía nueve años cuando él había entrado en la cárcel y catorce cuando había salido. Mi infancia no había sido pintoresca, pero estaba empezando a creer que la de este hombre había sido más oscura y profunda de lo que me imaginaba.

Bajé los dedos por sus costillas hasta un tatuaje en el que no me había fijado nunca. Era una constelación, reconocí la forma del cuadrado abierto. La había buscado con un telescopio y todo por una sola noche en una terraza. Andrómeda. Parecía más oscuro, más reciente que los demás.

—¿Cuándo te hiciste este?

En lugar de responderme, me besó y me mordió ligeramente el labio inferior. Un calor sin aliento me quemó la piel porque esa era la única respuesta que necesitaba.

—¿Cómo es que sabes tanto sobre las estrellas? —pregunté.

—Leo. Mucho. No había mucho más que hacer en la cárcel.

—Recuerdas todo lo que lees, ¿verdad?

—Casi todo.

No era de extrañar que dominara tan bien el idioma. Carajo, si lo hablaba mejor que yo. Era surrealista pensar que ese hombre había obtenido gran parte de su conocimiento de libros mientras estaba encerrado en una cárcel rusa. Una parte de mí sentía curiosidad por saber qué había hecho para que lo metieran en la cárcel, pero nunca se lo preguntaría. Había aprendido hacía mucho tiempo a mantenerme alejada de los asuntos de un hombre. Si no sabías nada, no estarías mintiendo si te interrogaban. Además, había cosas en esta vida sobre los hombres que una mujer no quería saber.

—Bueno, ¿cuándo viniste a Estados Unidos?

—Un día después de que me soltaran.

Le di un beso en el pecho y dije algo mareada:

—Seguro que en inmigración les encantó recibir tu solicitud.

La diversión se reflejó en su mirada.

—Mi historial estaba limpio, *malyshka.* Se me da muy bien la tecnología. Podría averiguar dónde está desayunando ahora mismo el presidente, sacar una foto y publicarla de manera anónima en redes sociales desde mi cocina.

Abrí los ojos como platos.

—¿Estás diciendo que, si estoy cerca de una cámara, podrías encontrarme y vigilarme desde la computadora?

—Sí.

—No lo has hecho, ¿verdad?

—Eso sería moralmente cuestionable.

—Sí que lo sería —dije intencionadamente.

Un genio y un criminal en una misma persona. Era una combinación aterradora.

Decidí no seguir haciendo preguntas sobre el tema.

—¿No extrañabas a tu familia cuando te fuiste a vivir a otro país?

Y, de repente, me topé con un callejón sin salida.

Se le tensó sutilmente el abdomen bajo mis manos y su tono se volvió frío.

—Tengo que terminar de prepararme para ir a trabajar, *malyshka.*

Era un rechazo en toda regla. Sin embargo, contenta por lo lejos que había llegado, bajé de un salto y volví a la cama.

Aquella noche estaba tan frustrada sexualmente que decidí ser un poco más astuta. Llevaba la ropa interior más sexi que tenía, un par de calcetines altos de punto y nada más. Estaba preparando la cena cuando él llegó a casa. Se quedó parado y su mirada se volvió más oscura cuando la pasó por mi cuerpo.

Se sentó en la isla, se quitó la corbata y entornó la mirada. Había arruinado su rutina.

El calor de sus ojos me siguió por toda la cocina. Me aseguré de inclinarme más veces y más lentamente de lo necesario. Si iba a ganar una batalla entre nosotros, era esta.

Comimos en un silencio amistoso, pero ni siquiera pude saborear la comida porque el modo en el que me miraba hacía que cada nervio se encendiera bajo mi piel. Me ayudó a lavar los platos y a limpiar la cocina. A continuación, me sostuvo la cara y me besó suavemente en los labios.

—Gracias por la cena, *malyshka*.

En ese momento, me di cuenta de que amaba su lado dulce.

Me senté en su regazo y él jugueteó con mi pelo mientras veíamos un debate político en la CNN. No fui capaz ni de fingir prestar atención ni un segundo porque tenía su erección presionada bajo mi trasero. Una parte de mí sabía lo que Christian estaba haciendo al rechazarme. No me gustaba, hacía que sintiera un nudo tenso y pesado en el pecho y eso me molestaba.

En algún momento entre el principio y el final, mis piernas se habían abierto sobre él, tenía las manos hundidas en su pelo y los labios separados mientras le metía la lengua en la boca.

Él gimió.

El beso se intensificó y me restregué contra su erección. Estaba tan cachonda que se me nubló la vista. Me ardía la sangre y estaba segura de que, de tanto frotarme contra él, le estaba dejando los pantalones mojados.

—Dios, te deseo —murmuré junto a su boca.

Emitió un sonido torturado y se apartó. Me pasó un pulgar por la mejilla con la mirada conflictuada.

—Dilo otra vez.

Balanceé las caderas hacia él y la desesperación se reflejó en mis palabras:

—Te deseo con locura.

—¿Por qué? —preguntó con voz ronca.

—Porque... —Suspiré buscando la razón y dije lo primero que se me pasó por la cabeza—. Porque siempre has sido tú.

Tal vez no me hubiera dado cuenta antes, pero en cuanto esas palabras salieron de mi boca, supe que eran justo lo que sentía.

Una satisfacción oscura y despreocupada se encendió en su mirada. Acercó los labios a mi oído y su voz hizo que un escalofrío me recorriera toda la columna.

—Tú ganas, *malyshka.*

Ni siquiera pude experimentar el placer de mi ansiada victoria sobre él porque me arrancó la ropa interior y se metió dentro de mí tan profundamente que me arrebató un jadeo. Le clavé las uñas en los hombros.

—Carajo, echaba mucho de menos esto —murmuró.

A esas alturas, ya me había acostumbrado a su manera de coger tan dura e implacable. Ligeramente egoísta, aunque también atenta. Mientras me llevaba al dormitorio sosteniéndome con fuerza y sin salir de mí, se detuvo para besarme durante un minuto entero y eso fue algo que amé. El sexo fue rápido y brusco, pero luego me lo compensó colocando la cabeza entre mis piernas hasta que le supliqué que parara.

A la noche siguiente, mientras esperaba para cruzar la calle, recibí un mensaje de un número desconocido.

Mi cena llega tarde.

Me inundó un vértigo de colegiala al ver que me estaba escribiendo, aunque la noche anterior había dejado que me agarrara y me hiciera de todo.

Yo: Perdona, ¿quién eres?

Christian: Qué graciosa.

Yo: ¿Todd?

Christian: Voy a darte unos azotes en el trasero.

Yo: ¿Me lo prometes?

Poco después del intercambio, lo encontré sentado en el sillón con algunos documentos en la mesa de centro ante él. Le pasé las manos por el pecho enseñándole mi nueva manicura de diamantina de color carmesí.

—¿Qué te parece?

—Las amo, *malyshka.* —Me cogió la mano y la besó.

En ese momento, decidí que amaba recibir la aprobación de ese hombre por confusa que pudiera ser su posición en mi vida.

El día siguiente volvió a casa y tomó el libro «Ruso para principiantes» que había encima de la mesa. Me miró arqueando una ceja.

Le devolví la mirada desde mi posición en el sillón.

—¿De qué otra manera voy a poder escuchar a escondidas tus llamadas, *malysh*?

Era la forma masculina del apodo cariñoso con el que me llamaba. Una media sonrisita jaló sus labios y dejó caer el libro sobre la mesa de nuevo.

Me levanté, le rodeé la cintura con los brazos y presioné la cara contra su pecho.

—Llevo todo el día esperando que llegaras a casa.

Emitió un sonido de descontento.

—¿Qué me estás haciendo? —Habló con voz seria y con un ligero acento. Amaba tanto ese timbre que me puse de puntitas e intenté saborearlo directamente de sus labios.

A medida que pasaba la semana, me iba enamorando cada día de algo diferente. De su olor, del modo en el que hacía que se me entrecerraran los ojos y se me encogieran los dedos de los pies de satisfacción. De sus manos, de la manera en la que hacían que todo lo demás desapareciera. De su voz, de cómo podía ser tan áspera y dulce al mismo tiempo.

Prácticamente, me había mudado con él. Mis cosas estaban por todas partes. Había tres botes de crema en la mesa de centro y no se había quejado ni una vez de que no estuvieran colocados en una fila perfecta.

Sin embargo, no le gustaba que moviera sus cosas. Lo oía gruñir mi nombre y algo parecido a «si lo pongo ahí es por algo». Estaba a mitad de camino entre la locura y la inestabilidad.

Vio *La princesa prometida* conmigo.

No le gustó.

Jugó al ajedrez conmigo.

No sé perder.

Incluso jugamos a nuestra propia versión de veinte preguntas. Mientras me mantuviera alejada de su infancia y de su madre, estaba en terreno seguro. No obstante, pronto descubriría que la zona prohibida era mucho más amplia.

—¿Visitarías mi tumba si muriera?

Su mirada se volvió más oscura.

—Moriría antes de permitir que acabaras en una tumba, *malyshka*.

Amaba su lado posesivo.

Y también amaba su lado oscuro.

Capítulo 31

Gianna

No habíamos estado juntos en público desde el último fracaso de la cena. Lo que teníamos, fuera lo que fuera, estaba funcionando. Pero, por supuesto, Christian Allister siempre tenía que complicar las cosas.

—¿A dónde vas? —me preguntó mientras me levantaba de la cama y me estiraba.

—A la iglesia. —Bostecé—. Hace como un mes que no voy y cada vez que tengo sexo prematrimonial contigo te juro que puedo sentir el fuego del infierno trepándome por la espalda.

Se rio entre dientes y se sentó a un lado de la cama.

—Iré contigo.

Me quedé helada.

—¿Qué? No. Christian, no puedes venir.

—¿Por qué no?

—Porque... —balbuceé—. La gente pensará que estamos juntos.

Sus ojos se endurecieron.

—Duermes en mi cama todas las malditas noches, Gianna.

—¡Ni siquiera eres católico!

—Soy lo que tú seas.

No tenía respuesta para eso porque era ridículo.

No creía que Nico tuviera problemas con que yo saliera con alguien, aunque nunca había probado esa teoría. Estaba técnicamente bajo su protección y, por lo tanto, tenía que seguir sus normas, pero prefería pensar que era una persona libre. Sin embargo, sabía que toda la familia Russo había visto o escuchado alguna riña entre Christian y yo y, si aparecíamos juntos en la iglesia, no me dejarían en paz.

—Todo el mundo cree que nos odiamos.

Se acercó a mí y me acarició la mejilla.

—Enseñémosles que podemos llevarnos bien.

Me mordí el labio.

—¿Vas a negarme mi salvación?

No pude contener la sonrisa, negué con la cabeza y dejé escapar un gemido de frustración.

Nos bañamos juntos, como siempre, pero esa vez me pareció notarlo retraído mientras nos preparábamos, casi culpable. Y eso me provocó una punzada de alarma en la base de la espalda. No sabía qué tramaba o por qué quería ir a la iglesia conmigo, pero empezaba a pensar que era por razones nefastas.

Entramos en la iglesia, uno al lado del otro, con su mano en mi cintura. Si toda la congregación no se volvió para mirarnos, al menos el noventa y cinco por ciento lo hizo. El calor de sus miradas me erizó la piel. Y entonces empezaron los cuchicheos.

Elena abrió mucho los ojos cuando pasamos. Y As, con un brazo apoyado en el respaldo del banco, solo arqueó una ceja divertido.

—¿Cerramos ya la apuesta? —me preguntó Val después de que nos sentáramos junto a ella y Ricardo.

—No —dije firmemente.

Ella se rio.

La mandíbula de Christian se tensó, aunque no dijo nada.

Durante el oficio, posó una mano en la franja de piel desnuda entre mi vestido y mis botas hasta el muslo.

Pensé que también amaba eso.

Después, las señoras se quedaron a chismear un rato mientras los hombres salían a hacer lo mismo.

—Estaré fuera, *malyshka* —me dijo al oído. A continuación, me giró la cara y me besó en los labios. Fue corto y dulce, pero posesivo para que todos supieran que Christian Allister me estaba cogiendo en todas las posiciones.

Me pareció oír un grito de asombro.

—Guau —dijo Valentina mientras se abanicaba con su Biblia y lo observaba alejarse—. Cuéntamelo todo.

Me ardía la cara, no podía creer que realmente hubiera hecho eso. Tal vez, solo tal vez, podría haber hecho pasar nuestra presencia en la iglesia juntos por un acto de generosidad de mi parte mostrando a un hombre malo el camino del Señor. Pero eso estaba completamente descartado ahora.

—Se suponía que era solo sexo —protesté.

Val asintió.

—Mucha gente lleva a sus amigos con derechos a la iglesia.

—¿Podrías controlar tu sarcasmo hoy, por favor? —Me froté la sien—. Creo que tengo gripe—. Llevaba más de una semana con la sensación de que estaba a punto de contraerla—. Debe de ser un virus estomacal persistente.

—De acuerdo, retrocedamos un poco. ¿De quién fue la idea de esta relación de solo sexo?

—¡Suya! No tengo respeto hacia mí misma, así que, por supuesto, acepté. Pero ahora, me lleva a cenas, me hace dormir en su cama sin ni siquiera tener sexo conmigo y ¿qué es lo siguiente? —Alcé la voz—. ¡Me besa en la iglesia!

—Querida —se rio—. Estoy segura de que estás cegada por lo impresionante que es el hombre, pero estoy aquí para decirte que nunca ha querido solo sexo de ti. Solo hace falta mirarlo cuando están en la misma habitación para saber que está obsesionado contigo.

Fruncí el ceño.

—¿Qué quieres decir?

—Quiero decir que obviamente te engañó para que tengan una relación.

—Él... ¿qué? Él no haría eso... —Me interrumpí a mí misma porque sí, sí que lo haría—. Pero ¿por qué?

—¿Quién sabe por qué los hombres hacen cosas? Probablemente pensó que lo rechazarías.

Me mordí el interior de la mejilla.

—Lo habría hecho.

Había entrado en pánico tras su propuesta de tener una relación en el avión y ahora sabía que se había dado cuenta. No estaba preparada para nada serio en aquel momento. Y seguía sin estarlo..., ¿verdad? La indecisión me recorrió la espalda. No quería renunciar a lo que teníamos; de hecho, la idea de terminar con él me provocaba escalofríos. Pero también me inquietaba pensar en lo que él realmente quería de mí.

—¿Qué debo hacer? —susurré.

—Bueno, sin duda es un hombre capaz de dejarte embarazada. —Frunció los labios mientras miraba mi cuerpo—. Si no lo estás ya. —Puse los ojos en blanco. Me había bajado la regla no hacía mucho—. Eso por un lado. Y voy a ser sincera y decirte que es tan intenso que me asusta un poco. No te pegaría, ¿verdad?

—No. —Nunca había estado tan segura de algo.

—¿Te gusta?

Me pareció una pregunta tonta comparada con lo que realmente sentía cuando pensaba en él. Me excitaba. Me fascinaba. Y parecía hacerme sentir más feliz y más viva de lo que nunca había estado. Decir que me gustaba no hacía justicia, pero no estaba segura de qué otra manera explicarlo.

—Mucho.

—¿Cómo es en la cama?

Entrecerré los ojos.

Ella se rio.

—Bueno. Hablaremos de esos detalles más tarde. ¿Estás lista para que todas las mujeres de entre trece y noventa y dos años estén babeando sobre tu hombre?

—Siempre y cuando tengan las manos quietas.

—¿Y él? ¿Crees que te será fiel?

La idea de que se acostara con otra me hizo sentir náuseas. Aunque, de alguna manera, confiaba en que no lo haría. Lo conocía desde hacía mucho tiempo y nunca lo había visto como un infiel.

—Creo que sí.

—Hasta ahora, diría que no es una mala elección. Pero la verdad es que solo he estado siguiéndote la corriente. Ese hombre ya ha tomado su decisión, y esa eres tú, querida. Ahora solo tienes que aprovecharlo al máximo.

Me mordí el labio en el corto trayecto a casa mientras debatía lo que debía decirle. Reflexioné sobre cómo me sentía acerca de su manipulación y si estaba molesta por ello. No estaba segura de qué sentir y eso me molestaba.

Tan pronto como la puerta de su departamento se cerró detrás de nosotros, solté:

—¿Qué quieres de mí, Christian?

Se volvió hacia mí con ojos oscuros.

—Todo.

Un escalofrío me recorrió la espalda.

—Esto nunca ha sido una cuestión de sexo.

Se llevó la mano al cinturón y se lo desabrochó con una diversión sarcástica en la mirada.

—No.

—Jugaste conmigo —acusé.

—Sí.

—¿Te sientes mal?

—No.

Observé con recelo e inquietud cómo sacaba el cinturón de las trabillas.

—¿Qué haces con el cinturón?

Esbozó una media sonrisa divertida.

—Debatir si azotarte para someterte.

—Ja, ja. —Mi voz sonó insegura—. Ahora en serio.

—Me estoy desnudando y luego te llevaré a la cama.

—No he terminado de hablar. —Me crucé de brazos—. Me engañaste.

—¿Te hago infeliz?

Tragué saliva y cambié de pie.

—No.

—Entonces, cállate y ven a la cama conmigo.

Entrecerré los ojos.

—No confío en ti.

—Puedo arreglarlo.

—No vuelvas a engañarme.

—No lo haré. —Algo esquivo pasó por su mirada—. Vamos, antes de que cambie de opinión y decida darle un buen uso a mi cinturón.

Había cosas que hablar. Cosas importantes para las que debería haber exigido una respuesta, como qué era esta relación y adónde podía llegar. Pero en lugar de eso, lo seguí hasta su cama, donde pasamos las siguientes horas diciendo todo con el cuerpo y nada con la boca.

Nuestra siguiente aparición pública fue el viernes. Esta vez, cuando salí con un ridículo vestido llamativo, me empujó contra mi puerta y me besó profundamente, como si necesitara dejar su marca en mi piel, hasta que empecé a frotar su erección y a suplicarle que me cogiera. Dejó escapar un suspiro de frustración y un «no puedo» seguido de algo sobre unos asuntos en el club.

Aquella mañana, mientras aún estaba en la cama, me había burlado de él por la cúpula de iglesia que llevaba tatuada en el costado diciéndole que no sabía que era religioso. Algo frío se había instalado en él después de eso. Se levantó y dijo que iba al gimnasio. No volví a saber de él hasta que recibí un mensaje suyo diciéndome que estuviera lista a las nueve.

Christian lo sabía todo de mí, mientras que él solo me daba migajas de sí mismo. Lo que más odiaba de eso, sin embargo, era que me sentía una cobarde simplemente andando de puntillas por los bordes de su pasado por miedo a que me alejara. Parecía que cada día que pasaba con él, más cerca estaba de perder el control, mientras su control solo se hacía más fuerte.

Después de besarme sin ningún sentimiento, se mostró distante durante el trayecto al club. Distante cuando me recogió de la oficina de Nico, donde había estado viendo la tele con Elena, y distante de camino a casa.

Iba a enfrentarme a él. Tenía en la punta de la lengua las palabras que iba a decir. Pero entonces entré en su habitación para desvestirme y todo cambió. La puerta se cerró con un clic silencioso detrás de mí. Me quedé quieta y se me erizó el vello de la nuca. El aire palpitaba con algo pesado y eléctrico que se filtró a través de mi pecho y me aceleró el corazón.

El calor de su cuerpo me rozó la espalda. Mientras me agarraba del pelo y jalaba suavemente de mi cabeza hacia atrás, susurró:

—¿A quién pertenece esto, *malyshka*?

Respiré de manera entrecortada, tenía el pulso ligeramente frío por culpa de la tensión en su voz. No había ni una parte de mí que quisiera decirle que no en este momento.

—A ti.

Escuché un sonido de aprobación contra mi cuello. Me rozó la boca con el pulgar.

—¿Esto?

—A ti. —Respiré.

Su mano atravesó mi vestido como fuego mientras la deslizaba por mi vientre hasta acariciarme entre las piernas.

—¿Y esto?

Mi piel emanaba calor y me faltaba el aliento. Inspiré.

—A ti. Te pertenece a ti.

No se molestó en quitarnos la ropa antes de que su cuerpo cubriera el mío sobre la cama y empujara profundamente hasta estar dentro de mí. Fue natural y a la vez forzado, con su boca sobre la mía, sus palabras extranjeras en mi oído y con él sujetándome como si quisiera escapar. Fue como si intentara demostrarme algo, como si eso fuera todo lo que necesitara.

Y por un momento, casi lo creí.

Capítulo 32

Christian

—Sabes que no soy terapeuta personal, ¿verdad?

—¿No pronunciaste un voto para ayudar a los necesitados?

Los labios de la doctora Sasha Taylor se arquearon.

—No creo que tú estés precisamente necesitado, pero he de admitir que tengo demasiada curiosidad como para rechazarte.

Me senté de nuevo en la silla y apoyé un tobillo en la rodilla.

—Quiero saber cuál es mi diagnóstico.

No tenía mi expediente, no lo necesitaba. Había pensado en mí lo suficiente a lo largo de los años, había intentado resolverme como si fuera un rompecabezas a medio terminar.

Se llevó la pluma a la barbilla e inclinó la cabeza.

—Bueno, ha pasado un tiempo desde la última vez que hablamos, pero basándome en lo que descubrí de ti en citas anteriores, diría que estás en alguna parte del extremo inferior del espectro obsesivo compulsivo. Creo que tu comportamiento se debe más a costumbres que a compulsiones.

—Hizo una pausa dejando que su indecisión y las palabras no pronunciadas flotaran en el aire como vapores.

Mi mirada inquebrantable la instó a continuar.

Tragó saliva.

—También sospecho que padeces un trastorno de personalidad antisocial. Incluyendo, entre otros síntomas, la manipulación, la explotación y, posiblemente, la falta de empatía por los demás.

Los trastornos mentales y sus diagnósticos siempre me habían parecido aburridos, pero sabía que lo de «trastorno de personalidad antisocial» era solo otro modo de decir «sociópata».

Elevé la comisura de los labios.

—Parece grave. ¿Debería preocuparme?

Se movió, inquieta, desviando la mirada y cruzando las piernas.

—Me he preguntado frecuentemente cómo pasaste la evaluación psicológica en el proceso de contratación.

—Supongo que los diagnósticos son cuestión de opinión, ¿no?

—En efecto —contestó con la respiración agitada—. Sé que no viniste por mi conocimiento sobre tu salud mental, así que ¿qué te trajo hasta mí?

Miré por la ventana y me pasé una mano por la mandíbula.

Su mirada pensativa se posó en mi rostro.

—Déjame adivinar, estás aquí porque por fin has conseguido lo que siempre habías querido y ahora no sabes cómo controlarlo.

La miré a los ojos.

—Puedo controlarlo perfectamente.

Era la mentira más ridícula que había soltado en mi vida.

—Puede que sí, pero no puedes controlar cómo te sientes al respecto.

Se me tensó la mandíbula.

—Esa «personalidad adictiva» tuya... es simplemente una condición médica que te inventaste para explicar por qué lo has deseado siempre. Para ayudarte a entender el motivo por el que te atrae y, por lo tanto, para ayudar a controlar tu reacción. Pero, en realidad, es una emoción humana normal. Tal vez para ti sea más fuerte porque no la has experimentado en mucho tiempo o porque nunca la has sentido.

—Me estás perdiendo, Sasha.

Arqueó los labios.

—No, no lo estoy haciendo. —Apretó el botón de la pluma. Una, dos, tres veces—. Supongo que, ahora que lo tienes, te da miedo perderlo. Puede que sientas que no la mereces, aunque eso es algo trivial porque, al fin y al cabo, no te importa.

No pasé por alto ese «la» que había soltado.

—No vine para que me des consejos sobre relaciones.

—No. —Sonrió con tristeza—. Viniste para que te diga que se vuelve más fácil, que se olvida y que recuperarás esa sensación de control. No será así. El amor solo empeora.

Se me escapó un resoplido sarcástico.

—Pensaba que creías que era solo una obsesión.

—¿No lo oíste? El amor es una obsesión que arde, que enloquece. Algunos dirían incluso que es... la locura más ardiente.

Capítulo 33

Gianna

Fue una pregunta inocente, pero me explotó en la cara como un detonador.

Fue lo único que necesité para perder el control por completo. Ahora, me estaba ahogando en las profundidades, en el azul, y era demasiado tarde para salvarme.

—Pedí cita para empezar a tomar anticonceptivos la semana que viene —le dije una noche mientras estábamos acostados en la cama con el corazón acelerado y la piel sudorosa de la anterior y vigorosa ronda de sexo.

Había estado dejando pasar el tema de los anticonceptivos porque era sensible a la medicación y todas las opciones que había probado cuando era más joven venían acompañadas de algún molesto efecto secundario. Las pastillas me hicieron ganar peso y ahora, a los veintiocho años y con un metabolismo más lento, eso era lo último que necesitaba. Aunque parecía que iba a tener que encargarme de la situación anticonceptiva yo misma por la actitud indiferente de Christian al respecto.

—¿Por qué?

Suspiré.

—O tienes cien hijos de Rusia a Seattle o eres un inecto.

Se rio entre dientes y me corrigió con dulzura.

—Inepto, *malyshka*.

El sonido de su suave risa hizo que mi cuerpo se encendiera.

—¿Y bien? ¿Tienes una camada de hijos de la que no me has hablado?

Su silencio me erizó la piel y puso en vilo mis terminaciones nerviosas.

—No tengo hijos —dijo finalmente.

—¿Cómo lo sabes si vas por ahí sin usar condón?

—Porque no voy por ahí sin usar condón —dijo con algo de tensión en la voz—. Eres la única con la que me acuesto, Gianna. Pensaba que lo había dejado bastante claro.

Debería haber parado ahí. Debería haber sentido la tensión en el aire que reducía el oxígeno. Pero no pude. Porque estaba cansada de ser una cobarde, de estar al borde de Christian Allister mientras le dejaba tocarme, besarme, cogerme y poseerme.

—Antes de mí, entonces. Estoy segura de que no siempre has usado condón. Pareces demasiado acostumbrado a ello.

Se pasó una mano por la cara.

—Déjalo, *malyshka*.

Sentí cómo los celos brotaban en mi interior, perforando un agujero en mi pecho y alimentando mi sangre de amargura. Nunca había tenido nada tan serio con ninguna de las mujeres con las que lo había visto; sin embargo, se había acostado con una, o varias, sin usar condón. Hacía que lo que teníamos pareciera insignificante. Barato. La relación más seria en la que lo había visto era con Portia y tampoco había durado mucho más que el resto.

—¿Usabas condón con Portia?

—Sí.

Fue una respuesta vehemente. La verdad.

Tal vez había sido con alguien cuando era más joven. Alguna adolescente rusa. La odiaba. Aunque dudaba que hubiera tenido mucho tiempo para chicas estando encerrado en una prisión la mayor parte de su adolescencia.

Me estaba empezando a molestar, las preguntas se apilaban y la única respuesta que obtenía era un «Déjalo, *malyshka*» o alguna evasiva. Él había oído la historia de cómo perdí la virginidad de labios de mi propio marido. Me parecía justo que yo supiera lo mismo.

—¿Cómo perdiste la virginidad?

La temperatura bajó a negativos, el aliento se me congeló en los pulmones. El aire se volvió amargo, tan corrosivo como la picadura de una abeja sobre mi piel.

Se sentó en un lado de la cama y apoyó los codos en las rodillas. Sus hombros se tensaron y su voz careció de emoción cuando me dijo:

—Fuera de aquí.

Se me revolvió el estómago.

—¿Qué?

—Dije que te vayas.

El sentimiento de humillación y traición me formó un nudo en la garganta.

Me puse de pie, tomé una camiseta del suelo, me la puse y me dirigí hacia la puerta. De repente me detuve, cada célula de mi cuerpo se rebeló ante la idea de salir.

—Si me haces cruzar esa puerta, no volveré, Christian, no hasta que tengas una respuesta para mí.

No me miró.

Tampoco me detuvo.

Cerré la puerta de mi departamento y me apoyé en ella; la sensación de vacío que inundaba el lugar me rozaba la piel.

El arrepentimiento se alimentó de mi determinación hasta que quise darme la vuelta y retirar las últimas palabras que habían salido de mi boca. Quería, necesitaba, volver atrás y arreglar todo lo que había ido mal. Disculparme o suplicar, lo que hiciera falta. Afortunadamente, mi orgullo se mantuvo firme; no iba a dejar que me convirtiera en algo tan patético.

Ese día dormí en mi propia cama por primera vez en semanas. Fue una noche tranquila. Un poco fría. Una lágrima se deslizó por mi mejilla y me dije a mí misma que lo odiaba por hacerme sentir así.

Pero no lo odiaba en absoluto.

Esa sensación abstracta, cercana al pánico, pero lo suficientemente lejana, era algo del todo distinto.

Y de repente, mientras el corazón me dolía con cada respiración, supe lo que era.

—*¡Levántate!*

Balbuceé mientras me levantaba de golpe para sentarme tras sentir un chorro de agua fría en la cara.

—¡Son las cuatro, *querida*! *¡Eres una vaga!*

Magdalena me acababa de llamar vaga en español, pero no pude encontrar la energía para quejarme. Estaba deprimida. Y ni siquiera porque no hubiera visto o hablado con Christian en dos días, sino porque pensaba que lo amaba. Y no estaba segura de cómo lidiar con ese sentimiento. Dónde se suponía que debía ponerlo cuando fuera demasiado grande para mi pecho. Cómo me desharía de él si finalmente Christian se daba cuenta de que no éramos compatibles.

Éramos polos opuestos. No tenía mucho sentido que estuviéramos juntos.

Pero, de repente, nada tenía sentido sin él tampoco.

Magdalena abrió la ventana.

—Te dije que no te juntaras con ese hombre, *señorita*. No me hiciste caso.

No había dicho nada de eso. Antes de que él y yo hubiéramos empezado una relación, incluso le había echado un vistazo mientras la echaba de mi departamento. Sus ojos se habían abierto de par en par y me había dicho que me casara con él. Que tendría los bebés más hermosos y todo el mundo estaría celoso. Él había oído cada palabra. Aunque debía de ser algo normal para él porque su expresión seca no vaciló.

—¿Sabes qué es lo mejor para un corazón roto?

—¿Qué?

—El aire fresco. También curó el cáncer de *mis hermanas*.

Fue entonces cuando me di cuenta de que no me había sentido así de deprimida desde Antonio. Y esa era una parte oscura de mi vida a la que no quería volver. No iba a dejar que Christian me convirtiera en otra de sus náufragas desconsoladas. Salí de la cama a rastras, me bañé y me vestí con algo más adecuado para una discoteca que para un paseo por la ciudad.

Al salir por las puertas del pasillo, mi mirada se cruzó con la de otra persona. Se me cayó el alma a los pies. Solo verlo, las líneas rectas, el reloj y las mancuernillas de plata pulida, el azul, fue como una dosis de una droga de la que tenía necesidad. No era tan profesional bajo la ropa. Ni tan frío cuando estaba en la cama, con la mano alrededor de mi garganta y el calor de su cuerpo contra el mío. Y no era tan despiadado, con sus *malyshkas* y ásperas palabras rusas en mi oído.

Algo profundo e inconmensurable parpadeó en sus ojos antes de que apartara la mirada. Nos cruzamos, casi hombro con hombro. Incluso pude oler un rastro de su colonia hecha a medida.

No me detuvo.

Yo tampoco a él.

Tal vez lo nuestro realmente había acabado.

Se me hizo un nudo en el estómago solo de pensarlo. Se me tensaban los pulmones con cada respiración.

Cuando conocí a ese hombre, su presencia me molestó. ¿Cómo había llegado a ese punto, a romperme en pedazos ante el olor de su colonia?

Caminé por la ciudad, esquivando distraída baches y ciclistas, con unas botas hasta los muslos. Me comí un hot dog de un camión de comida. Me senté en un banco, vi la puesta de sol y fingí que tenía algún control sobre mi vida. Nada más lejos de la realidad.

Nunca me había sentido tan perdida.

Las luces tenues se dispersaban y reflejaban el rojo de mi ropa interior en el agua cristalina mientras andaba por la alberca.

Era tarde, pasada la medianoche. La alberca estaba técnicamente cerrada, pero no me había costado mucho convencer a Trevor de que me diera una llave.

Me sumergí, aguantando la respiración hasta que me ardieron los pulmones, hasta que eso era todo lo que podía sentir. Cuando volví a subir, una sensación punzante de que no estaba sola me tocó la espalda. Giré la cabeza y vi a alguien sentado en el borde de un camastro con los codos apoyados en las rodillas.

Unos ojos de hielo derretido y acero pulido me miraban.

Mi corazón se detuvo y luego se llenó de un bullicio desesperado.

—Tenía quince años —dijo.

Me invadió la confusión, pero luego comprendí lo que me estaba contando. Cómo había perdido la virginidad.

—Llevaba unos meses en Butyrka. Estaba ahí por haber cometido un asesinato, pero créeme, *malyshka,* se lo merecían.

Lo había visto matar a un hombre por molestarlo, pero, por la vehemencia en su tono, lo creí.

—Solo podían condenarme por uno y era menor de edad, así que conseguí librarme en cinco años. Ronan era un año más pequeño y solo le cayeron cuatro. Pero llevó la cárcel mejor que yo. —Sus ojos se volvieron sombríos—. Yo odiaba ese maldito lugar.

Caminé por el agua hasta llegar al borde de la alberca y me agarré a él. Gotas de agua me caían por las pestañas.

—Lo máximo que me daba el sol algunos días era unos pocos rayos de luz a través de una ventana de ventilación. Solo nos bañábamos tres días a la semana e incluso en esos días había que luchar por el jabón que nos proporcionaban.

De repente dejó de importarme lo mucho que me lavaba el pelo.

—Una de las enfermeras se dio cuenta de que había leído todos los libros del estante y empezó a traerme nuevos cada semana. Al llamar la atención de una mujer allí... empezaron los problemas con los demás hombres. Muchos de ellos desconfiaban de mí. Me llamaban *kholodnyye glaza*. Decían que me faltaba algo en los ojos.

Ahora sabía que sus peores días habían sido antes de ir a la cárcel.

—Por lo general me dejaban en paz, pero un día alguien se armó de valor para arrancar todas las páginas de uno de mis libros. Eran lo único que me mantenía cuerdo en ese lugar, lo único con un poco de orden. Me volví loco. Lo golpeé hasta dejarlo inconsciente. Lo habría matado si alguien no me hubiera apartado de él. Recuerdo mirarme a mí mismo cubierto de su sangre y la mía por un corte en el brazo. —Dejó escapar una risa amarga—. Y todo por un puto libro.

»Fue entonces cuando me prometí que saldría de allí. Que construiría una vida para mí en algún lugar lejos de esa prisión donde nadie se atrevería a tocar mis cosas. Lo planeé todo a partir de ese momento. Hasta el tipo de mujer con la que me casaría.

Sus ojos se encontraron con los míos.

Tragué saliva, sabía que yo no era lo que él había imaginado.

—Mirando atrás, me doy cuenta de que la pelea provocó un motín. Ese lugar siempre había sido un caos en mi mente, así que ni siquiera me di cuenta en el momento. Tomé el libro y las páginas, preocupado por averiguar cómo contarle a la enfermera lo sucedido y temiendo que no me trajera más.

»No sé cómo se llama. Ni siquiera puedo decirte de qué color tenía el pelo, *malyshka.* Así de poco la miraba.

El hecho de que siempre se diera cuenta cuando cambiaba de peinado me pareció mucho más significativo en ese momento. Una pesadez me oprimió el pecho.

—Le devolví su libro. Y me cosió el brazo. La mano le temblaba ligeramente. Pensé que estaría nerviosa por estar a solas conmigo; no había un guardia en la puerta debido a los disturbios. Pero supe que no era el caso cuando apoyó la mano en mi verga.

Empecé a respirar más lentamente, mi corazón quería detenerlo y mi cerebro exigía que continuara.

—Se inclinó para besarme, pero giré la cabeza. Estaba seguro de que no estaría interesada después de eso. Pero no pareció afectarle. —Se pasó una mano por la mandíbula—.

No usé condón con ella, *malyshka.* Y ni siquiera puedo decir que fuera la única. Unos días después, cuando uno de los guardias me escoltó a la sala médica, me empujó a la habitación y cerró la puerta, no estaba sola. Otra mujer estaba con ella...

—Vale, he oído suficiente.

Solo a ese hombre le ofrecerían un trío en prisión a los quince años. Quería arrancarles el pelo a esas mujeres. Debían de ser significativamente mayores que él.

—Estoy limpio, Gianna. Te enseñaré los papeles si quieres verlos. En cuanto a hijos, no tengo ninguno que yo sepa.

Estaba un poco abrumada por lo que acababa de compartir conmigo, aunque sabía que seguía ocultándome algo. Eso no era lo que me había estado escondiendo dos días atrás. Solo me estaba dando una ofrenda de paz. No me creía capaz de exigirle más en ese momento, no con esa mirada ligeramente desesperada en sus ojos rogándome que aceptara lo que me estaba contando. Sabía que odiaba ahondar en su pasado. Era un desastre y a él le gustaban las cosas ordenadas. Y había cavado profundo por mí.

Salí de la alberca, el agua me resbalaba por la piel mientras me acercaba a él para ponerme entre sus piernas. Le pasé una mano por el pelo y un ruido áspero salió de lo más hondo de su garganta. Me agarró de las caderas, me acercó y apretó la cara contra mi estómago.

—Carajo, te extrañé, *malyshka.*

El agua que goteaba de mi cuerpo empapó su traje. Sentí un nudo en la garganta mientras el calor y el alivio se agolpaban en mi pecho.

—Siento haberte obligado a irte.

—No lo vuelvas a hacer.

—No lo haré.

Me agarró por detrás de los muslos y me levantó para que me sentara a horcajadas sobre él. Nuestros rostros se acercaron.

Me incliné más hacia él hasta que nuestros labios estuvieron pegados.

—¿Por qué me besas?

Suspiré sobre su boca cuando me besó con un dulce tirón.

—Porque eres la única mujer que me ha tentado. —Sus labios rozaron los míos—. Porque te encanta—. El último fue suave, con un mordisco posesivo—. Porque cada parte de ti es mía.

Capítulo 34

Christian

Había calculado mal.

No podía decir que era algo que sucediera a menudo, pero el error era evidente en las cremas, productos para el pelo y perfumes que había esparcidos por el tocador del baño. Parecía el vómito de un salón de belleza.

Creía que podría mantenerla separada en su propia caja con todo limpio y ordenado como el resto de mis cosas. Ya había ocupado mi mente y se había metido debajo de mi piel, pero, carajo, ahora estaba por todas partes. Por mi cocina, por mi baño y por mi cama.

Sorprendentemente, toda la mierda que había dejado por ahí esparcida no me molestaba como siempre había pensado que haría. De vez en cuando, me ponía un poco nervioso, como cuando dejaba la pasta de dientes abierta cada vez que la usaba, aunque me resultaba mucho más molesto no tenerla a ella por aquí.

Tan molesto que había ido a disculparme para que volviera, carajo. Las cosas se habían salido de control de un modo ridículo.

Me agarré del borde del lavabo. Un sudor frío me recorrió la espalda al pensar cómo terminaría. Para mí, nunca acabaría, lo había sabido desde el principio, y la única paz que había encontrado consistía en creer que podría hacer que se quedara conmigo le gustara o no. Pero ahora notaba una sensación en el pecho que se volvía más pesada cada vez que la miraba. No creía que pudiera soportar verla infeliz. Y eso complicaba las cosas.

Mi mirada se encontró con la de Gianna en el espejo cuando apareció en el marco de la puerta. Llevaba una de mis camisas de manga larga y el hombro le asomaba por el escote.

—Te has perdido la mejor parte —se quejó.

Dejé escapar un suspiro seco.

—Seguro que sí.

Teníamos que encontrar un punto medio en las películas.

Me rodeó la cintura con los brazos desde detrás y su roce me envió un leve escalofrío por la columna.

—¿Esto es lo que haces cuando vas al baño? ¿Contemplar tu hermoso rostro en el espejo?

Necesitaba alejarme un minuto. No podía pensar cerca de ella, con su olor, su sonrisa y sus manos sobre mí. Me nublaba la cabeza y me cerraba la garganta. Me hacía sentir como si hubiera alguien recolocando cada puto objeto de mi casa.

—Estaba pensando —le dije.

—¿En qué?

«En cómo tenerte tranquila sin dejarte entrar en mi pasado».

«En cómo asegurarme de que me mires siempre así y no con asco».

—En ti.

—Oh, ¿vienes al baño a pensar en mí? ¿Por qué, agente? Me siento honrada. —Movió la mano hacia mi abdomen y mi verga. Frunció el ceño—. No debe de haber sido una imagen muy excitante.

Elevé la comisura de los labios. Me di la vuelta, le tomé la cara y le acaricié la mejilla con el pulgar.

—Siempre estoy pensando en ti, *malyshka*.

Separó los labios y se le ruborizaron las mejillas. Se puso de puntitas y susurró junto a mi boca:

—Me gustas mucho.

La satisfacción me calentó la sangre, aunque quería algo más que eso. Quería todo lo que tuviera por dar y mucho más. Me lo tomaría con calma, lograría que me amara y, quizás entonces, no me dejara cuando se diera cuenta de que yo no podía darle todo lo que ella quería de mí.

Parpadeó.

—¿Tú no vas a decirlo?

Me reí. Lo que yo sentía estaba tan lejos de eso que era gracioso. Se lo habría dicho en ese momento, pero no estaba preparada.

—Tú también me gustas mucho —dije y me incliné para darle un mordisquito en el labio inferior.

Suspiró en mi boca.

Esa era la única imagen que necesitaba.

La tomé en brazos y la llevé a la cama.

—¿Te estás cogiendo a Gianna? —As me miró con severidad—. No me gusta. Hace que los hombres crean que pueden probar a nuestras mujeres.

Me senté en la silla de su despacho.

—Corrígeme si me equivoco, pero ¿tú no estuviste viviendo con tu mujer antes de casarte?

Se pasó el pulgar por la mandíbula.

—Lo hice en secreto. Tú has estado desfilando con Gianna como si fuera tu maldita concubina.

—No había oído ese término desde 1890 —espeté secamente—. Algún día los italianos van a tener que actualizarse.

—Cásate con ella, Allister, y no habrá ningún problema.

«Ojalá fuera tan fácil».

Se me tensó la mandíbula.

—No está preparada.

—Y una mierda. Si le hubiera pedido a mi mujer que se casara conmigo, se habría negado. Así que, ¿sabes qué? No le hice la puta pregunta.

No podía obligar a Gianna a casarse conmigo. Quería ser diferente del resto de los hombres de su vida. Necesitaba serlo. Yo le gustaba. Sabía que no podría soportar ver la traición en su mirada y menos aún después de que me lo dijera y hubiera experimentado lo agradable que era oírla decir eso en lugar de que me odiaba.

—Podría buscarle otro marido fácilmente —me provocó.

—Adelante —dije con voz sombría—. Tal vez nos ahorre a los dos algo de tiempo poner sus candidatos en fila ahora mismo.

—Por Dios —murmuró Nico—. Bien. Entonces piénsalo de este modo: tu relación con Gianna la hace parecer desechable. Lo bastante buena para cogértela, pero no lo suficiente como para casarte con ella.

Apreté los dientes.

—No estoy diciendo que sea así —agregó recostándose en su silla—. Es solo lo que parece, Allister.

Me levanté dando por terminada la conversación.

—Buena suerte —dijo.

—Vete al carajo.

Su risa me siguió mientras salía por la puerta.

Capítulo 35

Gianna

Algo olía a hot cakes. Me rugió el estómago.

Me encantaban los hot cakes.

Salí de la cama, me lavé los dientes y me peiné. Luego me dirigí a la cocina, donde me encontré a Christian delante de los fuegos, sin camiseta y con el pelo mojado. Me encantaba así, ese lado informal que no muchos podían ver. Así, era mío.

Pero cuando le rodeé la cintura con los brazos, se puso tenso. Me invadió la incertidumbre. Había estado muy callado los últimos días y una parte insegura de mí se estaba obsesionando con lo que podría significar. Las cosas habían ido bien desde que se abrió a mí la semana anterior, pero tampoco le había hecho más preguntas. Era patético, lo sabía, pero tenía miedo de que la siguiente lo alejara para siempre. Y sentía que ponerlo a prueba era como andar por el borde de la oscuridad.

—¿Tienes hambre? —preguntó cuando me alejé de él.

Miré el plato de hot cakes de la barra y arrugué la nariz.

—Ahora mismo no.

Tomé el jugo de naranja del refrigerador y me serví un vaso.

Las siguientes palabras que salieron de su boca hicieron que me atragantara cuando el primer sorbo refrescante se deslizó por mi garganta.

—Deberíamos casarnos.

Tosí con los ojos llorosos. Lentamente, dejé el vaso sobre la isla y me limpié el jugo de la barbilla.

—Creo que no te he oído bien.

Se volvió hacia mí con ojos profundos e insondables.

—Dije que deberíamos casarnos.

Mi pecho pasó de quemar a quedarse helado.

—¿Qué?

—Ya me oíste, Gianna.

Se me aceleró el pulso.

—Solo llevamos saliendo como... un mes.

Dejó escapar un suspiro sarcástico.

—Has sido mía durante años.

La convicción en su voz revoloteó por mi sangre hasta asentarse en mi corazón. El *shock* me había desequilibrado y no sabía cómo reaccionar. Rodeé la isla para poner algo de distancia entre nosotros y encontrar un poco de espacio para pensar. Me volví hacia él.

—Ya te dije lo que pienso del matrimonio.

Negó con la cabeza, sus ojos parpadeaban con algo pesado.

—Sabes que no son expectativas realistas. Tal vez para otra mujer, pero no para ti.

Odiaba que tuviera razón. Que antes o después, si me quedaba, lo único que haría falta sería un hombre lo suficientemente interesado en mí. Parecía que los jefes de la mafia simplemente no podían comprender que una mujer podía permanecer soltera y ser feliz.

La sangre me latía en los oídos.

Me sudaban las manos.

—Te dije que huiría.

—Y yo te dije que te encontraría. —Su tono era oscuro—. Sabes que este es tu lugar, Gianna.

Nunca me había gustado la idea de irme, pero sabía que no podía volver a casarme voluntariamente con un hombre al que no conocía. Solo entendía la superficie de Christian, no el centro profundo y oscuro que lo formaba, y hasta que no lo hiciera, nunca lo conocería de verdad. Pero una vez pasado el *shock*, me di cuenta de que no odiaba la idea de casarme con él. Eso me provocó una punzada de ansiedad; me demostró hasta qué punto estaba bajo su hechizo. Lo quería. Y temía lo que iba a perder con tal de estar con él.

Tragué saliva.

—Las pedidas de mano suelen venir con anillos y rodillas dobladas. A veces, una buena cena.

—Ambos sabemos que eso te hubiera hecho entrar en pánico.

¿En qué momento había aprendido tanto sobre mí mientras él seguía siendo un misterio? La amargura me mordía el pecho. ¿Por qué no podía abrirse a mí? ¿No era lo bastante buena? ¿Demasiado poco?

—No mentía cuando te dije que no volvería a casarme.

—Las cosas cambian, *malyshka*.

Me habría reído si alguien me hubiera dicho que Christian Allister me pediría matrimonio hace solo unas semanas. Nunca habría sido capaz de comprender lo que se siente al enamorarse de alguien, al preocuparse tanto por una persona que duele. Las cosas sí que habían cambiado. Solía odiarlo, pero ahora no podía imaginar ser feliz sin él.

—¿Por qué? —Las palabras se precipitaron fuera de mi boca, los ojos me ardían de la emoción—. ¿Por qué quieres casarte conmigo?

Se quedó pensativo.

—Puede que algunas personas te vean... diferente al estar conmigo sin casarte.

Mi corazón se hundió y se estrujó con decepción. ¿Era solo por las apariencias? Supongo que debería haberlo sabido.

—No me importa cómo me vea la gente.

—A mí sí —gruñó—. No quiero que nadie piense que significas menos para mí de lo que en realidad eres. Puede que no lo veas ahora, pero en algún momento te afectará, Gianna, y me odiarás por ello.

Tal vez lo que decía era cierto. Pero, al fin y al cabo, ¿cuánto podía significar para un hombre que se negaba a compartir conmigo datos básicos sobre sí mismo? ¿Que no confiaba en mí? ¿Que se distanciaba y se cerraba ante las preguntas más simples?

—No puedo casarme con otro hombre al que no conozco.

Su voz sonó áspera, impregnada de algo afilado.

—Te he contado más sobre mí de lo que nunca le he contado a nadie.

—Esa no es razón suficiente para casarme contigo, Christian.

—De acuerdo. —Sacudió la cabeza y pude ver sus ojos llenos de oscuridad—. ¿Qué te parece porque te amo, Gianna? ¿Porque creo que te amo desde que te vi? ¿Porque si no estuvieras en este mundo, encontraría una forma de irme de él?

Mi corazón se detuvo.

Se enfrió.

Y luego se incendió.

Nos miramos fijamente, el silencio y la vehemencia de su voz me rozaron la piel con dedos ásperos.

—No lo dices en serio —suspiré.

—He dicho en serio cada puta palabra.

La presión en mi pecho creció tanto que envió una avalancha de lágrimas a mis ojos. La única otra persona que me había dicho que me quería era mi madre. Y ahora, sentía como si una luz hubiera estallado dentro de mí y me hubiera llenado de algo cálido, pegajoso y posiblemente desgarrador.

La indecisión me empujaba en dos direcciones diferentes. Tenía tantas ganas de ceder que dolía. Pero la parte de mí que se había sentido aislada, sola, indigna en mi matrimonio anterior se mantenía firme en su decisión. Si me casaba con él, le daba todas mis cartas y nunca ganaría. Él nunca me daría más si no tenía que hacerlo. Podía verlo en sus ojos: llenos de fuego, pero firmes y con convicción.

—No me casaré con otro hombre al que no conozco —dije en voz baja.

Apretó los dientes.

Le di la oportunidad de llenar el silencio que había entre nosotros.

No lo hizo.

Una lágrima se deslizó por mi mejilla y mi garganta trató de cerrarse alrededor de mis palabras antes de que pudieran escapar.

—No puedo seguir estando contigo teniendo solo la mitad de ti.

Algo conflictivo brilló en sus ojos.

Me giré para marcharme, pero sus palabras me detuvieron.

—Intenta dejarme, Gianna.

Era una amenaza, pero había algo más, algo áspero e indomable. Algo parecido al pánico.

Mi mirada se encontró con la suya. Una última mirada de despedida y salí por la puerta.

Una vez en el pasillo, se me aceleró el pulso al oír un vaso rompiéndose. Imaginé mi jugo de naranja en el suelo de su cocina, justo al lado de donde yacía mi corazón desechado.

Diez minutos más tarde, estaba sentada en el sillón sin saber qué hacer cuando se abrió la puerta de mi departamento.

Mis ojos se dirigieron a los suyos, pero no me sostuvo la mirada mientras cerraba la puerta. Siempre mantenía el contacto visual. Se había vestido con el alfiler de corbata y las mancuernillas incluidas.

—¿Quieres saber qué me hizo ser así? Muy bien. —Su voz tenía algo amargo—. Te lo voy a contar.

Se adentró más en la habitación, se detuvo a unos metros delante de mí y luego dejó escapar un aliento sarcástico, como si no pudiera creer que estuviera haciendo esto. Como si ya se arrepintiera.

Mis pulmones se tensaron con incertidumbre; luego se inflaron de alivio al ver que estaba cediendo.

—Mi madre hacía cualquier cosa por unos rublos, Gianna. Cualquier cosa para drogarse. La heroína era su droga preferida, pero no era nada exigente.

Tragué saliva, ahora entendía por qué había sido tan desagradable cuando me había sacado de la cárcel a pesar de que ya me conocía. Las drogas. Probablemente le había dado asco.

—De algún modo, se ligó a un padrote de la Bratvá. Todos sabíamos cuándo tenía un cliente porque siempre llamaban a la puerta tres veces y dejaban patas arriba el apartamento de una habitación en el que vivíamos. Era un ciclo interminable. No podía dormir con los sonidos de mi madre cogiendo en la otra habitación hasta las cuatro de la mañana.

Giró el reloj en su muñeca. Una, dos, tres veces.

—¿Te parezco guapo ahora? —Su mirada se llenó de sarcasmo—. Deberías haberme visto de niño.

Se me heló el pecho mientras el horror brotaba en mi interior.

—Algunos de sus clientes parecían estar más interesados en un niño guapo de cinco años que en mi madre. Y ella no dudaba en complacerlos. ¿Sabes lo que recuerdo como más irritante? Tenía una moneda de Estados Unidos que guardaba bajo la almohada. Era lo único que me pertenecía. —Un toque de acidez apareció en su voz—. Y siempre la tocaban, carajo. La agarraban, sonreían y la volvían a dejar.

Me ardía la parte trasera de los ojos y se me escaparon algunas lágrimas. Dejé que me recorrieran las mejillas mientras él continuaba:

—Con el tiempo, mi madre recordó que tenía dos hijos. Podía hacer mucho dinero. —Sus ojos se iluminaron con desprecio—. Ese fue el primer hombre al que maté, *malyshka*. Lo apuñalé por la espalda con un cuchillo de la cocina. Tenía siete años. Un par de hombres aparecieron, se deshicieron de su cuerpo y mi madre nunca más volvió a juntar a nadie con mi hermano pequeño.

No sabía si esperaba que lo juzgara o que me horrorizara por lo que había hecho. No sentía ninguna de las dos cosas. Algunos hombres merecían morir.

Una mueca rozó sus labios.

—Nadie limpió bien la sangre. Esa mancha roja y persistente permaneció allí durante años. —Terminó pensativo, como si estuviera imaginando la mancha en ese preciso momento—. Los rusos son supersticiosos y, con el tiempo, les empezó a dar miedo tocarme. Mis ojos los perturbaban.

Me senté en el borde del sillón, tenía la respiración entrecortada.

—Pero este cuento de hadas aún no ha terminado. Creo que tenía trece años cuando un día mi madre llegó a casa borracha o drogada, probablemente ambas cosas. Cayó sobre mí en el sillón y me confundió con uno de sus clientes. —Se le escapó un suspiro amargo—. Intentó cogerse a su propio hijo.

La bilis se revolvió en mi estómago y empezó a subirme por la garganta.

—Esa fue la noche en que se quedó dormida de espaldas en el suelo. Empezó a tener arcadas, pero en vez de ponerla de lado, Ronan y yo nos quedamos quietos y vimos cómo se ahogaba con su propio vómito.

Me puse pálida.

Me tapé la boca.

Dejó escapar un sonido burlón ante mi expresión.

—Siento no haber podido darte la historia de familia feliz que estabas esperando oír.

Corrí al baño y vomité todo lo que tenía en el estómago.

Capítulo 36

Gianna

Arrodillada delante del inodoro, me limpié la boca con el dorso de la mano.

Una duda se encendió en un rincón de mi mente y luego explotó como si la hubiera metido en el microondas.

No tenía el estómago delicado.

Y, a pesar de que su historia era desgarradora y perturbadora en diferentes sentidos, no me horrorizaba hasta el punto de arrojar la cena de la noche anterior en el inodoro.

Me levanté, me lavé los dientes y fui a vestirme.

Me había contado todo pensando que así ya no querría seguir con él. Lo había sabido por su expresión de arrepentimiento antes incluso de empezar. Creía que lo vería como una víctima o tal vez incluso como menos que un hombre.

Y no sentí ningún remordimiento por lo de su madre.

No lo veía de manera diferente a como lo hacía antes. Ahora me sentía más unida a él que nunca. Y quería que nos uniéramos más, saber más, saberlo todo, como qué les había pasado a su hermano y a él después. Quería decirle que lo amaba.

Examiné las opciones que había en el estante. Cajas rosas. Cajas azules. Todo tipo de artilugios: temporizadores inteligentes, con tiempo de respuesta extrarrápido y opción de detección temprana. Era abrumador. Cogí el de la caja más brillante.

Me temblaban las manos cuando me planté delante del espejo del baño y abrí el paquete. No sabía por qué. No podía ser posible. Hacía una semana que había tenido la regla. Era cierto que había sido más ligera de lo habitual. De hecho, todas las últimas habían sido así, pero al fin y al cabo una regla era una regla, ¿verdad?

Después de seguir las instrucciones, dejé el test en el lavabo y me senté al borde de la tina a esperar.

Me mordí el labio.

Me examiné las puntas abiertas.

Golpeé el suelo con el pie.

Por Dios, era ridículo.

Me levanté, avancé a pisotones hasta el test y lo cogí.

Un temblor estalló en mi interior. Empezó lentamente y se fue abriendo paso hacia mis extremidades. Me zumbó en los oídos y me ardió en los ojos. Y, cuando me llegó al corazón, me lo apretó como si me hiciera un torniquete dejando una sensación tensa y cálida detrás.

Me deslicé en el suelo del baño mirando las dos líneas rosas.

Y lloré como un bebé.

Me desperté a la mañana siguiente en su piso y me di cuenta de que debí de haberme quedado dormida esperando que viniera a casa. Podía dormir como un tronco sin enterarme de nada, pero pasé la mano por su lado de la cama y vi que las sábanas seguían frías.

Me di un baño y me preparé para la cita médica que había reservado la semana anterior para ver anticonceptivos. Parecía que ya no iba a necesitarlos, pero seguía dudando de si estaba embarazada. Me preocupaba el sangrado y lo que pudiera significar. Y me preocupaba no haber tomado vitaminas prenatales, haberme bebido alguna copa de vino cenando y todo el sexo que había mantenido. Por supuesto, esto último era lo que me había metido en ese lío, así que tal vez ese temor fuera un poco irracional.

Hice dos paradas rápidas de camino al médico. Una en el banco y otra en casa de Val. En cuanto abrió la puerta con su camisón de seda, le puse veinte de los grandes en la mano. Su risa me siguió hasta la calle.

Sentada en la sala de espera, le envié un mensaje a Christian pidiéndole que nos viéramos a mediodía. Lo leyó, pero no me contestó. Una enfermera robusta con una sonrisa amistosa me llamó. Me limpié el sudor de las manos en el vestido, respiré hondo y la seguí.

Se llamaba hemorragia intermenstrual. Teniendo en cuenta que tenía ya once semanas y que todo parecía correcto en la ecografía, al médico no le preocupaba. Por mis cálculos, eso significaba que podía haberme quedado embarazada la primera vez que me había acostado con Christian. No debería haber esperado menos de ese hombre.

A mediodía, me senté en un banco con una bolsa llena de todo tipo de vitaminas prenatales de la farmacia y temor y emoción por lo desconocido. Me daba miedo este bebé, me aterrorizaba no hacer las cosas bien, yo no había tenido una gran infancia de la que sacar experiencia. Pero, por primera vez en mi vida, sentía que algo iba bien.

Ahora solo me quedaba esperar que Christian sintiera lo mismo.

Saqué un trozo de pan.

—Toma, pajarito, ven.

—¿Reflexionando sobre tus decisiones vitales?

Se me paró el corazón al oír la profundidad de su voz, pero no lo miré de inmediato. El contacto visual ardería con demasiadas emociones y yo no estaba preparada.

Tragué saliva.

—Estoy probando un nuevo trabajo entrenando a los pájaros.

—Ah, me parece que será mejor que sigas dedicándote a apostar —comentó mientras las palomas se alejaban en dirección contraria.

—Todos tenemos que empezar por algún sitio.

—Normalmente, ese sitio es algo más ambicioso que una aspiración a pasar el rato en el parque alimentando a palomas gordas.

—Hablas como un impresionista.

Una sonrisa marcó su voz.

—Creo que quieres decir pesimista.

Finalmente, lo miré. Azul. Su mirada me aferró y me sostuvo. Ya no era solo hielo, también contenía noches, manos ásperas, palabras en ruso y corazones pesados. Su traje y su pelo estaban inmaculados, como siempre, pero algo cansado persistía detrás de sus ojos.

—No viniste a casa anoche —dije en voz baja.

—Me quedé trabajando. —Se le tensó la mandíbula—. No puedo dormir sabiendo que estás al otro lado del pasillo.

—Anoche dormí en tu cama.

El conflicto y la confusión se reflejaron en su mirada.

—¿Por qué?

Me levanté y me moví hacia él.

—No me importa lo que sucediera en tu pasado. No me importa. Y si crees que te veré de un modo diferente por lo que te pasó de niño o por lo que pudiste haber hecho es que no me conoces en absoluto.

Pasó la mirada por encima de mi cabeza y se le tensó la mandíbula mientras reflexionaba.

—Tu reacción no dijo lo mismo.

—Eso no fue por lo que me dijiste..., sino porque estoy embarazada, Christian.

Bajó la mirada para examinar mi rostro y luego se le llenó de una satisfacción oscura como un pecado.

—¿Estás segura?

—Al cien por ciento. Sé que puede ser un *shock* y todo eso teniendo en cuenta lo cuidadosos que hemos sido...

Me colocó la palma de la mano en el rostro y me acarició la mejilla con el pulgar.

—*Moya zvezdochka.*

Sentí la intensidad de su alivio en el modo en el que le tembló ligeramente la mano e hizo que se me cerrara la garganta. De repente, supe que era el único hombre con el que querría hacer esto. La felicidad rebotó en las paredes de mi pecho y me hizo sentir como si estuviera en carne viva.

Me limpió una lágrima de la mejilla.

—¿Estás contenta?

Asentí.

—Muy contenta.

—Bien —dijo con voz áspera.

Me rodeó la cintura con los brazos y me jaló hasta que pude sentir el rápido latido de su corazón. Apoyó la frente sobre la mía envolviéndome en su aroma cálido, embriagador y familiar a sándalo y dinero.

—¿No creerás que estoy aquí solo porque estoy embarazada?

—No importa el motivo. Solo que estés aquí, conmigo.

—No me parece una mentalidad muy saludable.

Una media sonrisa apareció en sus labios.

—No tienes ni idea.

Me puse de puntitas y lo besé. El calor estalló en mi pecho y se me extendió por la sangre. Me sostuvo la cara y me devolvió el beso. Suave y lento, pero tan intenso que me llegó al corazón.

Respiré junto a sus labios.

—Dime que me amas otra vez.

—Te amo, *malyshka.*

—Yo también te amo, ¿sabes?

Se quedó parado y a continuación se oyó un rugido en su pecho. Me levantó para que nuestros ojos quedaran a la misma altura, me rozó los labios con los suyos y me susurró con intensidad y casi con disculpa:

—Ahora no te dejaré ir nunca.

No estaba segura de cómo había llegado hasta ahí, de cómo serían los próximos años y mucho menos los próximos días. O de a qué problemas nos enfrentaríamos. Pero sí que estaba segura de una cosa. Mientras andaba por la calle con una bolsa llena de pan y un gran surtido de vitaminas de la mano de uno de los hombres más moralmente cuestionables de la ciudad...

Supe que lo amaba.

Epílogo

Christian
Un año después

Tap, tap, tap.

El tictac del reloj y una espesa curiosidad llenaban el silencio mientras Sasha Taylor observaba el movimiento de mi dedo sobre el descansabrazos.

—No pensé que volvería a verte en mi despacho.

—¿Por qué?

—La gente acude a un terapeuta, cosa que yo no soy, por cierto, para buscar consejo o para hablar de sí mismos y de sus problemas. A ti no te gusta ninguna de las dos cosas.

Mi mirada se posó en la moneda estadounidense que tenía entre el pulgar y el índice.

—¿Crees en el destino, Sasha?

—Sí.

—¿Por qué?

Ladeó la cabeza.

—No soy una persona religiosa, pero tampoco soy tan ingenua como para creer que todo se puede explicar sin algún tipo de intervención sobrenatural.

—Siempre pensé que, si creía en el destino, no podía creer en la elección.

Mi voz sonó pensativa mientras giraba la moneda para dejar que un rayo de sol se reflejara en ella. Era del año 1955 y la plata estaba opaca y nublada. Veintinueve años atrás, cuando la había robado del bolsillo de alguien, tenía un brillo optimista. Ese brillo me había llevado ahí, a Estados Unidos, a mi mujer y a mi hija.

La mirada de Sasha acarició la moneda y luego se deslizó hasta el anillo que llevaba en el dedo.

—¿Cuánto tiempo llevas casado?

—Un año.

Trescientos ochenta y cinco días, para ser exactos. Le había propuesto matrimonio a Gianna de nuevo con un anillo, una rodilla doblada e incluso una buena cena. Ella no quería otra boda, así que nos habíamos casado en el juzgado. Tenía la fecha tatuada en las costillas, justo al lado de Andrómeda.

—¿Y tu hija? Katherine, ¿verdad?

Una sonrisa rozó mis labios.

—La llamamos Kat. Ya tiene cinco meses.

Ciento cuarenta y ocho días, para ser exactos.

—¿Y cómo ha sido adaptarse a un recién nacido?

—Kat tiene cólicos, no duerme muy bien. —Igual que yo. Cuando ella se despertaba varias veces cada noche, me levantaba con ella, a veces le daba un biberón con la leche que Gianna se había sacado antes, y la abrazaba hasta que se volvía a dormir. Gianna había insistido en hacerlo todo al principio, pero yo le había puesto fin a eso rápidamente—. Se parece a mi mujer. —Eso era lo único que necesitaba ver para saber que era mía.

Se me llenaba el pecho al pensar en ellas. Las llamaba todo el tiempo cuando estaba fuera. Sabía dónde estaban cada minuto del día. Mi conciencia fugaz me decía que era moralmente cuestionable, pero todos hacemos cosas un poco turbias solo para ganar un poco de paz.

—¿Y cómo se está adaptando ella al bebé?

El día anterior, había llegado a casa y me había encontrado a Gianna enseñándole a una atenta Kat a hacer carbonara. Era la madre más cariñosa y dedicada que había visto nunca. No había parado de leer libros sobre cómo cuidar de Kat durante su embarazo. Ahora, estaba con una novela ridículamente optimista acerca de cómo ser la mejor madre posible.

No había nada que me gustara más que verlas juntas.

No las merecía.

Pero, al fin y al cabo, como Sasha había dicho una vez, eso era discutible.

—¿Esa moneda significa algo para ti?

Levanté la mirada hacia ella mientras un destello de diversión me recorría. Me puse de pie y dejé la moneda sobre la mesa que había entre nosotros. El tintineo de la plata sobre la madera fue sutil, pero rotundo como las campanadas de una iglesia.

Sus palabras me detuvieron con una mano en el picaporte de la puerta.

—Dices que crees en el destino, es decir, ¿ahora eres creyente? —Su voz me tocó la espalda con dedos inquisitivos—. ¿Qué te hizo cambiar de opinión?

La idea de que Gianna y Kat nunca hubieran existido sin mí no era posible. Eran una pareja estática. Yo simplemente había estado en el lugar correcto en el momento adecuado y las había hecho mías.

—Le robé el destino a otra persona, Sasha. —Giré el picaporte y abrí la puerta—. Y no voy a devolverlo.

Arqueó una ceja.

—¿Y si alguien viene a buscarlo?

Una sonrisa apareció en mis labios.

—Que vengan.

Y cerré la puerta tras de mí.

Fin.

Agradecimientos

Escribí este libro durante un momento crucial y complicado de mi vida y tengo muchas personas a las que darles las gracias por ayudarme a terminarlo.

A mi marido, que sobrevivió a base de macarrones con queso durante un mes mientras yo trabajaba para cumplir el plazo de entrega y que siempre me ha apoyado de todas las formas posibles.

A mi familia, cuyos mensajes de ánimo siempre llegaban cuando más los necesitaba.

A mi amiga y compañera T. L. Martin, cuya ayuda y consejos tienen para mí un valor incalculable.

A mi editora Bryony. Tus ideas han hecho esta novela cien veces mejor.

A Sarah, de Okay Creations, por la preciosa portada y a Stacey Ryan, por la maquetación.

Y a los blogueros y a las personas que han dado su opinión sobre mis obras, gracias por hacer todo lo posible por dar a conocer este libro. Les estaré eternamente agradecida.

Con cariño.

Besos y abrazos,
Danielle